La lande sauvage

Rebecca Brandewyne

La lande sauvage

Traduit de l'américain
par Véronique Depoutot

Sur la lande, par une nuit sans lune

L'âge apporte sagesse
Et regrets, dit-on,
Et des souvenirs tristes
Qui s'imposent.
Ombres du passé
Précises et claires,
Images d'êtres chers...

Je me rappelle l'été de mes dix ans,
Puis le printemps si doux-amer
Quand ma vie bascula,
Rencontrant son destin.

Ah... folie de la jeunesse !
Quel mauvais sort
Dirigea mes pas vers la lande
Par une nuit sans lune ?
En vérité, je l'ignore.

Barbare cruel !
Méprisais-tu mon innocence,
Te riais-tu de mon malheur,
Pour perdre ma réputation,
Cette nuit de printemps ?
Et cela ne te suffit pas.

Car je n'avais aucune chance de fuir,
D'échapper au piège que tu avais tramé
Pour que j'en sois la proie.
Las ! Nos vies brisées éparpillèrent
Aux quatre vents nos cœurs et nos espoirs...

Mais qu'elle fut glorieuse,
Qu'elle fut splendide, ma honte !
Quelle passion dévorante...
L'amour était mon maître.

Toi qui m'as faite femme,
Volant ma pureté,
Sois maudit,
Car tu piétinas mes rêves.

Mais... je n'ai rien oublié
De notre union de mal-aimés,
Car aujourd'hui comme hier,
De tout mon cœur, je t'appartiens.

PROLOGUE

LES OMBRES DU PASSÉ

1898

Les Hauts des Tempêtes, Angleterre, 1898

Il est tard, et pourtant je ne puis dormir.

Je suis bien tourmentée cette nuit, peut-être à cause de la tempête qui s'enfle sauvagement et balaie tout sur son chemin, précipitant la mer contre les rocs massifs de la falaise qui s'éboule. Resserrant mon châle autour de moi, j'arpente nerveusement la chambre.

Je suis âgée, plus encore que le nombre de mes années, trop vieille pour que m'effraient les menaces hurlées par le vent, le fracas du tonnerre, la pluie qui fouette la lande. Cependant, j'ai peur... de mes souvenirs, qui me laissent tremblante. A chaque souffle de l'orage, ils s'engouffrent en moi.

Comme elles me hantent encore, ces ombres du passé. Je voudrais les faire taire, mais elles se pressent, importunes.

Ma chandelle solitaire frissonne, frêle, impuissante dans la rafale qui voudrait l'éteindre.

Que je ressemblais à cette flamme, jadis ! Dire que je me suis créé tous ces ennuis... Car je suis seule coupable des choix que j'ai commis, c'est moi qui ai choisi la route de ma jeunesse. Bien des fois, j'aurais voulu revenir en arrière, mais il était trop tard.

Malgré cela, je ne suis pas de ceux qui regrettent leur passé. La jeunesse est l'empire des passions, qui mènent droit à la déraison — telle fut mon expérience. Maintenant, mes journées se ressemblent. Mais elles sont sûres et confortables, et c'est ce que je souhaite au soir de ma vie. Seuls les souvenirs, de leurs becs et de leurs griffes acérés, déchirent le voile de ma sécurité. Ils ne viennent qu'à la nuit, comme toutes les créatures du Malin. Demain, je les bannirai ; en attendant, ils me harcèlent.

Je me fige maintenant, à l'écoute, comme si je pouvais entendre leurs pas assourdis, leurs chuchotements — les bruits étouffés que font les morts ensevelis depuis longtemps.

Dimanche, j'irai au cimetière comme de coutume, et fleurirai les tombes des miens, qui dorment quand je veille. Je reverrai le patchwork de nos vies, maladroit, souvent rapiécé, que nous avons élaboré comme de frustes tailleurs et de pauvres couturières sans beaucoup de lumière pour nous éclairer. Mais je ne me plains pas. Mes points ne furent pas plus irréguliers que ceux des autres, et si parfois je déplorais de n'avoir une aiguille plus fine ou un fil plus solide, le défaut ultime était dans l'étoffe, celle dont je suis faite — et on ne se change pas.

Mes souvenirs ne se tairont pas avant que, moi aussi, je ne gise parmi les autres. Je suis la dernière. Quand je ne serai plus, il ne restera personne pour évoquer ces jours du lointain passé qui se sont embrasés comme un feu de paille, ne laissant aujourd'hui que des cendres dans un foyer glacial.

Ainsi donc voilà notre histoire — et mon récit sera sincère. Dieu en sera seul juge. Tandis que l'âge rend mes os plus fragiles, je prie pour qu'Il soit aussi clément qu'on me l'a appris ; sinon je serai damnée pour mes péchés, qui sont nombreux.

Pourtant je ne crains pas la mort. J'ai vu trop de choses en mon temps.

Reprenons donc au commencement, à l'été de mes dix ans. C'est alors que pénétrèrent dans mon univers ceux dont les vies devaient irrévocablement se mêler à la mienne.

LIVRE UN

L'ÉTÉ DE MES DIX ANS

1810-1815

1

Le Château des Abrupts, Angleterre, 1810

L'été 1810 fut inoubliable : mon père, le baronnet Sir Nigel Chandler, se remaria, et Draco vint habiter au Château.

Je m'en souviens fort bien, car à dix ans, j'étais assez grande pour me livrer à mes propres observations ; je ne crois pas confondre avec des anecdotes rapportées par Nounou ou d'autres. D'ailleurs, même si j'avais été plus jeune, je me serais souvenue de cet été qui devait changer ma vie tout entière et s'imprima en détail dans ma mémoire.

J'étais enfant unique, à la fois précoce et curieuse. J'avais vite compris mon intérêt à tout connaître des événements de la maisonnée, car l'humeur de mon père en dépendait. Or de tous ceux qui étaient soumis au déplaisir de Sir Nigel quand les choses tournaient mal, j'étais celle qui en pâtissait le plus. Je me tenais donc informée en permanence des allées et venues du baronnet et de ses dispositions, en soutirant le maximum de renseignements aux habitants du Château.

Peut-être vous étonnez-vous de me voir épier mon père comme une bête furtive. Il est vrai qu'il ne m'avait jamais frappée, même au plus fort de sa rage. Du reste j'étais encore mille fois mieux traitée que les enfants de nos mineurs ou de nos fermiers, qui étaient des rustres. Pourtant j'avais des raisons de le craindre, vous le verrez, et j'évitais sa compagnie.

Les domestiques, qui avaient pitié de moi, m'aidaient de leur mieux. « Drôle de fille », murmuraient-ils entre eux à mon sujet. « Mais à quoi d'autre faut-il s'attendre ? » concluaient-ils, effarés par mon éducation. Ils estimaient qu'il fallait m'envoyer dans un pensionnat de jeunes filles, où l'on enseignerait les arts d'agrément qui conviennent à une demoiselle de mon rang. N'étais-je pas fort brillante ? Du reste, je n'avais aucun avenir d'enquêteur, comme me l'avait lancé notre majordome un jour où je l'avais spécialement importuné, puisque les agences de détectives n'employaient pas de femmes. J'avais haussé les épaules avec dédain. Les sots ! Ils auraient pu tirer bon profit de mes talents...

Heureusement que j'étais intelligente, car je n'étais pas jolie — selon les serviteurs, une fois de plus. J'étais grande et élancée pour mon âge, et ma crinière de cheveux noirs ne se laissait pas dompter, malgré les efforts de Nounou qui les brossait et les tressait le plus souvent possible. Mes yeux sombres étaient trop grands pour mon visage hâlé ; je n'avais pas le nez tout à fait classique et ma bouche était trop généreuse.

Que j'étais mal à l'aise dans ce grand corps trop

maigre... J'avais l'air d'un épouvantail, avec mes vêtements qui flottaient autour de moi. Mes courbes séduisantes ne viendraient que plus tard, et pour le moment, chagrinée de me voir si dégingandée, je tâchais de me faire oublier le plus possible en me voûtant. Evidemment, j'aurais dû me redresser fièrement, au lieu d'aggraver encore ma gaucherie.

J'étais pour Sir Nigel une source de contrariété permanente. Jamais je ne trouvais grâce à ses yeux et il maudissait souvent ma naissance, qui lui avait volé son épouse. Il était si violent à ces moments-là que je tremblais d'angoisse. Ainsi j'étais seule coupable de la disparition de ma mère : si je n'étais pas née, elle vivrait encore.

— Pourquoi n'es-tu pas morte à sa place ? me demandait mon père d'un ton aigri, abruti de cognac, comme si je possédais une réponse qui lui échappait. Elle te valait dix fois.

Il répétait inlassablement cette phrase en maugréant, comme pour s'en convaincre, et je mettais sa conduite sur le compte de l'ivresse. Moi la première, du reste, j'aurais préféré ne jamais venir au monde, car sans l'avoir connue, je chérissais le souvenir de ma mère, Amélie Saint-Aubert Chandler. Sir Nigel l'avait rencontrée et épousée à Paris, séduit par sa beauté fragile et éthérée. Puis il l'avait ramenée chez lui, en Cornouailles, où la grisaille humide était bien différente des plaines ensoleillées de France où elle avait passé la majeure partie de son existence.

Ma mère s'était-elle languie de son pays ? Je me le demandais souvent. Dans tous les portraits que j'ai vus d'elle, son doux sourire se teinte de mélancolie et ses yeux lumineux sont tristes. Je ne crois pas qu'elle ait été comblée. Mais une femme à la force intérieure, à la dignité sereine, cela oui, elle l'avait été. Mon père ne l'aurait pas aimée, sinon. Il ne m'aurait pas tant méprisée de la lui avoir enlevée.

Loin de reprocher son amertume à Sir Nigel, j'avais honte de moi et supportais ses insultes du mieux possible, croyant comprendre ce qui les inspirait. Je lui rappelais ma mère sans relâche, si bien que sa blessure ne pouvait jamais vraiment se refermer.

Pourtant il me terrorisait toujours. Quand il était pris de boisson, il me faisait venir dans son bureau en pleine nuit. Encore ensommeillée, frissonnant dans ma mince chemise, pieds nus et glacée, je redoutais ce père qui me foudroyait du regard comme pour effacer mon existence. Ainsi me faisait-il disparaître, et ramenait-il en quelque sorte ma mère à la vie. Je le concevais, mais fallait-il qu'il me haïsse à ce point ?

Je ne le voyais qu'à une autre occasion, les vendredis après-midi, s'il était au Château, quand il m'appelait dans son étude pour me verser ma rente. C'était un vrai rituel : d'abord il prenait une clef accrochée à la chaîne d'or qui pendait à son gousset, puis déverrouillait le plus haut tiroir de son secrétaire pour en extraire un petit coffre d'acier. Il y comptait cinq shillings, ni plus, ni moins. Après quoi, m'efforçant de ne pas regarder le portrait de ma défunte mère, ni de songer à ses nuits avinées, je signais le registre, pour attester qu'il m'avait payée.

Cela mis à part, mon père m'ignorait.

C'était un homme très occupé, car le Château des Abrupts et le reste du domaine constituaient un large patrimoine dont il tirait grande fierté.

Le manoir était installé en Cornouailles du Nord,

sur les farouches landes sauvages qui s'arrêtaient net aux falaises qui plongeaient dans la mer. Il était entouré d'une forêt d'ormes anciens qui lançaient vers le ciel leurs branches torturées. D'autres arbres implantés tentaient en vain d'adoucir la dureté de l'ensemble.

Le Château, édifié durant le règne de la reine Elizabeth, avait été construit dans du roc extrait des falaises. Avec les années, la pierre rude, battue par les tempêtes, avait pris une couleur gris argent, qui reflétait chaque nuance d'ombre et de lumière, et donnait un air sévère à la demeure.

Le Château comptait trois étages avec le grenier. Le corps de logis était surmonté de toits abrupts en chevrons d'où montaient de remarquables cheminées Tudor. Pour flanquer le court portique qui s'avançait au milieu de la façade couverte de lierre, s'élançaient deux tours de garde, qui dépassaient en hauteur la maison elle-même. De longues croisées étroites aux vitraux losangés dominaient les bois, les jardins luxuriants et les riches pelouses verdoyantes. On prenait particulièrement soin du parc, de peur que la lande sauvage ne vienne revendiquer cette terre qu'on lui avait dérobée.

La nuit, parfois, me parvenait le rugissement des brisants contre les rochers — ces longs doigts vieillis, noueux et noircis qui se tendaient comme des griffes dans l'océan. Pelotonnée sous mes couvertures, je craignais de sombrer dans l'onde amère, les terres éboulées sous les coups de boutoir des vagues. La vieille demeure tremblait autour de moi, craquait quand le vent cinglant et ricanant tâchait de s'infiltrer par les volets, furieux de ne pouvoir entrer.

Le Château était très isolé, et nous n'avions qu'un voisin proche. C'était une gentilhommière, Pembroke Grange, éloignée de quelques kilomètres au nord-est, que l'un de mes ancêtres, Sir John, avait acquise pour augmenter les possessions des Chandler. C'est là que vivait Tiberia Chandler Sheffield, la dernière sœur vivante de mon père, avec ses deux enfants, mes cousins, Esmond et Sarah. Au sud-ouest s'élevait une autre propriété, les Hauts des Tempêtes, dont le phare empêchait jadis les navires de se fracasser sur les rochers en contrebas. Mais les lieux abandonnés étaient tombés en ruine. Ainsi avais-je peu d'amis et ne sortais-je guère.

Quand mon père ne s'occupait pas de gérer son domaine, il se rendait le plus souvent à Londres. Je me réjouissais de ses longues absences, car alors, à l'exception de Nounou et Hugh, le palefrenier, personne ne me prêtait attention et j'étais libre d'aller et venir à mon gré.

Je passais bien des heures solitaires dans la campagne, en la seule compagnie de Tab, mon poney, et je devins aussi farouche et impétueuse que le pays. Seuls Hugh et Nounou connaissaient cet aspect de moi, car à mon retour, ma nourrice se hâtait de changer ma robe tachée d'herbe et de tresser mes cheveux ébouriffés par le vent. Je redevenais donc la douce fille de Sir Nigel Chandler, baronnet et maître du Château des Abrupts.

Ma cousine Sarah me suivait quelquefois lors de ces expéditions. Les Sheffield, qui étaient à notre charge, étaient pauvres comme rats d'église, et Sarah devait aider ma tante à des travaux de couture pour joindre les deux bouts. Mon père n'était guère généreux avec elles... Cependant tante Tibby aimait trop sa fille pour la laisser trimer sans répit :

— Allons, Sarah, tu as fait plus que ta part, déclarait-elle de temps en temps. Je finirai ce soir.

Alors, montées sur Tab, Sarah étreignant ma taille de toutes ses forces, nous galopions par la lande.

Elle était ma cadette d'un an, plus petite et plus ronde que moi, tenant davantage de la famille de mon père, les Sheffield, avec ses boucles châtain sombre, ses yeux noisette pétillants, son nez retroussé et sa bouche de rose. Elle était douce et enjouée comme un roitelet, rieuse et insouciante, et songeait toujours à cueillir de frais bouquets dont elle égayait la Grange à son retour. Qui la connaissait l'aimait forcément, car elle avait la bonté et la pureté d'une sainte.

Quand il pouvait se libérer de ses études, le frère de Sarah, Esmond, se joignait à nous. Ses cheveux châtains encadraient un visage régulier et harmonieux. Je lui enviais souvent son profil de statue antique, que je trouvais si différent du mien. C'était un garçon sérieux et réservé, dont la maturité dépassait ses douze ans : son père avait été tué dans un accident de carrosse quelques années auparavant, et il avait dû endosser les responsabilités du chef de famille, tante Tibby ne s'étant pas remariée.

En vérité, elle était si humble, si effacée, que je me demandais même comment elle avait pu trouver un premier époux. D'ailleurs mon père la supportait à grand-peine. Pourtant elle était inoffensive et emplie de bonnes intentions, et Sir Nigel, qui était homme de devoir, lui avait permis avec mauvaise grâce de venir s'installer à la Grange à la mort de son époux. La succession de Worthing Sheffield, qui n'avait jamais su gérer ses affaires, était en effet très maigre.

Tante Tibby se montrait toujours très bonne avec moi et me traitait comme l'une de ses enfants ; lorsque je ne chevauchais pas la lande, j'étais dans son salon, occupée à bavarder avec elle autour d'une tasse de thé, ou bien à aider Sarah dans sa besogne. Je connus là toute l'affection de ma jeunesse, ainsi qu'auprès de Nounou.

Mais je venais également pour Esmond, car je l'aimais déjà. Combien de fois me suis-je attardée dans l'espoir que monsieur Trahern, son précepteur, le libérerait plus tôt de ses leçons, afin que mon cousin puisse venir au salon près de moi ! Là, avec son lent sourire pensif et sa tendresse rayonnante, il ébouriffait mes cheveux d'un geste taquin et me disait :

— Ah Maggie, tu vas te faire réprimander par Nounou, j'en ai bien peur !

Et moi, je secouais ma crinière en riant, et lui répondais que je ne m'en souciais guère.

Ces occasions étaient rares, cependant, car Esmond étudiait dur pour se préparer au pensionnat, afin de recevoir l'éducation d'un gentleman. Sir Nigel, en homme prévoyant, avait réservé un pécule à cet effet.

Oh ! La simple pensée du départ d'Esmond me déchirait... Je ne savais pas comment je supporterais notre séparation, et me réjouissais que mon père ait insisté pour qu'Esmond n'entre pas immédiatement à l'école. En effet, son instruction ayant été scandaleusement négligée avant son arrivée parmi nous, il était très en retard pour son âge.

Quand l'idée de son absence devenait trop pénible, je me glissais discrètement dans la bibliothèque. Je m'y asseyais sans bruit dans un coin, l'observant tandis qu'il s'appliquait à ses leçons, ses boucles châtaines lui caressant le front. Parfois il levait les yeux par hasard, et m'apercevait. Alors le vieux Trahern s'éclaircissait la gorge d'un air bourru et essuyait de son mouchoir ses lunettes cerclées d'argent.

— Très bien, Esmond, disait-il alors. Ce sera tout pour aujourd'hui.

Quelle joie était la mienne en entendant ces paroles ! Car si Sarah était encore occupée, j'avais Esmond pour moi seule tout le reste de l'après-midi.

Nous allions sur la lande, bavardions et rêvions au jour de notre mariage, car notre union avait été arrangée depuis ma naissance : j'étais en effet la fille unique de Sir Nigel, et lui son héritier. Le seul frère vivant de mon père, Quentin, un bon à rien, le canard boiteux de la famille, avait disparu plusieurs années auparavant, et on le tenait pour mort depuis longtemps.

Je crois que ce furent mes seuls jours de bonheur innocent. J'étais comblée à l'idée de devenir un jour Lady Sheffield, maîtresse du Château des Abrupts et femme d'Esmond. Je buvais ses paroles quand il évoquait ses projets pour notre avenir, osant espérer dans ma ferveur d'enfant qu'il m'aimait aussi passionnément que moi.

— Peut-être ferai-je du droit, ou de la politique, Maggie, disait-il, et me présenterai-je au Parlement — bien que j'aime tant vivre à la campagne ! Et quand nous ne serons pas à Londres pour la saison, nous nous retirerons au Château. Sarah viendra vivre avec nous, et rien n'aura changé. Cela te ferait-il plaisir ?

— Oh oui, Esmond, oui ! m'écriais-je, en tapant dans mes mains comme les enfants sottement ravis d'un conte de fées.

Mais que peut connaître de la vie et de l'amour une enfant de dix ans ?

Devant mon ravissement, dont je ne faisais pas

mystère, Esmond souriait, et me parlait encore de ses rêves, qui, petit à petit, devenaient les miens.

Ainsi passa ma vie jusqu'à ce fameux été, où Sir Nigel revint de Londres une épouse à son bras, paraissant dix ans de moins qu'à son départ.

Etrange phénomène : de même qu'un petit caillou jeté dans un bassin provoque une vaguelette qui va jusqu'au bord, un simple événement peut changer entièrement le cours d'une vie — comme la mienne ce jour-là. Je ne me doutais pourtant de rien car au début, les choses allèrent leur train habituel. Mais cette journée allait causer ma perte.

Les semaines de pluie avaient pris fin ; le soleil brillait, rayonnant de toute sa gloire sur la lande, et le vent chuchotait avec la mer, où les mouettes s'appelaient de cris rauques et montaient comme des flèches blanches dans l'azur infini du ciel.

Plus tôt, Tab avait foulé les bruyères qui fleurissaient la campagne, évitant les épais buissons d'ajoncs. Ainsi, perdue dans mes pensées, même moi, le détective des lieux, je n'étais absolument pas prête pour le spectacle qui m'attendait à mon retour.

Typiquement, mon père ne nous avait pas prévenus que ses jours de veuvage avaient pris fin ! Ainsi n'étions-nous au courant de rien quand il sortit de son carrosse devant le Château, puis aida son épouse à quitter la voiture. Comme elle descendait les marches, j'aperçus une femme de taille moyenne, à la silhouette bien proportionnée, vêtue d'un élégant costume de voyage assorti d'un chapeau à plume. Puis, plantant fermement ses talons dans le sol, ma nouvelle belle-mère leva les yeux et je la vis clairement.

Gwyneth Wellesley Prescott Chandler était superbe, avec ses cheveux blonds balayés en un haut chignon et ses yeux bleus de cristal. Elle avait le menton fin et dédaigneux, et ses lèvres minces étaient peintes d'une main experte. Mais sa beauté était glaciale et avait l'arrogance hautaine d'une statue de marbre. Qu'elle était différente de ma mère, qui, même sur ses portraits, rayonnait de chaleur et de vie !

D'un regard étincelant, Lady Chandler prit rapidement la mesure de notre demeure. Un hochement presque imperceptible de sa tête divinement coiffée et un rapide demi-sourire de vanité marquèrent son approbation et son triomphe : elle avait bien mené ses affaires...

Même si je l'ignorais alors, l'épouse de Sir Nigel était une aventurière. Elle avait été mariée une fois auparavant — à un capitaine de la marine marchande assez prospère, Broderick Prescott, qui avait coulé par le fond avec l'un de ses deux bateaux au large des côtes indiennes.

Capitaine Brodie — j'allais apprendre rapidement que Lady Chandler l'appelait toujours ainsi — avait eu plusieurs années pour apprécier la véritable nature de sa femme et, comprenant qu'elle était à la fois dépensière et cupide, avait pris la décision avisée de laisser sa petite succession en dépôt pour ses deux enfants. La majeure partie des fonds reviendrait à son fils, et la plus petite part constituerait la dot de sa fille. Quant à Lady Chandler elle-même, il lui avait alloué une pension mensuelle à valoir sur les intérêts rapportés par l'héritage. Comme elle avait une source de revenus supplémentaire qui lui venait d'une propriété léguée par sa grand-mère, elle aurait pu vivre dans le confort, sinon le luxe.

La modération, comme Capitaine Brodie l'avait prévu, ne tenait cependant aucune place dans l'univers de Lady Chandler. Elle ne voulait pas vivre dans le confort, mais royalement, ou, à tout le moins, aristocratiquement. Ainsi, bien que nul ne sût mieux qu'elle tirer le maximum du moindre shilling (le capitaine étant d'une nature très économe), elle eut tôt fait de dépasser son budget et d'être harcelée par ses créditeurs.

Apprenant sa triste situation par les notaires de son défunt mari, Lady Chandler n'avait toutefois pas cédé à la panique. A la place, elle était allée chez l'un des usuriers des rues les plus sombres de Londres et, à un taux d'intérêt exorbitant, avait emprunté une somme égale à son revenu annuel. Puis, avant d'être arrêtée et jetée en prison, elle avait réglé ses factures les plus pressantes, s'était apprêtée comme une reine, et avait entrepris d'attraper un riche mari dans ses filets. Heureusement, elle avait remporté ce pari désespéré.

Sir Nigel n'avait pas été dupe de son petit numéro d'héritière en veuvage, contrairement à ce qu'elle avait cru. Ce n'était pas un sot, et après qu'elle eut attiré son attention, il fit mener une enquête. Pourtant, au lieu de mépriser sa ruse, mon père avait admiré son ingéniosité. Cette femme-là avait de la trempe. Elle ne serait pas toute petite devant lui, comme les autres, mais lui tiendrait tête, jusqu'à obtenir gain de cause si elle le pouvait. Voilà un défi que Sir Nigel ne pouvait refuser. Reconnaissant une âme sœur en madame Gwyneth Prescott, il lui avait demandé de l'épouser.

Alors que je les regardais depuis la fenêtre du palier, au second étage de notre maison, il lui dit quelque chose que je ne pus entendre, mais qui devait être drôle, car Lady Chandler émit un rire mondain, une cascade de notes aiguës qui flotta jusqu'à la croisée ouverte d'où je les espionnais.

Puis mon père se tourna vers la voiture pour aider la fille de son épouse, Julianne, à descendre.

Quelle flèche de jalousie et de rancune perça mon cœur ! A huit ans, elle était tout ce que je n'étais pas : petite et fragile, gracieuse et potelée ; son visage était encadré d'un savant arrangement de grosses anglaises qui caressaient ses joues, et ses yeux bleus, élargis comme des soucoupes, éclairaient son visage délicat. D'un geste espiègle, Sir Nigel tira sur l'une des boucles de lin qui dépassaient de son impertinent petit bonnet — qui était plus beau que tous ceux que j'avais jamais possédés — et lorsqu'elle se mit à rire, deux petites fossettes se creusèrent comme elle tendait vers lui son visage de poupée de porcelaine.

L'instant suivant, ils entraient majestueusement dans le manoir, et mon père les présentait à madame Seyton, notre gouvernante.

En apprenant leur identité, je me précipitai dans ma chambre aveuglée par des larmes brûlantes. La poitrine gonflée de haine, je sanglotai sur mon oreiller.

Comment a-t-il pu ? Comment a-t-il pu ? Blessée, meurtrie, je suffoquais de rage. Je pensais à ma mère défunte. Connaissait-elle cette trahison ?

Mais je n'eus guère le loisir de me lamenter car Nounou frappa doucement à ma porte pour m'avertir qu'on me demandait en bas. En toute hâte, j'aspergeai mon visage d'eau fraîche pour apaiser mes yeux rougis. Puis, à pas lents, je suivis ma nourrice le long du corridor sombre qui menait au palier. Je descendis seule les marches, mon désespoir entier malgré une rapide étreinte de Nounou. Devant les portes du petit salon, je fis une pause et pris une profonde inspiration, les mains tremblant un instant au-dessus des deux boutons de porte en bronze. Enfin je poussai les battants et fis mon entrée.

Quel beau spectacle que ce trio dont j'étais exclue ! Lady Chandler était assise sur le sofa, à côté de Sir Nigel, versant le thé de notre théière en argent dans nos plus belles tasses de porcelaine, celles qui ne servaient qu'aux grandes occasions. La poupée de porcelaine était juchée sur les genoux de mon père, le régalant de quelque conte divertissant, qu'il accueillait d'un regard pétillant. Ce fut elle qui m'aperçut la première, interrompant soudain son histoire, et me fixant avec curiosité, comme un phénomène au zoo. Elle fit une légère moue et aurait parlé si sa mère ne lui avait jeté un sévère regard d'avertissement qui échappa à Sir Nigel.

— Ah, Margaret, me fit-il, rayonnant, avec une gaieté qui lui était tout à fait inhabituelle, entre, entre. (Je fermai soigneusement les portes, puis me faufilai un peu plus avant.) Allons, plus vite, mademoiselle ! Ne traînez pas ainsi ! continua-t-il sur un ton plus vif. As-tu perdu tes bonnes manières ? Il y a quelqu'un ici que je veux te présenter.

— Nigel, vraiment... fit Lady Chandler d'une voix lente, une lueur d'indulgence adoucissant un instant son visage dur et égoïste. La pauvre petite n'est qu'une enfant, peu habituée sans doute aux étrangers. (Elle se leva et traversa vivement la pièce pour m'embrasser, manœuvre destinée à gagner l'approbation de mon père.) Je suis votre nouvelle belle-maman, ma chérie. (Je fus enveloppée d'un lourd nuage de parfum.) Et voici votre demi-sœur, Julianne.

La poupée de porcelaine me fit une petite révérence fort convenable, puis retourna s'asseoir sur les genoux de Sir Nigel. Elle me regardait de ses grands yeux emplis de feinte innocence, tandis qu'elle se lovait contre mon père en m'adressant un sourire condescendant.

J'étais toujours sous le choc.

Non ! Ce n'est pas vrai ! Père, dites-moi que ce n'est pas vrai ! J'aurais voulu crier, me révolter, mais sans rien dire j'accomplis une révérence qui parut encore plus maladroite à côté du gracieux mouvement de Julianne, et murmurai :

— Bienvenue au Château des Abrupts, Lady Chandler, Julianne.

Puis je m'assis inconfortablement au bord d'une chaise haute et raide, en retrait du petit groupe. J'étais devenue une intruse dans mon propre foyer.

Ma belle-mère m'examina d'un air critique dans le silence tendu qui suivit. Elle avait sans doute déjà compris que si jeune et privée de l'affection de mon père, je ne constituais aucune menace pour elle. Aussi ne se livra-t-elle pas à une escarmouche verbale, comme avec une rivale. Elle préféra préciser dès le début sa position — et par conséquent celle qui allait devenir la mienne.

— Eh bien, fit-elle avec ce demi-sourire qui n'était qu'à elle, ainsi vous êtes Margaret.

— Maggie, madame, la corrigeai-je poliment, car seul mon père m'appelait Margaret.

— Oui, bien sûr, répliqua Lady Chandler en hochant la tête. Mais vous serez bientôt une demoiselle et Margaret convient mieux à votre qualité. (Elle ne tint donc aucun compte de mon premier désir, et pas davantage des suivants...) Quel âge avez-vous, mon enfant ? demanda-t-elle alors.

— J'ai dix ans, madame.

— Mon Dieu, que vous êtes grande pour votre âge ! Je vous aurais donné quatorze ans, à tout le moins. (Elle leva son face-à-main pour me scruter de plus près, puis laissa tomber son verre cerclé d'or avec un frisson ; je me sentis encore plus gauche.) Asseyez-vous droite, Margaret. Ne vous voûtez pas, c'est si peu seyant. Et ces vêtements... tout simplement horribles. Vraiment, Nigel, comme vous le disiez, cette enfant ne sera jamais une beauté comme Julianne, ni même séduisante, car elle est tout à fait ordinaire. Mais faut-il l'affubler ainsi ?

Comme Lady Chandler l'avait cherché, ces mots me blessèrent. J'apprenais de sa bouche que mon père m'avait traitée de laideron et qu'il me fallait d'urgence les talents d'une belle-mère...

— Mais on dirait une souillon, enfin ! continua-t-elle impitoyablement, comme si mon cas était pire que prévu. Que diraient nos amis s'ils la voyaient ? A quoi avez-vous pensé toutes ces années, mon chéri ? ajouta-t-elle pour gronder Sir Nigel sur un ton malicieux, une moue désapprobatrice aux lèvres. Laisser Margaret dans ces... nippes ! Comment cette enfant se mariera-t-elle en étant si mal fagotée ? Dieu du Ciel !

— Oh, mais il ne faut pas vous inquiéter à ce sujet, madame. (Je repris poliment la parole, car je n'étais pas dénuée de fierté, et serais morte plutôt que de laisser voir mon chagrin à cette femme venimeuse.) Je dois épouser mon cousin Esmond, l'héritier de mon père. Le mariage est arrangé depuis des années.

Ma belle-mère parut très fâchée de cette remarque.

— Trêve d'impertinences, Margaret, coupa-t-elle. Vous êtes beaucoup trop jeune pour y penser. Votre père et moi conclurons bien entendu une union qui vous conviendra le moment venu. En attendant, il faut vous appliquer dès maintenant à améliorer votre apparence et vos manières. Voulez-vous nous faire honte ou éloigner tous les bons partis ?

— Bien, Madame, répliquai-je, dûment remise en place, mais bouillant intérieurement — et inquiète.

Il ne faisait aucun doute que je devais épouser Esmond, mon bien-aimé ! Comment cette femme osait-elle insinuer que ce ne serait peut-être pas le cas ?

— C'est une très bonne chose que votre père m'ait épousée, Margaret, afin que je puisse vous prendre en main comme l'aurait fait votre propre mère si elle avait vécu, continua Lady Chandler. Demain matin, je ferai quérir la couturière, et vous aurez une nouvelle garde-robe, Margaret. C'est merveilleux, non ?

— Si vous le dites, Madame, repris-je sans conviction, car je ne voulais rien de cette cruelle créature qui s'apprêtait à bouleverser ma tranquille existence.

Elle ne se souciait guère de mon cas, mais d'elle-même. Ma présence la contrariait sans doute et elle aurait préféré se débarrasser de moi. Mais comme j'étais la fille de Sir Nigel, elle devait respecter les apparences et ne pouvait écarter la fille unique de son époux si elle voulait s'intégrer à la société où évoluait mon père ; et la tâche était ardue car elle n'était pas bien née.

— Vraiment ! (Irritée, Lady Chandler entreprit de s'éventer énergiquement, comme si la chaleur de l'été faisait fondre son vernis.) Quelle étrange enfant vous faites, en vérité, Margaret ! Allez maintenant. Et toi aussi, Julianne. Je suis certaine qu'une fois que vous vous connaîtrez mieux, vous serez les meilleures amies du monde.

Sur cette flèche, elle nous oublia toutes deux et se tourna vers Sir Nigel. Avec un lent sourire charmeur qui me donna à penser qu'elle n'était ni de bois ni de glace comme je l'avais cru d'abord, Lady Chandler posa la main sur le genou de mon père.

Julianne quitta la pièce d'un pas majestueux, manifestement habituée à ces désinvoltes renvois. Je me traînai d'un air boudeur à sa suite, plus que jamais persuadée de les haïr. Fort malheureuse, je refermai la porte, gênée d'apercevoir Sir Nigel plonger la main dans le corsage de Lady Chandler.

Ce soir-là, le dîner fut donné à huit heures, au lieu de cinq qui était l'horaire habituel, Lady Chandler ayant résolu d'adopter les horaires tardifs en vogue à Londres.

Ce fut un moment de grande tension pour moi. Je ne mangeais jamais dans la grande salle, préférant prendre mes repas dans la nursery avec Nounou. Mais ma belle-mère avait insisté pour que je descende.

— Ne dites pas de bêtises, Margaret ! (Elle avait froidement balayé mes protestations en opérant le premier des nombreux changements qu'elle allait provoquer dans ma vie.) Vous êtes bien trop âgée pour Nounou et la nursery. Pourquoi votre père n'a-t-il pas engagé une préceptrice et une camériste pour vous ? Voilà qui dépasse mon entendement ! Je vais lui en toucher deux mots sans tarder. En attendant, quand nous serons en famille, vous nous rejoindrez à la salle à manger pour tous vos repas.

— Oui, Madame, répondis-je en fixant le bout de mes souliers, essayant de réprimer ma colère.

Lady Chandler me jeta un regard pénétrant.

— Vous vous abstiendrez désormais de ces sournoiseries, Margaret, et de m'appeler « Madame », ordonna-t-elle sur un ton mordant. Il est clair que vous êtes une enfant mal élevée et indisciplinée ; et même si je ne vous reproche pas votre manque de manières, puisque vous n'avez pas eu la main d'une mère pour vous guider, je veux qu'il soit clair dès maintenant que je ne tolérerai pas votre épouvantable attitude. Je suis votre belle-maman, et il est de mon devoir de souligner vos manquements et de tâcher de les corriger, afin que vous fassiez honneur au nom des Chandler au lieu de le salir. Me fais-je bien comprendre, Margaret ?

— Oui, Mada... belle-maman.

Ainsi donc je me tenais à table, raide et mal à l'aise sous le regard désapprobateur de Lady Chandler, picorant sans faim ce qui était dans mon assiette.

En toute autre occasion, j'aurais été ravie de ce festin, car nous n'avions pas de telles gâteries à la nursery : potage de tortue, poulardes farcies au riz sauvage et aux champignons, rôtis de bœuf noyés dans le vin de Bordeaux, poisson à la crème, pommes de terre fumantes, carottes glacées, haricots verts aux amandes effilées, pain chaud, tourtes et gâteaux, fruits frais et fromage... Les plats nous étaient présentés les uns après les autres par les valets, puis desservis par les bonnes, sous l'œil vigilant d'Iverleigh, notre majordome. L'idée de mal utiliser mes couverts d'argent ou de commettre quelque faux pas qui m'aurait valu le mécontentement de Lady Chandler me paralysait. Sinon, je crois que j'aurais pu tout dévorer au lieu de n'avaler qu'une bouchée par-ci par-là.

— Voilà un excellent repas, Gwyneth, commenta Sir Nigel. Quel exploit, alors que vous vous installez à peine !

— Une bonne épouse doit savoir gérer ce genre de choses, mon cher, roucoula-t-elle, se rengorgeant de satisfaction à ce compliment. Et avec toutes vos obligations, Nigel, vous ne pouvez perdre votre temps à de vulgaires considérations domestiques.

— Comme vous avez raison, ma chère, acquiesça-t-il en prenant une gorgée de vin. Demain matin, nous prendrons des mesures pour vous transférer certaines responsabilités.

— A votre guise, répliqua Lady Chandler d'une voix douce, alors qu'elle mourait d'envie de commander la maisonnée. Il y a quelques autres points de gestion dont je dois discuter avec vous. Que diriez-vous de neuf heures dans votre étude ?

— Je savais que nous nous entendrions bien, Gwyneth, approuva Sir Nigel avec un signe de tête, avant d'attaquer le bœuf bourguignon. Très bien, en vérité.

— Papa... intervint Julianne d'une voix haut perchée. (J'étais stupéfaite. Moi, on ne m'avait jamais autorisé l'emploi de ce diminutif affectueux.)... Savez-vous quand Wellesley doit arriver ?

— Eh bien, d'ici une quinzaine de jours, me semble-t-il. N'est-ce pas, Gwyneth ?

— Oui, acquiesça-t-elle en inclinant la tête. Mardi en huit, pour être précise.

— Qui est Wellesley ? m'aventurai-je à demander.

— Mon Dieu ! Dans toute cette agitation, j'ai dû oublier de vous en parler ! intervint Lady Chandler avec un rire perlé. Que je suis étourdie ! Wellesley est mon fils, Margaret, votre demi-frère. Je suis sûre que vous serez aussi heureuse que nous-mêmes de l'accueillir au Château des Abrupts.

— Oui Mada... belle-maman, répliquai-je avec docilité.

Mais je gémis intérieurement, bouleversée à l'idée qu'un autre Prescott allait envahir mon existence jadis solitaire. Cette nuit-là, je m'endormis dans les larmes.

Le matin suivant, Lady Chandler rejoignit Sir Nigel dans son bureau. Il s'ensuivit un véritable remue-ménage. Ma belle-mère reçut la responsabilité de toute la maisonnée, jusqu'à la comptabilité, car il apparut qu'en dépit de ses folles dépenses, elle avait persuadé mon père de sa compétence en matière d'argent.

Son premier soin fut de renvoyer Nounou. A ma grande honte, je pleurai toutes les larmes de mon corps et abdiquai tout orgueil, au point même de me jeter à ses pieds et de me tordre les mains — mais en vain. Ma belle-mère me releva sans ménagements et me secoua en me réprimandant avec aigreur. Je crus même qu'elle allait me gifler, mais elle n'osa pas.

En revanche, je fus confinée à ma chambre et Nounou, qui ne m'avait pas quittée depuis ma naissance, fut jetée dehors sur l'heure, avec un mois de gages en guise de préavis. Je ne pus supporter l'idée d'être séparée d'elle sans lui dire adieu et, bravant la colère de Lady Chandler, je me glissai en bas des escaliers de service et me faufilai dehors pour assister au départ de ma vieille nourrice.

— Allons, ma mignonne, m'accueillit-elle doucement quand elle m'aperçut derrière le massif d'arbustes. (Elle roulait toujours les *r* légèrement, ses vingt années en Angleterre n'ayant pas effacé son accent écossais.) Ne vous disputez pas avec Lady Chandler pour moi. Cela fait bien longtemps que je n'ai pas vu les Highlands de ma jeunesse et je serai contente de rentrer chez moi. Ma sœur m'a écrit si souvent pour me supplier de rentrer vivre avec elle... Elle a bien besoin d'aide, la pauvre petite, avec son ivrogne de mari et sept petits dans ses jupons.

— O Nounou, m'écriai-je, tu vas me manquer terriblement !

— Vous aussi, mon ange. (Elle essuya ses yeux humides de larmes.) Croyez-le bien. Allez, allez, vous serez bientôt une belle jeune dame, et je ne vous servirai plus à rien. Lady Chandler a raison. Ma petite fille grandit et n'a plus besoin de sa vieille Nounou. Il est temps que vous ayez une préceptrice pour votre éducation et une camériste, comme a dit Lady Chandler. Mais vous m'écrirez, n'est-ce pas ? me demanda-t-elle en me serrant fort contre elle.

— Bien sûr, Nounou, bien sûr !

— Alors adieu, ma fille. Que Dieu soit avec vous !

— Et avec toi, Nounou.

Je restai là, consumée de chagrin, tandis que la silhouette courbée de ma nourrice chérie descendait en peinant la longue allée qui menait aux grilles ouvragées du Château. Lady Chandler n'avait pas même eu la décence de faire conduire ma fidèle Nounou en voiture ou même en chariot — et la malle-poste était à quinze kilomètres.

Après son départ, ma belle-mère envoya une petite annonce au *Morning Chronicle* de Londres, pour signaler la place de préceptrice au Château des Abrupts et expliquer les compétences requises. Ensuite Linnet, une des jeunes bonnes, eut l'heureuse surprise de se voir promue au rang de camériste à mon service.

Une fois ces détails réglés, Lady Chandler convoqua madame Faversham, la couturière de Launceston, la ville la plus proche, pour le matin même si possible.

Madame Faversham arriva sans tarder, essoufflée et dans tous ses états. C'était la première fois qu'elle avait le privilège de fournir le manoir, car dans le passé, on achetait les étoffes de mes vêtements deux fois par an au colporteur, quand mon père se rappelait mon existence. Mes robes elles-mêmes avaient été coupées et cousues par Nounou, qui se souciait peu de la mode. Il fallait qu'un vêtement fasse de l'usage et voilà tout. Dieu la bénisse, car elle avait fait de son mieux pour moi.

Les talents de madame Faversham étaient naturellement trop modestes pour Lady Chandler, dont les superbes toilettes venaient de Bond Street et d'Oxford Street à Londres. La guerre faisant rage contre la France, il était très difficile de faire venir des robes de Paris. Mais la couturière de Launceston fut jugée assez bonne pour moi — et pour Julianne aussi, dont le trousseau devait être renouvelé.

Ainsi fus-je libérée de ma chambre, ma sortie du matin étant passée inaperçue, et Julianne et moi fûmes appelées au petit salon pour être habillées par madame Faversham.

Il serait malhonnête de prétendre que je restai indifférente aux modèles de son catalogue, ou aux échantillons de tissus plus fins que je n'en avais jamais connu. En réalité, j'étais transportée de joie ; et si je n'espérais pas avoir la permission de choisir les étoffes, il était plaisant d'y rêver, et d'atténuer ainsi la peine causée par le départ de Nounou.

Chère nourrice... Comme je l'oubliai vite au fil de la matinée ! Je n'avais jamais rien possédé qui ressemble à ce que madame Faversham étalait alors devant moi.

C'était une drôle de petite bonne femme et curieusement, grâce à elle, je connus un de mes premiers élans de complicité avec ma demi-sœur, Julianne. Je croisai son regard par hasard et tout comme moi, elle s'efforçait d'étouffer un fou rire devant l'étrange spectacle qu'offrait la couturière.

Madame Faversham était aussi maigre qu'une épingle et pas plus haute qu'un mètre de couturière. Un petit chapeau de dentelle blanche, juché comme une pelote sur ses cheveux striés de gris, dominait un visage ridé en lame de couteau. Quant à ses lunettes ovales et cerclées, on aurait dit une paire de ciseaux à broder ! Elle portait une robe de mousseline de coton très amidonnée qui se boutonnait jusqu'à la gorge, avec un col blanc arrondi aux bords repassés. Elle tenait une paire de gants immaculés à la main, mais surtout pour faire bonne impression, car jamais elle ne les mit et les oublia même à son départ, si bien qu'il fallut dépêcher un valet tout exprès pour les lui rapporter.

Elle exerça ses talents sur Julianne et moi avec vivacité, prenant des mesures, étudiant des drapés et posant des épingles, mettant des pinces ici et boulottant des ourlets là.

— Pour l'amour du ciel, Margaret ! Tenez-vous droite ! Comment madame Faversham pourra-t-elle jamais avoir des chiffres exacts ? me gronda ma belle-mère sur un ton irrité. Je sais que les enfants grandissent par à-coups, mais pas en quelques heures, tout de même ! Et nous en sommes à la troisième longueur de robe pour cette matinée !

— Oui, belle-maman.

— Mon Dieu, Julianne ! As-tu vu ton tour de taille ? Plus de bonbons ou de sucreries pour vous, mademoiselle, sous peine de devenir une grosse tourte ! Donne-moi ce sucre candi immédiatement. Mais non, vilaine, pas celui que tu as dans la bouche, ce qui reste du paquet que tu caches derrière ton dos.

Lady Chandler tendit la main vers le sac de gâteries que Julianne finit par abandonner après une rapide bousculade tout à fait déplacée, pour laquelle j'étais certaine que Julianne serait dûment châtiée plus tard.

— Madame Faversham, si vous voulez bien me montrer le reste de vos tissus. Oui, je crois que le rose pour Julianne...

— Je ne veux pas de rose ! J'en ai plus qu'assez du rose, protesta l'intéressée sans décorum, rouge de colère et faisant une grimace si laide qu'elle ressemblait davantage à une grosse fraise qu'à une poupée... (Puis elle lança à sa mère un regard de défi, sans doute pour se venger de la perte des sucreries.) Je veux ce velours rouge.

Elle montra un coupon que j'avais remarqué un peu plus tôt, sans toutefois espérer l'obtenir.

— Ne dis pas de sottises, Julianne, rétorqua Lady Chandler d'un ton sec, les yeux étincelants. (Elle s'efforçait de sauver les apparences devant la couturière qui ne manquerait pas de jaser dans tout le village.) Le rouge est pour les brunes, comme Margaret. Tu es bien trop pâle pour porter une couleur si dure. Tu dois t'en tenir aux pastels, comme ta maman. Peut-être un bleu, ou le tissu lavande, si tu ne peux plus supporter le rose...

Visiblement, Julianne décida qu'elle avait suffisamment éprouvé la patience de Lady Chandler, car elle ne présenta plus d'objections. Elle nous tourna soudain le dos, non sans avoir tiré la langue à sa mère, puis alla bouder dix minutes dans un coin. Mais elle nous rejoignit bien vite, craignant sans doute d'avoir moins de vêtements que moi en punition.

Elle s'agitait sans cesse, passant d'un pied sur l'autre pour essayer d'observer les patrons par-dessus l'épaule de sa mère.

— Tu ne tiens pas en place, Julianne, réagit enfin Lady Chandler, exaspérée. Ne peux-tu rester assise tranquille, comme Margaret ?

A cette remarque, Julianne tapa du pied une fois de plus et passa le reste de la matinée à me faire d'horribles grimaces, ainsi qu'à sa mère quand elle tournait le dos, ou à singer la pauvre madame Faversham. A la lumière de cette attitude, mon premier mouvement de camaraderie vers ma demi-sœur s'évanouit, de même que ma jalousie. Je compris que malgré toute sa beauté, Julianne n'était qu'une enfant gâtée, et j'eus pitié d'elle, qui possédait tant et pourtant si peu. A sa manière, elle était aussi pathétique que moi.

La situation ne s'améliora guère lorsque Lady Chandler, qui était femme de goût, je dois l'avouer, choisit le velours écarlate pour moi. Malgré ma contrariété à le recevoir d'elle, je ne pus résister au plaisir de m'admirer quand madame Faversham le drapa autour de moi. Comme ma belle-mère l'avait prévu, le rouge m'allait mille fois mieux qu'à Julianne, faisant ressortir ma peau mate ainsi que mes yeux et mes cheveux noirs. Je ne serais peut-être jamais jolie, mais je compris que bien habillée, je ne passerais pas inaperçue ; et je m'émerveillai du changement qui s'opérait en moi.

— Eh bien, intervint Lady Chandler, aigrie de cette amélioration bien qu'elle en fût l'artisan, peut-être pourra-t-on tirer quelque chose de vous finalement, Margaret. Vois-tu, Julianne, l'effet de couleurs bien choisies ?

Rien d'autre ne fut dit. Les autres tissus furent pris dans des teintes moins éclatantes, ma belle-mère ayant eu l'intuition que le vilain petit canard pourrait bien devenir un cygne. Mais j'avais le velours rouge, et cela me suffisait.

Enfin tout fut terminé, avec tant de croquis, de pattes de mouche sur les marges, d'échantillons épinglés aux pages, que j'en perdis vite le compte, étourdie à l'idée que j'en recevrais la moitié. Lady Chandler n'avait pas gagné mon affection, naturellement ; mais elle avait marqué un point ce matin-là... Comment détester celle qui mettait de si beaux vêtements à ma portée ?

Jamais plus je ne porterais les misérables robes que Nounou avait cousues avec tant d'amour. Quelques semaines plus tard, quand mes nouvelles tenues seraient livrées, nous donnerions mes hardes à l'église, afin qu'elles soient distribuées aux pauvres et aux nécessiteux.

— Margaret, m'admonesta ma belle-mère, n'oubliez jamais votre devoir de charité !

— Oui, belle-maman, répondis-je rapidement, me détournant pour qu'elle ne me voie pas rougir.

Car j'avais ma petite idée : je voulais conserver les plus belles pièces de ma garde-robe pour les donner à Sarah. Après tout, raisonnai-je, elle est vraiment pauvre, et si certaines jupes sont trop grandes pour elle, elle pourra facilement les rétrécir. Il n'y aura qu'à les teindre dans des couleurs plus vives.

Comme j'oubliai vite que la veille encore, ils constituaient toute ma fortune ! J'écartai dédaigneusement ma vieille robe brune et, transportée de fierté triomphante, serrai contre moi le prix tant convoité par Julianne.

Oui, le navire de mon existence avait à jamais changé de cap. J'allais prendre de face les rudes vagues qui m'attendaient, ma voile de velours rouge se gonflant au vent.

2

Plus tard dans l'après-midi, quand je réussis enfin à me débarrasser de ma belle-mère et de Julianne, je courus m'enfermer dans ma chambre. Je triai ma garde-robe avec soin, choisissant ce que je pouvais donner à Sarah. J'entassai le tout comme je pus dans une cape usée, puis sortis discrètement par l'escalier de service. Je m'assurai furtivement qu'on ne m'observait pas puis me dirigeai à toutes jambes vers les écuries.

— Dois-je seller Tab, mademoiselle Maggie ? demanda Hugh, le palefrenier en chef, en me voyant.

— Oui s'il vous plaît, et je vous en prie, Hugh, faites vite. Je veux partir avant qu'on ne me voie.

Bien qu'âgé d'à peine trente ans, Hugh était buriné par les durs travaux qu'il effectuait dehors, et il me paraissait très vieux. Pourtant, je l'aimais beaucoup : il n'avait jamais manqué de bonté pour moi, et ce jour-là en est la preuve.

— C'est donc ça, mademoiselle ? m'interrogea-t-il. (Il avait les yeux gris et vifs, et son regard avisé était plein de sensibilité.) Ma foi, je me doutais bien que la nouvelle maîtresse aurait ses méthodes à elle, et peut-être pas de votre goût. Malgré tout, mademoiselle Maggie, vous n'avez pas intérêt à vous enfuir maintenant, si c'est à cela que vous pensez, avec votre baluchon et le poney à seller. Le maître vous fera rattraper, c'est tout, et vous y gagnerez une bonne réprimande et une méchante punition, je crois.

— Oh oui, j'imagine bien, acquiesçai-je. Mon cher Hugh, vous avez toujours été mon ami. Mais ne vous faites pas de souci pour moi, je vous assure. Je ne voulais pas faire une fugue. Je n'y avais même pas pensé, soyez tranquille. Où irais-je, sinon à la Grange ? Et ce serait bien le premier endroit où mon père me chercherait ! Non, repris-je en secouant la tête. Peut-être savez-vous que madame Faversham, ma couturière, était chez nous ce matin ? Je dois recevoir de nouveaux vêtements, les miens n'ayant pas eu la faveur de Lady Chandler. Je ne fais que porter mes vieilles robes à mademoiselle Sarah avant que Sa Grandeur ne puisse les donner à l'église.

Hugh me sourit alors, le visage éclairé de compassion. Rien ne lui échappait, et les difficultés financières de tante Tibby ne lui étaient pas inconnues.

— Bon, eh bien, il faut vous mettre en route, n'est-ce pas ? (Il fit sortir mon poney des écuries.) Montez, maintenant, mademoiselle Maggie.

Il m'aida à me mettre en selle et vérifia que mon paquet était solidement arrimé derrière moi. Puis il administra une claque amicale à Tab et me fit un signe de main, tandis que je faisais trotter vivement le poney en le talonnant.

Le crissement des graviers sous les sabots de Tab me parut plus bruyant que d'habitude ; une fois de plus, je lançai un regard craintif par-dessus mon épaule, inquiète à l'idée que l'on pût m'entendre et m'intercepter. Je ne me détendis qu'après avoir atteint sans incident la loge du gardien — sans doute Gower dormait-il à son poste — et dépassé les grilles ouvertes du Château. Après quoi, poussant un soupir de soulagement, je coupai par la lande vers Pembroke Grange.

L'après-midi était agréable, et de toute la détermination dont j'étais capable, je résolus de ne pas le gâcher en ruminant les derniers événements. C'était pourtant plus facile à dire qu'à faire, et je m'aperçus que je ne parvenais pas à chasser Julianne et Lady Chandler de mon esprit. Elles avaient envahi mon univers, et je n'avais aucun espoir de les en chasser. Je ne pouvais que déplorer leur venue. Dire qu'on attendait encore un autre Prescott ! Quelle perspective !

Absorbée par le tumulte de mes pensées, je n'arrêtai pas une seule fois mon poney pour cueillir un bouquet de fleurs à offrir à Sarah. Je ne laissai pas non plus Tab goûter aux fougères ou se promener à sa guise comme d'habitude, mais lui imposai bon pas et droite route. Ainsi les bâtiments familiers de la ferme furent bientôt en vue.

Comme toujours, la vision de Pembroke Grange me mit de meilleure humeur. La demeure n'était pourtant pas, et de loin, aussi imposante que le Château des Abrupts. Mais c'était précisément ce défaut qui lui conférait son charme et sa chaleur. Naturellement, le bon accueil que l'on m'y réservait l'aurait de toute manière rendue chère à mon cœur mais même un étranger l'aurait trouvée hospitalière.

La Grange n'était pas aussi ancienne que le Château et datait de la fin du dix-septième siècle. Elle était plus petite et d'architecture plus simple, bâtie d'une roche jaune pâle, amenée de Bath, disait-on, par le premier propriétaire, un vieux gentilhomme qui aimait prendre les eaux là-bas. Au fil du temps, les blocs s'étaient teintés d'une belle nuance crème, qui me faisait penser à du lait fraîchement tiré. La pierre réfléchissait les rayons du soleil avec des reflets d'or riche et tendre, qui s'effaçaient doucement au crépuscule.

La maison elle-même était carrée, les angles de la

façade adoucis par un large porche qui reposait sur des colonnes et soutenait lui-même un balcon à balustrade ouvragée. De longues croisées étroites s'ouvraient à intervalles réguliers le long du premier et du second étage. Le toit mansardé, recouvert d'ardoises noires, s'interrompait en un sobre fronton qui s'élevait au-dessus du balcon. De chaque côté avaient été percées trois fenêtres en chien assis, si bien que le dernier étage offrait un agréable contraste avec les deux du bas. Quatre hautes cheminées s'élevaient de la crête du toit.

L'ensemble paraissait décrépit par la faute de mon père, qui ne donnait que le strict minimum pour l'entretien des lieux. Il s'intéressait davantage aux profits qu'ils lui rapportaient, car de même qu'au Château, on y élevait des bovins et des moutons, ainsi que quelques chèvres, les terres avoisinantes constituant d'excellentes pâtures naturelles.

De larges pelouses vertes parcourues d'ormes typiques des Cornouailles partaient en pente depuis la maison ; les murs étaient bordés de massifs de fleurs ondoyantes. A l'arrière se trouvaient des jardins à la luxuriance désordonnée. Sarah y cueillait les bouquets qu'elle arrangeait en gerbes avec les bruyères et fleurs sauvages prenant sur la lande. Pourtant ni le parc ni le potager n'étaient aussi bien entretenus qu'au Château, faute de personnel. Sarah aidait Dugald, le vieux jardinier, quand elle en avait le temps — mais à son grand regret, trop peu souvent. Elle adorait les plantes et tout leur entretien. Son jardin d'herbes, dont elle prenait particulièrement soin, en était la preuve vivante.

Quand j'atteignis la maison, je tendis les rênes de Tab à Jack, le palefrenier, puis entrai dans la cuisine par-derrière et sans frapper, car il n'y avait pas de cérémonies entre nous.

— Tiens, mais voilà mademoiselle Maggie, si je ne m'abuse, s'exclama à ma vue madame Hopkins, qui faisait fonction de gouvernante et de cuisinière. Justement je me demandais si c'était votre poney qu'on entendait dans l'allée, n'est-ce pas, Betsy ? reprit-elle en s'adressant à l'une des deux bonnes.

— Ma foi oui, madame, pour sûr, acquiesça Betsy.

— Vous arrivez juste pour le thé, mademoiselle, me dit madame Hopkins. Allez au salon, et Betsy va apporter le plateau tout de suite.

Je m'exécutai, entendant depuis le couloir la voix basse d'Esmond et le doux rire de Sarah. Quand je fis mon entrée, ils m'accueillirent à bras ouverts avec des exclamations de joie.

— Chère Maggie ! s'écria Sarah en me serrant contre elle, l'air préoccupé. Entre et assieds-toi. (Elle tapota les coussins du vieux sofa et s'assura que j'étais confortablement installée, tandis qu'Esmond me déchargeait de mon paquet et le posait sur le tapis.) Nous n'avons appris la nouvelle du remariage de l'oncle Nigel que ce matin. Il faut que tu nous racontes ! Mais attends, je vais chercher maman, elle se fait beaucoup de souci depuis la nouvelle.

Sarah courut appeler ma tante d'un pas léger.

— Tu sembles lasse, Maggie, observa gravement Esmond qui s'assit près de moi en me prenant la main. Ces derniers jours ont-ils été très éprouvants ?

— Oh oui, Esmond, oui, répliquai-je avec force, car Lady Chandler est une femme horrible ! Tu ne peux pas imaginer... Mais, une minute. Je dois attendre Sarah et tante Tibby, je sais qu'elles veulent tout entendre aussi. Ah, les voici !

Je me levai pour étreindre ma tante qui paraissait en effet bouleversée. Elle devait s'inquiéter des conséquences qu'aurait le remariage de mon père sur sa vie à la ferme — à juste titre, sans doute. J'eus un élan de compassion pour elle en revoyant Lady Chandler à sa sortie de l'étude de Sir Nigel, le matin même. Il n'y aurait rien de surprenant à ce qu'elle réduise le budget de la Grange, budget déjà bien modeste.

Cependant, parfaitement impuissante à l'aider, je ne dis mot. Inutile d'ajouter encore à l'anxiété de ma tante. Je décrivis plutôt Lady Chandler et Julianne en détail et racontai tout ce qui s'était produit depuis leur arrivée. A mon récit, tante Tibby perdit beaucoup de sa réserve et se trouva fort offensée du choix de mon père. Elle portait en très haute estime le nom et le patrimoine des Chandler. Elle me stupéfia, je ne l'avais encore jamais vue en colère pour de bon. L'espace d'un instant, comme ses yeux lançaient des éclairs et qu'elle rougissait de fureur, j'aperçus la jolie jeune fille gâtée qu'elle avait dû être dans sa jeunesse, avant les humiliations et les chagrins.

— A quoi Nigel a-t-il pu penser ? lança ma tante avec dédain. Mon père pouvait bien mépriser mon défunt époux, et à tort du reste, il n'empêche qu'il était issu d'une excellente famille ! Vous allez voir ! Malgré ses minauderies, cette Gwyneth n'est qu'une aventurière et ne me dites pas que Nigel l'ignore, rusé comme il est !

» Mon Dieu, reprit-elle, si père était vivant, il ferait fouetter mon frère pour nous amener un pareil déshonneur !

» En tout cas, que Lady Chandler ne s'imagine

pas qu'elle se mêlera de nos affaires à la Grange ! J'en ai beaucoup supporté de la part de Nigel, tout est préférable à ces disputes qui m'épuisent les nerfs — et puis il est le chef de famille, tout de même — mais il est hors de question qu'une veuve de marchand me dicte ma vie ! Et mon frère le saura à sa prochaine visite !

— Allons, maman, ne te mets pas dans un état pareil, déclara Sarah sur un ton ferme. Je suis bien sûre que l'oncle Nigel n'a pas l'intention de négliger ses devoirs envers nous — Esmond n'est-il pas son héritier ? — et d'après ce que nous a raconté Maggie, Lady Chandler veut trouver sa place dans le monde. Elle ne peut pas commencer par rejeter la famille de son nouvel époux.

— En vérité non, ajoutai-je. Du reste, si tel était son vœu, elle m'aurait laissée dans mon isolement au lieu de s'occuper de moi comme elle le fait. Trop, même, quand je pense à Nounou...

Betsy entra alors avec le plateau du thé, et tandis que tante Tibby nous servait, j'ouvris mon paquet pour montrer à Sarah les vêtements que je lui avais apportés. J'étais maintenant gênée par leur simplicité et leur usure à côté de ce que je devais recevoir à leur place mais Sarah me fut sincèrement reconnaissante. Elle les déplia les uns après les autres avec des exclamations de joie. Cette dentelle abîmée pourrait être raccommodée, elle retournerait telle manchette pour dissimuler une tache... Elle serait même allée chercher sa corbeille à ouvrage si ma tante ne lui avait pas demandé en souriant d'attendre au moins que nous ayons pris le thé.

Peu après, l'après-midi touchant à sa fin, je me levai à regret et annonçai mon départ. Je n'avais plus l'indulgente Nounou pour fermer les yeux sur mes caprices et couvrir mes longues fugues. On aurait forcément remarqué mon absence maintenant, et Esmond craignait que je ne me fasse sévèrement gronder à mon retour.

— J'espère qu'ils ne seront pas trop stricts avec toi, Maggie, dit-il.

— Cela m'est égal, déclarai-je bravement en secouant la tête. Ce ne sera sans doute pas la dernière fois que l'on me punira.

— Oui, mais dis-leur que nous t'avons gardée longtemps, insista Esmond. Notre curiosité est bien naturelle, après tout. Tu expliqueras que nous voulions tout savoir de ces bouleversements, et comme il ne serait pas convenable que nous nous rendions au Château sitôt après l'arrivée de Lady Chandler, nous t'avons retenue. En fait, j'imagine que maman ira présenter ses respects à la première occasion.

— Oui, sans doute, acquiesçai-je. Vous pourrez vous faire votre propre idée sur Lady Chandler. Je l'ai peut-être mal jugée, mais je ne crois pas.

Je partis chercher mon poney aux écuries et pris la direction de la maison, poussant Tab aussi vite que ses courtes pattes pouvaient la porter ; malgré mes vantardises, je craignais de me faire sermonner par mon père, et gardais le secret espoir de me glisser subrepticement dans ma chambre sans que personne me voie.

Malheureusement, nous venions de dépasser le dernier virage de l'allée quand j'aperçus Julianne, un panier de fleurs au bras, qui flânait dans les jardins d'un air de propriétaire si marqué qu'on l'aurait crue maîtresse des lieux. Alors qu'elle montrait à un jardinier une fleur qu'elle souhaitait couper, elle s'interrompit à ma vue et s'avança vers moi d'un pas vif, avec un sourire de triomphe qui me fit penser à sa mère.

— Où étais-tu, Maggie ? interrogea-t-elle, excitée comme un bourreau qui va délivrer le coup de grâce. Maman te cherche partout depuis des heures. Il n'est plus question que tu sortes sans permission, c'est ce qu'elle a dit, et tu seras punie !

— Et alors ! fis-je avec un haussement d'épaules désinvolte.

Je tremblais intérieurement, mais Julianne ne pouvait pas le savoir et je réussis à lui gâcher sa petite joie mesquine. Son sourire disparut, remplacé par une moue, et elle fronça le sourcil.

— Te moques-tu donc de recevoir une correction ? demanda-t-elle, à la fois déçue et curieuse.

— Mon père ne m'a jamais frappée et je doute fort qu'il le permette à ta mère quoi qu'elle en dise, répliquai-je avec hauteur. D'autre part, je suis simplement allée rendre visite à ma tante et à mes cousins de Pembroke Grange, comme je le fais souvent.

— Alors tu aurais pu m'inviter à t'accompagner, fit observer Julianne. C'est très impoli de ta part. Maman a été scandalisée. Je n'ai pu jouer avec personne de tout l'après-midi, et bien que papa ait promis de m'acheter un poney, il a été trop occupé, finalement.

Pauvre Julianne, me dis-je hypocritement.

Sir Nigel n'aimait guère les enfants, et depuis qu'il avait séduit et épousé Lady Chandler, sa progéniture lui importait peu. Une fois de plus, ses affaires quotidiennes avaient repris le dessus, et tout comme moi, Julianne avait été reléguée aux oubliettes. J'étais naturellement habituée à ce manque d'égards. Mais ce n'était pas le cas de Julianne, entourée et gâtée en permanence. Mais je ne pouvais que me réjouir de son échec : au moins, elle ne recevrait pas l'affection que Sir Nigel m'avait refusée.

— Est-ce là ton poney ? demanda-t-elle en changeant de sujet.

Elle considéra Tab du regard de propriétaire qu'elle avait eu pour les jardins.

— Oui, admis-je de mauvaise grâce, devinant immédiatement son intention. Nul autre que moi ne l'a jamais monté.

— Oui, mais tu es ma demi-sœur, maintenant, et il faut partager tes affaires avec moi, insista-t-elle. Sinon, je serai forcée de raconter à maman et papa comme tu es méchante avec moi.

— Sale petite rapporteuse ! Agis à ta guise ! Mais tu ne m'imposeras pas tes caprices. Je ne me laisserai pas faire, tu peux me croire...

Sur ce, je fis trotter Tab d'un coup de talon et, frémissante de rage, continuai mon chemin jusqu'aux écuries. J'étais certaine que Julianne courrait tout répéter à sa mère, et de fait, à mon retour, Lady Chandler me réprimanda sévèrement.

En réalité, sa colère n'était pas due à mon escapade clandestine, ni même à mes piquants échanges avec Julianne. Elle me reprochait plutôt de n'avoir pas emmené ma demi-sœur à la Grange. Julianne s'était rendue insupportable en mon absence, se plaignant de mourir d'ennui. Sa mère avait fini par la gifler, mais à son insu, Julianne s'était glissée dans le cabinet de mon père pour l'importuner de son nouveau caprice : elle voulait un poney, le sien ayant été vendu à la mort du Capitaine Brodie.

J'échappai à toute punition en promettant seulement de faire visiter le Château à Julianne le lendemain et en acceptant de mauvaise grâce qu'elle monte Tab. Puis je me précipitai dans ma chambre, verrouillai solidement la porte derrière moi, et défoulai ma rage sur un malheureux oreiller de plumes.

Le matin suivant, je guidai Julianne dans le Château, de la cave au grenier. Elle avait beau affecter un air dédaigneux, elle était très impressionnée. Le Château était beaucoup plus imposant que sa maison de Londres.

Je dois dire que je jouai mon rôle à la perfection, car madame Seyton, notre intendante, m'avait prêté sa châtelaine. Devant chaque porte, je faisais cliqueter les clefs de l'énorme anneau d'un air blasé, comme si j'étais déjà la maîtresse des lieux et très habituée à cette responsabilité.

— Voici la chambre de la reine Elizabeth, quand elle rendit visite à Sir Geoffrey, le chevalier qui acquit le Château des Abrupts, déclarai-je d'un air détaché en arrivant dans une pièce. (En fait j'ignorais si cette légende était exacte mais les Chandler ayant toujours prétendu que oui, je ne voyais aucune raison de présenter une autre version à Julianne.) C'était bien entendu avant que James Ier n'institue la liste des baronnets, et Sir Francis, le fils de Sir Geoffrey, reçut le premier titre de baronnet du Château.

Dans la longue galerie, je lui montrai les portraits des Chandler à travers les âges. Puis nous descendîmes à la bibliothèque, où elle vit une tabatière ornée sur un guéridon.

— Voici l'objet que le roi Charles II offrit à Sir Richard, mon ancêtre. Ce n'était qu'un modeste gage de l'amitié et de l'estime qu'il reçut pour avoir aidé Sa Majesté à monter sur le trône d'Angleterre.

Dans une vitrine de bibelots, se trouvait un gobelet d'argent où avait bu George Villiers quand il était duc de Buckingham et favori de James Ier.

Ensuite j'emmenai Julianne à la grande salle de bal, où avait dansé Sarah Jennings Churchill, la duchesse de Marlborough, qui avec son époux, John Churchill, avait été l'éminence grise de la reine Anne. Et enfin, plus excitant que tout, le cachot secret derrière les caves...

— Cette crypte, comme nous l'appelons, fut creusée sur l'ordre de Sir William durant le règne du roi Charles Ier, quand Oliver Cromwell, le chef des Têtes Rondes, tenait toute l'Angleterre dans sa poigne de puritain. C'est là que Sir William dissimula les bijoux de famille et l'argenterie pendant la guerre civile, quand on saisissait les richesses des traîtres qui avaient décapité le roi. Comme tu le vois, la crypte n'est plus guère utilisée aujourd'hui, continuai-je alors que nous examinions la pièce humide et poussiéreuse à la lueur fantasque et vacillante de nos torches, mais comme elle a sauvé la fortune des Chandler, personne ne l'a comblée.

A ces mots, ma demi-sœur ne put garder sa pose plus longtemps.

— C'est fascinant, s'exclama-t-elle, les yeux écarquillés. Et crois-tu qu'on y enfermait des prisonniers aussi ?

— Je ne sais pas. J'imagine que oui. Ce dont je suis certaine, c'est que plusieurs sympathisants royalistes y furent cachés jusqu'à ce qu'ils passent clandestinement en France. Les Cornouailles ont souvent été idéales pour ce genre de choses.

Puis, poussée par un élan malicieux, j'ajoutai :

— Qui sait ? Peut-être des gens furent-ils torturés dans cette même crypte, et nous marchons sur les pierres qui cachent leurs squelettes...

Julianne frissonna et, après un regard horrifié vers le sol, battit nerveusement en retraite vers l'escalier de pierre qui remontait aux caves.

— Retournons, proposa-t-elle en hâte. C'est sale ici, et je ne veux pas salir ma robe.

Contenant ma furieuse envie de rire devant sa mine déconfite, je la suivis en haut des marches pour prendre le chemin des cuisines. Une domestique nous y annonça que le repas était presque prêt.

Une fois le déjeuner servi, on nous autorisa à quitter la table. Comme nous avions passé toute la matinée à explorer la maison, j'espérais qu'elle me laisserait tranquille. Je m'étais certes divertie à rabaisser Julianne par l'énumération de mon lignage, aussi ancien que respectable, mais elle avait éprouvé toute ma patience.

Je bâillai donc sans retenue avant de déclarer que j'étais lasse, pensant qu'elle allait me comprendre à demi-mot et s'en aller. Au lieu de quoi je la retrouvai sans cesse sur mes talons, à me rappeler avec aigreur ma promesse de la laisser monter Tab. Pour être débarrassée d'elle le plus vite possible, j'accédai à sa demande. Nous nous dirigeâmes donc vers les écuries où, avec un discret clin d'œil de complicité, Hugh sortit Tab et la sella.

— Je prends les rênes, Maggie, déclara Julianne avec fermeté. Tu peux monter en croupe.

— Jamais de la vie ! m'écriai-je. Tab est à moi et à personne d'autre !

— Oui, mais tu sais ce qu'a dit maman : je suis ta demi-sœur maintenant, et tu dois être gentille avec moi. Et puis, si tu me laisses tenir les rênes, tu pourras jouer avec mes poupées.

Je savais qu'elle n'était pas sincère. Je les avais vues la veille au soir et m'étais consumée de jalousie devant sa collection. Le Capitaine Brodie les lui avait rapportées du monde entier : de belles poupées de porcelaine vêtues d'élégantes soieries ; de simples pantins de chiffons en vichy ; d'étranges créatures de bois sculpté ; des bonnes femmes à la tête composée de fruits séchés ou de noix ; de petites fées de coquillages et de galets ; et des modèles modestes, tissés de paille et d'herbe. Elles constituaient les plus belles possessions de Julianne qui ne permettait pas même à sa mère — et à moi moins encore — de les toucher.

— Non seulement tu es une rapporteuse, mais tu es une menteuse par-dessus le marché ! l'accusai-je. Mais elle se contenta de m'adresser ce détestable sourire imité de sa mère et tapa du pied avec impatience, pressée de partir. Pour en finir le plus vite possible, je consentis à m'asseoir derrière elle ; enfin, montant Tab, nous passâmes la loge et sortîmes par les grilles ouvertes du Château.

— Dans quelle direction se trouve Pembroke Grange ? demanda ma demi-sœur une fois sur la route.

— Par là, à travers la lande. Pourquoi ?

— Je voudrais rendre visite à ma nouvelle tante et à mes nouveaux cousins, les Sheffield.

— Ils ne font pas plus partie de ta famille que je ne suis ta sœur, rétorquai-je. Tu n'as rien à faire là-bas.

Je ne voulais pas de Julianne à la Grange. Elle allait tout gâcher, j'en étais sûre, comme elle avait bouleversé ma vie au Château.

— Pourtant c'est bien là que nous allons, Maggie, déclara-t-elle.

Elle dirigeait les rênes du poney. Que pouvais-je faire ? Je fronçai les sourcils derrière son dos, fort irritée. J'avais envie de la pousser par terre ou de la pincer, mais l'idée de la punition m'en dissuada. Cependant, je ne la laissai pas cravacher mon poney.

— Arrête, Julianne, lui ordonnai-je. Tab n'a pas l'habitude d'être maltraitée, et tu l'effraies.

— Elle n'avance pas ! D'ailleurs elle est trop grasse. Ne peut-elle aller plus vite ? demanda ma sœur en talonnant vigoureusement le poney.

— Non. Elle n'a pas l'habitude de porter deux cavalières, et surtout pas quelqu'un d'aussi lourd que toi. Elle fait de son mieux.

J'étais ravie de cette remarque perfide, me rappelant comment Lady Chandler avait traité sa fille de grosse tourte.

— Quand papa m'achètera un poney, ce ne sera pas un gros lourdaud ! lança-t-elle par-dessus son épaule, vexée. Et il est bien plus seyant d'avoir des formes que de ressembler à un épouvantail comme toi. Maman dit que tu n'auras jamais de mari !

— Ce n'est pas vrai ! rétorquai-je, piquée au vif. Je dois épouser mon cousin Esmond, et ta mère le sait très bien.

A mon grand soulagement, nous arrivâmes à la Grange.

— Quoi ! Mais ce n'est pas aussi grand que le Château, loin s'en faut, se gaussa-t-elle en examinant la gentilhommière, admettant étourdiment la forte impression que le Château lui avait faite. Et elle est en ruine. Pourquoi n'est-elle pas mieux entretenue ?

— Pose la question à père, car la Grange lui appartient.

— Mais je croyais t'avoir entendue dire que ton cousin et ta tante, les Sheffield, y habitaient.

— En effet, mais seulement parce que ma tante Tibby, qui est la sœur de mon père, est veuve, et que son fils, mon cousin Esmond, est l'héritier de père. Il est de son devoir de subvenir à leurs besoins.

— Veux-tu dire que les Sheffield ne sont rien de plus que des parents pauvres qui vivent de la charité de papa et de ce qui est promis à Esmond ? s'écria-t-elle. Eh bien, si j'avais su, je ne serais pas venue !

— Mais personne ne t'a invitée, et si tu vois les choses ainsi, nous pouvons très bien rentrer.

Boudeuse, Julianne fit tout de même avancer Tab.

Je me trouvai bientôt dans le salon de la Grange, tandis que tante Tibby tenait une conversation guindée avec ma demi-sœur. Sarah s'était installée avec son ouvrage au fond de la pièce, tandis qu'Esmond étudiait, ce dont pour une fois, je ne pus que me féliciter ; il m'était insupportable d'imaginer mon bien-aimé à la merci des sarcasmes de Julianne.

Elle ne manqua pas réellement de respect à ma tante, ni dans ses actes ni dans ses paroles. Mais ses manières impérieuses prouvaient qu'elle s'estimait très supérieure aux Sheffield. Tante Tibby se tenait très raide, et ses réponses brèves marquaient sa désapprobation ; quant à Sarah, habituellement si gaie, elle s'était retirée dans sa coquille, silencieuse, les yeux baissés sur sa couture, la bouche presque pincée. Je regrettai plus que jamais d'avoir amené Julianne à la Grange.

A cet instant, la porte du salon s'ouvrit, et Alice, la sœur aînée de Betsy, apparut avec le plateau du thé. Madame Hopkins avait jaugé ma demi-sœur à notre arrivée. C'est ainsi que nous bûmes le thé dans l'un des plus beaux services en porcelaine de ma tante. Julianne n'aurait aucune raison de railler l'hospitalité des Sheffield.

Comme elle n'attendait pas de visiteurs, madame Hopkins n'avait rien préparé de spécial, mais ses scones beurrés étaient délicieux comme toujours et elle nous servit également des brioches à la confiture de mûres. Julianne accepta une assiette copieusement remplie, et après l'avoir vidée jusqu'aux dernières miettes, ne refusa pas d'en reprendre. Cela ne m'étonna guère. Ma demi-sœur sera bientôt grasse comme une oie ! me dis-je. Et je l'imaginai grossir jusqu'à éclater comme la grenouille de la fable.

Avant qu'elle en ait dévoré la moitié, la porte s'ouvrit à nouveau, et Esmond fit son entrée. A ma grande stupéfaction, Julianne reposa immédiatement son goûter en l'apercevant, et tapota ses lèvres d'un geste délicat avec sa serviette.

— Ces scones sont excellents, madame Sheffield, susurra-t-elle, mais je ne peux plus rien avaler ! Maman dit toujours que j'ai un appétit d'oiseau, vous savez.

Je dus me mordre les lèvres pour étouffer mes protestations à ce mensonge effronté. Puis se tournant vers Esmond comme si elle remarquait seulement sa présence, elle lança un regard ombré par des cils modestement baissés.

— Oh, bonjour.

Esmond resta un instant sans voix, la fixant seulement d'un air qui me rappela curieusement celui d'un taureau que j'avais vu assommer à l'abattage. Je frissonnai comme glacée par un courant d'air subit. Puis, se rappelant ses bonnes manières, Esmond s'avança et prit dans la sienne la main que ma demi-sœur lui tendait ; et je crus avoir tout imaginé.

— Bonjour, répliqua-t-il courtoisement. Vous êtes sans doute Julianne.

— Mais oui, confirma-t-elle, souriant de toutes ses fossettes, et vous, cousin Esmond. Vous voulez bien que je vous appelle ainsi, même si nous ne sommes pas vraiment parents ?

— Mais faites donc, déclara-t-il avec un sourire timide, car vous faites partie de la famille maintenant qu'oncle Nigel a épousé votre mère. N'est-ce pas, Maggie ? me demanda-t-il, en prenant place sur une chaise près de Julianne.

— Mais naturellement, acquiesçai-je froidement, mortifiée qu'il ne se soit pas assis près de moi.

Mais Esmond était un gentleman après tout, et devait se montrer courtois. Je posai tasse et soucoupe et me levai :

— Quel dommage que tes leçons t'aient retenu si longtemps, Esmond, car nous partions à l'instant. J'ai bien peur que Julianne et toi n'ayez guère le temps de faire connaissance.

— Oh, je ne crois pas que maman se fâcherait si nous restions encore un peu, déclara ma sœur d'un air dégagé. Elle est débordée par son installation ! Au contraire, je crois qu'elle sera heureuse de ne pas nous trouver sur son chemin. (Elle eut un rire cristallin.) Elle était même très contrariée que je n'aie pas accompagné Maggie hier.

— Alors tu vois, Maggie, me dit Esmond. Vous n'avez aucune raison de vous presser.

Effectivement, Julianne ne manifestant aucune intention de bouger, je n'avais guère le choix. Quelque peu irritée, je me rassis. Esmond serait moins désireux de nous voir rester, une fois qu'il aurait compris à qui il avait affaire. Mais à ma grande contrariété, au lieu de le traiter de haut comme tante Tibby et Sarah, Julianne mit tout en œuvre pour le captiver.

Ses yeux bleus étincelaient comme ils devisaient ensemble et elle riait tant que je craignis de voir ses fossettes s'incruster à jamais dans ses joues. Elle battait des cils et des mains comme un petit oiseau, passant d'une anecdote à l'autre, s'exclamant avec complaisance aux histoires d'Esmond, le faisant bégayer de ravissement tant il croyait la divertir.

Persuadée qu'au fond, elle se moquait bien de lui, je la détestai encore davantage. Quel malheur qu'Esmond fût si bon, si sincère et... si crédule ! J'aurais voulu qu'il la devine telle qu'elle était vraiment, derrière le masque de ces affectations. Mais il se ridiculisait de plus belle, à mon grand chagrin.

A mon vif soulagement, Julianne prit enfin congé. Ma demi-sœur sortit en tête, pressée d'arriver aux écuries avant moi afin de monter la première et d'être assurée de tenir les rênes au retour. Je n'en avais cure. Je m'attardais même dans l'espoir d'atténuer la brûlure des piques qu'elle avait lancées à tante Tibby et à Sarah.

— Ne te fais pas de souci, Maggie, me dit ma tante avec bonté, devinant mon intention. Ce n'est pas ta faute si elle est si désagréable ; en vérité ce n'est même pas elle qui est à blâmer pour son manque de manières. Cette petite effrontée a copié ses grands airs sur sa mère et ne connaît rien d'autre. Une enfant qui fait tant la coquette ! C'est indécent...

— Comment, maman ! s'exclama Esmond, me déchirant le cœur. Tu m'étonnes. Tu ne juges pas autrui si durement, d'habitude. J'ai trouvé Julianne délicieuse. Oh, bien sûr, peut-être est-elle un peu plus directe qu'il n'est convenable, mais après tout, elle est très jeune et il faut en tenir compte. Si tu ne l'aimes pas, c'est seulement parce que tu es fâchée de cette mésalliance au Château, mais Julianne n'y est pour rien, il me semble.

— C'est vrai, reprit Sarah avec douceur. Peut-être sommes-nous trop sévères avec elle. Après tout, elle aussi a été confrontée à une situation qu'elle ne maîtrise pas. Et elle a été arrachée à son propre foyer. Même si sa position s'est considérablement améliorée, elle a dû beaucoup souffrir de quitter Londres et tous ses amis pour venir en Cornouailles où elle ne connaît personne.

— Sans doute, acquiesçai-je avec lenteur, me sentant un peu coupable de ma rancune contre elle. Tu dois avoir raison.

Je fis mes adieux et me dirigeai vers les écuries, les paroles de Sarah résonnant encore à mes oreilles. Avais-je mal interprété les sentiments de Julianne à cause de mes propres émotions ? Oui, il fallait en convenir. Et si j'avais été forcée de quitter le Château des Abrupts et de partir à Londres, cité inconnue donc effrayante, pour habiter chez des gens hostiles ? Comment aurais-je vécu ce bouleversement ? Très mal, sans doute. Je résolus d'être plus tolérante avec Julianne, attribuant son attitude à l'angoisse de l'insécurité.

En rentrant, pénétrée de cette récente compassion pour elle, je préférai me mordre la langue quand elle décréta que tante Tibby était une vieille toupie, et Sarah une souris grise. Je réussis même à me taire par miracle, quand elle traita Esmond de rustaud et précisa que, faute de perspectives différentes, je me félicitais sans doute de lui être promise.

Même si je comprenais maintenant ce qui lui inspirait ces mesquineries, elle m'insupportait et je fus très soulagée quand nous arrivâmes enfin au Château. Je pus m'échapper dans ma chambre et verrouiller la porte derrière moi. Là au moins,

Julianne ne pouvait me suivre, comme au Château et à la Grange.

Pourtant elle ne retourna pas de sitôt chez tante Tibby, comme vous allez l'apprendre.

3

Même si, plus tard, elle voulut en faire porter le blâme à Tab, Julianne fut seule responsable de l'incident.

Quelques jours après notre visite à la Grange, elle décida de monter seule Tab, à mon insu et sans ma permission. Quand Hugh voulut l'en dissuader, elle déclara sans douceur que sa mère lui avait donné la permission d'explorer le parc. Elle insista pour que Hugh selle mon poney, et il s'exécuta finalement de mauvaise grâce.

Ma demi-sœur descendit l'allée ; mais, comme précédemment, Tab, qui allait l'amble, était trop lente à son gré, et cette fois je n'étais pas là pour calmer l'humeur de Julianne. Elle cravacha vigoureusement la croupe du poney, et comme il ne réagissait pas à sa guise, elle tira une longue épingle pointue de son chapeau à plumes et en piqua l'animal.

Tab sursauta, puis fonça en avant, filant le long de l'allée en faisant voler le gravier. Contrairement à ce qu'elle s'imaginait, Julianne n'était pas bonne cavalière, n'étant habituée qu'à de calmes promenades dans les parcs de Londres : elle fut incapable de maîtriser mon pauvre poney en fuite. Elle hurla de tous ses poumons, lâchant les rênes dans sa panique. Hugh et deux autres valets, entendant ses appels, arrivèrent des écuries en courant pour voir ce qui se passait ; mais personne ne pouvait rien pour Julianne.

Cependant les hommes, à grand renfort de hurlements, la prirent en chasse, et Tab, les yeux exorbités de frayeur au bruit de cette agitation derrière elle, quitta l'allée pour s'enfoncer dans le bois. Là mon poney tourna et vira parmi les arbres, jusqu'à ce que Julianne reçoive en pleine poitrine la basse branche d'un if, et soit désarçonnée. Tab continua seule sa course, laissant ma demi-sœur à terre. Quand on la retrouva, elle demandait de l'aide d'une voix mourante.

L'un des valets la porta au Château, où il s'ensuivit un remue-ménage immédiat. Lady Chandler jetait des ordres de tous côtés, ordonnant à l'un de préparer le lit de Julianne, à l'autre d'aller chercher des vêtements propres et un bassin rempli d'eau, et à un troisième de faire venir le docteur.

Le docteur Ashford fit son apparition sans tarder, et après avoir examiné la malade, annonça qu'elle ne souffrait que d'une cheville foulée, mais qu'elle avait eu de la chance de ne pas se rompre le cou. Sur quoi Lady Chandler déclara avec indignation qu'il était criminel de garder un poney si violent aux écuries et qu'il fallait se débarrasser de Tab au plus vite.

Heureusement, Hugh avait aperçu l'épingle à chapeau de Julianne dans l'allée et se trouvait au même moment dans le cabinet de mon père, où il lui faisait part de ses soupçons — tout à fait justifiés — sur la cause du comportement de Tab. Sir Nigel savait bien que Tab était d'un tempérament très doux, et, par ailleurs, n'avait aucune patience pour les sots. Il ne se souciait guère de la stupidité et de la cruauté de ma demi-sœur, en revanche, elle devait payer cette provocation délibérée.

Quand mon père, fulminant, vint lui demander des comptes, Julianne s'efforça de nier tout par crainte du châtiment. Mais l'interrogatoire sans merci que Sir Nigel lui fit subir lui arracha bientôt la vérité.

En guise de punition pour sa bêtise et son mensonge, elle fut confinée quinze jours dans sa chambre, et on lui interdit de monter Tab à nouveau. Puis elle dut supporter le déplaisir de sa mère, à qui Sir Nigel avait fait comprendre sans détour qu'il ne tolérerait pas de tels bouleversements chez lui. Même si je n'étais pas une cavalière de premier ordre — tels furent ses mots — je n'avais tout de même pas l'imbécillité de planter une épingle dans la croupe d'un cheval. C'était la première fois de ma vie que Sir Nigel me trouvait une qualité, et je fus aussi heureuse de cette remarque que Lady Chandler en fut piquée.

Les jours suivants, sachant à quel point ma belle-mère était fâchée que la sottise de Julianne m'ait gagné l'approbation de mon père, je pris soin de l'éviter autant que possible. Je n'obtins pas la permission de me rendre à la Grange, Lady Chandler estimant sans appel que j'y passais beaucoup trop de temps. Je me mis donc à hanter le parc et à lire pour faire passer les heures.

Aussi étais-je confortablement installée dans un arbre dont le lourd feuillage me dissimulait aux yeux des importuns, un livre à la main, quand j'eus ma première vision de Wellesley Prescott. A dire vrai, je le pris d'abord pour un pauvre hère venu demander la charité : il était couvert de poussière de la tête aux pieds ; un bouton pendait par un fil de sa veste, et ses bas détachés tire-bouchonnaient à ses chevilles. Une casquette en piteux état, posée de travers sur ses cheveux blonds, lui donnait l'air insouciant ; il avait les mains fourrées dans les poches de ses culottes déchirées et sifflotait entre ses dents en flânant le long de l'allée du parc, comme si, malgré son apparence échevelée, il avait tous les droits de s'y trouver.

Poussée par la curiosité, je refermai mon livre et le lançai soigneusement sur l'herbe. Puis, en m'accrochant à une branche, je me laissai glisser à terre et brossai l'écorce qui restait collée à mes paumes.

— Bonjour, lui dis-je.

— Bonjour, me répondit-il avec un sourire amical qui révéla des dents blanches et régulières, ses yeux bleus pétillant de malice. Qui êtes-vous ?

— Je pourrais vous retourner la question, répondis-je. Mais vous êtes quelque gueux en quête d'ouvrage et d'un repas, je suppose. Eh bien, faites le tour jusqu'à la cuisine, et madame Merrick, la cuisinière, vous donnera sans doute quelque chose à manger, et peut-être Nathan, le contremaître, vous trouvera-t-il de menus travaux pour une poignée de shillings.

A ma grande surprise, le garçon rejeta la tête en arrière et se mit à rire.

— Un gueux ? Pardieu, elle est bonne ! Je n'ai jamais essayé... Mais cela ne serait pas aussi drôle que de voyager sur le toit d'une diligence, je suis sûr. Et puis ce serait au risque de me faire enfermer dans un asile de pauvres avant d'avoir pu faire connaître ma véritable identité. Quel pétrin !

Sur ces mots, le garçon ôta prestement sa casquette et s'inclina avec un grand geste :

— Wellesley Prescott, dit-il en guise de présentation, pour vous servir. Je crois qu'on m'attend, quoique mardi seulement, je pense. Et à qui ai-je l'honneur ?

— Maggie, Maggie Chandler, fis-je, momentanément dépassée par les événements.

Il paraissait trop mal habillé et trop sympathique pour être le frère de Julianne. Un instant, je crus qu'il me taquinait.

— Ah, vous êtes ma demi-sœur, bien entendu. Vous ne risquiez pas de me reconnaître ; je parie que vous ne vous attendiez pas à ça !

Il jeta un regard amusé sur son accoutrement, passa la main en souriant dans ses cheveux décoiffés et rejeta la tête en arrière pour chasser une mèche blonde de ses yeux.

— Ma triste mine est entièrement due à une grande aventure dont le capitaine aurait bien ri s'il avait vécu. Toutefois, je n'en dirais pas autant de maman. Elle n'a aucun sens de l'humour, vous savez.

— Oui, j'ai remarqué, acquiesçai-je, avant de me mordre la langue de confusion, rougissant de mon impolitesse.

Wellesley ne fit qu'en rire.

— Ne te fais pas de souci, Maggie, dit-il gaiement. Je ne suis pas un rapporteur comme Julianne. C'est une petite chipie, je n'ai pas honte de le dire bien qu'elle soit ma sœur. Mais je vois qu'avec toi, il n'y a pas d'embrouilles, alors tu sais quoi ? Si jamais tu pouvais avoir l'extrême bonté de me faire entrer discrètement dans la maison pour que je puisse procéder à une petite toilette avant de me présenter à ma mère et à Sir Nigel, tu aurais droit à mon éternelle reconnaissance.

Naturellement, je n'aurais jamais dû accepter, mais il avait tant de charme et il était si différent de sa mère et de sa sœur que je ne pus résister.

— D'accord, consentis-je avec un sourire, enfin convaincue que ce séduisant garçon était bien mon demi-frère.

Voilà qui m'intriguait et me réjouissait tout à la fois. Je sentais confusément que, contrairement à toutes mes anciennes craintes, Wellesley serait une bouffée d'oxygène dans l'atmosphère étouffante qui régnait au Château.

— Mais il ne faudra le dire à personne.

— Pas un mot, promit-il, juré, craché. Jamais je n'ai dénoncé un complice, même quand le directeur me frottait le derrière de sa canne.

Comme Esmond l'aurait fait, Wellesley offrit courtoisement de me porter mon livre, gagnant encore davantage ma faveur ; nous remontâmes ainsi l'allée en bavardant. J'appris bientôt qu'il avait été renvoyé de l'école par le directeur quelques jours avant la sortie. Ce renvoi était dû à une petite affaire de combat de coqs qu'il avait secrètement organisé dans le parc de l'école et qui avait dégénéré en pugilat !

Ensuite, au lieu de voyager dans la malle-poste, comme il aurait dû le faire puisqu'il avait reçu de sa mère tous les fonds nécessaires, Wellesley avait persuadé le conducteur de le laisser s'installer sur le toit, économisant ainsi une bonne part de la course. Il avait pu dépenser l'argent à différents desseins, dont le dernier avait été de se rendre au théâtre à Exeter.

Sachant qu'on ne l'attendait pas avant mardi, il avait laissé ses bagages à Camelford et, après avoir demandé la direction du Château des Abrupts, avait pris la route à pied. A mi-chemin, il avait eu la chance de se faire prendre dans la carriole d'un fermier qui passait par là et avait ainsi achevé son périple assis sur un tas de légumes.

Son récit me laissa bouche bée : jamais auparavant je n'avais connu quelqu'un qui s'embarquait avec tant d'allégresse dans pareilles aventures, et Wellesley me parut tout à fait extraordinaire. Naturellement, quel que soit son charme ou sa séduction, il ne pouvait se comparer à Esmond. Cela dit, quand j'eus conduit Welles, comme il me demanda de l'appeler, au pied de l'escalier de service, nous étions devenus d'excellents amis, et j'avais tout oublié de mes anciennes inquiétudes sur son compte.

— Chut, chuchotai-je en portant un doigt à mes lèvres. Julianne est de l'autre côté du corridor et si elle entend du bruit elle va probablement boitiller jusqu'ici pour savoir ce qui se passe.

— Boitiller ? demanda Welles, levant un sourcil. Lui serait-il arrivé quelque chose ?

— En effet, fis-je avec un hochement de tête. Elle montait mon poney, Tab, qui n'allait pas assez vite à son goût. Alors Julianne lui a planté une épingle dans la croupe. Naturellement, Tab a filé dans le bois au galop. Ta sœur a été désarçonnée par une basse branche et s'est foulé la cheville. Elle est enfermée dans sa chambre pour quinze jours en guise de punition.

— Bien méritée, je dois dire... émit Welles avec lenteur, écœuré. Voilà bien la plus idiote des réactions ! Tu te rends compte ? Aiguillonner un cheval avec une épingle ?

— Oui, c'est bien ce que j'ai pensé, dis-je. Attends ici, Welles, pendant que je vais chercher du fil et une aiguille. Puis je recoudrai ce bouton et reprendrai la déchirure de ton pantalon. Pendant ce temps-là, tu peux te rafraîchir ; voici une cruche d'eau et quelques serviettes sur le bassin.

— Merci Maggie, tu es vraiment gentille. J'apprécie tout cela à sa juste valeur et je te le revaudrai un jour, c'est promis.

Je souris, rougissant, et secouai la tête avant de sortir de ma chambre en hâte, ne sachant comment exprimer mes émotions soudain débordantes. Maintenant que j'avais un ami, je saisissais mieux l'ampleur de ma solitude passée. Son amitié me suffisait, sa dette était déjà payée.

Après qu'il eut fini sa toilette, je m'occupai du bouton et de la déchirure et brossai la poussière de ses vêtements. Welles redevenu présentable, nous nous glissâmes à nouveau dehors, d'où je le fis entrer comme il se devait, par la grande porte, chacun de nous se comportant comme s'il arrivait à l'instant.

Lady Chandler fut heureuse de le voir. Elle s'interrogea tout de même sur cette apparition anticipée, que Welles attribua à « de petits ennuis sans grande importance, puisque c'était la fin du trimestre, de toute manière ». Ma belle-mère aurait voulu en savoir davantage, mais Sir Nigel régla la question :

— Allons, Gwyneth, je suis sûr que si c'était sérieux, le directeur nous aurait prévenus.

Après quoi, Lady Chandler donna des ordres pour faire venir les bagages de Welles de Camelford et, puisque nous paraissions déjà être les meilleurs amis du monde, me demanda de l'emmener saluer sa sœur et de lui montrer sa chambre.

Ce dont je m'acquittai, amusée de voir avec quelle désinvolture il traitait Julianne ; il ne tenait compte ni de ses grands airs, qu'il trouvait sots, ni de ses menaces enfantines.

— Je vais te dire une chose, Julianne, fit-il en fronçant le sourcil. Si tu gardes cette langue de vipère et ce mauvais caractère, tu resteras vieille fille, c'est sûr et certain. Aucun homme ne veut se faire passer la corde au cou par une mégère, c'est la pure vérité ! Tiens, le frère de Freddy Houghton-Smythe a épousé une sacrée virago et je me demande bien pourquoi il ne l'a pas encore noyée dans la Tamise ! Et c'est sûrement ce qui t'arrivera, ma fille, si tu ne prends pas de meilleures manières.

— Mais c'est facile à dire, pour toi, repartit Julianne, offensée. Tu n'es pas enfermé dans cette horrible vieille maison au fin fond de la campagne. Sais-tu seulement qu'il y a des cadavres enterrés sous les caves ici ?

— Oh ! Sans rire ? s'exclama Welles, les yeux brillant d'excitation. C'est vrai, Maggie ?

— Non, enfin... Je ne sais pas, répondis-je avec sincérité. Je suppose que c'est possible, mais je ne l'ai dit que pour faire peur à Julianne, parce qu'elle n'arrêtait pas de m'embêter.

— Oh ! Vilaine ! s'écria-t-elle. Je vais aller le dire tout de suite à maman.

— Pas question, Julie, déclara Welles d'un ton sévère et sans réplique. Je suis bien certain que tu n'as eu que ce que tu méritais. Et ne boude pas, ma chère. Cela ne te servira à rien, je t'assure. Je connais bien tes tours, Julie, et je ne me laisserai pas duper par tes petites manières.

— O Welles, tu parles comme le Capitaine, déclara-t-elle en faisant la moue.

— Et qu'y aurait-il de mal à cela ? Je voudrais bien le savoir ! Notre père était le meilleur des hommes ; il n'aimait pas les façons et je suis sûr que Sir Nigel non plus. Allons, Julie, je sais que tu as connu de mauvais moments depuis la mort du Capitaine, mais ce n'est pas une raison pour maltraiter les autres — pas même un pauvre animal. Cela ne t'apportera que des ennuis.

Sur ce, à ma grande consternation, parce que j'avais fini par me convaincre qu'elle avait un cœur de pierre, Julianne fondit en larmes.

— O Welles, dit-elle en sanglotant, c'est juste que... que rien n'a plus jamais été comme avant depuis que le... le Capitaine est mort ! Et c'était si... si horrible d'être pauvre, avec... avec maman qui accumulait les dettes, et... et les créanciers qui nous relançaient ; il fallait déménager sans cesse, et pauvre Tinker, mon poney... On a dû le vendre ! Je n'ai pas pu le supporter ! Non, je n'ai pas pu ! Je ne serai plus jamais pauvre ! Jamais !

— Mais bien sûr que non, Julie, la rassura Welles gentiment en lui tapotant la main. Allons, allons, poupée, je ne voulais pas te faire pleurer. Sèche tes larmes maintenant, et si Maggie a un jeu, nous allons faire une partie de petits chevaux tous les trois. Je sais que cela ne doit pas être très drôle pour toi d'être enfermée ici toute la journée, avec cette cheville. Est-ce que tu as mal ?

J'avais effectivement le nécessaire. Welles était aussi bon joueur que moi, mais nous prîmes l'accord tacite de laisser Julianne gagner trois parties de suite, ce qui lui rendit sa bonne humeur. Comme nous quittions sa chambre à la cloche du souper, Welles lui donna un petit baiser au front et je vis que, malgré son éclat, il aimait Julianne et lui souhaitait d'être heureuse.

Cette nuit-là, allongée dans mon lit, je songeai aux larmes de Julianne et compris que ma demi-sœur, tout comme sa mère, n'aspirait aux plus belles choses que parce qu'elle avait goûté à la pauvreté.

J'avais pitié de Julianne, naturellement, mais ne pouvais m'empêcher de la comparer à Sarah, qui endurait sa modeste condition avec dignité et éclairait l'existence de tous ses proches. Quant à moi, qui étais si riche, j'aurais tout donné pour échanger ma place avec l'une ou l'autre, car elles étaient aimées...

Quelques semaines après l'arrivée de Welles, mademoiselle Poole, la gouvernante, vint au Château. Julianne et moi la guettions depuis la fenêtre du second étage comme elle descendait du landau. Nous poussâmes un gémissement à sa vue, car elle incarnait nos pires craintes. Elle approchait de la quarantaine ; elle était grande et maigre, ses cheveux sombres et grisonnants étaient ramenés en un chignon sévère dont pas une mèche ne s'échappait. Elle portait un costume de voyage très ordinaire et un simple petit chapeau assorti d'une demi-voilette. Même à distance, on voyait que sa bouche était figée entre deux rides profondes, signe d'une nature austère.

— Maggie, elle est horrible ! murmura Julianne. Exactement le genre que maman pouvait engager pour nous seriner le français, les arts et les bonnes manières, et Dieu sait quoi encore !

— Eh bien... Peut-être n'est-elle pas aussi terrible qu'elle en a l'air, suggérai-je sans conviction. En tout cas, nous n'y pouvons rien. Elle a déjà été engagée. J'ai vu la lettre avant que ta mère ne l'envoie, tu sais. Elle était sur son bureau dans le petit salon.

— Oh ! Quelle fouineuse ! m'accusa Julianne, me faisant rougir de honte. (Quand j'avais trouvé la missive, j'étais effectivement en train de fouiller dans des affaires qui ne me concernaient pas.) Mais c'est bien, sinon nous n'aurions rien su de mademoiselle Poole avant que maman ne nous l'impose. Oh, et puis peut-être ne va-t-elle pas nous persécuter longtemps, déclara ma sœur en détournant le regard. Il doit bien y avoir moyen de hâter son départ.

— Julianne! m'exclamai-je, me rappelant Tab.

— Chut, Maggie! Tu veux qu'on nous entende? Ne sois pas si gourde! Je n'ai pas l'intention de la piquer avec une épingle, si c'est à cela que tu penses! Je veux simplement dire que si elle nous trouve difficiles, elle nous prendra peut-être en grippe et refusera de rester.

— Je pourrais mettre un crapaud dans son lit, offrit Welles, nous faisant presque mourir de frayeur, car nous ne l'avions pas entendu monter les escaliers.

— Welles! s'écria Julianne. Tu exagères! Tu nous espionnes?

Il sourit et secoua la tête, rejetant la mèche blonde qui retombait sans cesse dans ses yeux.

— Je me demandais seulement ce que vous conspiriez toutes les deux. Vous avez vu, mademoiselle Poole a l'air d'un vrai dragon, n'est-ce pas? commenta-t-il en scrutant la préceptrice qui gravissait les marches du manoir. Elle me fait penser au dirlo. C'est un désastre.

— Le dirlo? demandai-je.

— Le directeur, explicita Julianne en fronçant les sourcils. Tu sais que maman n'aime pas l'argot, Welles, le gronda-t-elle.

— Maman n'aime pas grand-chose, et c'est bien dommage, répondit-il, mais cela ne m'a jamais empêché de faire ce que je veux. Si vous avez besoin de conseils pour vous débarrasser de l'institutrice, vous n'aurez qu'à me le dire. J'ai appris quelques tours très efficaces à l'école, vous savez.

— Je n'en doute pas, dit Julianne sur un ton sarcastique. Allez, laisse-nous, Welles. Tes fredaines sont toujours pires que celles que j'imagine toute seule, et elles me créent beaucoup plus d'ennuis aussi.

— Mais c'est seulement parce que tu t'affoles et que tu vas vendre la mèche, répondit Welles. Maggie, elle, sait tenir sa langue. Suis mon conseil, Julie, et apprends à en faire autant avant de t'embarquer dans quelque folle équipée pour chasser mademoiselle Poole ; sinon tu termineras enfermée dans ta chambre une fois de plus.

Welles s'en alla en sifflotant sans voir que Julianne lui tirait la langue.

— Il est insupportable, murmura-t-elle. Maintenant, je suis certaine qu'il va faire subir quelque horreur à mademoiselle Poole, et c'est nous qui serons punies ! Viens Maggie. Maman la fait monter. Disparaissons avant qu'elles ne nous trouvent !

Après l'arrivée de Welles et de mademoiselle Poole, Julianne et moi devînmes bien meilleures amies. Je cernais plus clairement son caractère depuis que Sarah avait évoqué ses difficultés d'adaptation, et ses larmes devant Welles m'avaient éclairée.

Les bouleversements qui avaient suivi la mort de son père, et la brusque réduction de leurs revenus avaient imprimé en Julianne une profonde horreur de la pauvreté. Quand sa mère n'était pas là pour raisonner son appétit, elle mangeait comme quatre, parce qu'elle avait eu faim à Londres. Après que Lady Chandler, dans son effort désespéré pour échapper aux créanciers, avait soit engagé soit vendu beaucoup de leurs biens, Julianne était devenue avide de tout. De plus, elle éprouvait de la rancune envers Welles même si elle l'adorait ; en effet, malgré tous ses autres manquements, Lady

Chandler avait réussi contre vents et marées à trouver les fonds nécessaires pour que Welles poursuive sa scolarité, lui permettant ainsi d'échapper aux souffrances et aux sacrifices qu'avait connus sa sœur.

Welles était un mâle, avait expliqué Lady Chandler à sa fille, et elles étaient dans un monde gouverné par les hommes. Une femme n'était rien sans un père ou un mari pour l'entretenir. Il n'y avait qu'à voir ce qu'elles étaient devenues à la mort du Capitaine ! Tant pis s'il fallait économiser sur tout. Welles, lui, devait aller de l'avant et les tirer des sables mouvants où elles s'enfonçaient lentement — à charge pour Lady Chandler, dans l'intervalle, d'empêcher qu'elles coulent définitivement.

L'arrivée de Sir Nigel sur la scène avait été miraculeuse. Rien de surprenant à ce que Julianne s'efforce à tout prix de gagner sa faveur. Il incarnait la sécurité : de quoi manger, de quoi se vêtir, et la fin des créanciers...

Pourtant ma sœur mettait souvent ma patience à dure épreuve ; je tâchais de lui trouver des excuses, mais je n'y parvenais pas toujours. Mais quand je m'impatientais, Welles était là pour ramener le calme, usant tour à tour de brusquerie et de tendresse ; c'est ainsi que grâce à lui, nous arrivâmes à cohabiter.

Nous avions également noué une forte complicité — et qui l'aurait cru quelques semaines auparavant ? Nous nous trouvâmes unies dans notre antipathie pour la redoutable mademoiselle Poole. Elle était tout ce que nous avions imaginé, et pire encore. Elle nous donnait nos leçons tous les matins et les après-midi jusqu'à trois heures. En plus, il fut clair dès le début que mademoiselle Poole serait indélogeable, quel que soit le degré de son ressentiment pour nous. Elle connaissait son rang, tout autant que son devoir. Comme le Château était très isolé, elle percevait un généreux salaire, qui compensait amplement les inconvénients de sa charge.

Nos matinées étaient occupées aux études traditionnelles : les langues (essentiellement le français et l'italien, bien que nous apprenions un peu d'allemand aussi), la lecture, l'écriture, l'art du discours, le maintien, et les bases d'arithmétique, d'histoire et de géographie. Après tout, on ne considérait ni nécessaire ni souhaitable qu'une femme en sache trop long sur ces trois sujets-là.

Nos après-midi étaient consacrés aux talents de société. Mademoiselle Poole chantait et jouait du piano de manière honorable ; ses aquarelles étaient dignes d'éloges (même si elles manquaient de vie pour mon goût), et ses travaux d'aiguille étaient encore plus soignés que ceux de Sarah. En plus de tout cela, le maître à danser, monsieur Rutledge, venait une fois par semaine, et j'appris tout, depuis les danses paysannes jusqu'à la scandaleuse valse.

De temps à autre, sous l'œil vigilant de notre préceptrice, nous étions confiées aux soins de madame Merrick, notre cuisinière, qui nous enseignait les bases des préparations culinaires. De toute notre vie, nous ne serions sans doute jamais obligées de confectionner un repas nous-mêmes. Mais mademoiselle Poole estimait que nous devions savoir reconnaître les morceaux de viande, au cas où nos cuisinières tâcheraient de tricher sur la qualité et apprécier les alcools pour confondre les majordomes qui en boiraient en cachette et dissimuleraient leur larcin en rajoutant de l'eau.

Notre institutrice croyait également aux bienfaits de l'exercice. Nous faisions de longues marches dans le parc, durant lesquelles nous en apprenions davantage sur les arbres, les fleurs et les plantes que nous n'en aurions jamais le désir ou le besoin.

Welles, qui détestait mademoiselle Poole tout autant que nous, composa une méchante strophe à son sujet, et à chaque fois qu'elle le contrariait, il nous la récitait. Telles en étaient les paroles :

Il était une mademoiselle Poole
Qui allait à l'école.
Dans les livres elle voulut apprendre.
Hélas il fallut les revendre
Car Poole était une vieille folle.

Une nuit, à notre grande consternation — car à ce moment-là, Julianne et moi avions pris toute la mesure de mademoiselle Poole —, Welles mit bel et bien un crapaud dans son lit. Nous n'en attendions pas grand-chose, sans tout de même perdre l'espoir : peut-être la gouvernante se mettrait-elle à hurler, ou s'évanouirait-elle... et nous en serions enfin débarrassés. Au lieu de quoi elle captura la créature dans un bocal ; et le matin suivant, Julianne et moi dûmes subir un exposé sinistre pendant lequel elle nous apprit tout sur les amphibiens avant de nous donner la permission de relâcher l'animal couvert de verrues dans le jardin.

Après cet épisode, nous implorâmes Welles de cesser ses tours de peur de nous retrouver face à un serpent la prochaine fois. Ayant été dénoncé à Sir Nigel par l'astucieuse mademoiselle Poole, Welles lui-même fut convoqué au cabinet où mon père lui administra sans tarder une vigoureuse correction.

Sarah n'échappa pas non plus à notre effrayante institutrice. Quand tante Tibby rendit enfin visite à Sir Nigel et à Lady Chandler, mon père se rappela l'existence de sa nièce. Il déclara qu'il négligerait son devoir si Sarah ne recevait pas l'instruction qui convient aux demoiselles bien nées. Même si Worthing Sheffield n'avait jamais rien donné de bon, il était le fils cadet d'un duc ; et si après sa mort, les Sheffield (dont les propriétés étaient grevées d'hypothèques, ce lignage produisant beaucoup d'ivrognes et de joueurs) avaient rejeté sa famille, ce n'était pas la faute de Sarah.

Elle vint donc chaque jour nous rejoindre pour nos leçons. A ma grande surprise, je vis qu'un cœur battait dans la poitrine plate de mademoiselle Poole, car elle aimait bien notre cousine et se montra toujours plus gentille avec elle qu'avec Julianne ou moi. Même si elle détestait notre préceptrice, Julianne devint de ce fait extrêmement jalouse de Sarah, car il lui fallait toujours être le centre du monde. Une femme dédaignée ou ignorée n'était rien et ne pouvait donc être certaine de sa sécurité dans un monde gouverné par les hommes. Il n'y avait qu'à voir mademoiselle Poole, obligée de travailler pour gagner sa vie ! Sans compter qu'on pouvait la renvoyer sans préavis et sans référence... Aussi Julianne tourmenta-t-elle méchamment Sarah jusqu'à ce que Welles y mette fermement un terme.

Je crois qu'il aimait déjà Sarah à cette époque, car il était très doux avec elle et ne la taquinait pas avec la désinvolture — affectueuse, tout de même — qu'il affectait avec Julianne et moi. Il bavardait souvent avec ma cousine pendant des heures, comme Esmond et moi avant l'arrivée de mademoiselle Poole. Je ne le voyais plus guère, mes leçons me laissant peu de temps.

Je fus donc la plus heureuse au monde quand Sir Nigel annonça que nous irions tous, y compris ma tante et mes cousins, à une foire qui devait se tenir à Launceston. Le malheureux avait compris trop tard que l'entretien de deux enfants de plus l'obligeait à une substantielle augmentation de ses responsabilités... et de ses dépenses. Voilà qui le contrariait fort ! Là, dit-il, il achèterait des poneys pour Welles, Esmond et Sarah. Il était forcé d'emmener mes cousins, parce qu'il ne pouvait guère refuser à son neveu et à sa nièce ce qu'il offrait aux enfants de sa seconde femme. Sinon on aurait jasé : compterait-il donc fuir ses obligations envers son héritier ?

En outre, il y aurait un poney pour Julianne, poursuivit mon père, à condition, lui rappela-t-il avec sévérité, qu'elle le traite bien. Julianne en fit le serment et, sans tenir compte de la mine sévère de son beau-père, alla grimper sur ses genoux pour lui donner un baiser avec un sourire si charmant, que Sir Nigel fut un instant pris de court. Il grogna, plissa le front et grommela entre ses dents ; mais finalement, il tira gentiment sur ses boucles coquines et l'appela vilaine petite chatte. Et tout fut oublié.

Sa disposition était exceptionnellement bonne, puisqu'il alla jusqu'à me promettre un cadeau aussi. Je souris et le remerciai posément, regrettant de ne pas oser l'embrasser comme Julianne. Depuis son remariage, mon père ne s'était plus jamais enivré et ne m'avait plus insultée. Mais je sentais que je devais encore prouver ma valeur à ses yeux ;

c'est ainsi que je restai à distance, comme toujours, pour ne pas me faire remarquer.

4

Nous prîmes la route pour Launceston par une belle matinée. Le soleil avait absorbé brumes et rosée et le ciel d'azur était parcouru d'écharpes blanches. Les landes verdoyaient à l'infini, piquetées de pourpre et d'or là où poussaient les bruyères. Le vent soufflait doucement, portant le frais baiser salé de la mer qui léchait au loin la grève rocailleuse. Seuls les cris funèbres des mouettes le long des falaises rompaient le calme.

Mon père avait fière allure sur son grand hongre bai. Un instant, on aurait cru voir vivre son portrait de jeune homme, qui était accroché dans la longue galerie du Château ; je découvris le garçon impétueux de jadis, celui qui ne connaissait pas encore le poids des responsabilités et qui donnait libre cours à ses caprices. Rien d'étonnant à ce que ma mère en ait perdu la tête. Pareillement, il avait conquis Lady Chandler tambour battant. Il avait la vigueur de ses vingt ans, et gardait un air mystérieux qui attirait les femmes comme un papillon à la flamme.

Lady Chandler elle-même était à couper le souffle dans un tourbillon de mousseline brodée de ramages et un chapeau à fleurs. Les volants de l'ombrelle diaphane qu'elle avait ouverte voletaient délicatement à la brise, formant un écrin à son visage, et jetaient dans l'ombre tante Tibby et mademoiselle Poole, qui avaient également pris place dans la calèche de mon père. Elle me faisait penser aux paons qui se pavanaient sur les pelouses du manoir, réduisant les pauvres petits moineaux à l'insignifiance.

Le reste de la compagnie voyageait dans le vieux landau de tante Tibby. J'étais assise près de Julianne sur une banquette, car elle avait refusé de laisser son indiscipliné de frère lui froisser sa robe en s'affalant contre elle. Welles et Esmond étaient devant nous, Sarah confortablement installée entre eux, car elle prenait fort peu de place. Pour passer le temps, nous inventâmes des charades, puis, lassés, jouâmes à « J'aime mon ami », pour lequel il fallait trouver, à chaque lettre de l'alphabet, une raison à cette passion. Julianne nous fit beaucoup rire, parce que toutes ses réponses concernaient la fortune ; elle aimait son ami parce qu'il avait une propriété à la campagne, une maison à Londres, de l'argent pour nourrir les chevaux et ainsi de suite. Welles fit observer, pince-sans-rire, qu'elle avait eu de la chance de ne pas tomber sur la lettre *z*, à quoi elle répliqua promptement qu'elle aimait son ami parce qu'il avait une ferme en Zélande, nous faisant à nouveau mourir de rire. Ainsi, nous étions d'excellente humeur en arrivant enfin à Launceston, la Porte de Cornouailles, comme on l'appelle parfois.

C'était une ville très ancienne, comme je l'expliquai à Welles et à Julianne qui l'avaient traversée sans s'arrêter et n'en connaissaient donc rien. Elle datait d'avant même que le demi-frère du conquérant normand, Robert de Mortain, ait construit le château de Dunheved sur ce site. Le vieux donjon qui s'élevait au loin dominait le village qui avait ensuite grandi autour.

La forteresse, édifiée sur un promontoire, était

maintenant en ruine ; en effet, bien que les royalistes aient vaillamment tenté de la défendre, la plus grosse partie du château avait été détruite durant la guerre civile. On pouvait cependant encore accéder au donjon par une étroite volée de marches empierrées qui menait à sa base. Puis on empruntait un escalier en colimaçon pour grimper à l'intérieur. Je l'avais fait une fois, et depuis son sommet, par temps clair, on voyait la campagne avoisinante à des kilomètres à la ronde. Rien d'étonnant à ce que, au temps jadis, la tour ait eu tant d'importance pour les ducs de Cornouailles.

Près du centre de la ville, dans la rue du Château, je leur montrai Lawrence House, et un peu plus loin, l'ancienne église de la paroisse, Sainte-Marie-Madeleine, qui avait été construite en 1524 et dominait la grand-place du marché où les gens venaient de tous les environs vendre leurs produits. Les camelots y vantaient leur marchandise et, en passant, j'entendis le vieux cri familier : « Tout frais, mon poisson ! Et mes coques, et mes moules ! », humant l'odeur forte et tentante des coquillages fraîchement pêchés.

Les sabots du hongre de Sir Nigel et les roues de nos voitures résonnaient bruyamment sur les pavés dans l'agitation du marché, encore plus bondé que d'habitude à cause de la foire. La place et les rues adjacentes grouillaient de monde dans une assourdissante cacophonie. Des hommes discutaient dans des encoignures, certains se passionnant de politique, d'autres échangeant les dernières nouvelles et saluant chaleureusement les passants qu'ils connaissaient. Des femmes bavardaient en riant, passant d'un étalage à l'autre, leurs paniers pleins à craquer. Des acheteurs déterminés marchandaient à haute voix avec des vendeurs tout aussi têtus. Des enfants couraient en tous sens, ajoutant encore au vacarme général.

Il fallut trouver de la place pour laisser le hongre de mon père et nos deux voitures. Puis, guidés par Lady Chandler et mademoiselle Poole, nous nous frayâmes un chemin vers les tentes gaiement rayées, les carrioles et les caravanes installées à l'extrémité de la ville.

La foule tourbillonnante et bruyante se massait vers la fête foraine, où se montraient des jongleurs, des acrobates, des funambules ; à un moment, passa un homme monté sur des échasses. Il tira son chapeau devant nous, et mademoiselle Poole se rengorgea comme un perroquet qui vient de recevoir une amande, sans doute persuadée que ce geste lui était exclusivement destiné.

Il y avait aussi des mimes, des acteurs, un avaleur de sabres, et une famille qui présentait un numéro de chiens et de chevaux. D'audacieuses gitanes à l'œil de velours, faisant claquer leurs castagnettes ou secouant des tambourins, dansaient à la musique des flûtes, tandis que d'autres filles de leur race, brunes de peau, lisaient la bonne aventure dans la main. Un peu plus loin, des enfants criaient de plaisir devant un théâtre de marionnettes, où un petit mari bossu se disputait le plus drôlement du monde avec sa femme, une commère à la langue bien pendue ; ils finissaient évidemment par en venir aux mains. Une caravane bariolée montée sur de hautes roues s'ouvrait par un côté et formait ainsi une scène posée sur deux grosses barriques ; une troupe de saltimbanques y jouait un mélodrame, à la grande joie du public, qui sifflait et huait le méchant sans retenue à chaque fois qu'il faisait son apparition.

On trouvait à acheter autant qu'à voir, car des

fermiers, des artisans et des marchands étaient venus de loin pour tirer bon profit. Des chevaux hennissaient, le bétail meuglait, les porcs couinaient, et les moutons et les boucs bêlaient, ajoutant aux commentaires animés et aux rires. Je vis un gars en catapulter un autre dans une carriole, bouleversant des cageots de pommes et de poires, puis le camelot se mettre à hurler. Celui-ci administra une bonne gifle aux deux combattants avant de ramasser en hâte les fruits sur lesquels de petits mendiants s'étaient précipités. A un autre étalage, une vieille femme faisait fuir par ses hurlements et les moulinets de sa canne un voyou qui avait tenté de subtiliser un colifichet.

Sur l'insistance de Lady Chandler, car l'air vif du matin avait aiguisé notre appétit, Sir Nigel s'arrêta à une pâtisserie, et nous nous régalâmes de tarte aux fraises surmontée de crème sure, une spécialité de Cornouailles.

Un peu plus tard, Lady Chandler acheta des boutons et une ganse auprès d'un tisseur ; tante Tibby posa sans rien dire un mètre de dentelle sur le comptoir, foudroyant mon père d'un regard indigné, comme pour le défier de ne pas le payer. Mais il s'en acquitta sans même froncer le sourcil, sans doute résigné à supporter les conséquences de la mésalliance qu'il avait imposée à la famille. De son côté, mademoiselle Poole tendit son argent durement gagné pour un coupon de grossière laine grise, dont j'étais bien certaine qu'elle voulait faire une cape pour l'hiver ; je priai instamment qu'elle soit partie du Château avant d'avoir l'occasion de la porter.

Bien avant que nous ayons fait le tour complet de la foire, Sir Nigel se lassa de nos exclamations et de nos yeux écarquillés, de nos hésitations et de nos constantes haltes. Il suggéra finalement que chacun aille son chemin : il n'avait aucun désir (contrairement à Welles, qui n'en faisait pas mystère) d'aller voir les phénomènes que les crieurs annonçaient dans les tentes, ni d'admirer les poupées, comme Julianne qui traînait en arrière dans ce but. Il donna une couronne à chacun des enfants et, après avoir convenu d'un rendez-vous aux enclos à bétail pour trois heures, s'éloigna d'un pas nonchalant, Lady Chandler à son bras — comme une sangsue.

Mon père et ma belle-mère furent bientôt avalés par la foule. Welles, ne craignant plus rien, déclara alors avec un sourire malicieux qu'il nous retrouverait plus tard et entraîna Esmond dans son sillage malgré ses protestations stupéfaites. Ils disparurent, sourds aux appels angoissés de tante Tibby et aux cris acerbes de mademoiselle Poole.

Je ne pus m'empêcher de sourire, certaine que mon Esmond chéri — et si innocent — allait s'embarquer pour la journée la plus aventureuse de sa vie ; mademoiselle Poole, devinant mes pensées, me foudroya du regard : comment pouvais-je m'amuser de cette situation ?

Mais elle ne pouvait gâcher l'excellente humeur où je me trouvais ce jour-là. J'enviais la fugue de mon frère et de mon cousin, et ne pensais qu'à m'échapper comme eux, pour agir à ma guise. Mais ayant déjà été trompées une fois, tante Tibby et mademoiselle Poole étaient sur leurs gardes ; caquetant comme deux poules, elles ramenèrent Julianne, Sarah et moi sous leurs ailes, et nous firent avancer devant elles comme leurs trois petits poussins.

Cependant tante Tibby fut un chaperon indulgent, et même mademoiselle Poole se laissa un peu aller, car une femme dans sa position n'avait pas souvent l'occasion de se divertir ainsi. Elle put donc comme nous s'arrêter bouche bée devant les bizarreries et les monstres. Quand elle apercevait Julianne qui, malgré son sourire affecté, me poussait du coude, elle tâchait de déguiser l'intérêt qu'elle portait aux phénomènes, et nous faisait hâter le pas en haussant les épaules.

La journée parut filer dans un tourbillon de rire et d'activité. Nous vîmes d'étranges spectacles : un mouton à trois pattes, une vache à deux têtes, des contorsionnistes en caoutchouc qui se tordaient en d'incroyables postures, et même un cracheur de feu. Nous dépensâmes notre argent sans compter aux spectacles, en colifichets et en jeux. Julianne acheta une poupée, et Sarah, plus pragmatique, choisit des rubans pour ses cheveux. A un stand d'aboyeur, je lançai des fléchettes et, à ma grande joie, gagnai un singe articulé en bois qui dansait quand on agitait le bâton où il était accroché.

Nous mangeâmes tant de gâteries que je me vis moi-même promise à l'état de grosse tourte, car mon estomac gémissait sous le poids de ces folies : des brioches, du pain aux raisins, des ballottines et de petits pâtés à la viande, des crevettes et des bigorneaux, des gâteaux aux raisins de Banbury et des rochers. Je mangeai presque autant que Julianne, qui se tenait le ventre en geignant quand nous arrivâmes à l'enclos pour rencontrer Sir Nigel et Lady Chandler.

Ma sœur oublia vite son mal au ventre en voyant les poneys que l'on faisait trotter devant les clients : de belles bêtes au poil lustré du Connemara, des Dale vigoureux, de petits Exmoor et des poneys ébouriffés d'Ecosse, de gros Shetland et de belles bêtes du pays de Galles, comme ma Tab. Welles, qui avait perdu son chapeau et déchiré sa veste, car il s'était battu avec des jeunes du village, choisit un magnifique gallois, de la race la plus grosse et la plus résistante. Esmond, qui avait été entraîné contre son gré dans la bataille, y gagnant un œil au beurre noir et une lèvre fendue, choisit un magnifique New Forest. Sarah, muette de bonheur, désigna du doigt un Dartmoor doux, au pas assuré ; et Julianne, après avoir pris tout son temps pour se décider, prit finalement un joli Fell, et, de ses sourires charmeurs, convainquit Sir Nigel de lui acheter aussi une petite voiture rouge aux roues jaunes que le poney tirerait.

J'eus l'excellente surprise de voir que mon père n'avait pas non plus oublié sa promesse : quand les autres en eurent terminé, il me tendit un panier, en ajoutant d'un ton bourru qu'il espérait que son contenu me plairait. Quand je soulevai le couvercle, je découvris une boule de fourrure noire ; c'était un chaton, un gros ruban rouge passé autour du cou. Je ne m'y attendais pas le moins du monde, car c'était le seul geste de vraie tendresse que j'aie jamais connu de la part de Sir Nigel. Un instant, j'eus les larmes aux yeux en caressant la petite pelote douce qui miaulait. J'en remerciai gravement mon père, et vis passer dans ses yeux une étrange et fugace expression, comme s'il comprenait soudain que je comptais aussi, et qu'il regrettât notre passé. Un instant, il parut vouloir parler. Mais le maquignon, qui avait jaugé Sir Nigel et reconnu en lui un homme de goût — et de moyens — fit sortir un beau poulain pour attirer son attention.

Plus tard, je devais songer à ce que nos existences auraient pu être sans ce superbe animal sauvage, ce véritable coursier du destin. Mais une fois de plus, j'anticipe. Il faut d'abord décrire ce cheval tel que je le vis la première fois, avant qu'il n'appartienne à Sir Nigel — ou plutôt à Draco.

Le poulain était encore jeune, trois ou quatre ans ; mais on voyait qu'il serait un jour magnifique. Il faisait plus de trois mètres au garrot et sa puissance était impressionnante. Il était gracieux pourtant, et fin. Sa robe parfaitement noire brillait au soleil comme il agitait au vent sa crinière et sa queue emmêlée. L'animal mécontent se lança au petit galop dans l'enclos, cambrant le cou et secouant la tête. Ce cheval splendide et barbare à la fois me coupa le souffle.

Je sentis pourtant dès ce moment que c'était un animal dangereux : il avait les oreilles couchées et ses fiers naseaux se gonflaient comme il piétinait la terre en renâclant. Le maquignon, bien qu'il le tînt par une longue corde, restait à distance respectueuse.

— Je serai honnête avec vous, dit-il à mon père. Ce poulain est à peine fait à la longe, et il est encore moins brisé, malgré son âge. Je n'ai jamais pu le seller. C'est un vicieux, vous pouvez me croire. Il a déjà estropié deux bons ouvriers et en a tué un troisième ; et on devrait sûrement s'en débarrasser. Mais je n'ai pas pu m'y résoudre, car c'est le plus bel animal que j'aie jamais vu. J'avais pensé le mettre à saillir et il engendrerait une belle lignée, c'est sûr, mais je n'en ai pas eu le cœur depuis qu'il a tué ce pauvre Tom ; sans compter ma femme qui a peur pour moi... Alors, je me suis dit qu'il serait aussi bien de le vendre. Si vous avez assez d'hommes expérimentés, avec du temps devant eux, peut-être que vous pourrez domestiquer ce poulain, monsieur. Mais je ne peux pas vous le garantir non plus. C'est un fier cheval, qui ne s'inclinera pas devant n'importe qui. Il est digne d'un roi, pour sûr !

Je n'ai jamais su ce qui attira si puissamment Sir Nigel vers cette bête ; mais il fut comme possédé par un démon, en devint complètement obsédé, et se conduisit avec une déraison qui frôla la démence. Son désir de posséder l'animal était si fort qu'il en était presque tangible ; ses yeux pétillaient d'envie et de plaisir, et son regard s'éclaira d'une lueur étrange, presque fébrile, quand il examina le poulain. A la vue de ce désir surnaturel sur le visage de mon père, un frisson désagréable me parcourut la nuque, et je tremblai en plein soleil, regrettant soudain d'être venue à la foire.

— Combien en voulez-vous ? demanda Sir Nigel au marchand.

Après quelques minutes de discussion, le marché fut conclu et mon père donna ses instructions pour que le cheval, ainsi que les poneys et la petite voiture, soient amenés au Château le jour suivant.

Puis il jeta un nouveau regard vers l'animal et, comme à lui-même, déclara :

— Tu seras brisé et tu porteras le mors, ou bien c'est ton cou orgueilleux qui se brisera ! Mais d'une manière ou d'une autre, tu sauras bientôt qui de nous deux est le maître, car tu ne me fais pas peur, beauté.

Presque comme s'il avait compris ces paroles, l'animal rejeta la tête en arrière et hennit pour le défier à son tour, prenant une expression si sauvage et si provocante que je craignis un instant qu'il ne traverse l'enclos au galop pour attaquer son nouveau propriétaire. Mais Sir Nigel, plissant les yeux, ne broncha pas devant lui, et lui fit un sourire sinistre, avant de hocher la tête, comme pour reconnaître que le gant avait été lancé ; et je frissonnai encore, frappée par un étrange pressentiment.

Ensuite, comme il se faisait tard, nous repartîmes au manoir. Après l'animation de la foire, la conversation paraissait éteinte, et seule Julianne évoquait avec vivacité les événements de la journée. Plus tôt, Welles et Esmond s'étaient disputés à propos de l'échauffourée où mon demi-frère les avait entraînés mais ils ne se parlaient plus, et s'ignoraient ostensiblement. Welles était dédaigneux, et Esmond glacial. Sarah, peinée de les voir ainsi fâchés, tenta de les réconcilier ; mais elle recula bien vite quand Welles traita Esmond de « pauvre poule mouillée ». Esmond renvoya à Welles qu'il n'était qu' « un écervelé et un futur gibier de potence ».

Toute affection disparut entre eux après cet incident. J'en fus attristée et déchirée, car j'aurais aimé que mon cousin et mon demi-frère puissent être amis. J'aimais en effet Esmond, mais m'étais prise d'amitié pour Welles comme pour un frère.

Même Julianne ne trouva plus grand-chose à dire après cela. Je fus heureuse d'arriver enfin au Château et de me retirer dans ma chambre pour jouer avec mon nouveau petit chaton, que j'appelai Grimalkin. Je n'avais jamais eu de chat et je le trouvais délicieux, à la fois curieux et intelligent.

Il explora ma chambre de fond en comble, miaulant et glissant son nez partout, me défiant avec malice chaque fois que je tâchais de le réprimander. Puis, à ma grande mortification, il entreprit de baptiser mon tapis. Je le gourmandai encore plus fort après cela ; mais à la vérité, j'étais plus inquiète que fâchée : si les taches humides venaient à être découvertes, Grimalkin ne serait-il pas banni aux écuries ? Ou pire encore, on me l'enlèverait peut-être pour le donner ailleurs ? Je me mis en hâte à nettoyer le tapis. Linnet, ma cal, entra alors et vit sans tarder ce que j'essayais de cacher. Elle secoua la tête et fronça le nez, avant de m'aider à terminer. Puis, comme elle avait plus d'expérience que moi avec les animaux, elle courut aux écuries chercher une petite litière dans une caisse. Nous choisîmes un coin de mon cabinet de toilette et le montrâmes au chaton.

Grimalkin était jeune et pourtant, il comprit tout de suite ce que nous attendions de lui ; au moins ne trouvai-je aucun autre accident en revenant du souper, bien qu'il se soit introduit dans mon panier à tricot et eût éparpillé du fil partout.

— Petit monstre ! l'accusai-je, mais Grimalkin se contentait de me regarder en remuant la queue. Puis il sauta sur moi et me lécha la main tandis que je ramassais les dégâts.

J'avais apporté une assiette de restes que madame Merrick avait mis de côté pour moi, et une soucoupe de crème, et je les plaçai devant lui sur le sol pour qu'il me laisse en paix. Le chaton courut à son repas et le dévora. Puis, le ventre rond, il se lova contre moi, ronronnant avec satisfaction.

Nous passâmes quelque temps ainsi, confortablement installés, tandis que je lisais. Mais lorsque Linnet vint m'aider à me déshabiller, Grimalkin fit encore des siennes. Entendant le grincement de la porte, il se leva, écarquillant ses yeux verts et pointant les oreilles, en alerte. Puis, avant que je comprenne son intention, il sauta à bas du fauteuil, et décampa dans le couloir à l'entrée de Linnet. Je courus après lui en l'appelant, mais le chaton m'échappa, dévalant le corridor qui menait à l'aile sud.

— Grimalkin, viens, viens, petit chat, murmurai-je en le suivant, viens, Grimalkin, viens, mon chat.

Je le repérai enfin, assis au milieu du passage, occupé à lécher sa fourrure. J'aurais juré qu'il souriait en relevant paresseusement la tête vers moi, il avait un air effronté et satisfait, à croire qu'il venait d'avaler un canari. Prestement, avant qu'il ait eu le temps de s'enfuir, j'agrippai le ruban noué à son cou. Puis je le pris vivement dans mes bras et le réprimandai sans faire de bruit, car dans cette salle se trouvaient les chambres de mon père et de ma belle-mère. Je savais que Sir Nigel et Lady Chandler s'étaient déjà retirés pour la soirée, et je ne voulais pas qu'ils m'entendent. Tenant le chaton bien serré contre moi, je repartis sur la pointe des pieds, ne m'arrêtant qu'en surprenant une exclamation trop aiguë émise par Lady Chandler depuis sa chambre...

— Ton frère Quentin... est en vie, Nigel ! s'écria-t-elle.

D'abord, je crus l'avoir mal comprise. Je m'approchai de sa porte et y posai doucement une oreille furtive, mon cœur battant à tout rompre : si elle ouvrait brusquement le battant, je tomberais dans sa chambre la tête la première !

— Mais je... Ne m'aviez-vous pas dit qu'il était mort, chéri ? l'entendis-je murmurer, manifestement bouleversée.

J'étais moi-même sidérée, car, à ma connaissance, l'oncle Quentin était en effet mort et enterré depuis des lustres. Maintenant, il semblait clair d'après les paroles de Lady Chandler qu'il n'était finalement pas retourné à la poussière.

— En effet, répliqua mon père d'une voix lasse. Mais j'en étais persuadé comme tout le monde ! Il avait disparu il y a plus de vingt ans, et nous étions sans nouvelles depuis ! Evidemment, nous le pensions mort. Qui aurait imaginé le contraire ?

— Oui, bien sûr. Qui aurait imaginé le contraire ? reprit Lady Chandler d'une voix éteinte. Mais alors, comment expliquez-vous la lettre, Nigel ?

La lettre ? Quelle lettre ? m'interrogeai-je, piquée par la curiosité. Puis je revis l'enveloppe sale et froissée qu'Iverleigh avait présentée d'un geste dédaigneux à mon père sur un plateau d'argent, à notre retour de la foire. Sir Nigel n'avait d'abord jeté qu'un bref coup d'œil à la missive. Puis, plissant les yeux, il s'en était soudain emparé et s'était enfermé dans son étude pour la lire. Ensuite il était ressorti le regard orageux, le visage sombre et furieux, la bouche crispée de rage. Il n'avait fait qu'aboyer des remarques mordantes durant le souper, si bien qu'un grand silence s'était finalement abattu et que chacun avait été content de quitter la table à la fin du repas.

Il reprit la parole.

— Ma chère, fit-il sèchement à ma belle-mère, j'ai bien peur que ces nouvelles n'aient altéré votre bon sens, car vous pensez comme ma sœur Tiberia, ou plutôt, tout comme elle, vous ne pensez à rien ! Il est parfaitement clair, n'est-ce pas, que tout le monde se trompait, et que finalement, Quentin n'est pas mort ; sinon comment aurait-il pu m'écrire la lettre ?

— Etes-vous... êtes-vous tout à fait sûr que c'est bien lui qui l'a écrite, Nigel ? répondit Lady Chandler.

— Mais naturellement. Si c'était un faux, je l'aurais simplement mise au panier, Gwyneth, et nous ne tiendrions pas cette conversation en ce moment, comprenez-vous ? Non, que je le veuille ou non, Quentin, mon frère, est en vie, et même vingt ans après, je reconnaîtrais ses pattes de mouche en toutes circonstances. Il n'a jamais pu écrire lisiblement !

— Eh bien... que faut-il faire, alors ? demanda Lady Chandler, avant de s'écrier soudain : O Nigel ! Vous rendez-vous compte de ce que cela signifie ! Quentin est votre héritier légal ! Si quoi que ce soit devait vous arriver, tout lui reviendrait, aux dépens d'Esmond, qui est si facile à manipuler. Pauvre garçon, il est inexistant... Mais Quentin Chandler... mon Dieu, c'est un bandit ! Un voyou ! Que deviendrons-nous ?

Sa voix se brisa soudain en un sanglot. J'espérais qu'elle fondrait en larmes, car je la détestais de toutes mes forces : comment osait-elle insulter Esmond ?

Mais quelques instants plus tard, comme un renard qui sent que les chiens ont capté son fumet, ma belle-mère se reprit. J'imaginai sans peine le regard méfiant et coupable qui dut lui venir aux paroles de mon père. Je voyais même la manière dont elle baisserait les yeux pour le dissimuler, avant de les ouvrir à nouveau avec une feinte innocence.

— Ma chère, dit Sir Nigel avec lenteur, je suis bien certain que dans ces malheureuses circonstances, vous sauriez réagir à merveille, comme à l'occasion du décès du Capitaine Brodie. (Il se tut un instant, puis eut un petit rire.) Oh, allons, Gwyneth, la gronda-t-il. M'avez-vous pris pour un sot ? Vous imaginiez-vous me duper en jouant l'héritière endeuillée ? Non, ne prenez pas la peine de me répondre. Vraiment, ma chère ! Vous devriez me connaître mieux que cela ! J'ai fait mener une enquête complète sur votre passé avant de vous demander en mariage. Je n'ignorais rien de votre situation, disons... désespérée, avant notre union.

— Mais... mais je ne comprends pas... Pourquoi m'avoir épousée, alors ?

— Eh bien, j'admirais votre ingéniosité, naturellement. J'ai eu l'occasion de m'apercevoir qu'il y a bien peu de femmes à la fois intelligentes et audacieuses. En outre, il me fallait quelqu'un pour prendre en charge ma mal-aimée de fille, et vous vous y êtes fort bien prise, comme je m'y attendais. L'apparence et les manières de Margaret se sont considérablement améliorées et je vous en fais tous mes compliments, Gwyneth.

Mal-aimée ? Mal-aimée par qui ? me demandai-je soudain. Je continuai à écouter, malgré Grimalkin, qui commençait à s'agiter dans mes bras. Craignant qu'il ne provoque un esclandre, je le lâchai avec l'intention de le rattraper plus tard, quand je saurais tout sur l'oncle Quentin et sa lettre. J'avais eu vite fait de comprendre ce qui attendait Esmond et les siens si mon cousin n'était finalement plus l'héritier de Sir Nigel.

— Apaisez-vous, ma chère, dit mon père. Même si Quentin est l'homme que vous avez deviné, et pire encore, il ne risque pas d'hériter, car il m'annonce sans détour dans sa lettre qu'il est mourant.

— Mourant ! Eh bien, Dieu merci ! s'exclama Lady Chandler peu charitablement. Mais... dans ce cas, pourquoi vous a-t-il écrit ? Que désire-t-il, sinon faire valoir ses droits sur le domaine ?

— Il veut qu'on l'enterre comme il se doit dans le caveau de famille, expliqua Sir Nigel. En outre, il a un enfant, un fils de quinze ans, qu'il a eu avec une gitane que sa famille a reniée après avoir appris la liaison. Il semblerait que les gitans aient quelque sens moral, finalement. En tout cas, la mère est morte il y a quelques années, m'écrit Quentin, et le garçon n'aura bientôt plus personne. Mon frère souhaiterait que j'aille le chercher à Londres, s'il est toujours en vie, ainsi que l'enfant. Il veut s'assurer avant sa mort de la prospérité de son fils, de crainte qu'il ne soit placé dans un asile de pauvres, ou pire encore.

— C'est un bâtard, alors ?

— Oui, aussi mal aimé que Margaret, à sa manière. Je ne sais pas à quoi Quentin a pu penser, en s'unissant à une gitane — une fille des rues, qui avait sûrement la vérole, en plus ! Père doit se retourner dans sa tombe à cette pensée ! Mais je n'ai aucune idée de ce que mon frère veut me faire faire de son fils. Pardieu, il y a déjà assez de gosses dans ce Château ! Entre Margaret, vos propres enfants, et les deux de Tiberia, c'est à croire que je dirige un orphelinat ! lança Sir Nigel. Mais les lois du sang sont ce qu'elles sont et il n'est pas le premier de la famille à salir la Bible familiale — et sans doute pas le dernier non plus. Je ne peux pas le laisser mourir de faim. J'imagine que cela ne lui ferait pas de mal de tâter un peu des mines ou des champs.

— De toute manière, Quentin ne peut en exiger davantage, chéri, fit observer Lady Chandler d'une voix plus calme. Ce n'est pas comme si l'enfant était votre héritier ou même un enfant de sang Chandler. Il est né du mauvais côté de la barrière, après tout.

— En effet. Et puis ce sera sans doute un gibier de potence, quoi que je fasse, car Quentin a toujours été tête brûlée et bon à rien. D'après la description qu'en fait mon frère, il a hérité des dispositions de son père, et sans aucun doute de sa mère également. Dieu sait que ces gitans ne sont que des mendiants et des voleurs ! Enfin, je suppose que s'il n'y a rien à tirer de ce misérable petit bâtard, je le renverrai plus tard, quand il aura les moyens de se débrouiller tout seul.

— Sans aucun doute, acquiesça ma belle-mère. Ne devrions-nous pas nous coucher, maintenant, chéri ? Il se fait tard, et si vous vous rendez à Londres demain, il faut prendre du repos.

— Effectivement. Faites préparer mes bagages pour la première heure demain, Gwyneth, et demandez à madame Seyton d'apprêter une chambre pour Quentin, au cas où il serait encore vivant à mon arrivée et survivrait au voyage. J'imagine que nous devrons garder l'enfant avec nous jusqu'à la mort de mon frère. Et il faudra s'organiser pour... morbleu ! Comment s'appelle-t-il, déjà ? Un nom de païen vaguement gitan, si je ne m'abuse. Ah oui. Je me souviens maintenant. Draco. C'est cela. Draco.

Ainsi entendis-je le nom du fils illégitime de mon oncle pour la première fois, penchée à la porte de Lady Chandler comme une vulgaire soubrette.

Pensive, je repris le chemin de ma chambre. Linnet avait posé ma chemise de nuit sur mon lit et s'était endormie sur le fauteuil en m'attendant. Je la secouai doucement. Elle s'éveilla en sursaut, cherchant une excuse, mais je la rassurai et l'envoyai au lit, prétextant que je voulais lire encore un peu. Après son départ, mes pensées revinrent vers la conversation de Lady Chandler et de Sir Nigel. « Mal-aimée », avait dit mon père. En somme, bien qu'il ne me fasse plus venir la nuit pour m'insulter, il me tenait toujours pour responsable de la mort de ma mère. Il regrette ma naissance, me dis-je, tout comme Quentin celle de Draco.

Je me sentis soudain un lien avec ce cousin qu'il me fallait encore rencontrer, ce bâtard gitan. Je me rappelai les tziganes de la foire. Leur ressemblerait-il ? Etranges, venus d'ailleurs, vaguement troublants... « Du gibier de potence », avait prédit Sir Nigel. Je frissonnai, sentant le souffle de la mort. Je me déshabillai en hâte et enfilai ma chemise de nuit avant de me glisser au lit, les couvertures remontées le plus haut possible.

Le matin suivant, je fus éveillée par un hurlement suivi du fracas d'un plateau. Nora, une bonne, s'exclama :

— Dieu nous protège ! Il y a une bête sauvage en liberté dans la maison !

Soudain je me rappelai Grimalkin !

Pour me punir de ne pas m'être convenablement occupée de lui, on m'enferma dans ma chambre le reste de la journée ; et par la suite, je m'assurai que le coquin était bien installé dans son panier chaque nuit avant d'aller au lit — même si je fus tentée par la proposition de Welles qui voulait le lâcher sur mademoiselle Poole...

5

Draco arriva au Château par une nuit sombre et sauvage. Plus tôt dans la journée, le temps avait fraîchi et pesait de la lourdeur calme qui précède les orages d'été. Une nuit épaisse était tombée rapidement après le crépuscule. Soudain un vent sinistre s'était levé en hurlant, comme une armée de fantômes descendue sur la lande, et les noirs nuages tourmentés s'étaient brutalement crevés, dégorgeant leur contenu sur le monde.

Au loin rugissait la mer furieuse, enragée sous l'assaut de la tempête; elle s'écrasait contre les falaises noires et balafrées qui bordaient la côte déchiquetée; par-dessus son mugissement résonnaient les coups de tonnerre qui accompagnaient le déluge de pluie.

Blottie au fond de mon lit, je frissonnais à chaque craquement de la vieille demeure qui gémissait, comme prête à s'effondrer, victime enfin des éléments tout-puissants. Un volet s'était détaché quelque part, et à chaque rafale du vent, tapait contre un mur du manoir — ou peut-être quelque horrible créature d'un autre monde forçait-elle la porte comme un bélier, exigeant qu'on la laisse entrer. Cette idée me fit trembler; mon imagination débridée courait comme la tempête, remplissant mon esprit de scènes toutes plus horribles les unes que les autres. Je ne pouvais trouver le sommeil, frémissant de mes propres fantasmes. Heureusement, je ne savais pas alors que cette nuit-là, j'assisterais à un spectacle plus monstrueux encore.

Après ce qui me parut durer des heures — il n'était pourtant que minuit passé — j'entendis faiblement, mais distinctement, un galop de chevaux remontant l'allée, et dans leur sillage, le grincement des roues d'un carrosse qui allait bien trop vite. Ces bruits étaient ponctués de coups de fouet incessants et de jurons bruyants, portés par la tempête. Je me dis que si le cocher n'était pas devenu fou, il fuyait le diable en personne, pour conduire à une vitesse si périlleuse par cette mauvaise nuit.

Il s'est produit quelque chose, me dis-je, peut-être un accident.

Je redoublai d'inquiétude et me réjouis d'être en

sécurité au fond de mon lit. Mais je ne dormais toujours pas, harcelée par la curiosité.

Bientôt, depuis les greniers, au-dessus de ma tête, vinrent les murmures des domestiques et le froissement de leurs pas. Iverleigh et madame Seyton étaient donc éveillés et distribuaient en ce moment même des ordres aux bonnes et aux valets endormis qu'ils venaient de tirer de leurs bons lits tièdes. Puis j'aperçus sous la porte le vacillement d'une lampe ou d'une chandelle, comme on traversait rapidement le couloir. Quelque démon me saisit, je me levai sans faire de bruit et enfilai mon peignoir de coton blanc, décidée à découvrir moi-même la source du drame.

Je me glissai hors de ma chambre, descendis furtivement le couloir jusqu'au palier. Je m'accroupis et collai mon visage aux vitres froides et vibrantes de la fenêtre. A travers la pluie diluvienne, j'apercevais les lueurs des lanternes pendues au carrosse, qui se balançaient comme folles, à chaque cahot de la voiture lancée en pleine course, si bien que les lumières semblaient clignoter comme des lucioles entre les branches d'arbres.

Un courant d'air glacial s'enfila soudain dans la cage d'escalier : Iverleigh, qui était au rez-de-chaussée, ouvrait l'une des massives portes de chêne pour allumer les lampes des deux côtés du portique. Je frissonnai comme l'air nocturne s'engouffrait sous ma chemise de nuit en une étreinte glacée sur ma peau nue, et refermai encore mieux mon peignoir. J'étais consciente de me conduire comme une sotte : j'aurais mieux fait de retourner au lit ! Mais je ne bougeai pas, figée par la curiosité.

Le carrosse s'était finalement arrêté devant les portes du manoir. Je vis alors que les armoiries de Sir Nigel figuraient sur les côtés et compris qu'il avait dû se produire quelque terrible événement pour que le vieux Phillip, le cocher de mon père, pousse ainsi les chevaux par une nuit pareille. Je frissonnai en regardant le spectacle qui se déroulait en bas comme une pièce de théâtre.

Apparurent Iverleigh et deux valets. Ils n'eurent pas le temps de déplier les marches du carrosse : Sir Nigel ouvrit sa portière d'un geste si violent qu'elle s'écrasa contre la voiture, éraflant la peinture. Mon père sauta à terre, le visage noir de fureur. Il aboya des ordres à droite et à gauche, encore plus féroce que d'habitude. Les pans de sa houppelande s'agitaient et s'enflaient autour de lui comme les ailes d'un oiseau de proie ; puis sans jeter un regard en arrière, il fondit sur le Château. J'entendis ses gants de cuir claquer contre ses cuisses et le bruit sourd de ses bottes comme il traversait rapidement les pièces. Je ne bougeais toujours pas de la fenêtre, les yeux fixés sur le carrosse. Je savais que ce n'était pas terminé.

Après quelque temps, ma persévérance fut récompensée, car lentement émergea mon cousin Draco. J'eus le souffle coupé quand il s'immobilisa pour regarder la maison et que je le vis pour la première fois — trop vite, mais distinctement — trempé par la pluie battante, dans le halo surnaturel des lampes et des éclairs qui déchiquetaient le ciel.

Il était très développé pour son âge, grand et maigre à faire peur, comme s'il avait déjà connu le besoin et la faim et avait beaucoup souffert dans sa courte vie. Pourtant, sous ses vêtements noirs en lambeaux — car il ne portait pas de cape — son corps souple et musclé paraissait rompu aux plus durs labeurs. Sa chemise trempée collait à des biceps impressionnants et mettait en valeur son torse puissant et son ventre plat ; ses culottes moulaient des cuisses solides et des mollets d'acier. Sur sa longue chevelure noire jouaient des reflets de jais quand la lumière pâle effleurait les boucles dégoulinantes et les mèches égarées par le vent. Il avait la peau sombre, bien plus encore que la mienne, que je tenais pourtant de mes ancêtres espagnols ; ainsi, même si j'avais ignoré qu'il était gitan, je l'aurais deviné sans tarder.

Mais plus que tout, je n'oublierai jamais ses traits creusés, tels qu'ils m'apparurent quand il se tourna vers le ciel : un visage de brute, laid, sauvage, celui d'un prédateur cruel et avide, portant une telle haine nue que j'eus un haut-le-cœur et reculai comme pour esquiver un coup. La pluie ruisselait sur lui sans qu'il y prenne garde. Je frissonnai à cette vision, dominée soudain par un étrange pressentiment, comme si ce diabolique effet était en quelque sorte une projection de Draco lui-même. Des sourcils fournis et farouches saillaient sur les yeux les plus noirs que j'aie jamais vus. Ils lancèrent de durs éclats de haine en fixant le manoir avec amertume. Il me sembla que son nez aquilin était cassé, et que ses lèvres pleines et sensuelles se tordaient en un rictus avant que le garçon ne se détourne enfin, laissant imprimée à tout jamais en moi cette expression de défi méprisant.

Il me semblait avoir déjà vu ce regard quelque part ; mais le souvenir m'en échappait.

Puis je remarquai que Tim, l'un des valets, grimpait sur le haut du carrosse pour aider le vieux Phillip à décharger. Ils détachèrent les sangles qui maintenaient les bagages et rejetèrent à grand-peine la bâche lourde de pluie. Et là, à ma grande horreur, je vis mon oncle Quentin pour la première fois.

Son sévère visage, qui dégouttait de pluie et ressemblait tant à celui de mon père malgré ses profondes rides, était blême et glacé comme le ventre d'un poisson mort. Ses yeux noirs jetaient vers moi leur regard fixe et vitreux et son corps, étendu sans précaution sur les valises, était si raide que je compris qu'il était mort depuis quelque temps déjà.

Avec lenteur, les hommes entreprirent de soulever le cadavre afin de le faire passer du carrosse aux mains de plusieurs autres domestiques qui s'étaient rassemblés dehors pour les aider, sous la direction d'Iverleigh. Bien qu'il eût été très malade avant sa mort, l'oncle Quentin était encore lourd et corpulent, et Tim, le plus jeune des valets, n'était pas très fort. Son pied glissa sur la masse humide des bagages et il perdit l'équilibre. Ce faisant, il lâcha prise et le corps de mon oncle, échappant également à la poigne de Phillip et de David, roula en bas du toit. Les autres tâchèrent d'intercepter sa chute, mais ils furent pris au dépourvu et ne réagirent pas assez vite ; le corps de mon oncle s'effondra dans l'allée boueuse, sa tête s'écrasant contre une roue du véhicule ; puis le cadavre se figea à nouveau, les pieds dressés, et les yeux ouverts en un regard accusateur qui me foudroya.

Prise de hoquets, une main plaquée sur la bouche pour retenir mes vomissements, je me détournai et traversai aveuglément le couloir jusqu'à ma chambre en une course folle, regrettant maintenant de tout mon cœur la curiosité qui m'avait poussée à observer la scène. Je claquai la porte derrière moi, titubai jusqu'au pot de chambre et me soulageai.

Enfin, bouleversée par le choc et la nausée, je me glissai au lit.

Je n'avais jamais vu de mort auparavant. Rien ne m'avait préparée à ce vide et à cette laideur, comme si en partant, l'âme volait toute dignité au corps, le laissant disgracié, pathétique, reste malpropre et inconvenant qui risquait de rappeler aux vivants qu'un jour, eux aussi seraient exposés, impuissants et humiliés. Bouleversée, je priai pour qu'au jour de ma mort, quelqu'un qui m'aime fût là pour me fermer les yeux et apaiser mes traits, afin que mes faiblesses ne soient pas révélées aux yeux de tous.

Durant un long moment, je ne pus repousser l'image hideuse de Quentin ; je revoyais inlassablement son cadavre tomber, sa tête heurter la roue, ses yeux aveugles plonger dans les miens. Mais enfin, je réussis à revenir à mon cousin Draco et la mine macabre de mon défunt oncle s'évanouit devant celle, sauvage et vive, de son bâtard gitan.

Comme si tout recommençait, m'apparut le visage sombre de Draco, empli de rébellion et de refus, tandis qu'il levait les yeux vers le manoir. Une fois encore, je me demandai où j'avais déjà croisé ce regard, pourquoi il m'avait paru si familier et me hantait maintenant. En vain.

J'eus d'étranges rêves décousus cette nuit-là, durant lesquels mon cousin Draco se glissait dans les boxes des écuries comme un voleur, pour dérober ce poulain diabolique que Sir Nigel avait acheté à la foire. Quand je m'éveillai au matin et me rappelai mes songes, je compris où j'avais déjà rencontré cette expression apparue sur le visage de mon cousin : c'était celle du farouche cheval noir que mon père avait juré de briser ou de tuer.

6

— Je te le dis, Linnet, c'était à tourner les sangs : monsieur Quentin, allongé là, immobile et silencieux comme la tombe, avec la pluie qui coulait à flots sur lui, et son regard noir qui me fixait comme s'il savait que c'était moi qui l'avais lâché le premier et l'avais fait tomber du carrosse dans la boue ! Bonne mère ! J'en ai la chair de poule rien que d'y penser ! dit Tim avec une mimique éloquente.

» Et comme si cela ne suffisait pas, reprit-il, Iverleigh se tenait là, raide comme la justice, et il m'a passé un savon que je n'oublierai pas de sitôt — je le jure devant Dieu ! Mais quand même, il valait mieux que ce soit lui qui s'en aperçoive plutôt que le maître, car je n'ose pas imaginer ce qu'il aurait dit. Canard boiteux ou pas, monsieur Quentin était toujours son frère, et un Chandler, par-dessus le marché, rien à voir avec ce fichu bâtard de gitan, qui est né à Hogs Norton, et qui se trouve en ce moment même au salon, se prenant pour un aristo ou je ne sais quoi ! Pour sûr oui, le maître m'aurait fait fouetter ou m'aurait renvoyé sans références, ou les deux, car il est aussi froid que l'est maintenant monsieur Quentin — que Dieu ait son âme —, tu peux me croire !

» Oui, continua-t-il, parce que David m'a raconté que monsieur Quentin était toujours en vie quand ils avaient quitté Londres, et qu'il avait trépassé vers Dartmoor ; ensuite il paraît que Sir Nigel a tapé au carreau pour demander à Phillip de s'arrêter parce que monsieur Quentin était mort et qu'il

— le maître, je veux dire — n'avait pas la moindre intention de voyager jusqu'au Château avec le cadavre puant d'un voyou et d'un bon à rien sous son nez. Sur quoi, m'a dit David, ce sale gitan aux poings serrés s'est énervé et tout d'un coup, s'est jeté à la gorge de Sir Nigel — comme s'il voulait l'étrangler.

— Non ! Pas possible ! s'exclama Linnet, dont j'imaginais les yeux étincelants d'excitation à ce récit morbide qui avait déjà mis toute la maisonnée en émoi.

Ma caméristé, qui avait quelques années de plus que moi, était hardie, effrontée, et à mon avis, très instruite des choses interdites aux jeunes filles... Bien sûr, j'aurais dû descendre l'escalier de service avant qu'elle ne s'attire des ennuis et mettre fin à son petit tête-à-tête avec Tim ; mais je n'en fis rien. Après tout, n'étais-je pas venue pour glaner les ragots qui montaient de la cuisine ?

— Ma foi oui, ça s'est passé comme ça, continua le jeune valet. David m'a raconté qu'ils avaient dû s'y mettre à deux avec Phillip pour faire lâcher prise à ce fou, et que même après, le sale morveux a essayé de les assommer avant qu'ils puissent le maîtriser — un chien enragé, je te dis.

Il paraît que Sir Nigel était dans une fureur noire, avec son jabot tout de travers ; en plus il avait été blessé à la poitrine par sa belle épingle de cravate pendant la bagarre. Il a dit son fait au petit gueux, et ensuite, avec la canne qu'il a toujours avec lui, il lui a assené un si grand coup sur la tête qu'ils ont bien failli tomber tous les deux. Ensuite le maître a tiré lui-même le corps de monsieur Quentin hors du carrosse, fait rentrer le bâtard et ordonné à Phillip et à David de charger le cadavre sur le toit. Ils ont hissé le corps, l'ont fixé à l'aide de sangles, et fouette cocher! A croire que tous les chiens de l'enfer étaient à leurs trousses.

— Comme ils se mettront aux vôtres, sans nul doute, monsieur Jensby, entendis-je soudain Iverleigh énoncer avec lenteur, si mademoiselle Tyrrel et vous ne retournez pas à vos tâches respectives!

Balbutiant une excuse, les deux domestiques pris au dépourvu fuirent le glacial majordome aussi vite que possible. J'entendis Linnet remonter l'escalier et je regagnai ma chambre aussi prestement que je pus. Entre ce que j'avais vu la nuit dernière, les bribes que, tout excitée, j'avais récoltées le matin même et ce que je venais de surprendre entre Tim et Linnet, j'étais certaine de savoir l'essentiel. Pas étonnant que Sir Nigel ait paru si furieux! Dire que mon cousin Draco avait essayé de l'étrangler!

Cette information piquait ma curiosité plus que tout, car je n'avais jamais connu personne qui ait porté la main sur mon père et soit encore en vie. Sir Nigel était un fin bretteur et un expert aux armes à feu; et à trois reprises au moins, à ma connaissance, il avait triomphé de ses adversaires infortunés en duels menés au point du jour. Mais naturellement, il ne pouvait guère défier un garçon de quinze ans, qui, illégitime ou non, demeurait son neveu.

Pourtant je ne pouvais imaginer Esmond ou Welles, ou quiconque sur le domaine, attaquer mon père. L'idée que Draco l'avait fait me fascinait. Comme Linnet, tout émoustillée par le récit de Tim, venait m'aider à m'habiller, je me sentis parcourue d'une étrange excitation : Draco était en bas, au salon, et si je me dépêchais, je pourrais le voir seul et lui parler avant qu'on m'en empêche.

Enfin, vêtue d'une pâle robe grise que Linnet

avait à la hâte garnie d'un ruban noir, je descendis dans le hall. Je pus constater que, malgré leurs nombreuses obligations envers les vivants, les domestiques avaient trouvé du temps pour les morts, car les fenêtres étaient déjà drapées de crêpe noir. On avait sans doute suspendu des gerbes funéraires aux portes principales. J'entendais les murmures des valets et des bonnes qui s'affairaient entre la salle à manger et la cuisine, posant sur les dessertes les plats fumants du petit déjeuner ; mais le Château lui-même était parfaitement silencieux, comme une tombe, me dis-je, frissonnant. La mort de l'oncle Quentin jetait un linceul de calme surnaturel sur le manoir. Je me demandai avec un peu de nervosité quels autres changements interviendraient à la suite de son décès.

Après m'être assurée que personne ne se trouvait aux alentours, j'allai sur la pointe des pieds entrouvrir les portes du salon. Puis je les refermai tout aussi vite, hésitant maintenant à entrer, car ce premier coup d'œil m'avait permis d'apercevoir sur la grande table le corps gisant de mon oncle. Cependant, j'avais également vu mon cousin Draco ; et ma curiosité prenant le pas sur ma peur, je rouvris les portes et entrai.

Malgré mes efforts pour ignorer l'oncle Quentin, il attirait mon regard. Ce n'était plus le spectacle terrible de la nuit précédente. On lui avait fermé les yeux, et sans la sévère crispation de sa bouche et les rides creusées par la souffrance, j'aurais pu le croire simplement endormi. Ses vêtements détrempés avaient également été changés ; il portait maintenant une vieille chemise blanche et une veste, un gilet et des culottes noires qui appartenaient à mon père. Plus tôt ce matin-là, j'avais entendu le vieux Phillip confier à madame Merrick que l'oncle Quentin vivait dans un bas quartier de Londres, dans un taudis « aussi sordide et crasseux qu'un coupe-gorge ». Des cierges, sur de hauts bougeoirs de bronze, étaient disposés tout autour de la table sur laquelle le corps était étendu ; ils brûlaient vivement, dissipant quelques ombres lugubres du salon, où les lourds rideaux de velours rouge avaient été tirés pour occulter le jour.

Au côté de son défunt père, Draco se tenait très raide sur une des deux chaises Hepplewhite tapissées de satin rayé de rouge et de blanc. Apparemment, avec le bouleversement de la nuit précédente, personne n'avait songé à subvenir à ses besoins : il portait toujours la chemise noire et les pantalons de la veille, qui bien que secs, n'avaient pas été brossés et restaient tachés et froissés. Peut-être même avait-il dormi avec ! Il n'avait vraiment pas sa place au salon, comme s'il était entré par erreur en venant des écuries, sans même songer à s'essuyer les pieds ! Effectivement, d'après son allure, il était sans doute né dans quelque rue borgne. Pourtant Draco ne marquait pas la moindre gêne et je compris pourquoi le valet lui avait reproché de jouer à « l'aristo ». Mon cousin avait une expression sombre et dure, si dédaigneuse et arrogante qu'il aurait intimidé Julianne elle-même. Il me répugnait — et m'attirait à la fois. J'aurais dû le laisser. Mais je m'approchai de lui et m'assis au bord de l'autre chaise Hepplewhite.

Il ne dit rien, ne me jeta pas même un regard, et continua à ruminer de noires pensées en fixant le cadavre de son père. J'aurais bien voulu lire en lui, comme les diseuses de bonne aventure qui prétendent voir l'avenir. Mais son visage ne trahissait rien.

Après une longue et pénible minute de silence, il

devint clair que mon cousin ne m'accorderait pas la moindre attention. Mais pourquoi ? Je ne lui avais rien fait ! Sentant la colère monter en moi, je me raclai ostensiblement la gorge.

— Bonjour, dis-je.

Draco ne répondit pas. Il ne me regarda même pas. A la fois irritée et gênée de son impolitesse, je poursuivis en bégayant un peu, bien décidée à engager la conversation.

— Je suis Maggie, Maggie Chandler, ta cousine.

Ses yeux noirs et voilés se tournèrent une seconde vers moi, et me toisèrent d'un air glacial. Puis il se replongea dans la contemplation de son père. Avais-je donc si peu d'intérêt à ses yeux ? J'eus envie de le gifler pour cette impertinence, mais au souvenir de son agression contre Sir Nigel, je me retins. J'essayai une autre tactique.

— Est-il vrai que tu as essayé d'étrangler Sir Nigel ? demandai-je, ma voix trahissant de la crainte et, malgré moi, presque de l'admiration.

Pas de réponse.

— C'était très audacieux de ta part, tu sais, fis-je observer. Mon père est baronnet et seigneur du Château des Abrupts. Personne n'a jamais osé faire une chose pareille. Les fureurs de Sir Nigel sont abominables. Au Château, nous avons tous eu à les supporter. Il ne te pardonnera pas de sitôt, je t'assure. A ta place, je ferais attention ! Il te corrigera, c'est certain, comme Welles qui avait juste mis un crapaud dans le lit de ma préceptrice pour lui faire une farce. Welles est la pupille de Sir Nigel, comme toi, je suppose, maintenant que l'oncle Quentin est mort.

En réponse à ma tirade, mon cousin me jeta un regard de pure haine. J'eus un mouvement de recul instinctif, m'attendant à le voir se jeter sur moi comme une bête sauvage. Mais il détourna simplement le regard pour reprendre sa veille silencieuse.

— Eh bien, tu n'es pas très gentil, lui lançai-je soudain, me levant et battant prudemment en retraite. Je regrette bien de t'avoir dérangé, maintenant. Je croyais que tu pourrais avoir besoin d'amitié et que nous aurions quelque chose en commun, puisque tu es mon cousin, après tout, et que mon père dit que nous sommes aussi malaimés l'un que l'autre à notre manière. Mais je vois que j'ai mal compris la situation. Adieu donc !

— Attends !

Sa voix était basse, mais impérieuse, et me fit battre le cœur de crainte et d'excitation. Tout à coup, je m'aperçus que j'étais seule avec cet étrange cousin qui me semblait aussi violent qu'imprévisible. Allait-il me saisir à la gorge et serrer si fort que je ne pourrais crier ? Mon imagination nourrissait mes frayeurs comme le feu enflamme la tourbe.

— Attends, répéta-t-il, ne pars pas.

— Et pourquoi devrais-je rester, quand tu es détestable ? rétorquai-je avec un courage que j'étais loin de ressentir. (Je me tournai vers lui tout en me tenant prête à fuir au cas où il m'attaquerait.) Alors que je n'avais que de bonnes intentions, en plus.

— Oui, je sais. Je le vois maintenant, admit-il de mauvaise grâce et je compris qu'il ne formulerait pas d'excuses supplémentaires. Assieds-toi. Je ne te veux aucun mal, et de toute manière, il doit y avoir une bonne douzaine de domestiques à portée de voix que tu pourrais appeler à l'aide.

— Oui, c'est exact, acquiesçai-je.

Ne voyant aucun signe d'agressivité en lui, je repris mon siège avec précaution.

Draco redevint silencieux, cherchant ses mots. Il a grandi à Londres et pourtant ne connaît rien des usages, me dis-je. Peut-être son indifférence hautaine n'était-elle qu'une façade, comme celle de Julianne, destinée à dissimuler un sentiment de solitude et d'insécurité. D'ailleurs, d'après ce que j'avais surpris aux cuisines, il avait connu une pauvreté bien plus terrible encore. Il devait ressentir une profonde amertume à l'idée que sans un accident de naissance, il serait l'héritier de Sir Nigel à la place d'Esmond, et futur maître du domaine des Chandler.

Un instant, émue par la pitié, j'en vins presque à souhaiter que Draco fût réellement le futur baronnet. Puis, horrifiée de ma déloyauté envers Esmond, j'écartai cette idée. Ce gitan mal embouché à la place de mon cousin bien-aimé ? Ridicule... et consternant ! Draco, élevé par le canard boiteux de la famille, ne pouvait posséder l'orgueil du titre et des possessions des Chandler. Il ne se soucierait guère de savoir que la reine Elizabeth avait autrefois dormi dans une chambre de l'étage, ou que la duchesse de Marlborough avait dansé dans la grande salle de bal. Pour lui, les portraits de la galerie ne seraient que des tableaux et non la chaîne ininterrompue de vies et d'histoire qu'ils représentaient pour Esmond et moi.

Non, me dis-je, il fallait en croire Sir Nigel : Draco avait hérité des dispositions de son père et sans doute de sa mère. L'oncle Quentin n'avait cure du domaine et ne s'intéressait qu'à l'argent nécessaire à ses beuveries, à ses dettes de jeu et à ses maîtresses. Mais il y avait eu un scandale de trop et les Chandler l'avaient renié. Après quoi sa pension avait été suspendue et son nom rayé de la Bible familiale par mon grand-père, Sir Simon, qui n'avait plus jamais prononcé son nom. Quant à la mystérieuse mère de Quentin, je ne savais rien d'elle.

— Que voulait dire ton père ? Pourquoi es-tu mal-aimée comme moi ? demanda soudain mon cousin, interrompant brusquement ma rêverie.

— Ah... mon père voudrait que je ne sois jamais née. Ma mère mourut la nuit de ma naissance, vois-tu, et mon père ne me l'a jamais pardonné. Je n'y étais pour rien, mais cela ne l'empêche pas de me haïr.

-- Vraiment ?

— Oui, mais j'essaie de ne pas trop le prendre à cœur, avouai-je, me demandant pourquoi je confiais ces émotions intimes à cet étrange personnage. Je pense qu'il ne peut s'en empêcher, vois-tu. Peut-être verrait-il les choses autrement si j'étais un garçon. Je l'ignore.

Je m'arrêtai, réfléchissant à ces paroles.

Oui, méditai-je, Sir Nigel m'aimerait si j'étais un garçon.

Encore qu'il n'avait guère d'affection pour Esmond, qui était pourtant l'enfant de sa sœur, et donc de son propre sang. Non, finalement si j'avais été un autre, cela n'aurait sans doute rien changé. J'étouffai un soupir et chassai cette pensée déprimante, me répétant que je détestais mon père, et peu m'importait qu'il m'aime ou non. Puis, relevant le menton, je me tournai vers le corps de mon oncle.

Il possédait la froideur impitoyable de Sir Nigel, mais son visage trahissait une profonde désillusion et une lassitude du monde qui manquaient à son frère. Mon oncle n'avait pas dû être heureux. Je fus saisie du désir morbide de toucher son cadavre, pour voir s'il était aussi rigide qu'il en avait l'air, et s'il brûlait déjà des feux du diable. Mais je n'en fis rien, craignant que mon cousin n'interprète mal mon geste et ne mette fin à notre conversation.

— L'oncle Quentin était-il bon avec toi ? demandai-je.

— Il buvait beaucoup et quand il était ivre, me battait souvent, répliqua Draco de sa voix lente et étrangère qui m'intriguait tant. Mais il ne m'a jamais laissé aller à l'asile pour pauvres.

Il n'en dit pas plus, estimant sans doute que sa réponse était suffisante. Ce n'était pas faux, mais elle me glaçait les sangs, car je n'avais encore jamais connu personne qui trouve généreux d'être maltraité par un père alcoolique parce que ce dernier aurait pu l'envoyer à l'asile... J'en avais beaucoup entendu sur ces asiles mais j'avais toujours soupçonné ces sombres récits d'être eux-mêmes bien pires que les endroits qu'ils décriaient. La crainte exprimée par Draco me persuada alors que leur réputation devait être fondée.

En vérité, j'avais mené une vie relativement protégée au Château, entourée du cocon de sécurité que m'offraient le titre et les richesses de Sir Nigel, sinon de son affection. Les vastes landes solitaires et verdoyantes de Cornouailles n'avaient guère de point commun avec les villes grouillantes et sales. Je n'avais jamais voyagé plus loin que Launceston depuis le Château des Abrupts. Que pouvais-je connaître du monde ? Rien à côté de Draco, dont le regard usé par les soucis malgré son expression de défi en avait trop vu pour son âge.

Pauvre garçon ! J'eus soudain envie de le réconforter, de remettre en place les mèches noires et négligées qui tombaient sur ses joues. J'aurais voulu passer doucement le doigt sur la blessure encroûtée de sang qui lui entaillait le front là où la canne de mon père l'avait atteint. Mais je n'esquissai pas un geste, certaine de voir mes avances repoussées avec dédain.

Longtemps après, je me rappellerais cette matinée où, seule représentante du manoir, je veillai avec mon cousin le corps de son père ; et je méditerais souvent sur l'étrangeté de la situation : nous étions assis côte à côte, deux enfants solitaires, ayant à peine fait connaissance, peu loquaces devant le corps raidi de mon oncle, dans la lumière palpitante des chandelles posées tout autour de nous. C'est un souvenir d'un genre très particulier, mais même maintenant, il me semble résumer toute mon enfance : Draco et moi, luttant pour trouver quelque lumière et quelque douceur dans l'obscurité et la rudesse de cette matinée. Et pourtant... J'aime à croire que je lui apportai un peu de réconfort, et que de plus ou moins mauvaise grâce, il l'accepta. Des années plus tard, il m'arriverait parfois d'imaginer qu'il me regardait avec une étrange douceur ; lui aussi peut-être gardait en mémoire notre veille solitaire et pensait à moi avec d'autant plus d'affection.

Nous ne disions plus rien. D'après les bruits provenant des autres pièces, les autres habitants de la maisonnée s'étaient levés et descendaient prendre leur petit déjeuner : notre tranquille tête-à-tête devait s'achever. Pourtant ce fut contre mon gré que je pris congé de Draco, car il m'attirait encore davantage. Il dépassait tout mon univers ; je voulais en savoir plus à son sujet.

Je me mis debout et défroissai ma tenue, m'avisant soudain que ma robe était grise, et que le ruban noir avait été cousu à la hâte, sans le respect dû à la peine de mon cousin. Je ne doutais pas qu'à sa manière, Draco regrettait son père, qui l'avait aimé d'une certaine façon. Je voulus m'excuser de ne pas porter convenablement le deuil, mais ne trouvai rien à dire de naturel. Je traversai la pièce, m'attendant à ce que Draco me suive. Il resta assis, immobile.

— Ne viens-tu pas ? lui demandai-je.

Mais il voila à nouveau son regard de ses longs cils, avec une moue railleuse, et je me mordis les lèvres. Evidemment, j'aurais dû me douter que Sir Nigel ne tolérerait pas la présence d'un bâtard gitan à sa table.

— Pardonne-moi, murmurai-je, effondrée. Je suis une sotte, et une étourdie. Tu ne peux naturellement pas te joindre à nous, bien que cela ne paraisse pas très juste, en fait...

Ma voix s'éteignit et je m'aperçus que j'avais commis une autre maladresse. Finalement, craignant d'empirer encore les choses, je lui dis simplement :

— Madame Merrick, notre cuisinière, est très bonne. Elle te donnera quelque chose à manger, si tu as faim.

Puis je sortis du salon à la hâte, refermant doucement les portes derrière moi.

7

Je ne revis pas Draco jusqu'au matin où mon oncle fut enterré, deux jours plus tard. Mais j'avais appris par Linnet, également très curieuse de mon cousin, qu'on lui avait confié une place aux écuries : comme tous les gitans, il avait un don pour les chevaux.

Je m'en réjouis, car je savais que Hugh était un

homme juste, contrairement à monsieur Lowry, le régisseur de mon père, qui dirigeait le domaine, ou à Mick Dyson. Cette jeune brute vicieuse était contremaître aux deux mines de kaolin de mon père, Wheal Anant et Wheal Penforth, et me donnait la chair de poule à chaque fois que je le croisais. Avec des hommes comme Mick Dyson et le sournois monsieur Heapes, administrateur des mines, Edmund Burke, l'homme politique, pouvait tempêter contre l'industrie minière tout entière.

J'avais vu les hommes malades et harassés, les enfants maigres et estropiés qui hantaient les corons, ravagés par de trop longues heures de dur labeur au fond de puits froids et humides, dans des conditions de sécurité précaires, et j'évitais tant que je le pouvais la masse confinée de leurs petites maisons délabrées. Je ne pouvais supporter la vue de leurs habitants, les enfants tout particulièrement, quand je savais que je ne pouvais améliorer leur sort.

Au moins, Draco pourrait respirer l'air pur aux écuries, et non la poussière de kaolin, ce résidu crayeux de la molle argile blanche arrachée à la terre par de pauvres mineurs. On l'utilisait pour tourner des porcelaines fines et délicates que manieraient des aristocrates aux mains propres. Mon cousin travaillait en surface, et non pas au fond d'un puits qui menacerait de se refermer sur lui à tout instant. Pourtant, j'étais sûre que ce n'était qu'une maigre consolation pour quelqu'un qui, sans sa bâtardise, aurait été le maître du Château des Abrupts. Cela devait être dur à accepter pour mon orgueilleux cousin. En tout cas, il n'en laissait rien paraître : d'après les commérages entendus à la cuisine, il accomplissait son travail d'un air maussade, enfourchait le foin, soulevait des sacs d'avoine, et récurait les boxes sans avoir grand-chose à dire à personne.

Quand je le revis à l'enterrement de son père, la vie au Château lui avait déjà profité car il avait les traits moins tirés. Visiblement, Draco serait un jour d'une puissance impressionnante, comme le grand poulain noir que Sir Nigel avait acquis à la foire. Mais il ne serait jamais beau, pensai-je, à cause de son nez cassé et de sa bouche charnue. L'ensemble était trop grossier !

J'étais trop jeune alors pour voir que ces traits lui donnaient justement force et caractère et trahissaient un tempérament qui, un jour, séduirait les femmes. De plus, ses yeux, qui me paraissaient durs et sauvages comme braises, brillaient d'intelligence, et quand il le voulait bien, avaient le charme et l'audace qui n'appartiennent qu'aux gitans.

On lui avait fourni de quoi se changer. En effet, lorsque nous nous rassemblâmes devant l'ancienne église du village où l'on célébrait les services funèbres depuis d'innombrables générations de Chandler, mon cousin était vêtu d'un costume noir trop large, et portait un foulard maladroitement noué autour du cou ; il avait cependant gardé ses bottes râpées et trouées alors que même le cirage noir ne parvenait pas à en déguiser les profondes rides.

La matinée était humide et grise ; depuis la nuit de la tempête, il y avait eu des averses intermittentes, et un léger crachin était tombé plus tôt. Le sol était boueux et l'air piquant respirait les odeurs riches de la terre saturée d'eau et de l'herbe lavée de sa poussière. Le silence était rompu par la pluie qui dégoulinait inlassablement des feuilles d'arbres, et tout autour de nous, les gouttelettes étincelaient comme autant de prismes.

Je guettai un signe indiquant que Draco m'avait vue ; mais il ne croisa pas mon regard, ni ne se joignit à la famille comme nous nous dirigions vers l'église, précédés par le pasteur, qui entonna :

— Je suis la Résurrection et la Vie, dit le Seigneur : celui qui croit en moi vivra, fût-il mort ; et quiconque vit et croit en moi jamais ne mourra. Je sais que mon rédempteur vit, et qu'il sera sur terre au dernier jour ; et bien que mon corps soit voué à la destruction, en vérité je verrai Dieu : je le verrai de mes yeux, et non comme un étranger. Nous n'avons rien amené en ce monde et ne pouvons certes rien emporter. Le Seigneur a donné, et le Seigneur a repris ; que Son nom soit béni.

La procession pénétra dans l'église, et après nous être agenouillés devant la vieille croix celtique qui portait l'Agneau crucifié, nous prîmes place au banc des Chandler. Draco attendit que la majorité des serviteurs et des villageois soit à l'intérieur, puis s'y glissa lui-même, restant debout tout au fond, les yeux baissés, si bien que nul ne pouvait lire ses pensées.

On avait porté le cercueil drapé de fleurs le long de la nef pour le poser devant l'autel. Je remarquai alors que quelques pétales s'étaient déjà détachés des gerbes et s'étaient éparpillés comme de petites étoiles sur les dalles ; en observant les corolles prêtes à se faner, je méditai sur la fugacité de la vie. Heureusement, le couvercle du cercueil était refermé : quand j'avais revu le cadavre, l'embaumeur était passé et les fluides avaient tant adouci les rides de son visage que j'avais cru reconnaître mon père...

Perdue dans mes pensées, je ne m'aperçus que la cérémonie avait déjà commencé que lorsque mes voisins entonnèrent les répons.

— Quand ta colère gronde, nos jours sont comptés, disait le pasteur.

— Notre temps prend fin, comme un conte qui s'achève, reprenait l'assistance d'une seule voix.

Après cela, la matinée me parut complètement irréelle. Les bruits s'étouffèrent, à l'exception du chœur des voix monotones et du cliquetis de l'encensoir de bronze que le pasteur balançait rituellement vers l'assemblée et au-dessus du cercueil de mon oncle. Le reste du temps, il le tendait à un enfant de chœur, et l'arôme puissant de l'encens et la fumée acide qui s'échappait du réceptacle flottaient de plus en plus loin dans l'église. A demi étourdie par la fumée, engourdie par la messe, je voyais le pasteur à travers un voile changeant de brume grise. Il était resplendissant dans sa chasuble de deuil et les cierges qui brûlaient tout autour de lui le couronnaient d'un halo de feu aussi vif que les roses et les lis disposés sur l'autel. Le parfum doux et sucré des bouquets était suffocant dans l'atmosphère confinée de l'église. Depuis, ces deux fleurs ont toujours évoqué la mort pour moi et je ne les aime plus guère. C'est la bruyère que je préférais, mais elle aussi en vint à me rappeler de pénibles souvenirs, comme vous le saurez.

— Thomas lui dit : « Seigneur, nous ne savons pas où tu vas ; et comment pouvons-nous connaître la voie ? » Jésus lui répondit : « Je suis la Voie, la Vérité et la Vie : pour aller au Père, il faut passer par moi. »

On chanta un hymne ; je ne me rappelle pas lequel, car, à ce stade, il me semblait évoluer dans un rêve, et je m'attendais à m'éveiller dans mon lit au Château, pour découvrir que l'oncle Quentin et Draco n'étaient nés que de mon imagination. Seul Esmond, à mes côtés, paraissait bien réel, sa belle voix de ténor résonnant dans toute l'église, rejointe par un baryton superbe et vibrant, qu'en toutes circonstances, j'aurais identifié comme celui de Draco. Il s'élevait mélodieusement jusqu'à la charpente, son léger accent le faisant paraître encore plus obsédant, encore plus détaché du royaume humain. Je ne m'étonnai donc pas que les nuages s'ouvrent soudain, le léger clapotis régulier de la pluie sur le toit ajoutant une note d'émotion à l'ensemble.

— Que le Seigneur soit avec vous.

— Et avec votre esprit.

— Prions, mes frères.

Je m'agenouillai sur le prie-Dieu placé devant moi et, après m'être signée, penchai la tête entre mes bras jusqu'à toucher de mon front mes paumes jointes et le dossier de chêne qui refermait le banc. Ainsi, à condition d'incliner le cou, malgré l'inconfort de cette position, j'apercevais Draco au fond, par-dessous un coude. Il n'était pas à genoux. Sans doute n'était-il pas de confession anglicane, à moins qu'il ne soit sans religion du tout. Les gitans étaient-ils des païens, alors ? Pourtant il ployait la tête. Adorait-il Dieu à sa manière, comme pour tout le reste, sans autre loi que la sienne ? Car Draco, comme je devais l'apprendre dans l'avenir, ne savait vivre que selon ses propres codes. Il était pâle sous sa peau hâlée et ses cils noirs ombraient durement ses joues. Une fois, une seule fois, il me sembla voir glisser une larme, telle une luisante goutte de pluie ; mais ce n'était peut-être qu'un jeu de lumière.

— A la grâce de Dieu et à son infinie miséricorde, nous te confions. Que le Seigneur te bénisse et te garde près de lui. Que le Seigneur rayonne vers toi et t'apporte sa grâce. Puisse le Seigneur lever les yeux vers toi, pauvre pécheur. Va en paix pour l'éternité. Amen.

— Amen.

Nous nous levâmes alors et les porteurs s'avancèrent pour sortir lentement le cercueil de l'église ; nous défilâmes à sa suite en silence. Une fois dehors, les six hommes chargèrent la bière dans le corbillard vitré et laqué de noir, tiré par six chevaux. Les panaches de deuil fixés à leurs têtes pendaient lamentablement sous la pluie ; les bêtes elles-mêmes paraissaient bien crottées comme elles piétinaient la boue en frissonnant. C'est typique, me dis-je. Même pour son propre enterrement, mon oncle n'a rien pu faire de bon.

Le cimetière était situé non loin de l'église ; la procession suivit donc à pied tandis que le cocher, vêtu de noir, le visage impénétrable, ramenait les rênes du harnais et que le corbillard s'ébranlait lentement après un sursaut, les roues barattant la boue. Sous le crachin, la marche était pénible, et je fus heureuse d'avoir ma cape noire à capuche, même si madame Faversham et ses employées avaient dû travailler nuit et jour pour la terminer à temps, ainsi que ma robe de deuil et les vêtements de Julianne.

Au-dessus de nos têtes, le ciel était de plomb et des nuées d'orage roulaient au firmament.

Enfin je vis se dresser les pierres tombales comme autant d'obélisques dans le cimetière ; le granit gris dans lequel elles étaient presque toutes taillées était vieux et battu par les tempêtes, et on déchiffrait difficilement les noms et les dates gravées. Ici et là, des plaques étaient tombées. De mauvaises herbes et des fleurs sauvages avaient poussé sur les tombes qui n'étaient pas entretenues par la famille du défunt, et sur la fosse commune où l'on enterrait les démunis, les criminels et les inconnus.

Au centre du cimetière s'élevait un grand monument de pierre, où les Chandler avaient été ensevelis depuis des générations. Ma mère s'y trouvait et, je l'espérais, reposait en paix. Comme à chaque fois, je m'attristai à l'idée que je ne l'avais jamais connue ; malgré tout, je lui rendais parfois visite et lui parlais, m'imaginant qu'elle m'écoutait et me répondait dans un murmure, abusée sans doute par mon imagination et les soupirs du vent.

Le gardien du cimetière déverrouilla les grilles de fer forgé qui pivotèrent en gémissant sur leurs charnières rouillées. Puis le pasteur reprit son incantation :

— L'homme, issu de la femme, n'a que peu de temps à vivre, et connaît bien des souffrances. A peine vient-il sur terre que sa vie est tranchée, comme une fleur...

Je frissonnais en entendant le raclement du bloc de pierre que l'on retirait de la longue cavité étroite où reposerait mon oncle pour l'éternité. On m'y enfermerait aussi quand viendrait mon heure.

Les porteurs soulevèrent le cercueil de mon oncle sur leurs épaules. Puis ils se penchèrent et après quelques manœuvres descendirent la bière le long d'un escalier de pierre, raide et étroit, jusque dans la crypte plongée dans la pénombre. Ensuite monta le frottement du bois contre le granit, comme on glissait le cercueil en place, en contrepoint macabre aux paroles du pasteur.

— Au Seigneur Tout-Puissant, je recommande l'âme de notre frère défunt, et nous confions son corps à la terre ; poussière, tu redeviendras poussière...

A ce stade, plusieurs des serviteurs les plus

anciens, se rappelant le jeune « monsieur Quentin », comme ils l'appelaient, étaient en larmes ; mais les yeux de Draco étaient secs et distants, comme s'il n'était plus sur la lande balayée par le vent mais s'était retiré dans quelque contrée lointaine.

Sir Nigel ne versa pas non plus une larme sur son défunt frère, le bandit qui avait déshonoré les Chandler et avait été cruellement renié en conséquence.

— Seigneur, ayez pitié de nous.

— Christ, ayez pitié de nous.

— Seigneur, ayez pitié de nous.

L'espace d'un instant étrange et surnaturel, je me sentis à part, observant ma famille se blottir les uns contre les autres entre les vieilles pierres tombales sous l'averse brumeuse, le visage de mon père comme taillé dans le granit, Lady Chandler, belle et froide, prête à périr d'ennui sous son parapluie. Welles, qui paraissait fâché, et Julianne, qui faisait la moue, se poussaient discrètement et chuchotaient derrière leurs mains, tandis que mademoiselle Poole, grave et dévote comme il se devait, les réprimandait et leur lançait des « chut » outrés pour les faire taire. Esmond et Sarah, pâles et solennels, se tenaient chacun d'un côté de tante Tibby, la soutenant alors qu'elle reniflait et sanglotait dans son mouchoir : Quentin n'avait-il pas été son frère également ? Moi, pendant ce temps, debout dans ma cape dégoulinante, je me tenais en retrait d'Esmond, comme si sa proximité m'offrait un réconfort. A distance, seul avec son chagrin, Draco.

Je le vis frémir au bruit du bloc de pierre que l'on remettait en place pour sceller la tombe ; un instant, il oscilla sur ses jambes comme pris de malaise. Puis il se ressaisit : quelles que soient ses émotions, il ne s'effondrerait pas devant des étrangers qui l'avaient déjà surnommé « le bâtard de monsieur Quentin ».

Finalement les porteurs émergèrent de la crypte, tirant derrière eux la porte de chêne massif qui se referma dans un terrible fracas. Puis on entendit le claquement des grilles et le cliquetis de l'énorme trousseau de clefs.

— O Seigneur Jésus-Christ, qui par ta mort as enlevé l'aiguillon de la mort, permets à tes humbles serviteurs de te suivre en paix là où tu montres la voie, afin que nous puissions nous endormir paisiblement en toi, et nous éveiller à ton image, par ta miséricorde, toi qui vis avec le Père et le Saint-Esprit. Amen.

— Amen.

Le pasteur referma enfin son livre de prières, à l'instant même où les cieux, comme pour illustrer que nous étions bien peu de chose, s'ouvrirent et déchaînèrent leur fureur contre nous.

8

Quelques jours après l'enterrement de mon oncle, Sir Nigel se rappela le poulain qu'il avait acquis à la foire et nommé Black Magic.

Hugh avait essayé de le faire travailler, mais en vain. Malgré la douceur et la patience de notre palefrenier, la bête demeurait dangereuse et vicieuse, toute méfiance et ruse, et se défendait à coups de sabots et de dents. Hugh n'était pas encore parvenu à le seller, et encore moins à lui passer le mors.

Au cours des quelques semaines qu'il avait passées au Château, Black Magic avait déjà rompu la jambe d'un valet et presque piétiné à mort un pauvre garçon d'écurie : ce dernier se trouvait dans l'enclos quand le poulain avait soudain chargé et il n'avait pas eu l'agilité de sauter par-dessus la barrière à temps. Hugh pensait que le cheval était indressable, et déclarait que si on ne pouvait pas l'apprivoiser suffisamment pour le guider, il faudrait l'abattre.

Le jour où Sir Nigel décida de vérifier les progrès de Black Magic, il descendit aux écuries d'un pas décidé, en tenue d'équitation, cravache en main. Je me trouvai sur son chemin, ayant projeté une petite promenade matinale sans Julianne sur mes talons, puisqu'elle faisait toujours la grasse matinée. Comme il ne me chassa pas, je restai pour observer la scène, curieuse de voir ce qui se produirait.

Sir Nigel eut une assez longue conversation avec Hugh, fronçant le sourcil quand il découvrit que le palefrenier n'avait guère progressé dans le domptage.

— Mais enfin, Hugh ! s'exclama mon père avec impatience. Ce n'est qu'un cheval ! Mets-le dans une stalle et qu'on lui passe une bride et une selle. J'ai bien envie de l'essayer ce matin.

— Faites excuse, monsieur, ce n'est pas si simple. Nous avons essayé. Mais cette bête est un démon, comme le maquignon vous l'a dit ; et il ne supporte même pas la longe. La dernière fois que nous avons tenté de le mettre en stalle, il a cassé une jambe à Sam et a bien failli tuer ce pauvre petit Billy ; et je vous assure qu'il le fait exprès, le monstre.

— Allons donc, fit Sir Nigel avec lenteur. Si je ne te connaissais pas mieux que ça, j'irais croire que tu bois en cachette, Hugh. Ce n'est qu'une sale bête impraticable qui doit apprendre à se soumettre à son maître.

Puis, ne voulant rien entendre des conseils et des respectueux avertissements que lui prodiguait Hugh, mon père délivra sèchement des consignes aux autres, qui attendaient sans rien dire la suite des événements. Puis on s'affaira soudain aux écuries, hommes et valets courant à droite et à gauche, en grommelant quelques remarques inquiètes à leurs camarades.

Je vis Draco, qui se tenait de côté, incliné dans une attitude attentive. Son corps vibrait de tension, ses yeux noirs brillants d'excitation, les narines frémissantes. Comme je le regardais, il rejeta la tête en arrière, et sa longue chevelure ébouriffée encore humide des ablutions matinales luit comme de l'ébène au soleil. Sa crinière ondulait dans la brise fraîche et un instant, il me sembla que mon cousin et le poulain ombrageux qui caracolait ne faisaient qu'un : fiers, pleins de défi, amenés au Château contre leur gré et refusant toute domination. Soudain, je compris que ce serait un crime de les briser. Ils n'étaient pas nés pour plier, mais pour rester eux-mêmes : des créatures sauvages, au caractère affirmé, qui ne devaient se donner que librement, résistant sans relâche à ceux qui emploieraient la force.

Je voulus crier, protester, implorer Sir Nigel d'annuler ses ordres ; mais bien entendu, je n'en fis rien, car mon père, une fois remis du choc qu'aurait représenté ma rébellion, m'aurait certainement punie — et n'aurait tenu aucun compte de mes supplications.

Black Magic, dans cette agitation, avait pressenti le danger et parcourait furieusement l'enclos, comme à chaque fois que l'on s'approchait de lui. Hennissant, renâclant, secouant la tête, il galopait d'un côté et de l'autre, se ruant sur la barrière, et ne se détournant qu'au dernier moment. Je compris qu'il en évaluait la hauteur et la solidité et mon cœur se serra : un jour ou l'autre il sauterait par-dessus. Pourquoi n'avait-il pas déjà essayé, du reste ? Peut-être sentait-il en Sir Nigel une menace supérieure...

Sir Nigel et les autres le comprirent également, car mon père se mit à rugir de colère, avec des gestes impatients vers les valets, leur intimant de continuer leur ouvrage. Alors, restant prudemment à bonne distance du cheval, deux hommes entrèrent dans le corral, cordes en main. Ils avaient confectionné des nœuds coulants dans le chanvre, et après les avoir fait lentement tournoyer au-dessus de leur tête, firent voler les boucles.

Pourtant Black Magic était trop vif pour eux, et il évitait habilement les nœuds en inclinant le cou. Mon père se mit à jurer, et les deux hommes, sentant sa colère monter, se hâtèrent d'enrouler leurs cordes afin de tenter à nouveau de capturer l'animal. Ils recommencèrent une bonne demi-douzaine de fois ; mais Black Magic était intelligent, méfiant et très rapide. Pourtant, les hommes finirent par reconnaître ses feintes, et les nœuds se refermèrent sur son col juste au moment où le cheval, comprenant qu'il pourrait franchir la palissade, essaya soudain de conquérir sa liberté.

Le chanvre se tendit et claqua cruellement, freinant le poulain en plein élan. Black Magic se cabra et se tordit en hennissant de peur et de rage, puis retomba en avant, s'effondrant sur les rails blancs.

Ils volèrent en éclats et Black Magic toucha terre dans un bruit sourd, bottant et s'ébrouant pour se dégager des planches déchiquetées.

Les deux hommes ne pouvaient le contenir. A grand renfort de cris et de jurons, d'autres accoururent pour les aider. Il n'en fallut pas moins de six pour libérer le poulain de la barrière cassée. Finalement ils le ramenèrent dans le pré, où il rua comme possédé du diable, menaçant de les mordre ou de leur donner des coups de sabots à chaque fois qu'ils venaient trop près. Les cordes étaient tendues au maximum et quand Black Magic courait vers les valets, le chanvre mollissait, puis se resserrait brusquement, brûlant les paumes des hommes en glissant dans leurs mains. Le cheval allait-il leur échapper ?

Mais lentement, sans que Black Magic fléchisse, ils le tirèrent jusqu'aux écuries. Petit à petit, ils purent le faire entrer ; mais il leur fallut presque une demi-heure pour l'acculer dans une étroite stalle.

Durant cette lutte sans merci, deux hommes et un jeune valet d'écurie furent blessés, et une mangeoire, quelques tonneaux et d'autres marchandises sérieusement endommagés. A ce stade, tout le monde avait perdu patience, les nerfs étaient à fleur de peau et les valets étaient épuisés. Sans dissimuler leur soulagement, ils claquèrent et verrouillèrent la porte de la stalle.

Mais le poulain ne se soumettait toujours pas. Visiblement, le box ne le contiendrait pas et l'animal le démolirait à coups de sabots plutôt que d'accepter cette prison. On entendait déjà les écuries résonner à chaque impact et les planches de la stalle grincer ; la porte elle-même tremblait sur ses gonds quand Black Magic y déchaînait sa fureur.

Les hommes auront bien de la chance s'ils parviennent à attacher une longe au licou, me dis-je, et encore bien davantage pour passer une bride ou placer la selle. Pourtant ils s'évertuaient à glisser une couverture sur son dos. Mais le poulain saisit la couverture et la foula dans la paille. Après quoi il reprit ses assauts furieux contre la porte, réussissant à la perforer d'un sabot, et fit reculer précipitamment ceux qui s'étaient rassemblés dans les écuries.

A ce moment, Sir Nigel perdit patience, exaspéré par ces complications, et à la colère incrédule des valets qui avaient risqué leur vie pour enfermer le poulain dans le box, ordonna de reconduire le cheval à l'enclos. Puis il demanda à Hugh de répéter l'opération les matins suivants, jusqu'à ce que Black Magic s'habitue à moins de liberté dans la stalle. Et que l'on puisse lui passer la bride et le seller ! Hugh, fâché des exigences de mon père, se contenta pourtant de hocher la tête. Sir Nigel sortit alors des écuries à grandes enjambées, sans se préoccuper le moins du monde du saccage. Sa détermination aveugle à maîtriser le cheval restait intacte — quel qu'en fût le coût.

Comme les autres, je poussai un soupir de soulagement au départ de mon père. Je crois que nous avions tous peur que quelqu'un ne soit tué avant qu'il cède ; j'étais certaine que Sir Nigel lui-même aurait été blessé s'il avait essayé de monter Black Magic.

Quand je sortis, je vis des valets qui luttaient pour contrôler le cheval, tandis que d'autres s'affairaient à réparer les dégâts sur la barrière. Ils en profitaient pour ajouter davantage de barres et de poteaux et ainsi surélever et consolider l'obstacle afin que le poulain ne puisse s'échapper. Comme on conduisait Black Magic à l'enclos, j'entendis Hugh demander au forgeron de préparer des panneaux d'acier pour renforcer la stalle.

Sir Nigel ne le domptera jamais, me dis-je désemparée, en tout cas pas en s'y prenant ainsi, car le poulain mourra plutôt que de se plier à la volonté de père. J'en suis sûre !

— Le spectacle est terminé, mademoiselle Maggie, siffla une voix sarcastique à mes oreilles, me faisant sursauter. Tu peux rentrer à la maison.

— O Draco, m'exclamai-je, portant une main à ma gorge et me retournant soudain. Tu m'as fait peur ! Je ne savais pas que tu étais ici.

— Non, je m'en doute bien, ricana-t-il. Tu étais sans doute trop occupée à t'inquiéter pour ton obstiné de père. J'espère que Black Magic le tuera ! Il mérite d'être abattu, tu sais, murmura-t-il sur un ton farouche, et je savais qu'il ne parlait pas du cheval.

Mon cousin fulminait de rage et n'avait personne d'autre que moi sur qui passer sa fureur. Mais sa voix et son attitude haineuses me blessèrent : ce n'était pas moi, le tortionnaire.

— Je n'y suis pour rien — pour ce caprice de mon père, je veux dire. Je n'ai rien fait, alors pourquoi m'en tenir responsable ? demandai-je.

— Mais non, mais non, se reprit-il, d'une voix plus basse et plus douce. C'est juste que j'étais en colère... Maudit soit-il ! Jamais il ne brisera Black Magic ainsi, l'imbécile ! Et il va détruire une superbe créature !

— Je sais. Mais mon père ne se soucie guère de mes opinions, et il n'y a pas moyen de le faire changer d'avis une fois qu'il a pris une décision. Peut-être se lassera-t-il s'il s'aperçoit qu'il ne peut apprivoiser le poulain.

— Ça m'étonnerait ! Dieu du Ciel ! Je le hais ! Il est si gonflé de son pouvoir et de sa fortune qu'il se croit notre seigneur et maître à tous. Sir Simon, notre grand-père, avait le même caractère, paraît-il ! Pas étonnant que mon père n'ait jamais aimé les Chandler !

— Et pourtant il a souhaité être enterré dans le caveau de famille, méditai-je à haute voix. Comme c'est étrange.

Draco partit d'un rire discordant et plein de mépris.

— Oh que non, ma petite, car c'était ça ou la fosse commune ! Et moi, j'aurais été abandonné aux rues de Londres pour finir dans un asile de pauvres, sans aucun doute. Mais que pourrais-tu en savoir, mademoiselle Maggie ? reprit-il en martelant le « mademoiselle ».

— Rien, dis-je doucement. Rien.

Puis, soudain anxieuse, je m'écriai :

— Oh, Draco ! Je ne suis pas mon père ! Pourquoi es-tu si méchant avec moi ? Je croyais que nous étions amis !

— Amis ? répéta-t-il avec amertume. Pourquoi ? Parce que tu me plains ? Eh bien ne t'y crois pas obligée, ma fille, car je ne veux pas de ta pitié. Si mon père avait épousé ma mère, ce serait moi le maître de tout ceci, et pas ton précieux petit Esmond, et je dirigerais le domaine mille fois mieux que lui, tu peux me croire. Et ce n'est pas parce qu'un caprice du destin me prive des droits qu'aurait dû me donner ma naissance, qu'il m'enlève également tout orgueil. Non. (Il secoua la tête.) Nous ne serons jamais amis, Maggie, pas tant que tu habites au manoir et que je ne suis rien qu'un pauvre valet d'écurie qui doit toucher son chapeau à chaque fois qu'il te voit.

— Je ne t'ai jamais demandé cela, Draco, fis-je observer sans perdre mon calme, me redressant pour affronter ses remarques mordantes. Tu es mon cousin, après tout.

Je lui fis honte car il n'osait plus croiser mon regard. Il avala sa salive, gardant les yeux fixés au loin. Pourtant il ne s'excusait pas, et après un instant, je cédai à la curiosité :

— Si tu nous détestes si fort, tous autant que nous sommes, pourquoi restes-tu ici ? Pourquoi ne t'enfuis-tu pas ?

Il se tourna vers moi avec un sourire cynique.

— Parce que pour la première fois de ma vie, je suis propre, au sec, et au chaud, dit-il. Je me couche le ventre plein, et je dors sur mes deux oreilles parce qu'on ne va ni me voler ni m'assassiner dans le noir. Il me semble que les Chandler me doivent au moins cela. Rentre à la maison, Maggie, insista Draco plus doucement. Tu as déjà manqué le petit déjeuner, et tu vas être en retard pour tes leçons avec cette vieille sorcière de mademoiselle Poole.

Je savais que cette remarque sur ma préceptrice était sa manière à lui de s'excuser, aussi lui fis-je un demi-sourire — hésitant, tout de même. Puis je me détournai sans hâte, et me dirigeai vers le manoir.

Je le vis assez souvent au fil de l'été, car maintenant que Julianne avait son poney à elle, je reçus à nouveau l'autorisation de me rendre à la Grange. Or Lady Chandler, qui ne voulait en aucun cas déroger à la bienséance, nous avait interdit à toutes les deux de nous promener sans protection. Aussi revenait-il parfois à Draco de nous escorter quand personne d'autre n'était disponible. Montant un Dale noir, vigoureux et solide, il nous suivait alors, vigilant, et à bonne distance — à mon avis, ce n'était pas par respect.

Nos sorties étaient assez fréquentes, car nous avions enfin découvert une sérieuse faille dans l'armure de mademoiselle Poole : les chevaux la terrorisaient. Nous en profitâmes pour la fuir aussi souvent que possible, sachant qu'elle trouverait quelque mensonge plausible pour ne pas se joindre à nous. Nous étions donc libres d'agir à notre gré ; et quand nous n'étions pas à la Grange, nous chevauchions la lande qui s'étendait à perte de vue, prenant parfois un déjeuner sur l'herbe si la journée était belle. C'était notre école buissonnière.

Julianne ignorait généralement quel valet traînait à notre suite, mais elle haïssait Draco et mettait tout en œuvre pour le tourmenter. Curieusement, il l'avait d'abord attirée : ses origines gitanes l'intriguaient ; son humeur sombre et sa bâtardise ajoutaient encore à son aura sinistre et mystérieuse. Elle était si tentée par ce fruit défendu qu'elle s'était mise à faire la coquette, imitant sottement sa mère, tentant de le séduire comme Esmond. Mais Draco, qui avait connu la fange à Londres, n'avait pas été dupe : elle ne cherchait qu'à se moquer de lui après l'avoir amadoué, et il n'en fit pas mystère. C'est ainsi que Julianne, mortifiée de se voir ainsi démasquée, le poursuivait de sa rancune.

Elle le provoquait sans cesse et distribuait les ordres comme s'il était son laquais, l'appelant « mon garçon » à chaque fois qu'elle lui adressait la parole. La bouche de Draco se pinçait visiblement de colère à chaque fois qu'il l'apercevait mais il la traitait avec une courtoisie exagérée qui ridiculisait encore davantage la pauvre fille.

Fort dépitée, elle s'était plainte de lui auprès de Sir Nigel et de Lady Chandler ; mais comme mon cousin n'avait jamais vraiment rien dit ou accompli d'inconvenant envers elle, elle n'avait pu leur fournir d'exemples précis de sa mauvaise conduite. Mon père n'avait fait que grogner un peu, avant de lui expliquer que si elle ne savait pas comment s'y prendre avec les domestiques, elle serait bien avisée de ne pas leur donner d'ordres.

Aussi la bataille engagée avec Draco continua-t-elle sans relâche. Julianne aurait mieux fait d'abandonner car elle était systématiquement la perdante de leurs petites escarmouches. Après, elle était furieuse comme une puce et ne retrouvait sa sérénité qu'en réfléchissant à sa revanche, qu'elle savourait à l'avance.

Souvent Julianne s'emportait tellement qu'elle galopait devant nous, nous laissant en arrière. C'étaient les moments que je préférais, car alors je pouvais cultiver ma fragile amitié avec mon ombrageux cousin. Malgré ses réticences, il finit par se livrer un peu à moi, et je crus enfin ne pas lui être complètement indifférente, malgré sa mauvaise grâce.

Welles, qui avait également de l'affection pour Draco, en dépit des reproches de sa sœur, nous accompagnait parfois et nous régalait de ses histoires et de ses inventions. Même Draco en riait. Comme j'aimais l'entendre alors ! Ce n'était plus le ricanement dur et amer qui lui était si familier... Et je pensais à l'homme qu'il aurait pu être, si la vie avait été plus généreuse avec lui.

Esmond et Sarah nous rejoignaient également quand ils le pouvaient, mais je n'y prenais aucun plaisir malgré la présence de mon Esmond bien-aimé. En effet Draco et lui se détestèrent dès le départ. Pour Draco, Esmond n'était qu'un usurpateur qui lui avait volé son dû, ou presque. L'animosité d'Esmond contre Draco était cependant moins compréhensible. Je ne me l'expliquais pas, et quand je questionnai Esmond à ce sujet, il me répondit que Draco n'était pas un gentleman, mais un voyou comme son père et que je devrais cesser tout commerce avec lui. Mais pour des raisons que je ne saisissais pas, je sentais qu'Esmond était tout simplement jaloux de lui.

A ma grande consternation, nous nous disputâmes même à son sujet, et ce fut notre première querelle. Pour ne rien arranger, Esmond me fit observer avec froideur que je ferais bien d'imiter l'attitude de Julianne envers Draco.

— Esmond ! m'écriai-je. Tu n'es pas sincère, n'est-ce pas ? Draco est notre cousin, après tout, et Julianne le considère comme un moins-que-rien ! Tu ne peux t'aveugler à ce point !

— Maggie, je suis très étonné. Je ne pense pas qu'elle le traite autrement que tous les autres domestiques, répliqua-t-il avec raideur. Tu ne le vois pas parce que tu n'as jamais cessé de la haïr ; et franchement, je trouve cela mesquin de ta part, surtout avec tous les efforts de Julie pour devenir ton amie. Je ne te croyais pas comme cela, Maggie. Tu n'étais pas rancunière, autrefois.

Je ne pus en croire mes oreilles et restai bouche bée, blessée et stupéfaite.

— Je ne sais pas ce que tu veux dire, Esmond, répliquai-je brusquement. As-tu perdu l'esprit ? Ma demi-sœur n'a jamais été particulièrement gentille avec moi et tu le sais très bien. Hier encore, par exemple, elle m'a accusée auprès de mademoiselle Poole d'avoir renversé de l'encre sur le livre de leçons, alors que c'était Julianne elle-même la coupable.

— Oui, Julie me l'a raconté, et je ne comprends pas comment tu peux l'accuser, Maggie, alors que si l'encrier a été renversé et le livre taché, c'est uniquement parce que tu lui avais arraché son crayon.

Cette remarque me rendit muette une seconde, et avant que je puisse nier ce mensonge, Esmond poursuivit sa tirade.

— Tu as toujours manqué de modération, Maggie, et c'est un défaut auquel j'ai prêté peu d'attention dans le passé, puisque tu n'as pas eu la main d'une mère pour t'apprendre la douceur. Mais maintenant Lady Chandler elle-même s'efforce de te montrer tes erreurs et tu refuses de les reconnaître ! A croire que tu veux devenir une écervelée, comme Welles... Je ne peux croire que toi, et Sarah également, vous vouliez suivre cet exemple !

Il lança un regard furieux à sa sœur. Celle-ci adressait justement un sourire timide à mon demi-frère comme il se penchait vers elle depuis son poney pour lui chuchoter quelque chose. Un peu plus tôt, elle s'était également querellée avec Esmond, mais au sujet de Welles, non de Draco ; et maintenant, aussi chagrinée que moi, elle ignorait ostensiblement son frère pour lui faire comprendre à quel point elle se sentait injustement attaquée.

— Welles est peut-être un garçon insouciant et fougueux, mais au moins, il n'a pas de grands airs prétentieux ! rétorquai-je, maintenant en colère. Mais toi, tu en prends le chemin ! Tu ne l'as jamais aimé, du moins depuis la foire. Tout ça parce qu'il t'a entraîné dans une bagarre que tout le monde a oubliée sauf toi !

— Tu me déçois beaucoup, Maggie, répliqua mon cousin, glacial, si tu me reproches de croire qu'on peut régler un conflit autrement qu'avec les poings. Je n'aurais pas cru que toi, si longtemps victime de l'humeur de Sir Nigel, tu recommanderais la violence. Cependant, je vois maintenant que je me trompais. Cela explique sans nul doute que cette brute de gitan te fascine et que tu restes désespérément insensible à la délicatesse de Julie !

Esmond talonna son poney avant que je puisse répliquer et alla rejoindre Julianne, qui lui adressa un sourire particulièrement onctueux. Je gardai les yeux fixés sur son dos, encore sous le choc des mots durs que nous avions échangés ; je me voyais en Cendrillon, martyrisée par ma méchante demi-sœur, à cette différence que je n'avais pas de marraine-fée et que mon prince ne semblait pas comprendre que j'étais son aimée.

Il va certainement revenir s'excuser, me disais-je, les yeux piquants de larmes et la gorge serrée à étouffer.

Mais non. Il n'en avait pas la moindre intention. Aussi, en fin de compte, rejoignis-je Draco au petit trot, tenant la tête bien haute afin qu'Esmond ne puisse voir à quel point il m'avait blessée.

— Que se passe-t-il ? me demanda le gitan alors que j'arrivais à sa hauteur. Une querelle d'amoureux avec ton grand sot de soupirant ?

— Esmond n'est pas un grand sot, grognai-je entre mes dents, fort contrariée.

Si Esmond m'avait fait sortir de mes gonds, je l'aimais encore, et ne voulais pas que Draco l'insulte.

— Ah non ? fit mon cousin en levant un sourcil sceptique. Il n'était pas en train de faire des histoires, comme d'habitude ? Ce nigaud obstiné...

— Oh ! Vous êtes impossibles tous les deux ! m'exclamai-je.

Je fis pivoter mon poney sans prévenir et m'enfuis au galop jusqu'au manoir, tout mon plaisir gâché.

Je les maudissais tous les trois — Julianne, Esmond et Draco — et les aurais volontiers envoyés au diable. Plus rien n'était comme avant depuis l'intrusion des Prescott et de Draco au Château ! Comme j'aurais voulu remonter les aiguilles du temps jusqu'aux jours où il n'y avait eu qu'Esmond, Sarah et moi !

J'étais si furieuse que je n'épargnai pas même Welles dans ma condamnation, car il était cause du froid entre Esmond et Sarah, qui avaient toujours eu la plus grande affection l'un pour l'autre. Que nous arrivait-il, à tous les trois ? Jamais nous n'avions connu la moindre dispute dans le passé.

Esmond, très contrit, vint s'excuser le lendemain après-midi et implorer mon pardon, avant de m'annoncer qu'il s'était réconcilié avec Sarah. Cependant, je sentais que nos liens se distendaient ; c'était horrible, inexplicable et je me sentais totalement impuissante. J'avais même le sentiment que nous courions volontairement vers un destin terrible. Pour moi, c'était la fin du monde et je ne pouvais retrouver ma sérénité.

— O Esmond, m'écriai-je avec toute la passion de la jeunesse, nous nous sommes dit des choses affreuses, hier ! Je les entends encore...

— Allons, Maggie, murmura-t-il, ramenant en arrière mes mèches indisciplinées, comme je l'avais souvent vu le faire avec Sarah quand il la réconfortait. Ne pleure pas, chère cousine. Ce n'était que de la mauvaise humeur. Je craignais de vous perdre toutes les deux, Sarah et toi. Elle passe beaucoup de temps avec Welles, ces jours-ci, et toi... ah, toi, Maggie, je crois que tu as une grande affection pour Draco.

— C'est seulement que j'ai pitié de lui, Esmond. Il a connu une vie difficile, bien davantage que la nôtre. Quel mal peut-il y avoir à lui montrer un peu de bonté ?

— Aucun, j'imagine, et pourtant parfois j'ai peur que tu ne te mettes à l'aimer plus que moi.

— O Esmond, c'est idiot, lui dis-je en me mettant à sourire. C'est toi que j'aime et nous devons nous marier un jour, n'est-ce pas ? Que vas-tu imaginer ? Draco est un camarade, rien de plus, tout comme Welles, même si je dois admettre que certains jours, je trouve sa sœur insupportable.

— Eh bien oui, Julie a du mal à s'adapter à sa nouvelle vie, Maggie. Donne-lui un peu de temps. Elle est vraiment charmante, tu sais.

Oh oui, pensai-je, à peu près autant qu'un bandit qui attaque un carrosse l'arme au poing.

Mais je ne dis rien, hochant simplement la tête comme pour acquiescer. Et l'étrange pressentiment qui m'avait déjà troublée s'ancra dans mon cœur pour grandir sans répit.

9

A la fin de l'été, Hugh parvint enfin à seller et à brider Black Magic.

Draco m'avait annoncé l'après-midi précédent que Sir Nigel projetait de monter le cheval le lendemain matin. Aussi me levai-je au point du jour et m'habillai-je sans attendre que Linnet vienne m'aider. Puis je courus aux écuries pour voir si mon père réussirait enfin à maîtriser l'animal.

Les hommes avaient fini de réparer la barrière de l'enclos ; comme elle était plus élevée, je dus y grimper pour voir distinctement la cour.

Sir Nigel lança bien une ou deux fois un regard dans ma direction, mais je me demandai bientôt s'il m'avait seulement aperçue, tant son attention était rivée sur l'animal récalcitrant que l'on amenait maintenant des écuries.

Hugh avait passé un filet à Black Magic, une muserolle pour l'empêcher de se dégager du mors et une martingale pour entraver les mouvements de la tête. Pourtant l'animal luttait contre la bride qu'on lui avait imposée, et le mors cliquetait bruyamment dans l'air matinal.

Les yeux blancs de peur et de colère, Black Magic renâclait, et tirait sur la corde qui le retenait. Se tenant à bonne distance, Hugh l'attacha au poteau fiché au centre de l'enclos.

Fouet en main, mon père entra dans l'arène et se dirigea vers le cheval d'un pas déterminé, le visage crispé, portant l'expression sinistre et menaçante qui m'avait si souvent fait plier devant lui. Même là, bien que je ne sois pas concernée, je me recroquevillai, incapable de contrôler les battements de mon cœur.

A l'approche de Sir Nigel, Black Magic fit un écart en hennissant nerveusement. Mais Hugh avait attaché l'animal très court contre le poteau, restreignant brutalement sa liberté de mouvement.

Mon père était un cavalier averti ; évitant morsures et coups de sabot, il saisit la selle, s'accrochant solidement au pommeau et à l'arçon de derrière. Après quelque temps, il parvint enfin à mettre le pied à l'étrier et à grimper sur le dos de Black Magic.

Mais il avait à peine remonté les rênes que Black Magic s'efforça de le désarçonner. Le cheval se dressait, se cabrait, tordait sournoisement la tête pour mordre Sir Nigel à la jambe. Saisissant sa cravache, mon père lui lacéra le museau, faisant hurler le cheval qui redoubla d'efforts pour jeter Sir Nigel à bas.

— J'espère qu'il se brisera le cou, grommela Draco à mon oreille en grimpant à côté de moi sur la barrière. Et il s'en tirerait déjà très bien !

— Il ne faut pas souhaiter de malheur aux autres, Draco, murmurai-je. (Il parlait de mon père et non de Black Magic.) Cela reviendra te hanter, tu sais.

Mais même moi, si souvent blessée par l'attitude dure et inflexible de Sir Nigel, j'espérais qu'il serait désarçonné, et sa fierté humiliée. Du reste, je n'eus pas longtemps à attendre car au moment même où cette pensée me traversait l'esprit, il perdit prise et vola dans les airs avant de heurter le sol avec un bruit sourd.

Les valets et les garçons d'écurie sursautèrent, mais Draco demeura impassible. Seuls ses yeux sombres, étincelants d'hostilité, se plissèrent et luirent de joie maligne. A ma grande horreur, je surpris un petit rire nerveux dans l'assistance, et j'eus un mouvement de recul, de peur que mon père ne m'en croie l'auteur.

Hugh courut l'aider à se relever ; mais Sir Nigel, cramoisi de fureur, l'écarta d'un signe ; puis il se dressa et brossa sommairement son habit, avant de jeter un regard si menaçant autour de lui que celui qui avait ricané étouffa vivement toute autre manifestation.

J'avais toujours su, naturellement, que ce ne serait pas la dernière tentative de mon père pour dominer Black Magic ; pourtant je ne pus réprimer un tremblement quand il se dirigea d'un pas vif vers l'animal. Leur duel reprit.

Sir Nigel donnait maintenant libre cours à son

humeur. Il avait été ridiculisé devant les domestiques et sa propre fille : il ne pouvait l'accepter. Cette fois, après s'être remis en selle, il se servit de son fouet aussi bien que de ses éperons pour tenter de soumettre le cheval. Black Magic avait certes dû accepter selle et bride; mais son esprit sauvage n'avait pas été brisé. Il défiait toujours mon père avec obstination, refusant de plier. Sir Nigel fut à nouveau catapulté dans les airs. Mais cette fois-ci, comme il gisait par terre, personne ne rit. Un silence de mort était tombé sur nous tous, car il était clair que la bataille qui opposait l'homme à l'animal irait jusqu'à la mort.

Les côtes de Black Magic se soulevaient; sa poitrine et ses flancs étaient couverts d'écume mêlée de sang : les éperons de mon père lui avaient labouré la peau, traçant des sillons écarlates sur la robe d'ébène. La bouche de Black Magic était tachée de pourpre, abîmée par le mors qui lui avait haché les lèvres. Les coups de cravache répétés lui avaient également tuméfié le museau.

Mon père ne paraissait guère en meilleur état. Il avait perdu son chapeau, son col-cravate était de travers et son habit couvert de poussière était déchiré au coude et au genou. Du sang suintait de son front entaillé, et une ecchymose bleuâtre apparaissait sur sa joue. Comme il se relevait avec lenteur, je m'aperçus qu'il boitait également.

Pourtant il retourna à Black Magic en clopinant, les yeux enflammés de fureur.

— L'imbécile ! murmura Draco sur un ton féroce, lui aussi gagné par le malaise. Le cheval va le tuer !

J'eus soudain le cœur glacé de crainte. Il avait raison ! Je voyais déjà Sir Nigel étendu par terre, mort. Je lui portais peu d'affection mais à l'idée qu'il meure je me mis à frissonner. Je dus émettre quelque gémissement de protestation à cette vision, car Draco plaqua brutalement sa main sur ma bouche, manquant de me renverser par terre. Alors il passa son bras autour de ma taille pour me permettre de retrouver mon équilibre, et je sentis la chaleur de sa peau à travers mon corsage. Mis à part les moments où il m'aidait à monter Tab, c'était la première fois que le Gitan me touchait.

— Tais-toi, Maggie, siffla-t-il. Tu ne peux rien faire. Ton père court lui-même à sa perte — et à celle de Black Magic.

Draco retira sa main et je dus me mordre les doigts pour ne plus crier. Il disait la vérité et je le savais.

Sir Nigel était fatigué, mais ne s'avouait pas vaincu. Il se hissa une fois de plus en selle et le conflit éreintant entre l'homme et l'animal se poursuivit. Le corps du cheval trahissait son épuisement — et pourtant, il continuait à se battre vaillamment contre mon père. Mais celui-ci le brutalisait cruellement de son fouet et de ses éperons. Il semblait que Black Magic perdrait tout son sang avant la fin de ce combat frénétique.

Alors que je croyais le cheval enfin battu, il rassembla ses forces dans une dernière tentative désespérée et désarçonna Sir Nigel. Mon père dégringola de la selle, et, cette fois, ne fut pas projeté assez loin pour éviter les coups de sabots. Avant que quiconque ne comprenne ce qui arrivait, Black Magic se cabra en hennissant, dans un gémissement de triomphe torturé — puis retomba de tout son poids sur la forme recroquevillée de Sir Nigel.

Quelqu'un hurlait à perdre haleine, et ce ne fut que lorsque Draco me prit dans ses bras et écrasa mon visage contre sa poitrine que je reconnus ma propre voix dans ces cris inhumains. Je sentais les muscles durs de mon cousin contre moi, et toute la réalité se réduisit à cette sensation ; je m'accrochai très fort à lui, secouée de sanglots, heureuse de recevoir le réconfort inattendu qu'il m'offrait si gentiment.

— Chut, Maggie, dit-il doucement, effleurant mes cheveux de ses lèvres en me parlant, ses mains lissant les mèches récalcitrantes. Chut. Il n'est pas mort, mais plutôt contusionné, je crois. Oui, c'est cela. Regarde, Hugh l'aide à se lever.

Enfin, certaine qu'il ne me mentirait pas dans de telles circonstances, je m'enhardis à regarder mon père. Sir Nigel, un bras passé autour du cou du chef des palefreniers, sortait en boitant de l'enclos, grimaçant à chaque pas. Il était miraculeusement parvenu à rouler de côté au dernier moment, si bien que les sabots de Black Magic l'avaient seulement touché à une épaule et à un côté. Mais son visage crispé et torturé prouvait qu'il était sérieusement blessé.

Le choc qui nous avait tous paralysés se dissipa brutalement quand les valets et les garçons d'écurie comprirent que Sir Nigel n'avait pas rejoint notre Créateur. Plusieurs des hommes les plus courageux se hâtèrent dans l'enclos. Certains avaient l'intention d'assister mon père, tandis que d'autres ne pensaient qu'à reconduire le cheval tremblant et tout en sang aux stalles.

Sir Nigel les renvoya tous d'un geste brusque.

— Laissez-le, ce maudit démon ! éructa-t-il avec difficulté, haletant et se tenant le flanc comme s'il avait les côtes cassées.

Puis il se tourna vers Black Magic :

— Pardieu, tu vas apprendre qui est le maître, ou

je t'enverrai pourrir en enfer, créature du diable ! Mais tu ne me vaincras pas !

Sur ces mots, s'appuyant lourdement sur Hugh, il regagna le manoir, où quelqu'un avait déjà couru avertir Lady Chandler. Notre chef palefrenier, le visage comme ciselé dans la pierre, lança l'ordre bref d'aller quérir le médecin, puis remit tous les autres au travail.

Mais alors que Draco était censé rejoindre les autres, je le priai de rester en posant la main sur son bras et bientôt, nous restâmes à regarder Black Magic en silence.

Maintenant que l'animal se croyait seul, il penchait la tête avec lassitude, son cou affaissé trahissant son abattement. On aurait dit qu'il comprenait que, même s'il avait remporté une bataille, la guerre n'était pas terminée, et qu'il ne savait pas encore combien de temps il pourrait résister à mon père.

J'étais envahie par le malaise ; c'était comme si une superbe créature sauvage, presque divine, avait été profanée jusqu'au point de non-retour. Jamais elle ne pourrait retrouver sa splendeur d'antan. Cette pensée me donna les larmes aux yeux, mais je les refoulai. Si je me laissais aller, il me semblait que je ne pourrais plus m'arrêter de pleurer.

— Je sais, dit Draco avec amertume, devinant mes pensées. Je ressens la même chose que toi.

— La prochaine fois, l'un des deux mourra, soit père, soit Black Magic. J'en suis sûre. Il ne faut pas, Draco, murmurai-je avec ferveur. Il ne faut pas ! Il faut que j'empêche cela. D'une manière ou d'une autre, il faut tout arrêter !

Alors il me vint une idée.

Le Château était silencieux et figé comme la tombe, et tous s'étaient retirés depuis longtemps. J'étais allongée dans mon lit sans bouger, retenant ma respiration, tout ouïe. Mon cœur battait à tout rompre comme ces nuits où je savais que quelque chose allait se produire — ou pire encore, je me l'imaginais : les terreurs de l'esprit sont sans limite, indécises, informes et d'autant plus effrayantes. On peut vaincre le réel mais les fantasmes se relèvent toujours pour venir vous hanter.

Je ne craignais pas de me faire attaquer dans mon lit, comme Draco à Londres. Mais je ne voulais pas être découverte par Julianne ou mademoiselle Poole, dont les clameurs feraient accourir Lady Chandler, tandis que Sir Nigel, confiné au lit par ses blessures, ameuterait toute la maisonnée pour savoir ce qui se passait.

Certaine que tout le manoir dormait, je me levai furtivement et, rejetant ma légère chemise de nuit, commençai à enfiler les vêtements que j'avais dissimulés sous mon oreiller. Je ne mis pas de chaussures pour faire moins de bruit.

Je n'osai pas allumer une chandelle, de peur que la flamme ne brille trop vivement et n'aille attirer l'attention quand je traverserais le couloir. De toute manière, mes yeux s'étaient maintenant accommodés à la pénombre.

J'ouvris tout doucement ma porte et, après avoir scruté le couloir pour vérifier que personne n'était alentour, courus sur la pointe des pieds jusqu'à l'escalier de service et le dévalai pour arriver à la porte de derrière. Puis, aussi discrètement que possible, je tirai la targette et me glissai dans la nuit.

La brise nocturne sur ma peau me fit frissonner, et mes pieds nus s'enfoncèrent dans l'herbe glacée par la rosée du soir. Un instant, je faillis perdre ma résolution et retourner à ma chambre.

Le Château paraissait étrangement différent dans l'ombre. La vieille demeure me dominait dangereusement dans la lumière diffuse de la lune et des étoiles. Le bois, plongé dans l'ombre, semblait lui-même tordu, menaçant, livré au mal, comme si les branches des arbres se tendaient pour m'attraper. Tout près, un hibou hulula, me faisant presque mourir de peur. Mais rassemblant mon courage et ma détermination, je me forçai à continuer, glissant comme un esprit dans les brumes pâles qui flottaient sur le vent frémissant.

Enfin j'atteignis l'enclos. Le cœur martelant ma poitrine, je m'aplatis contre un mur des écuries et jetai un coup d'œil à travers les barreaux blancs de la barrière. Quelqu'un se déplaçait sans bruit dans le pré fermé. Qui osait pénétrer dans l'arène avec Black Magic ? Et pourquoi le cheval ne se rebellait-il pas ? Au contraire, il hennissait tout doucement, au murmure apaisant de paroles prononcées dans une langue inconnue.

Après quelque temps, mes yeux s'étant ajustés à la demi-pénombre argentée, je vis mieux qui parlait au cheval et le réconfortait de ses caresses. C'était Draco, naturellement. Qui d'autre ? Seul le Gitan, qui avait le don des chevaux et une forte affinité avec celui-ci, pouvait oser toucher l'animal sans crainte : il savait que Black Magic le reconnaîtrait comme un frère.

J'appelai Draco tout bas, et je m'approchai de la barrière.

— Que fais-tu ici ? demandai-je alors que mon cousin s'avançait largement vers moi.

— Je pourrais te poser la même question, me

répliqua-t-il en chuchotant, avant d'ouvrir la grille et de me faire signe d'entrer.

Je jetai un coup d'œil méfiant vers Black Magic, mais Draco prit ma main et m'attira dans l'enclos, refermant la grille derrière nous.

— N'aie pas peur, il ne va pas te faire mal.

En effet, si le poulain renâcla et s'agita assez nerveusement à ma venue, il n'eut aucun geste menaçant. J'eus la surprise de constater que Draco lui avait ôté sa selle et sa bride et passé un licou à la place. Il y avait accroché la longe, mais avait relâché la corde avant de la rattacher au poteau, si bien que le cheval jouissait maintenant d'une grande liberté de mouvement.

Pourtant Black Magic était calme ; et comme Draco retournait à son ouvrage, je vis qu'il avait nettoyé les blessures de l'animal et leur appliquait maintenant une sorte de baume guérisseur. Comme il s'occupait des entailles, il recommença à parler doucement à l'animal et je fus envoûtée par ces étranges syllabes chantantes. Je me demandai de quelle langue elles provenaient.

— Quelle est cette langue ?

— Le tzigane, la langue des gitans, répliqua-t-il. Ma mère me l'a enseignée, et bien que je fusse très jeune à sa mort, je n'ai pas oublié ce que j'ai appris.

— Que dis-tu à Black Magic ?

— Qu'il est sauvage, et beau, et brave, qu'il doit rester libre, et plein d'audace, comme un gitan, qu'il ne doit pas laisser ton père l'écraser.

— Ainsi vivent les gitans, alors... Je m'en doutais mais j'en sais si peu sur leur compte, de simples racontars. Je les ai souvent vus à la foire, et une fois, ils ont campé dans le parc...

Ma voix s'éteignit. Le garde-chasse de Sir Nigel

en avait pendu trois et je ne voulais pas y penser. Un instant plus tard, je lui demandai :

— Tu veux bien m'en parler ?

— Si tu veux, dit Draco. Les Tziganes sont un peuple très ancien qui vient d'Inde d'après la légende. Il y a trois tribus principales : les Kalderash, les Gitanos, et les Manouches, ou Sinti. Ma mère était une Kalderash ; son nom était Chavi et elle venait d'une très fière « vista », c'est-à-dire d'une large famille. Elle devait épouser son cousin Jal, mais elle tomba amoureuse de mon père à la place. C'était un « gadje », il n'était pas tzigane.

» Pour cette raison, elle fut déclarée « merime », souillée, par les « kris », les anciens de sa « vista », et expulsée. Les Tziganes sont très stricts et très secrets ; c'est la seule manière de survivre, car ils ont toujours été persécutés partout où ils vont. Aussi est-ce un crime très grave que d'apprendre leur mode de vie à un « gadje ». Pourtant ma mère fut heureuse au début, car elle était jeune, amoureuse, et mon père la traitait bien.

» Ce fut seulement plus tard, quand elle tomba malade, qu'elle regretta amèrement son peuple et leurs « drabana », les guérisseurs. Elle ne se fiait pas aux docteurs anglais, qu'elle n'aurait pu payer de toute manière ; aussi mourut-elle. Mais elle s'en allait de la poitrine et je crois que personne n'aurait pu l'aider en fait.

— C'est triste. Tu devais l'aimer très fort.

— Oui. Elle était comme Black Magic, sauvage et belle. Même la pauvreté et la maladie ne purent briser son âme. Elle mourut avec courage et me pria de toujours me souvenir d'elle comme elle était avant sa maladie. Je la revois encore, Maggie, quand elle riait, et qu'elle dansait... et puis... (il s'interrompit brusquement)... mon père se mit à boire. Je ne lui en voulais pas de me battre, car je savais bien quels démons le poussaient. Il était fâché qu'elle soit morte et l'ait laissé tout seul ; et il me semble qu'il croyait revoir son visage dans le mien.

Voilà pourquoi Black Magic attirait tant Draco...

Eh bien moi, je savais que mon projet était juste, et tant pis pour les conséquences !

— Viens, murmurai-je à mon cousin, et amène le cheval.

— Pourquoi ? Que vas-tu faire ? m'interrogea Draco, l'air soupçonneux.

— Je veux le libérer.

— Quoi ? s'écria-t-il. Es-tu devenue folle, Maggie ?

— Chut ! sifflai-je, en jetant un coup d'œil en direction des maisons. Parle à voix basse ! Veux-tu éveiller Hugh et les autres ?

— Non, bien sûr que non, mais...

— Tais-toi, Draco. C'est la seule manière de sauver Black Magic et tu le sais. Ils ne l'attraperont jamais, une fois qu'il sera lâché sur la lande. Il sera alors en sécurité, avec d'autres de sa race pour l'adopter. Ils errent en bandes librement dans les collines. Ne les as-tu jamais vus ?

— Si, mais Sir Nigel saura que Black Magic ne s'est pas échappé tout seul. As-tu pensé à cela, ma petite ? Et à ta punition si ton père découvre que c'est toi qui as aidé le cheval à s'enfuir ?

— Mais oui. Et je suis prête à prendre le risque. Et toi ?

Draco n'eut pas la moindre hésitation.

— Bien sûr, répliqua-t-il. J'y avais moi-même pensé plus tôt, mais je ne savais pas comment faire passer les grilles au cheval. Elles sont cadenassées la nuit.

— Ne t'en fais pas pour cela. Le vieux Gower, le gardien, a le sommeil profond, et je sais où il range la clef. J'ai pris la châtelaine de madame Seyton pour entrer dans la loge.

De même que nous avions veillé le corps de l'oncle Quentin, nous nous trouvions unis dans cette révolte contre mon père. Draco conduisant Black Magic, nous prîmes discrètement le chemin, inquiets à l'idée que l'on puisse nous repérer et nous intercepter. Mais heureusement, personne ne s'aperçut de rien.

Nous marchions rapidement, perdus dans nos rêves, réduits au silence par la nuit, écrasés par l'énormité du projet. Au-dessus de nos têtes, le ciel était de velours noir constellé de diamants. Sertie en leur centre, luisait une perle chatoyante dans un halo luminescent, la lune, ronde et pleine, à travers la mante de brume tourbillonnante. Une brise soupirait plaintivement par les arbres, agitant les branches bruissantes. Le gravier crissait sous les bottes de Draco et les sabots de Black Magic. Depuis un marais lointain nous parvint le cri mélancolique d'un courlis solitaire.

La châtelaine de madame Seyton cliquetait sourdement dans le silence quand nous parvînmes enfin à la loge. Après avoir fait tourner la bonne clef dans la serrure, je poussai furtivement la porte, puis fis un pas à l'intérieur. Les ronflements bruyants et probablement avinés du vieux Gower montaient de sa chambre ; poussant un soupir de soulagement, je retirai la clef de son crochet.

Après avoir déverrouillé les grilles, Draco en ouvrit un battant, prenant soin de soulever un peu la barrière de fer forgé afin qu'elle ne traîne pas sur le gravier. Puis, tout en parlant doucement à Black Magic, il lui enleva habilement son licou et sa longe. Un instant, le cheval resta immobile, les oreilles pointées vers l'avant, les naseaux frémissants de curiosité. Puis, comme s'il avait senti la liberté, il secoua soudain la tête et hennit joyeusement avant de passer la grille au galop, la crinière et la queue flottant au vent, les sabots claquant contre le dur chemin de terre.

— Dieu soit avec toi, murmurai-je.

Mais l'animal sautait déjà le fossé qui bordait la route pour filer par la lande, avec une puissance et une grâce qui me coupèrent le souffle. Tant de beauté barbare...

Draco et moi restâmes longtemps figés, regardant Black Magic s'éloigner à perte de vue. Puis nous retournâmes au manoir. Soudain, mon cousin fit quelque chose de bien étrange : il se pencha en avant et posa un baiser passionné sur mes lèvres. Puis sans mot dire, il fila vers les écuries, si fort, si viril à la clarté de la lune qu'il me rappela Black Magic, qui courait, sauvage et beau, dans la nuit.

10

Sir Nigel ne sut jamais qui avait libéré Black Magic. Il ne lui serait jamais venu à l'esprit que nous étions à la fois assez révoltés et assez intelligents pour concevoir un tel projet et, a fortiori, pour le mener à bien. Peut-être aurait-il fini par nous soupçonner s'il y avait réfléchi. Mais durant la séance de dressage, mon père s'était cassé plusieurs côtes et sérieusement blessé la jambe. Comme il n'avait pas voulu se ménager, son état avait empiré, si bien que le docteur Ashford l'avait consigné au lit pour presque un mois. Sir Nigel en fut si fâché qu'il n'avait probablement plus les idées très claires.

Quand on lui apprit la fuite du cheval, il tempêta, fou furieux, et voulut même se lever ; mais Lady Chandler, qui, à sa manière un peu froide, avait une affection réelle pour lui, le recoucha sans faiblir, lui rappelant les ordres du médecin.

— Ce vieux charlatan ! rugit mon père. Et qu'en sait-il ?

Mais à ma grande surprise, ma belle-mère eut gain de cause ; il exigea tout de même en grommelant qu'elle fasse au moins venir Hugh, pour qu'il organise les recherches. Lady Chandler s'en acquitta sans faute, et Sir Nigel consacra une grande heure à expliquer à Hugh ce qu'il pensait de sa gestion des écuries, avant de lui ordonner vertement de trouver les coupables qui avaient libéré Black Magic et de former une troupe d'hommes avec mission de capturer l'animal.

Hugh interrogea les valets et les garçons d'écurie, Draco y compris, qui mentit sans rougir. Notre chef palefrenier avait des soupçons, mais il partageait le soulagement général au départ de Black Magic : il ne creusa donc pas trop l'affaire. A Draco, il dit simplement :

— Ma foi, tu as le don pour les chevaux, et il fallait le savoir-faire d'un gitan pour manier Black Magic ; et si tu me dis que tu étais couché, je ne peux que me fier à ta parole, mon petit, et je n'insisterai pas davantage. Mais heureusement que tu es le petit gars de monsieur Quentin, sinon tu ne t'en tirerais pas si bien.

Hugh me gronda encore plus fort quand il me vit.

— Mademoiselle Maggie, dit-il en me regardant sévèrement, j'ai ma petite idée sur celui qui a fait sortir Black Magic de l'enclos. Je n'ai pas envie de tout raconter à votre père, mais je sais également que si Draco était capable de libérer Black Magic, il ne pouvait lui faire passer les grilles sans la clef ! Or les serrures n'ont pas été forcées, j'ai vérifié. Cela, mademoiselle Maggie, c'est vous qui vous en êtes chargée : vous avez pris la clef à la loge, et Dieu sait quel démon vous a possédée ! Mais enfin... Ce qui est fait est fait. Et comme je m'en réjouis, d'une certaine manière, je garderai bouche cousue.

» Mais attention : vous avez mal agi, tous les deux, malgré votre bon cœur. Black Magic est un animal dangereux, et maintenant qu'il est lâché sur la lande, il pourrait tuer quiconque voudrait le capturer sans connaître son histoire. Et alors que deviendrions-nous ? Ne porte-t-il pas bien visiblement la marque de Sir Nigel à l'oreille ? (Hugh secoua la tête avec réprobation.) Je ne voudrais pas être à votre place si jamais votre père apprend le fin mot de l'histoire, mademoiselle Maggie, conclut-il.

Cependant, à mon grand soulagement, il déclara à Sir Nigel qu'il ignorait qui avait libéré le cheval et qu'il se demandait même s'il y avait réellement eu intervention extérieure : tous au Château avaient trop peur de Black Magic pour pénétrer seuls dans l'enclos, et en outre, les grilles devaient être ouvertes, pour que l'animal ait pu s'échapper du parc. Mon père se mit très en colère sur ce dernier point, et après avoir grogné dans sa barbe qu'il aurait dû se douter que Gower, le gardien, était trop âgé pour surveiller les grilles, il le mit à la retraite et installa un autre homme à la loge. On pouvait compter sur celui-ci pour ne dormir que d'un œil à toute heure de la nuit.

Hugh et plusieurs autres valets passèrent des jours à essayer de capturer Black Magic. Mais il avait rejoint une troupe de chevaux sauvages séjournant sur la lande de Bodmin. Ceux-ci s'enfuyaient sur les hautes terres dès que les hommes s'approchaient et finalement, ils durent abandonner leur chasse. Avec ses marécages trompeurs et ses abrupts massifs rocheux, les « tors », la lande de Bodmin était fort traîtresse, même pour ceux qui étaient familiers de ses nombreux traquenards.

L'été arriva à sa fin ; l'automne le suivit sans attendre, amenant des journées plus froides et grises, et des nuits qui tombaient brusquement.

Lady Chandler exprima le désir de voyager à Londres pour la saison ; mais la jambe de Sir Nigel le faisait toujours souffrir, et, alors qu'il avait toujours porté une canne par coquetterie, il était maintenant obligé de s'en servir pour marcher. Il déclara donc qu'étant donné les circonstances, il ne se soumettrait pas aux fêtes, bals et soirées inutiles ou à d'insipides parties de cartes avec des dandys et des mignons. Et il ne voulut pas en démordre, si bien que ma belle-mère dut ravaler sa déception et rester au Château, repoussant à plus tard ses grandioses projets d'intégration à la haute société.

Welles retourna à son pensionnat, et Sarah, quand elle venait à nos leçons avec mademoiselle Poole, parut plus réservée et plus rêveuse que jamais. Elle s'efforçait d'être aussi enjouée qu'auparavant, mais se perdait si souvent dans ses pensées, que j'avais l'impression de la déranger quand je tentais de retrouver notre intimité ancienne. Julianne regrettait également son frère, et, de ce fait, se montrait une piètre camarade.

Dès que possible, je chevauchai à la Grange pour rendre visite à Esmond ; mais il étudiait avec beaucoup d'assiduité pour préparer ses examens d'entrée à Eton : nous avions donc peu de temps à nous et je le passais à écouter les plaintes d'Esmond qui craignait d'être refusé et d'encourir la colère de Sir Nigel. Ce sujet de conversation ne pouvait que m'attrister, moi qui avais si souvent subi la réprobation de mon père.

Curieusement, je m'étais habituée à être entourée de ma famille ; me trouvant sans compagnie, je ressentis une solitude jusque-là inconnue. Je passai donc de plus en plus de temps avec Draco, à cheval sur la lande, où nous cherchions Black Magic. Parfois nous l'apercevions au loin. Peut-être le cheval se souvenait-il que nous l'avions libéré : jamais il ne s'enfuyait en nous voyant, mais restait au contraire immobile à nous regarder. Draco parvenait de temps en temps à le faire venir plus près en l'amadouant, et une ou deux fois, mon cousin réussit même à caresser son museau soyeux et sa crinière avant que l'animal ne s'écarte et ne parte rejoindre sa bande.

Souvent nous descendions de cheval et grimpions aux massifs vert et gris, où de gros menhirs de granit se dressaient en d'étranges motifs contre la ligne d'horizon. Sur les pics rocheux surgissaient des pierres qui ressemblaient à des ruines de temples païens. De hautes dalles érodées s'appuyaient les unes contre les autres, comme poussées par une main de géant ; en leur centre s'affaissaient d'autres dolmens, leurs faces supérieures dénudées et bien visibles, comme des autels attendant les victimes des sacrifices.

Le « tor » de Kilmar, qui dominait la partie de Bodmin que l'on appelait la lande de l'Est, était comme le poing estropié d'un titan qui aurait jailli du sol, tendant ses phalanges vers le ciel. Sous l'à-pic s'étendait le marais de Trewartha : ses brandes, avec les premiers assauts de l'hiver, n'étaient plus qu'un puzzle sans queue ni tête, taché par les fougères noircissantes. Les genêts, plus sombres, tordaient leurs touffes rabougries, dont les branches dressées de travers à cause des constantes rafales, finissaient par ressembler à la longue chevelure ébouriffée d'une sorcière, aux mèches ruisselant follement dans la tempête.

Le vent soufflait toujours sur la campagne. Parfois doux et mélodieux, il ridait l'herbe et l'onde des sources et des rivières. Mais en hiver, il rugissait en puissante divinité, ou gémissait comme un fantôme au désespoir, hurlant dans les crevasses et les failles du granit. Alors il nous faisait passer des frissons d'inquiétude. L'herbe et les ajoncs tremblaient et s'écrasaient comme sous le pied d'un colosse ; les mares stagnantes couleur d'ardoise bouillonnaient, aussi noires que le ciel nocturne qui dominait les Cornouailles, tandis que les îles des marécages frémissaient, soulevées par les eaux troubles.

Ces derniers étaient fort dangereux, car dans l'herbe jaune d'or croissaient des touffes brunâtres et des massifs enchevêtrés qui trompaient le promeneur peu méfiant ou non averti. Là, un marcheur pouvait croire poser le pied sur la terre ferme, et ne trouver sous son pas qu'une fine couche d'herbes et de boue ; alors il glissait dans l'eau noire teintée par la tourbe, et se noyait. Moi qui avais passé toute ma vie en Cornouailles, et connaissais chaque détail de cette terre morne et accidentée, je ne m'aventurais pas sur la lande quand le ciel s'assombrissait et que le brouillard roulé par la mer venait recouvrir d'un épais manteau blanc ce pays rude et sans pitié.

Depuis le haut des « tors », on apercevait l'océan qui chatoyait au loin, et les longs doigts rabougris de la roche noire qui piquaient dans la mer. Là s'élevaient les ruines du château de Tintagel, au bout de l'étroit chemin qui le reliait au promontoire déchiqueté. Parfois Draco et moi explorions également la forteresse. Très éprise de la légende du roi Arthur, je lui demandais de jouer Gorlois de Cornouailles, tandis que j'aurais été Igraine, mais un seul personnage lui plaisait : il voulait être Uther Pendragon, venu prendre par la force et la ruse ce qui ne lui appartenait pas.

Puis les jours raccourcirent encore davantage, et une forte gelée blanche suivie d'une couche de neige envahit la lande et nous ne sortîmes plus à cheval. Cependant, bien au chaud dans le manoir, où les bûches lançaient des étincelles et crépitaient vivement dans les nombreuses cheminées, je pensais à Draco, qui se blottissait près d'un maigre feu de tourbe dans la maison qu'il partageait avec Hugh. Comme les fêtes approchaient, je m'appliquais à tricoter une écharpe que je projetais d'offrir à Draco pour Noël. Je savais bien qu'il recevrait un présent de la part de Sir Nigel la veille de Noël, comme tous les serviteurs. Mais je voulais que Draco sache que moi, au moins, je considérais qu'il faisait partie de la famille.

Le Château était déjà décoré de rubans d'or et d'écarlate, de verdure et de belles compositions et des couronnes ornaient les portes de la façade. L'air respirait les puissants parfums frais et hivernaux du gui, du houx et du laurier, et regorgeait des arômes alléchants des petits pâtés aux fruits confits, des puddings, du pain d'épice et d'autres mets savoureux qui cuisaient au four sous l'œil vigilant de madame Merrick.

Dans le velours rouge que Lady Chandler avait acheté pour moi à madame Faversham l'été précédent, on me fit une pelisse à capuche fourrée et bordée d'hermine, ainsi que des mitaines assorties. Les morceaux restants furent utilisés pour coudre une ceinture et des rubans à une nouvelle robe de satin blanc, que je porterais à la messe de minuit.

Welles revint de l'école pour les vacances, et tous ensemble, même Draco, nous nous serrâmes dans le traîneau de mon père pour rendre visite aux villageois et leur chanter Noël. Pour une fois, l'harmonie régnait et je ressentis un bonheur inconnu jusque-là à marcher de maison en maison entre Esmond et Draco. Nous distribuions aussi des paniers aux pauvres gens qui n'avaient rien pour célébrer les fêtes. Mais même dans les cahutes les plus humbles, on nous invitait toujours à entrer, à nous réchauffer près du feu, et à boire une bolée de bière de Noël aux épices, tirée d'un grand saladier fumant. Une fois nos pieds et nos mains dégelés, nous ressortions nous lancer des boules de neige et construire des bonshommes avant de poursuivre notre chemin dans la boue gelée.

Puis, en un clin d'œil, le printemps fut là. Accompagné par Sir Nigel et Lady Chandler, Esmond se rendit à Eton pour passer les examens auxquels son précepteur l'avait préparé avec tant d'application. J'attendis impatiemment le retour de mon cousin, et fus si distraite par son absence que Draco en prit ombrage. Ne pouvant admettre mon attachement pour quelqu'un qu'il traitait de « nigaud aux genoux cagneux », il me fuit plusieurs jours, à mon grand chagrin.

Je le vis sur la lande, montant le Dale qu'il choisissait toujours ; il suivait au galop la bande de chevaux sauvages que Black Magic avait adoptée, et j'eus l'intuition que le Gitan partageait la fascination de Sir Nigel pour ce cheval. Quand il y songeait, mon père organisait encore des battues, en vain, cependant. Mais Draco était différent, je le savais. Il prendrait son temps et ne chercherait pas à dompter l'animal. Il ne voulait faire qu'un avec lui, à la manière des gitans ; peut-être Black Magic se livrerait-il.

Peu m'importait. Esmond était revenu d'Eton, où il devait aller en pension à l'automne, car il avait réussi son examen. Je pensais qu'il se réjouirait de cette perspective, sachant qu'il s'était montré à la hauteur des espérances de mon père. Mais curieusement, il était abattu et me confia qu'il craignait de ne pas s'adapter au collège. Je le réconfortai de mon mieux, mais sans grand effet, et finalement je m'en lassai, dépitée de voir Julianne dissiper mieux que moi les nuages avec ses sourires impertinents.

D'un autre côté, Sir Nigel était de fort meilleure humeur, retrouvant un peu de vigueur au souper quand il se plaignait à Lady Chandler des réformes politiques qui balayaient le pays. Des ouvriers s'étaient baptisés les « luddites », d'après un certain Ned Ludd, qui avait tout déclenché en détruisant une pièce de machine. Ils se rebellaient contre les manufacturiers du textile qui avaient remplacé leurs artisans par des appareils. Les luddites avaient brûlé l'une des usines de Richard Arkwright et s'étaient introduits de force chez James Hargreaves pour démolir sa fileuse automatique. Mon père prédisait que sous peu, les mineurs, qui trouvaient toujours à se plaindre de quelque chose, se soulèveraient sans doute aussi.

— Et alors, je vous le demande un peu, tonna-t-il, en nous transperçant d'un regard furieux, qui nous protégera ? Le fou qui nous tient lieu de roi ? Ou bien ce débauché qui attend son tour à la succession ?

Personne ne dit mot : il était bien connu que le roi George III souffrait de crises de démence périodiques. On racontait qu'une fois, il avait sauté de son carrosse pour secouer la branche d'un chêne et lui avait tenu un long discours, le prenant pour le roi de Prusse. Cependant, comme l'histoire provenait d'un page renvoyé du service royal, personne ne savait si elle était exacte. En revanche, il était indéniable qu'à un dîner donné au palais de Windsor, le roi, bredouillant et bavant comme un chien fou, avait attaqué le prince de Galles et tenté de l'assommer contre un mur.

Les docteurs Willis et Warren, qui soignaient le roi, l'avaient traité en l'attachant dans son lit et en lui passant une camisole de force quand il était en crise. Plus tard, ils l'avaient immobilisé sur une chaise d'acier fabriquée tout exprès, et enduit de cataplasmes à la moutarde et à la cantharide destinés à aspirer les humeurs expulsées en de douloureuses cloques. Personnellement, je m'émerveillais que le roi s'en soit remis : ces efforts pour lui rendre ses esprits auraient suffi à rendre fou un homme en bonne santé.

Quant au prince de Galles, il était en effet fort dépensier. Tous les fils du roi étaient très endettés : quand on avait érigé une statue du duc d'York, en haut d'une colonne, les gens avaient prétendu qu'il était monté tout en haut du pilier pour échapper à ses créanciers. Le prince lui-même était célèbre pour ses factures impayées, ses nombreuses maîtresses, ses beuveries et son amour de la bonne chère. Il était ivre mort à son mariage, et encore plus gros que sa femme Caroline, qui n'était pourtant pas des plus minces — mais elle était bonne et le peuple l'aimait.

Je ne pensais pas que le prince régnerait bien, et

je fus navrée quand le roi George III, après le décès de sa fille préférée, perdit encore de ses facultés et fut déclaré complètement aliéné. Suivant les termes de la loi de régence édictée par le Parlement, il passa sous la tutelle de sa femme, la reine Charlotte de Mecklenburg-Strelitz.

Mais comme mon père l'avait annoncé, la situation politique ne s'améliora pas, et les soulèvements luddites continuèrent à défier le pays au fil de l'année. Je ne me sentais néanmoins guère concernée par ces nouvelles, car Sir Nigel ne possédait pas de filature ; et puis on aurait dit que le monde entier se révoltait.

L'Angleterre guerroyait contre la France à Java et sur la péninsule Ibérique. En Afrique, un vice-roi ottoman, Mohammed Ali, invita les chefs mamelouks d'Egypte à un banquet donné dans la citadelle du Caire, et les fit presque tous massacrer parce qu'ils avaient comploté contre lui. En Amérique du Sud, le Venezuela et le Paraguay proclamèrent leur indépendance vis-à-vis de l'Espagne ; et aux Etats-Unis, les Indiens Shawnee furent vaincus en l'absence de leur chef, Tecumseh, par le général Harrison et ses troupes, à la bataille de Tippecanoe.

Le soir, à la table du souper, mon père se répandait toujours en commentaires sur ces événements généraux ; mais je dois avouer que je n'y prêtais guère attention. Les limites de Cornouailles constituaient les frontières de mon univers et maintenant que l'automne était revenu et qu'Esmond était parti à Eton, bien loin de ma sphère, j'étais si mélancolique que Lady Chandler finit par s'impatienter et menaça de me gifler.

— Le monde est assez sinistre comme cela, me reprit-elle sèchement, sans que je doive en plus regarder cette tête de dix pieds de long !

Je pris la juste mesure de ce mouvement d'humeur : ce n'était qu'une conséquence de sa colère contre Sir Nigel, qui, une fois de plus, avait refusé de voyager à Londres pour la saison. Il avait déclaré que les mineurs étaient agités ; même si Mick Dyson était un contremaître qui savait dans quel sens soufflait le vent, ce n'était qu'une vicieuse petite brute tout à fait capable de changer de camp s'il y trouvait son avantage.

— Je ne veux pas laisser à Heapes le soin de l'encadrer, Gwyneth, avait dit mon père, et n'en parlons plus.

Monsieur Heapes était l'administrateur des mines ; il était maigre et bossu, avait le regard sournois et le tempérament geignard. Je n'ai jamais su pourquoi Sir Nigel l'employait, en dehors du fait que cet homme-là ne se souciait guère du bien-être des mineurs, et ne cherchait qu'à obtenir des hommes une dure journée de travail — pour un demi-salaire s'il le pouvait.

Quand j'en avais assez des tirades de mon père et des reproches de ma belle-mère, je me retirais dans ma chambre, me lovais sur mon fauteuil avec mon chat, Grimalkin, et je lisais. Esmond, en même temps que ses nombreuses missives verbeuses où il me narrait les difficultés qu'il rencontrait au collège, m'envoyait parfois un livre qui, selon lui, pourrait me plaire. Le dernier s'appelait *Raison et sensibilité,* « roman écrit par une dame », et avait été publié dans l'anonymat à Londres ; on sut ensuite que l'auteur était une certaine mademoiselle Jane Austen, la fille célibataire d'un pasteur.

Curieusement, même si je le voyais rarement, j'avais le sentiment de m'être rapprochée d'Esmond. Ses lettres me décrivaient sa vie quotidienne et, plus important à mes yeux, ses pensées et ses émotions. Il appréciait énormément ses études, écrivait-il ; mais comme il l'avait craint, il n'était pas accepté par les garçons les plus populaires qui régnaient en maîtres. En effet, Eton avait ceci d'unique pour un collège que ses élèves s'y gouvernaient eux-mêmes, par l'entremise de représentants élus. Esmond me raconta comment il avait gagné le mépris de l'un d'eux parce qu'il avait refusé de poser sa candidature à l'équipe de cricket.

Je ne compris pas pourquoi mon cousin bien-aimé se faisait ridiculiser pour cette histoire. Mais quand j'abordai le sujet devant Julianne, cette dernière fit une moue méprisante et déclara qu'Esmond n'arriverait à rien, s'il se comportait ainsi à Eton. Bien que Welles n'eût pas les meilleures notes à son pensionnat, il était capitaine de l'équipe d'aviron et n'avait jamais connu de défaite ; aussi était-il très populaire, m'expliqua-t-elle fièrement.

A ma grande consternation, Draco, qui écoutait notre conversation, prit exceptionnellement le parti de Julianne. Ils consacrèrent la fin de l'après-midi à se moquer d'Esmond, ce qui me parut particulièrement mesquin, puisqu'il n'était pas là pour se défendre. Ils m'agacèrent tous deux au plus haut point. Plus tard, quand Draco me confia qu'il faisait de grands progrès sur la lande avec Black Magic, je lui rétorquai que j'en étais heureuse, car il n'était bon qu'à fréquenter des chevaux sauvages. Mon cousin ne m'adressa plus la parole pendant plusieurs jours après cela.

Ainsi passèrent les années de ma vie, tranquilles, sans rien de marquant, jusqu'à un jour fatal de 1815. Sir Nigel, toujours obsédé par l'idée de dompter Black Magic, rentrait de Plymouth où ses affaires l'avaient appelé, quand il aperçut Draco. Il filait comme le vent sur la lande des Douze Hommes — montant le farouche étalon noir.

11

Notre maison ne connut plus la paix. Mon père savait qu'un gitan bâtard avait réussi là où il avait échoué ! Il ne put trouver le repos : il fallait capturer et ramener le cheval toutes affaires cessantes. Comme si souvent auparavant, Sir Nigel envoya une troupe d'hommes sous la direction de Hugh. Mais cette fois-ci, le visage dur et crispé d'une sévère détermination, mon père leur signifia un implacable ultimatum : ils ne pourraient revenir qu'une fois l'animal attrapé. Pour les hommes, il était clair qu'ils perdraient leur emploi en cas d'échec ; aussi poursuivirent-ils Black Magic pendant des jours et des jours, sans relâche, jusqu'à ce que l'étalon soit totalement épuisé.

J'eus les yeux piquants de larmes cet après-midi terrible où l'on tira Black Magic jusqu'au poteau, après cinq ans de liberté. Malgré sa lassitude, il opposait encore une sauvage résistance. L'humiliation de ce fier destrier, qui avait encore gagné en superbe, était insoutenable. Draco, lui, était à la fois pathétique et terrifiant, angoissé pour l'animal qu'il aimait passionnément, et animé d'une rage meurtrière contre Sir Nigel, qui donnait déjà des ordres pour soumettre Black Magic par la force.

A vingt ans, mon cousin était grand et puissant ; sa musculature était impressionnante, et pour lui la moindre provocation se réglait aux poings. Bon nombre d'hommes au Château le craignaient et prenaient grand soin de l'éviter. Mais mon père qui, au fil des années, n'avait le plus souvent manifesté que du mépris à son encontre, n'était pas de ceux-là. Il ne fit aucun cas des épithètes hargneuses de Draco et, se contentant de le railler, lui intima dédaigneusement de s'écarter. Sir Nigel n'était donc pas sur ses gardes quand soudain, à la totale stupéfaction des témoins de la scène, Draco l'attaqua de toutes ses forces, le projetant violemment à terre.

Aussi hébétée que les autres, je vis les deux hommes s'empoigner et échanger les coups les plus impitoyables. Il me sembla alors que toute la haine qu'ils avaient accumulée depuis la première nuit se libérait dans toute sa frénésie. Draco, grognant et jurant, se mit à cogner la tête de mon père contre le sol, tandis que Sir Nigel, qui hurlait et tentait de se libérer, agrippa mon cousin à la gorge pour l'étrangler sans merci.

Enfin Hugh et deux autres valets, reprenant leurs esprits, accoururent pour séparer Draco et mon père. Mon cousin leur résistait farouchement. Sir Nigel, le visage empourpré de rage, se remit debout en chancelant et, saisissant sa cravache tombée à terre, en frappa mon cousin brutalement à la tête et aux épaules jusqu'à ce qu'il s'affaisse lourdement à genoux, gémissant de douleur, en sang. Pourtant, à ma grande horreur, mon père s'acharnait sur lui comme un dément. Je finis par sauter de la barrière où je m'étais perchée et courus arrêter le bras de mon père.

— Arrêtez ! Arrêtez ! m'écriai-je en sanglotant nerveusement. Vous êtes en train de le tuer ! Pour l'amour de Dieu, père ! Vous allez le tuer !

Mon père pivota vers moi, haletant, la bave aux lèvres, et je crus qu'il allait me frapper à mon tour.

Mais il baissa enfin le bras d'un geste lent et jeta sa cravache au loin, son regard fiévreux retrouvant un semblant de raison.

— Emmène-le, gronda-t-il avec un geste de dégoût envers Draco, et qu'il soit chassé du domaine sur-le-champ !

Je m'élançai pour aider Draco à se lever. A ce moment-là il me haïssait probablement à cause de mon père et ne voulait pas de mon aide, pas plus que de celle d'un autre Chandler. Pourtant il s'appuya lourdement sur moi pour gagner la grille, qu'un valet nous ouvrit, les yeux exorbités. Je suppliai mon cousin de monter à la maison et de me laisser soigner ses blessures, mais il secoua la tête avec obstination et refusa d'aller plus loin. Repoussant mon bras, il préféra se reposer contre la barrière, les yeux clos, ahanant d'un souffle rauque et torturé.

Je ne me rappelle que des bribes du cauchemar qui suivit. Seul le visage de Draco me revient clair et net dans ces derniers moments du drame.

Mais je vais trop vite. Je dois d'abord vous raconter comment, avec la plus grande difficulté, on finit par seller et brider Black Magic. Sir Nigel le monta, pour se faire sauvagement désarçonner, comme des années auparavant. Je ne sais combien de fois l'opération se répéta, brutale et sans merci, aucun des deux ne faisant de quartiers, bien que l'homme comme l'animal fût en sang. Coups de fouet et d'éperons, morsures et ruades... tout se mêlait comme autant d'armes dans un combat au corps à corps, jusqu'à ce qu'on ne puisse plus distinguer les adversaires.

Finalement mon père fut jeté à bas une dernière fois, traversant les airs comme un pantin désarticulé. Il toucha terre avec un bruit sourd et resta étendu, immobile. Pétrifiée, impuissante, je vis l'étalon fondre sur la forme affaissée de mon père et la piétiner. Cette fois contusionné, blessé, en sang, Sir Nigel ne put échapper aux mortels coups de sabot. Hoquetant de douleur, hurlant, il roulait sur lui-même en se tordant comme l'animal le meurtrissait sans relâche.

Aujourd'hui encore, je me rappelle mes propres cris et leur sinistre écho, les hennissements de souffrance de Black Magic : dans un sursaut désespéré, mon père avait trouvé l'énergie de saisir de ses mains ensanglantées la jambe qui s'abattait sur lui. Enivré de ce terrible avantage, Sir Nigel roula sur lui-même, pesant de tout son poids contre le membre. Black Magic, gêné par sa courte longe, perdit l'équilibre, chancela et s'effondra lourdement à terre. Le cheval se débattit de toutes ses forces, hurlant d'angoisse, puis parvint miraculeusement à se remettre debout, une jambe repliée sous lui selon un angle bizarre.

Je ne compris pas immédiatement que le cheval avait la jambe brisée ; tout paraissait tellement irréel. A travers mes larmes, je vis Hugh courir aux côtés de mon père. Par-dessus mes gémissements de terreur, j'entendis notre chef palefrenier jurer. Il cria que Sir Nigel ne pouvait se lever, qu'il était entre la vie et la mort et qu'il fallait d'urgence envoyer chercher le docteur.

Puis je vis Draco arriver en titubant des écuries, le visage déformé par une douleur insoutenable. Il tenait un fusil à la main, et son air déterminé me persuada qu'il voulait assassiner mon père. Je me ruai dans l'enclos pour l'arrêter, secouée de sanglots. Mais j'arrivai trop tard. Les joues baignées de larmes, Draco déchargea son arme à bout portant. Ignorant qu'il venait de tirer une balle dans la tête farouche et belle de Black Magic, je n'entendis que l'horrible détonation. Le monde sembla soudain tourner vertigineusement et une chape de nuit tourbillonnante descendit sur moi avant de m'engouffrer.

LIVRE DEUX

SUR LA LANDE,
PAR UNE NUIT SANS LUNE

1815-1819

12

Le Château des Abrupts, Angleterre, 1815

Draco s'enfuit la nuit suivante.

Je ne le revis jamais et restai sans nouvelles. A croire qu'il avait été englouti... Je finis par comprendre qu'il avait sans doute disparu pour ne jamais revenir — sauf dans un cercueil, comme son père. Peut-être était-il mourant, ou déjà mort, et je versais des larmes sur cet esprit brave et libre, éteint au vif de la jeunesse après Black Magic.

Un linceul sembla bientôt s'abattre sur le manoir, et les trois années qui suivirent furent relativement calmes, bien que tristes.

Sir Nigel avait miraculeusement survécu à l'assaut mené par l'étalon, mais toute la partie inférieure de son corps était restée paralysée ; aussi était-il immobilisé dans un fauteuil roulant pour le restant de ses jours.

Fut engagé un infirmier laid et trapu, portant le

nom de Bascombe. Il avait l'allure d'un criminel en cavale — bien que je n'en eusse aucune preuve — et sa mission était de veiller sur Sir Nigel et de le porter en haut ou en bas des escaliers à chaque fois que nécessaire.

Certaines fois mon père redevenait lui-même mais il ne retrouva jamais sa santé de jadis. D'un jour à l'autre, son épaisse chevelure noire était devenue grise et clairsemée. Il avait toujours marqué un peu d'embonpoint et son corps s'amollit encore à cause du manque d'exercice ; il se laissait aller, abusant de la bonne chère et du laudanum prescrit pour ses douleurs. Son humeur, qui n'avait jamais été très douce, s'aggrava sérieusement. Ivre et sous l'empire des drogues, il se remit à me convoquer en pleine nuit à son étude, comme des années auparavant. Il m'y invectivait avec violence, me confondant souvent avec Draco — au vrai, nous nous ressemblions un peu. Souvent il oubliait que Black Magic était mort, et je craignais qu'il ne devienne fou.

Je ne fus pourtant pas la seule à souffrir de ces éclats imprévisibles : Julianne était souvent la cible de ses méchancetés. Il lui lançait que ses charmes superficiels masquaient mal ses petites ruses. Qu'elle ne prenne plus la peine de jouer de ses fossettes ! Il n'était pas dupe une seconde...

— Je suis peut-être estropié et boursouflé comme un poisson mort, raillait mon père à son adresse, mais j'ai encore mes yeux pour voir, et j'ai conservé mon bon sens, malgré ce que tu peux croire ! Ce n'est plus si drôle, maintenant, de t'asseoir près de moi et de me régaler de tes petites histoires, n'est-ce pas ? Non, tu me trouves pitoyable et répugnant. Te rappellerais-je l'odeur des bas quartiers, ma petite ? A moins que je n'aie épousé ta mère à temps pour t'épargner le pire. Peu importe. Quoi qu'il en soit, c'est moi qui tiens encore les cordons de la bourse : alors tu ravales ton dégoût comme une fouine un œuf de poule, et tu joues les anges de charité dans l'espoir de gagner ma faveur. Eh bien c'est inutile, demoiselle, car je n'ai pas l'intention de mourir de sitôt, et il est peu probable que je modifie mon testament pour te plaire, de toute manière !

» Tu es une chiffe molle, ma petite, et tu l'as toujours été ! Une menteuse et une geignarde, voilà ce que tu seras toujours... Il faudrait te présenter la vie sur un plateau d'argent. Quand elle ne te convient pas, tu grimaces comme une vieille pomme et tu fais ton caprice. Je dois dire que j'avais déjà peu de patience pour tes larmes de crocodile, mais je n'en ai plus du tout aujourd'hui ; alors disparais, sangsue ! Ce n'est pas parce que je suis coincé dans cet engin (Sir Nigel martelait alors sa chaise roulante avec véhémence) que je me laisserai traire !

A de telles occasions, Julianne s'enfuyait, mortifiée qu'on lui parle sur ce ton — et sans doute vexée de se voir impitoyablement dévoilée —, secouée de sanglots incoercibles, poursuivie par le rire moqueur de mon père.

Dans ces cas-là, je plaignais presque ma demi-sœur. Elle avait cru que Sir Nigel l'aimait comme sa fille. Maintenant il était manifeste qu'il ne s'en était jamais soucié. Elle l'avait simplement divertie mais il voyait clair en son jeu.

Il n'épargnait pas même Lady Chandler de ses piques, alors qu'elle avait les traits tirés et paraissait harassée. Je dois ajouter à son crédit qu'elle ne céda jamais devant les récriminations de mon père, mais lui répliquait du tac au tac. Il finissait toujours par grogner dans sa barbe, et marmonnait quelque remarque déplaisante. C'était sa manière à lui d'exprimer une affection bourrue. Il l'admirait, la respectait, et à sa façon peut-être, l'aimait aussi.

Il revenait donc à Lady Chandler de l'apaiser et de relever son moral, surtout dans les pires moments, quand s'aggravait la constante douleur avec laquelle il devait vivre. Pourtant ma belle-mère s'occupait de lui avec tant d'efficacité et de diligence que pour la première fois de ma vie, j'oubliai ma haine et me réjouis de sa présence. Malgré tout le luxe qu'elle avait reçu en récompense, sa vie avec Sir Nigel n'était pas facile. Maintenant liée à un infirme irascible, son avenir devait lui paraître bien peu prometteur.

Avant son accident, elle avait réussi à convaincre mon père de voyager à Londres pour la saison trois années de suite. Même si elle n'avait pas immédiatement conquis la haute société, elle n'avait pas non plus subi de rebuffade. Dans une faible mesure, elle avait gagné une place dans le monde, et tout abandonner avait dû lui porter un coup sévère. Je ne pensais pas qu'elle y renoncerait, du reste. Je croyais qu'elle quitterait Sir Nigel et résiderait dans sa maison de Londres, se contentant d'une ou deux apparitions au Château de temps à autre. Et qu'elle prendrait discrètement des amants...

Pourtant Lady Chandler n'en fit rien. Ceux qui aspirent aux cercles raffinés mais ne leur appartiennent pas de naissance sont esclaves des strictes conventions que l'aristocratie, sûre de son rang et de ses richesses, ne respecte pas toujours. Ainsi pour une duchesse, il aurait été acceptable — bien que scandaleux — d'abandonner un mari estropié ; mais la femme à qui un baronnet s'était mésallié aurait été condamnée sans réplique.

En outre, même si Lady Chandler avait épousé Sir Nigel pour son argent, elle avait fini par ressentir une affection sincère pour mon père : il lui avait épargné l'humiliation d'être jetée comme une pauvresse à la prison de Ludgate. Tante Tibby et moi avions fait fausse route à propos de ce mariage car Sir Nigel savait très bien ce qu'il faisait.

Durant toutes ces années, le Château se figea dans le temps, isolé du reste de l'univers, enfermé dans un cercle perpétuel qui tournait autour des humeurs de mon père. Le monde indifférent poursuivit sa route sans relâche, avec bien peu de lumière pour le guider dans ces périodes obscures.

Toute la planète fut affectée par l'explosion d'un volcan nommé mont Tambora, sur une petite île en Extrême-Orient. Elle provoqua des tornades et des raz-de-marée, tuant des milliers de gens. Des nuages de poussière et de cendres plongèrent l'île dans la nuit pendant trois jours et modifièrent le climat de la terre entière, si bien que presque un an après, le sol resta gelé longtemps après la fin du printemps et qu'il neigea en plein été.

Sur une échelle plus modeste, l'empereur des Français, Napoléon Bonaparte, fut vaincu à Waterloo par le duc de Wellington, qui devint un héros national. Un banquier, Nathan Meyer Rothschild, fit fortune en bourse à Londres après avoir reçu de Belgique par pigeon voyageur l'annonce de la perte de Napoléon. Rothschild fit chuter les valeurs anglaises en vendant à découvert. Puis il racheta tout ce qu'il put pour une bouchée de pain et revendit une fois que la nouvelle de la victoire de Wellington eut atteint les rivages britanniques et fait remonter au plus haut les prix des actions.

L'Angleterre, qui avait gagné une bataille contre les Français, en perdit une autre contre les Américains à La Nouvelle-Orléans, lors de la guerre qui avait débuté en 1812.

Le directeur de la prison de Dartmoor, rendu furieux par un incident mineur au pénitencier, ordonna aux miliciens du Somerset de massacrer des centaines de prisonniers dont la majorité avait été condamnée pour acte de piraterie.

Le Parlement édicta la loi sur le grain et l'impôt sur le revenu fut supprimé. Le mouvement luddite qui s'était éteint en 1813, quand ses meneurs avaient été pendus ou exilés après un procès collectif à York, repartit de plus belle, balayant l'Angleterre de ses révoltes.

Un nommé Humphry Davy inventa une lampe de sécurité pour les mineurs. Elle portait un cache de métal autour de la flamme pour éviter d'enflammer le gaz, ce qui empêchait les accidents. Robert Stirling, ingénieur écossais, fit breveter un moteur sans chaudière. Et à l'hôpital St. Guy, à Londres, un chirurgien, le docteur James Blundelle, réussit la première transfusion sanguine de l'histoire sur un être humain.

L'architecte John Nash acheva le très controversé pavillon de Brighton pour le prince régent. Des romans d'un auteur anonyme — on murmurait le nom d'un certain Walter Scott, fils d'un avoué écossais — et de Jane Austen, que le prince régent admirait fort, furent publiés et dévorés, tout particulièrement par de romantiques jeunes filles. En Angleterre, nous dansâmes le quadrille pour la première fois. Et toute la société frémit quand son arbitre des élégances, l'adulé Beau Brummell, dut fuir à Calais pour échapper aux créanciers qui le poursuivaient pour de nombreuses dettes de jeu.

Peu après les seize ans de Julianne et la fin de ses études, Lady Chandler persuada mon père de permettre à ma sœur de passer une petite saison à Londres. Je devais être du voyage également, malgré mes fiançailles avec Esmond. Sir Nigel se plaignit de la dépense sans mâcher ses mots ; pourtant, en fin de compte, il céda, autorisa même Sarah à nous accompagner et finança le trousseau nécessaire à un début en société. Je me souciais peu du monde, mais je n'aurais pas manqué notre premier bal pour un empire.

Il se tint dans la maison que Sir Nigel possédait à Londres. A ma stupéfaction, j'attirai presque autant de galants cavaliers et de jeunes soupirants que Sarah et Julianne. Je ne m'étais jamais crue séduisante et cette nuit me transporta de joie. Julianne, quant à elle, fut indéniablement la coqueluche de la saison.

Hélas, cela ne servit à rien, car personne ne pouvait prendre la place d'Esmond dans mon cœur. Sarah ne voyait que Welles. Quant à Julianne, malgré toute sa beauté, elle ne possédait qu'une modeste dot, et son père était un simple marchand. Les prétendants qui pouvaient oublier son manque de fortune sourcillaient sur ses origines. Ceux qui ne lui reprochaient pas sa roture n'avaient malheureusement que leur dévouement à lui offrir. Elle reçut trois demandes en mariage honnêtes : l'une d'un jeune « émigré », séduisant mais tragiquement dépossédé de toutes ses richesses, et deux provenant d'individus sans fortune. On lui fit également des propositions peu recommandables, notamment un vieux duc lubrique et un acteur quelque peu canaille, rencontré à Drury Lane.

A notre retour au début de l'été 1818, Julianne, profondément déprimée, avait perdu tout espoir de s'assurer un avenir convenable. Comment supporter de dépendre de ma générosité ? Pourtant, il le faudrait bien : à la mort de mon père, le domaine reviendrait à Esmond, mon fiancé, et après notre mariage, ce serait moi, et non ma belle-mère, la maîtresse du Château des Abrupts.

C'était là une blessure ouverte pour Julianne, et je ne m'aperçus pas à quel point elle en souffrait. En effet, sachant que je devais épouser Esmond et n'éprouvant aucune inquiétude quant à mon avenir, je ne me préoccupais guère des difficultés de ma sœur.

Esmond et moi correspondions aussi fréquemment que possible. Mes lettres étaient plus nombreuses que les siennes car maintenant qu'il avait achevé ses études à Eton, il était à King's College, à Cambridge, et n'avait pas autant d'heures de liberté que moi. Pourtant il trouvait le temps d'échanger des courriers avec moi, ainsi qu'avec Sarah et Julianne, de même que Welles nous écrivait à toutes, quoique plus sporadiquement.

Mon demi-frère devait encore passer une année ou deux à Harrow. Puis, au grand déplaisir de Lady Chandler, il forma le projet de s'embarquer sur un navire de la marine marchande, sur les traces de son père, au lieu d'aller à Oxford.

De Draco je ne savais rien. J'en étais fort triste et le croyais mort ; il m'aurait certainement envoyé un message, sinon. Or, l'idée de ne plus jamais le revoir me serrait étrangement le cœur.

13

Parfois je pense que les Grecs anciens avaient raison : trois Parques vêtues de blanc tissent les fils de la vie. On dit qu'Atropos, la plus petite, est la plus terrifiante, car sa mission est de trancher les fibres et de nous mettre à mort. Pourtant maintenant, j'en viens à croire que les deux autres sont plus redoutables : Clotho, qui de sa quenouille entortille les fils de nos existences, et Lachesis qui les mesure. C'est ainsi que nos vies deviennent un canevas si complexe que seule Atropos peut nous en délivrer. Or, les doigts noueux de Clotho et Lachesis me firent croiser la vie de Draco encore une fois.

Quelques semaines après mon retour de Londres, j'appris que pendant mon absence, le Gitan était revenu sans crier gare en Cornouailles. Il s'était installé aux Hauts des Tempêtes, le vieux manoir en ruine qui se dressait à quelques kilomètres au sud-ouest du Château des Abrupts.

Je ne sus comment prendre la nouvelle. Naturellement j'étais soulagée d'apprendre qu'il n'était pas mort et avait même toutes les apparences de la prospérité. Mais j'étais profondément blessée qu'il ne m'ait jamais écrit, ne serait-ce que pour m'annoncer son retour. Draco était mon cousin, mais aussi mon ami. N'avions-nous pas une relation toute particulière ? Et puis je songeai que je venais d'avoir quinze ans quand il avait disparu, et que malgré ma maturité, je n'étais qu'une enfant à de nombreux égards. J'avais dû accorder une ampleur exagérée à notre amitié.

J'appris bientôt qu'on se posait beaucoup de

questions sur Draco, au Château et à la Grange, ainsi qu'au village. Personne ne savait où il était allé, pourquoi il était revenu, ni par quel moyen il avait pu acquérir les Hauts des Tempêtes.

Je ne connus jamais exactement les réponses à ces questions. Quelques jours plus tard, quand j'allai le voir à cheval, je lui demandai à quoi il avait consacré ces trois années d'absence. Il me répondit cavalièrement qu'il « avait voyagé ici et là », qu'il était revenu « pour des raisons personnelles », et qu'il « avait eu un peu de chance au jeu », ce qui lui avait permis d'acheter le manoir.

Il n'offrit aucune explication supplémentaire, et je n'insistai pas. Il avait tant changé qu'il me semblait à peine le reconnaître. Il s'était retiré plus que jamais dans sa coquille, et son attitude sévère et dissuasive m'effraya un peu, même si j'étais jadis sa plus proche camarade au Château.

Il élevait un chien bâtard, énorme et sauvage, qui le suivait comme son ombre et fut rapidement connu dans le voisinage pour sa férocité. Personne n'osait plus s'approcher des Hauts, à l'exception de madame Pickering, une veuve âgée qui lui servait de gouvernante et de cuisinière, de Renshaw, son gardien, que l'on tenait généralement pour fou, et de moi-même. Et mon cousin n'y invitait personne.

Il labourait aux champs, nu jusqu'à la taille sous le chaud soleil d'été quand, montant un beau hongre gris pommelé que j'avais nommé Avalon d'après l'île mystique de la légende du roi Arthur, je remontai au petit trot l'allée couverte de mauvaises herbes qui conduisait à la cour des Tempêtes.

Je savais que Draco m'avait vue depuis longtemps mais je crus un instant qu'il ne ferait semblant de rien et poursuivrait son ouvrage. Pourtant, il fit enfin glisser le harnais de ses puissantes épaules et, arrêtant le robuste Dale qui tirait le soc, s'avança pour me saluer.

Comme mon cousin s'approchait, le cœur me manqua. Soudain je me sentis aussi nerveuse que lors de mes débuts à Londres.

Je lissai mes cheveux et rajustai inutilement mon costume, me demandant ce que Draco penserait de moi. Me trouverait-il changée avec les années ? Serais-je une femme ou toujours une enfant à ses yeux ? Non seulement je l'ignorais, mais je ne comprenais même pas pourquoi je voulais le savoir. Et pourtant...

Mais je n'avais plus le temps d'y réfléchir. Il se tenait devant moi. J'avais préparé un petit discours désinvolte pour lui dissimuler le chagrin que m'avaient causé son départ et son silence mais ma gorge se noua quand je posai le regard sur lui.

Je m'étais préparée à une déception, car au fil des ans, j'avais appris que les souvenirs d'enfance sont trompeurs, peints sur une toile immense aux couleurs plus vives que la réalité. Cependant Draco était exactement tel que je me le rappelais, comme si ses traits sombres et audacieux s'étaient gravés en moi : ses sourcils dominateurs posés comme des ailes de corbeau sur ses yeux de jais, ses lèvres pleines et sensuelles qui se plissaient de raillerie, sa mâchoire carrée qu'ombrait une trace de barbe brune.

Comme c'est curieux, méditai-je. Je n'avais en tête que des images floues de Welles et de Julianne, de Sarah et même d'Esmond, des impressions fugitives : un regard, un sourire, un geste. Le visage de Draco, lui, avait brillé si fort dans mon esprit qu'il avait effacé tous les autres.

Que pensa-t-il en me voyant ? Quand il arriva à ma hauteur, il me fixa avec l'avidité d'un faucon pour sa proie — au point que je me troublai, rougis et regrettai soudain d'être venue. Il me dévisageait d'un regard empreint de sauvagerie nue. Je crus qu'il allait m'arracher de ma selle. Jamais homme ne m'avait regardée de la sorte, comme s'il me connaissait intimement. A cette idée, une sensation de langueur inconnue monta lentement en moi comme un frisson fébrile, me faisant frémir d'une peur mêlée d'excitation. Mon cœur se mit à battre irrégulièrement, et j'eus la gorge sèche. A croire que l'après-midi s'était brusquement figé et que la terre comme la mer s'étaient évanouies dans le lointain. Tous mes sens se concentraient sur Draco.

Je vis soudain la sueur qui perlait à sa lèvre et luisait sur son torse nu et musclé, les gouttes sur la toison humide de sa poitrine et sur ses bras puissants, où roulaient les muscles qui se gonflaient sous sa peau. Une légère brise se leva, posant un baiser salé d'océan sur mes lèvres, et je crus avoir appuyé ma bouche contre la chair de Draco. Un instant troublée par cette tentation, je connus une étrange émotion. Je me penchai vers lui, agrippée par cette indicible attirance qui m'aspirait vers les profondeurs insondables de son regard.

Qu'attendais-je ? Il baissa enfin les paupières, voilant ses pensées comme si souvent dans le passé, et l'enchantement fut brisé, me laissant déçue.

— Bonjour, Maggie, dit-il.

Comme jadis, mon cœur se gonfla en se pénétrant de l'accent chantant de sa voix grave ; et à ma grande consternation, je me sentis rougir comme une écolière. Il n'en fut pas mécontent et un sourire plissa ses lèvres. Ne pouvant soutenir son regard plus longtemps, je détournai les yeux en me mordant les lèvres. Je me sentais mise à nu et vulnérable. Mais quand je le regardai à nouveau, il avait retrouvé sa dure impassibilité habituelle, et cette soudaine froideur me blessa.

— Bonjour, Draco, répondis-je.

Après une minute ou deux d'un silence qui s'étira, il m'invita à entrer. Il m'aida à descendre de selle et ses mains fermes et calleuses se posèrent comme un étau d'acier contre ma taille. Je tremblai un peu devant cette puissance, me rappelant avec quelle brutalité il avait martelé la tête de Sir Nigel contre le sol. Mais je ne voulais pas y penser. Il valait mieux oublier ce terrible jour.

Maintenant que je me tenais devant mon cousin, je m'aperçus qu'il était aussi grand que dans mon souvenir. Au fil des ans, j'avais grandi et pris des formes, aussi n'étais-je plus la créature gauche de mon enfance. Si les beautés délicates comme Julianne faisaient fureur dans les cercles distingués, les mois passés à Londres m'avaient appris que je possédais un charme indéfinissable qui faisait revenir les regards sur moi. Cette pensée me rendit confiance. Je dénouai doucement les mains de Draco et les pris entre les miennes.

— Il est bon de te revoir, lui dis-je simplement. J'ai souvent pensé à toi et me suis demandé si tu allais bien.

— Vraiment ? (Il leva un sourcil noir, donnant à son visage une expression démoniaque.) Comme c'est... flatteur. J'avais cru qu'avec le temps, tu m'oublierais.

Il ne dit rien de plus, mais je vis bien qu'il était content. Après avoir laissé mon cheval aux bons soins de Renshaw, Draco remonta avec moi au manoir en flânant, un léger sourire effleurant ses lèvres et ses yeux brillant comme deux flammes noires.

Je notai les rides fines qu'avaient laissées le

temps et la dissipation. Elles n'étaient pas là avant son départ, mais burinaient maintenant son visage, le faisant paraître plus âgé que ses vingt-trois ans. Où qu'il fût allé, quelle que fût sa fortune amassée, je soupçonnai que sa vie n'avait pas été facile pendant cette période. Connaissant les origines de Draco, il me semblait qu'il aurait pu passer ces années à la prison de Newgate, plutôt qu'à faire bombance à Londres, comme on le prétendait.

Pourtant, bien qu'en ruine, les Tempêtes avaient dû lui coûter un bon prix. Peut-être avait-il effectivement gagné une petite fortune dans quelque enfer du jeu. Il n'aurait pas méprisé la carrière de tricheur car ses mains devaient être habiles à faire surgir de bonnes cartes, ou à tourner les dés à son avantage en cas de besoin.

Nous entrâmes dans la maison, où Draco me fit traverser un hall encombré de gravats, avant de me conduire à une petite volée de marches qui descendaient à la cuisine. Il m'invita à m'asseoir avec une fausse cérémonie, car pour tout mobilier, il n'y avait qu'une table rudimentaire et quelques chaises grossières repoussées contre un mur.

La veuve Pickering, qui était à demi sourde et parlait à tue-tête, nous salua à grand bruit et, sur la demande de Draco, nous prépara du thé. Si elle fut surprise de me voir, elle n'en trahit rien, mais posa les tasses ébréchées et une assiette de galettes d'orge sur la table, comme si elle recevait la fille du baronnet tous les jours. Après quoi, elle nous laissa pour avancer son ménage. Draco et moi restâmes donc seuls à la cuisine.

Nous abordâmes divers sujets sans importance pour la plupart, car mon cousin préféra ne rien révéler de son passé. Il découragea poliment mais fermement ma curiosité et je ne posai plus de questions. A la place, je lui racontai la vie au Château des Abrupts et à Pembroke Grange, et lui appris que Sir Nigel était resté paralysé et qu'il vivait dans un fauteuil roulant.

— Ah oui ? fit simplement observer Draco.

Il estimait manifestement que Sir Nigel avait bien mérité son sort après s'être montré si cruel envers Black Magic. Déconfite par la réticence de mon cousin, je bavardai nerveusement pour combler les silences, incapable d'endiguer le flot de mes paroles. J'évoquai ma saison à Londres, l'amour que ressentaient Sarah et Welles l'un pour l'autre, l'échec de Julianne à trouver un mari, et mes propres projets d'épouser Esmond une fois qu'il serait rentré de King's College.

— Ainsi... tu te crois toujours amoureuse de l'honorable monsieur Sheffield, Maggie ? intervint Draco avec une telle lenteur que je compris qu'il ne ressentait toujours que dédain pour Esmond. Quelle loyauté ! On se demande bien pourquoi le jeune homme tarde tant à se rendre à l'autel. Si tu m'étais promise, Maggie (il saisit ma main gauche pour étudier la bague de fiançailles que m'avait offerte Esmond quelques mois auparavant), je ne serais pas si long à te passer l'alliance au doigt.

Une inflexion de sa voix refit passer en moi un frisson de cette étrange émotion, et je lui arrachai ma main en rougissant.

— Tu n'as jamais aimé Esmond, Draco, l'accusai-je pour mieux cacher ma confusion, et je ne me l'explique pas. Du reste je ne sais pas non plus pourquoi il te méprise tant.

— Ah, il me méprise ? Comme c'est... intéressant, dit mon cousin, l'œil brillant soudain d'une certaine lueur d'émotion.

— Oui, mais je ne comprends pas...

— Non, m'interrompit Draco avec raideur, d'une voix étrangement hargneuse, et amère maintenant. Tu ne comprends pas et c'est bien dommage. (Puis, lisant l'inquiétude et la stupéfaction sur mon visage, il soupira.) Allons, ce n'est ni le lieu ni le moment, je suppose — inutile de torturer ton charmant petit esprit inquisiteur. Disons qu'Esmond et moi n'avons jamais été amis et ne le serons jamais et restons-en là, n'est-ce pas, Maggie ?

Je maudis ma bêtise et ma langue. Evidemment, sans sa bâtardise, Draco aurait hérité du domaine de Sir Nigel. Comment avais-je pu oublier une chose pareille ? Mais à vrai dire, contrairement aux autres, je ne pensais jamais à mon cousin comme à un bâtard.

Je voulus m'excuser, avant de comprendre que je ne ferais qu'aggraver mon cas. Aussi, faisant observer l'heure tardive, je préférai prendre congé, sentant son regard intense derrière mon dos comme je poussais Avalon au galop le long de l'allée et dépassais la loge déserte et les grilles rouillées du manoir en ruine.

14

Je rendis parfois d'autres visites à Draco, mais jamais il ne vint au Château. Je ne l'invitai pas, prévoyant que Sir Nigel en ferait une crise d'apoplexie. Par un accord tacite, nous avions dissimulé le retour de Draco à mon père. Comment finit-il par le savoir ? Bascombe, sans doute... Il n'était pas des nôtres.

En apprenant que le Gitan avait non seulement

acheté les Tempêtes mais eu le front de s'y installer, mon père s'était tellement agité que Lady Chandler elle-même n'avait pu le calmer. Nous avions été obligés d'appeler le docteur Ashford, qui signifia à mon père que, s'il n'apprenait pas à maîtriser son humeur, il n'aurait plus longtemps à vivre. Sir Nigel, offensé par cette remarque, s'était encore échauffé, sur quoi le docteur Ashford, habitué de longue date aux colères de mon père, s'était contenté de hausser les épaules et de refermer son sac d'un coup sec. Puisqu'il s'agissait de sa propre vie, Sir Nigel n'avait qu'à faire comme bon lui semblait !

Ensuite mon père avait fait transmettre un message à Draco, exigeant qu'il se présente en personne au Château afin de s'expliquer. Je ne lus pas moi-même la réponse de mon cousin mais mon père entra dans une telle rage qu'elle avait dû lui opposer un refus insultant. Aussi jugeai-je plus prudent de ne jamais faire allusion à mes brèves visites aux Tempêtes.

Peu après se termina le trimestre de King's College et Esmond revint à la Grange. J'étais folle de joie, et ce fut avec le plus grand bonheur que nous fixâmes enfin le jour de notre mariage à l'été suivant, en 1819, date à laquelle on pouvait supposer qu'il aurait terminé ses études.

Bien que nos fiançailles fussent connues depuis longtemps, il fallait annoncer officiellement notre engagement l'un envers l'autre et notre mariage à venir. Aussi publia-t-on les bans à Londres. D'autre part, Lady Chandler et moi-même entreprîmes les premiers préparatifs.

On convoqua madame Faversham, la couturière, pour qu'elle prenne mes mesures et me fasse choisir les étoffes de mon trousseau. On prévint le pasteur et le traiteur pour nous assurer de leurs services bien avant la date choisie. Sir Nigel convoqua son avocat de Londres, monsieur Oldstead, pour faire établir les contrats de mariage.

Pendant les semaines qui suivirent, Esmond vint aussi souvent que possible au Château. Nous allions faire de grandes promenades à cheval sur la lande et à pied dans le parc, parlant de notre amour, rêvant à notre avenir. Nous décidâmes de passer notre lune de miel en Italie, à Venise et Florence. Après quoi nous rentrerions résider au Château, où Esmond apprendrait à gérer le domaine en attendant de recevoir son héritage.

Souvent, comme nous flânions, Esmond prenait ma main et un doux sentiment de tendresse et de sécurité m'enveloppait. Il avait de beaux doigts, minces et doux, très différents de ceux de Draco, me disais-je en me rappelant la force et la dureté de sa poigne quand il m'avait prise par la taille. J'étais heureuse de ne rien trouver de la grossièreté rugueuse de Draco chez mon bien-aimé, car même si le Gitan me fascinait singulièrement, il possédait aussi un élan de cruauté qui me faisait peur.

Draco ne fut pas content, le jour où je vins lui annoncer mon prochain mariage avec Esmond. A cette nouvelle, ses yeux noirs s'emplirent d'une émotion indéchiffrable et il se figea alors qu'il s'apprêtait à allumer un des cigares qu'il avait pris l'habitude de fumer. Puis s'apercevant que l'allumette allait lui brûler les doigts, il tira sur le mince cigare et souffla la fumée, avant de rejeter la brindille enflammée d'un geste vif et de l'écraser de son pied.

— Eh bien, déclara-t-il sans fioritures, je suppose que je devrais te présenter tous mes vœux de bonheur, Maggie. Mais je ne vois pas comment ce benêt que tu tiens à épouser pourrait te rendre heureuse et je n'en ferai donc rien. Je me borne à espérer qu'il ne causera pas complètement ton malheur.

— Je regrette que tu prennes les choses ainsi, Draco, répondis-je avec froideur, car je croyais que tu me souhaiterais tout le bonheur du monde. Mais tu préfères me gâcher ma joie. Eh bien, tu n'y réussiras pas, quoi que tu puisses dire, car je sais bien que seule ton antipathie pour Esmond te dicte tes paroles.

Je m'interrompis un instant avant de continuer :

— Je crains que toutes ces années ne t'aient rendu encore plus amer, Draco, à force de vivre seul dans un lieu aussi désolé. N'as-tu jamais pensé à prendre femme ? Je suis sûre que bien des filles au village seraient honorées de t'épouser.

— Peut-être, acquiesça-t-il à voix basse, mais je n'en aime qu'une, et elle est promise à un autre. Si je ne puis l'obtenir, je ne me marierai jamais.

Ses paroles m'étonnèrent, car je n'aurais jamais imaginé qu'il soit victime d'un amour sans retour. Je me demandai qui avait gagné son cœur pour le dédaigner. Mais je ne posai pas de question, devinant qu'il ne m'en dirait rien.

— Tu es encore un homme jeune, dis-je. Tu changeras sans doute d'avis avec le temps.

Il ne répliqua rien, et je compris que mes discours ne l'avaient ni réconforté ni convaincu ; aussi, après quelque temps, pris-je congé de lui, apitoyée sur son sort.

Je ne sais pas exactement à quel moment je compris que quelque chose n'allait plus entre Esmond et moi. Mais j'en avais l'intuition sourde depuis longtemps, même si je ne me l'avouais pas.

Tant de signes dans sa conduite auraient dû m'indiquer que ses sentiments avaient changé... Mais je persistais à les ignorer, trouvant mille excuses pour ne pas y faire face.

Au début, les beaux yeux noisette d'Esmond, autrefois si ouverts, si honnêtes, brillant de tant d'amour pour moi, ne parvenaient plus à rencontrer les miens. D'abord je m'accusai, me croyant devenue trop audacieuse, trop impudique. S'il fuyait mes regards d'adoration, c'est que je trahissais un désir indécent, offensant sa sensibilité par ce manque de réserve. Pourtant quand je m'ouvris de mes craintes, Esmond se hâta de me rassurer. Aussi en vins-je à croire que ses ardeurs pour moi étaient telles qu'il n'était pas certain de garder son contrôle, et je jubilai de le voir pâlir et trembler de me sentir si proche.

Avec l'été, il devint réticent à me prendre la main. Il ne voulut plus m'embrasser comme dans le passé, en posant ses lèvres douces sur les miennes en un baiser affectueux. Mais j'attribuai encore ce changement à son désir pour moi. Ayant glané des informations, j'interrogeai Linnet et appris qu'il était plus difficile pour un homme que pour une femme de réprimer ses passions. C'était pourquoi on permettait aux jeunes gens de jeter leur gourme sans les condamner, tandis que les créatures innommables qui les recevaient étaient méprisées pour leur manque de vertu. Une dame demeurait chaste jusqu'à sa nuit de noces, de peur de perdre l'estime générale et toute chance d'être désirée par un gentleman. Un homme devait avoir l'assurance que ses héritiers naîtraient de sa propre semence et non d'un autre.

Naturellement Esmond ne pouvait souhaiter me voir compromise avant notre mariage, ni risquer qu'une rumeur imméritée vienne souiller ma bonne réputation. Comme il est généreux et altruiste, me disais-je, pour se refuser ce qu'il désire tant ! Ce respect me touchait fort. Quel dévouement admirable !

Pourtant de temps en temps, je regrettais qu'il protège tant ma modestie et ma sensibilité de demoiselle. Parfois j'espérais secrètement que son désir aurait raison de sa réticence, qu'il me prendrait dans ses bras et me donnerait un baiser passionné et sans réserve, afin que je puisse sentir tout son amour. J'aurais aimé qu'une fois, une seule, il me couche dans l'herbe douce de l'été et essaie de vaincre ma résistance, même si naturellement, dans mes rêveries, nous retrouvions tous les deux nos esprits avant d'avoir consommé l'acte.

Ces pensées libertines me choquaient. Pourtant je serais malhonnête de ne pas les confesser, quelle que soit la douleur qu'elles me causent maintenant : n'ai-je pas promis un récit sincère ?

Je dois également avouer, à ma grande confusion, que ces images me survoltaient. Je me disais que je devais être folle pour susciter de telles scènes dans mon imagination, que je devais manquer de noblesse ou de classe naturelle. Je commençai à comprendre pourquoi mademoiselle Poole, qui nous avait maintenant quittés depuis longtemps, décourageait la lecture des romans sentimentaux qui faisaient fureur dans les cercles policés. Pourtant, ces images fantasques revenaient me hanter et je ne pouvais m'en débarrasser.

Je ne répétai pourtant rien de ces idées à Esmond, sachant qu'il en serait profondément ébranlé et qu'il mettrait mes convictions morales en doute. Il estimerait même de son devoir de cousin et de fiancé de me gronder sérieusement et de m'avertir du péril où je mettais peut-être mon âme immortelle. Pourtant je crois que s'il avait insisté, je me serais donnée à lui durant ces jours sereins où il me faisait la cour.

Lequel de nous deux fut le plus soulagé au retour de l'automne, date à laquelle Esmond devait retourner à Cambridge ? Pour moi, notre séparation fut plus déchirante que jamais. Mais il devait se réjouir de fuir la tentation et mon cœur se gonflait de triomphe secret à l'idée de mon pouvoir de séduction sur lui. Je lui adressai un sourire tremblant à travers mes larmes après un baiser d'adieu, avec la sérénité d'une femme aimée. Puis je le priai de m'écrire, comme toujours, jusqu'aux vacances de Noël qui nous réuniraient.

Esmond promit. Mais ses messages n'étaient pas les lettres passionnées que j'attendais. Encore une fois, je fus assaillie par le doute mais ne pus arriver à une conclusion. Finalement, ne m'en prenant qu'à mon imagination, je chassai fermement ce soupçon de mon esprit.

C'est l'énervement, me disais-je. Toutes les fiancées sont inquiètes à l'approche de leurs noces.

Comme rien de défavorable ne se produisait, je me persuadai aisément. De plus le Château ne connaissait rien de mon trouble. Au contraire, comme l'hiver nous enveloppait de son manteau de givre à l'approche des fêtes, le manoir était plus gai que je ne l'avais jamais vu.

Pour une fois, Sir Nigel était de bonne humeur, à cause de l'imminence de mon mariage avec son héritier. Les dispositions de Lady Chandler n'en étaient que meilleures. Même Julianne, qui, au début, m'avait tenu rancune de mon mariage avec Esmond, semblait plus gaie. Elle flânait dans le Château avec un certain demi-sourire, tellement semblable à celui de sa mère que je m'interrogeais parfois sur cette humeur enjouée. Avait-elle un secret ? Mais les fêtes sont pleines de cachotteries... Je haussai les épaules et n'y pensai plus, imaginant qu'elle projetait quelque surprise.

Comment aurais-je pu deviner qu'elle causerait le plus grand malheur de ma vie ? Comment puis-je vous décrire ma rage et ma souffrance quand j'appris ce qu'elle avait fait ? Quelle sotte j'avais été, moi qui n'avais jamais soupçonné sa fausseté ou la trahison d'Esmond ! Et puis un jour, ayant refusé d'entamer des études plus poussées, celui-ci rentra en Cornouailles plusieurs mois plus tôt que prévu.

Il ne s'expliqua pas immédiatement de son départ prématuré de Cambridge. Mais quelques jours avant Noël, il se rendit au Château et me demanda l'air égaré de venir marcher dans le parc avec lui.

Je n'oublierai jamais son visage dans la lumière sinistre du matin, sous un ciel de plomb. Il se tourna soudain vers moi et me prit la main d'un geste convulsif.

— Esmond, que se passe-t-il ? m'écriai-je, frappée de terreur, le croyant souffrant. Qu'y a-t-il ?

— Ah Maggie, ma très chère Maggie, je ne mérite pas même ton dédain ! s'exclama-t-il soudain, me faisant frémir d'un autre genre de crainte. Je suis un misérable... Même le pire des voyous vaut mieux que moi ! (Il lâcha ma main et, avalant sa salive, détourna son regard.) Maintenant, je ne peux qu'implorer ta compréhension, bien que je sois indigne de ton pardon... et te demander de me libérer de notre engagement.

— Tu... tu veux que je rompe nos fiançailles ?

m'exclamai-je, ébahie. Mais... pourquoi, Esmond ? Pourquoi ? Je ne comprends pas...

— Je t'aime, Maggie ; tu le sais, insista-t-il en se tournant à nouveau vers moi. Mais j'ai fini par comprendre que j'éprouvais pour toi l'affection d'un frère pour sa sœur, d'un cousin pour la douce amie que tu as toujours été, et non l'amour qu'un homme doit ressentir pour la femme qu'il épouse. Je ne peux t'offrir cela, quand mon cœur se languit tant de Julianne que l'attente est insoutenable.

— Julianne. Julianne, répétai-je mécaniquement. Serais-tu en train de me dire que tu aimes Julianne, Esmond ?

— Oui, oui ! gémit-il avec désespoir. Je ne peux pas être plus clair ! Maintenant tu sais le tort que je t'ai causé... O Maggie, ne me regarde pas ainsi, je t'en supplie ! Jamais je n'ai souhaité une chose pareille ; jamais je n'ai voulu te blesser ! Mais comment puis-je t'épouser maintenant, sachant que je ne peux plus être le mari aimant que tu mérites ? Je te rendrais malheureuse, Maggie, aussi malheureuse que moi en ce moment !

— Comment... comment cela s'est-il produit ? demandai-je, n'en croyant toujours pas mes oreilles.

— J'aime Julianne depuis longtemps, depuis l'enfance, je crois, reprit Esmond plus calmement. Elle est belle, fragile... C'est une délicate poupée de porcelaine, si vulnérable que j'ai toujours souhaité la protéger de la cruauté du monde, si différent de sa nature douce et noble. Personne ne l'a jamais comprise, tu sais... Elle a tant souffert dans son passé et ne se sentait pas à sa place au Château, à dépendre comme moi de la générosité de Sir Nigel, déclara Esmond avec amertume.

Je compris enfin qu'il avait honte de sa pauvreté

et de son incapacité à entretenir tante Tibby et Sarah. Il continua :

— L'été dernier, quand je revis Julianne, je ne pus lui dissimuler mes sentiments davantage, ni elle les siens, même si, courageusement, elle s'efforça de me mentir. Mais je savais ce qu'elle ressentait, je lisais son chagrin et son amour pour moi dans ses yeux à chaque fois que je la regardais.

» Enfin, un jour que je venais de quitter le Château, je la rencontrai par hasard dans le parc. Je descendis de cheval pour lui parler, et après quelque temps, enhardi par mon désir pour elle, j'osai la prendre dans mes bras et lui déclarer mon amour. Toutes ses résistances s'effondrèrent alors et elle fondit en larmes, avouant ses sentiments pour moi. Mais elle faisait tout pour les dissimuler, car elle ne pouvait supporter l'idée de te blesser, Maggie, toi qui as été une sœur pour elle. Aussi portait-elle en silence sa croix de désespoir.

» Puis elle me repoussa et s'écria passionnément que nous ne devions plus jamais en parler, que nous devions penser à toi, Maggie, et à toi seule. Quelle générosité ! Que pouvais-je faire ? Je m'en allai, comme Julianne me l'avait ordonné. Mais impuissant à la chasser de mon cœur et de mon esprit, je revins la trouver. Je l'implorai de me laisser te demander ta bénédiction et ta compréhension. Elle refusa. Elle savait que tu ne l'avais jamais aimée et l'accuserais d'avoir été fausse, alors qu'elle se souciait de ton bonheur plus que tout. Elle avait décidé de partir après notre mariage, ne pouvant habiter au Château entre nous deux, en sachant que tu étais ma femme, et pas elle.

» Je devins fou d'inquiétude : où irait-elle ? Comment vivrait-elle ? L'héritage qu'elle tient de son père, le Capitaine Brodie, n'est guère important comme tu le sais, et l'oncle Nigel, qui n'est pas très généreux de nature, lui a adressé beaucoup de reproches dernièrement, alors même qu'elle s'efforçait de lui plaire. Pourtant Julie me répondait que je ne devais pas me faire de souci pour elle, qu'elle trouverait bien une solution, même si elle devait retourner à la pauvreté qu'elle avait connue à Londres.

» L'automne revint, et je dus rentrer à Cambridge. Mais j'étais si découragé que je perdis toute inclination pour mes études. Je lui écrivis de nombreuses fois, lui demandant de changer d'avis. Finalement, je lui fis remarquer que ton bonheur serait gâché quand tu découvrirais que je ne puis t'aimer comme un époux. Alors elle céda et m'autorisa à te parler à mon retour.

» C'est fait maintenant, et je me sens mieux, même si je t'ai blessée. Ma vie serait devenue un mensongc insoutenable, Maggie. Je suis sûr que tu le comprends ! Comment pouvais-je accepter de t'épouser de si mauvaise foi, quand tu as toujours été, et demeures ma très chère cousine ? Oh, je ne peux t'en vouloir, si tu me hais ! Je mérite toute la colère, tout le dégoût que tu ressens probablement pour moi. Je ne te demande pas ton pardon. Je t'implore simplement de me laisser partir, afin que Julie et moi soyons libres de nous marier.

Il se tut enfin. J'étais furieuse et partagée entre le mépris et la pitié. Tout était devenu très clair. Julianne, désespérée à son retour de Londres de ne pas avoir trouvé de mari, s'était habilement insinuée dans le cœur d'Esmond, le tournant lentement contre moi, tout en prétendant ne se préoccuper que de mon bonheur. Je n'imaginais que trop bien comment elle avait guetté son départ du Château et attendu dans le parc pour l'intercepter et lui jouer sa petite comédie.

Mais peu importait. Je ne pouvais lui ouvrir les yeux. Je savais bien que ma demi-sœur n'accorderait plus un regard à Esmond s'il était déshérité. Mais il ne me croirait pas. Il songerait seulement que je n'avais jamais aimé Julianne, comme elle le lui avait habilement rappelé, et que j'étais injuste avec elle.

J'avais cru Esmond tremblant de passion pour moi, j'avais été prête à me donner à lui. Quelle mortification ! Pendant que je me laissais aller à ce libertinage imaginaire, il tenait Julianne dans ses bras... Cher lecteur, je dois l'avouer : je la souhaitai morte, j'aurais voulu la voir pourrir dans la tombe, sa beauté flétrie sur sa peau fanée. En vérité je la maudis passionnément. Quelle sotte j'avais fait, me fustigeai-je, quelle sotte ! Dieu merci, je n'avais jamais avoué à Esmond mon désir pour lui. C'était ma seule consolation, et à ce piètre réconfort je m'accrochai comme à mon salut.

Je parvins à reprendre mes esprits — comment, je l'ignore. Mais quand je lui parlai enfin, ma voix ne trembla pas, et je retins mes larmes afin qu'il ne sût pas combien il me faisait souffrir.

— Je te libère, Esmond, fis-je calmement, avec toute la dignité que je pouvais rassembler, et je te souhaite beaucoup de bonheur avec elle ; mais je ne crois pas que tu le trouveras jamais.

Puis je me détournai et m'éloignai en hâte, pour qu'il ne voie pas les larmes qui coulaient enfin, incontrôlées.

15

Tante Tibby et Sarah furent mon seul réconfort après l'annonce de notre rupture et les fiançailles d'Esmond avec Julianne. Au Château et à la Grange tout comme au village, le scandale fit jaser. Où que j'aille, je sentais les regards s'apitoyer sur moi. L'engagement d'Esmond à Julianne n'avait pas été rendu public, par respect pour moi et par décence, mais ce fut peine perdue. Les domestiques savaient toujours tout ce qui arrivait au manoir, et cette péripétie ne faisant pas exception à la règle, le village entier connaissait mon malheur.

J'endurai la situation du mieux que je pus, regardant froidement et sans ciller quiconque tâchait d'en savoir davantage, et répondant simplement qu'Esmond et moi avions fini par comprendre que nous ne nous entendrions pas. On ne put jamais en obtenir davantage de moi et naturellement, Esmond et Julianne ne dirent rien de l'abominable tour qu'ils m'avaient joué.

Ils ne purent cependant dissimuler le fin mot de l'histoire à Sir Nigel, qui devina instantanément ce qui s'était passé. Un jour, ivre d'alcool et de laudanum, il m'en fit amèrement le reproche, sans se préoccuper de mon chagrin.

— Tu n'es qu'une idiote, Margaret, énonça-t-il avec froideur, encore plus sotte que je ne l'aurais cru. Te faire avoir par cette petite sournoise ! Pardieu ! Pourquoi ne t'es-tu pas battue ? Pourquoi n'as-tu pas dit à Esmond que tu le poursuivrais en justice pour rupture de promesse s'il persistait à vouloir rompre les fiançailles ? C'est pour cela qu'il voulait que ce soit toi qui te retires ! Il a fort bien su tirer parti de ses études de droit, finalement !

» Eh bien, il n'y a plus rien à y faire, maintenant ; comme on fait son lit, on se couche, n'est-ce pas ? Alors ne compte pas sur moi pour remplacer ce que tu as tendu à ta demi-sœur sur un plateau d'argent ! Tu auras ta dot, si tu peux trouver quelqu'un qui veuille t'épouser... Mais qui voudrait d'une femme assez stupide pour abandonner le Château des Abrupts ? Et tu n'auras pas un penny de plus, tu m'entends ?

» Dieu du ciel ! Dire qu'il y eut un temps où je croyais retrouver quelque chose de moi en toi, finalement. Mais non, tu es bien comme ta mère, de bout en bout, faible et lâche... siffla Sir Nigel, avec dégoût. Seigneur, que je regrette le jour où j'ai épousé cette femme ! Elle aussi n'était qu'une chiffe molle, la pauvre bécasse ! Combien de fois ai-je souhaité sa mort afin de ne plus la voir se terrer comme une souris affolée à chaque fois que je lui adressais la parole... J'aurais dû me dire que sa progéniture serait aussi dénuée de courage et d'intelligence qu'elle ! Jamais je n'aurais dû essayer de concevoir un héritier : regarde ce que j'ai reçu pour ma peine ! Toi, Margaret, ma fille, qui t'es montrée aussi médiocre que je m'y étais attendu, aussi malvenue que le méprisable bâtard de mon frère !

Atteinte en plein cœur, je reculai en chancelant comme s'il m'avait frappée d'un coup déloyal. Jamais je n'avais connu ses véritables sentiments pour ma mère. J'avais cru qu'il l'aimait et me reprochait sa mort. Maintenant, je voyais qu'en réalité, il la haïssait et avait sincèrement souhaité son décès. Il avait été heureux qu'elle meure ; son seul regret était que je n'aie pas disparu avec elle, car j'étais un souvenir vivant de sa culpabilité, de sa secrète satisfaction et de son soulagement quand elle était partie. Là était sa seule raison de me détester.

Comment vous décrire mon bouleversement ? Je ne pus en écouter davantage et m'enfuis, en larmes, plus blessée encore que par les aveux d'Esmond. Les révélations de Sir Nigel, de loin les plus laides, détruisaient mon passé, aussi sûrement qu'Esmond avait mis mon avenir en péril. Toutes ces nuits de mon enfance où j'avais tremblé devant la fureur de mon père, je m'étais consolée à l'idée qu'il avait dû aimer ma mère très fort puisqu'il eût préféré ne pas me concevoir afin qu'elle vive encore. Maintenant, même ce maigre réconfort m'était brutalement ravi.

Je n'avais plus personne, ni plus rien. Ma vie était irréparablement détruite. Comment continuer ? Le Château, que j'aimais, et dont j'avais pensé devenir un jour la maîtresse, semblait soudain si oppressant que je ne pouvais plus le supporter. Sans me soucier du froid et de la fine couche de neige qui couvrait le sol, je saisis ma pelisse et courus de la maison aux écuries où je n'attendis même pas que Hugh selle Avalon, mais me jetai à cru sur le dos du hongre, pour m'enfuir dans un galop furieux.

Je ne sais quel démon me poussait, quelles pensées m'agitaient comme je traversais la lande vers les falaises. Peut-être que dès lors mon désespoir était tel que je songeais déjà à me suicider... Quelque temps plus tard, je me trouvai tout au bord du promontoire, plongeant du regard dans les profondeurs de l'océan, tentée de me précipiter dans l'eau glaciale.

A ce jour, je ne sais toujours pas si je l'aurais vraiment fait. Je n'ai pas eu l'occasion de le découvrir. Par-dessus le cri des mouettes et le rugissement des vagues qui se brisaient lourdement contre la côte, j'entendis derrière moi un martèlement de sabots sur la lande. Je me retournai et eus le souffle coupé : le diable en personne chevauchait vers moi !

Une seconde plus tard, je reconnus Draco, monté sur Black Magic ressuscité. Rêvais-je ? Ou étais-je abusée par la légère brume qui flottait sur la brande enneigée ? Je savais bien que le magnifique étalon était mort depuis des années.

— Maggie ! s'écria le Gitan, les pans de sa redingote noire claquant au vent si violemment qu'on eût dit une corneille fondant sur moi.

— Maggie !

Le fantôme de Black Magic se cabra et piaffa comme Draco l'arrêta brusquement, avant de se jeter à bas et de s'avancer à grands pas vers moi. La peur le disputait à la rage sur son visage, lui donnant une expression sauvage que je ne lui avais jamais vue, et je frissonnai, me disant que ma première impression avait été la bonne : c'était en effet le diable qui arrivait.

— Petite sotte ! A quoi songeais-tu ? s'exclama Draco en parvenant à ma hauteur, me saisissant aux épaules pour m'éloigner de la falaise, avant de me secouer sans douceur. N'as-tu pas vu comme tu étais près du bord ? Ne t'es-tu pas rendu compte que tu aurais pu facilement glisser et tomber dans la mer ? Tu aurais pu être emportée et noyée ! (Ses yeux se plissèrent soudain en s'apercevant de ma pâleur et de mes tremblements.) Tu l'as fait exprès ? demanda-t-il, crispant son étreinte sur mes épaules, enfonçant ses doigts cruellement dans ma peau et me meurtrissant malgré la cape. Est-ce bien cela ? Par Dieu, Maggie, ne me dis pas que tu voulais te tuer à cause de ce misérable Esmond Sheffield ?

— Ce n'est pas tout, murmurai-je. Ce n'est pas tout...

— Mon Dieu ! Et quoi d'autre ? Quoi ? demanda-t-il avec inquiétude.

— C'est Sir Nigel, ce qu'il m'a dit... c'est horrible ! O Draco, il n'a jamais aimé ma mère ! Toutes ces années passées à me tourmenter, toutes les occasions où il déplorait ma naissance... Ce n'était pas parce qu'il l'aimait et qu'elle est morte en couches. C'est parce qu'il la haïssait et n'espérait que se débarrasser d'elle. Je n'ai jamais représenté pour lui qu'un rappel de son désir de la voir morte. Je ne l'avais jamais su et j'endurais tout parce que je croyais qu'il l'adorait...

Je m'interrompis, secouée de sanglots.

— Allons, Maggie, allons, dit Draco avec plus de douceur, m'attirant dans ses bras et lissant mes cheveux ébouriffés par le vent, tandis que je pleurais contre sa large poitrine. Il ne s'est jamais intéressé qu'à lui-même, à l'exception de Lady Chandler, peut-être — encore qu'il la sacrifierait sans doute si c'était à son profit. Ne le sais-tu pas encore ? Viens. Tu trembles de froid. Laisse-moi t'emmener aux Tempêtes, où tu pourras te réchauffer près du feu, boire un peu de thé, et te reprendre. Cela ne te ressemble pas, Maggie. Où est mon audacieuse amie ?

— Mon père dit que je suis lâche et sans volonté.

— Alors il est encore plus bête que je le croyais. Pourquoi te préoccupes-tu de ce qu'il pense ? Viens. Il se remet à neiger.

Je le laissai me ramener aux chevaux ; mais alors que j'allais monter Avalon, Draco me hissa sur sa selle. Puis saisissant les rênes du hongre, il sauta en selle derrière moi et me passa le bras autour de la taille pour affermir mon équilibre. Je fus heureuse de m'appuyer contre lui, retrouvant force et chaleur au contact de son corps.

— Où as-tu trouvé ce cheval ? m'enquis-je avec curiosité, et tâchant de sécher mes larmes comme nous prenions la route du manoir désolé où il vivait.

— Je l'ai attrapé sur Bodmin Moor. Black Magic est son père, j'en suis certain. Je l'ai appelé Black Legacy.

Black Magic avait disparu pour de bon mais il avait laissé un fils derrière lui, à la fois reflet de sa sombre majesté et sinistre souvenir de sa mort. J'étais heureuse pour Draco qu'il lui restât quelque chose de l'étalon.

Nous arrivâmes en silence aux Tempêtes, où Renshaw accourut prendre les chevaux pour les conduire dans la section des écuries qui tenait encore debout. Draco et moi entrâmes dans le manoir. Comme nous traversions le hall, je vis que par endroits la neige entrait par le toit. Mon cousin soupira en remarquant les traces de flocons blancs qui fondaient lentement par terre. Puis il dit qu'il devait achever les réparations avant d'être noyé par les pluies ou étouffé sous la neige.

— Pourquoi ne l'as-tu pas fait cet été ? lui demandai-je, avec un sourire incertain.

— Parce que je voulais manger l'année prochaine, répliqua-t-il, et que je devais préparer les champs aux semences de ce printemps. Je veux produire tous les grains, les fruits et les légumes que je pourrai.

— Mais alors pourquoi ne pas avoir engagé de la main-d'œuvre pour labourer et reconstruire la maison ? Ainsi tu aurais pu accomplir les deux et tu serais tranquille.

— Ah, Maggie... fit Draco, secouant la tête en riant, faussement navré, ne me dis pas que toi aussi, tu écoutes la rumeur scandalisée — mais jalouse... Certains prétendent, je le sais, que j'ai caché un magot — mal acquis, naturellement — sous mon matelas !

— N'est-ce pas vrai ?

— Hélas non. Et si j'ai amassé un honteux trésor, je l'ai consacré à acheter les Tempêtes. Il ne me reste plus grand-chose, maintenant.

Devais-je le croire ? Il n'était pas aisé de lire ses pensées, d'autant qu'il avait le mensonge facile : il n'aimait pas que l'on se mêle de ses affaires. On retrouve là le gitan en lui, me dis-je. Mais quand je me rappelais les ragots qui avaient fait rage après la rupture de mes fiançailles, je ne pouvais le blâmer.

Madame Pickering fut heureuse de me voir car elle s'inquiétait souvent des manières taciturnes de Draco. Elle s'affaira dans la cuisine, bavardant à tue-tête en préparant le thé tandis que je me réchauffais au feu qui flambait vivement dans le foyer.

Comme à l'accoutumée, une fois que madame Pickering eut posé les tasses et une légère collation sur la table (elle avait cuit des galettes d'avoine ce jour-là), elle nous laissa entre nous. Nous bûmes doucement notre thé et parlâmes de bagatelles. Alors Draco repoussa sa chaise de la table et alluma un cigare. Je le regardai en silence tirer sur le mince rouleau et exhaler la fumée qui montait en nuage jusqu'à la charpente. Maintenant que j'avais repris mes esprits, je me trouvais soudain intimidée.

— Tu te sens mieux, Maggie ? me demanda mon cousin.

— Oui, bien mieux. Je te dois tous mes remerciements, Draco. Je n'oublierai pas ce que tu as fait pour moi aujourd'hui.

— Non ? fit-il en levant un sourcil noir. Eh bien, nous verrons.

Avant que je puisse méditer cette étrange observation, il changea brutalement de sujet :

— Alors dis-moi, commença-t-il, quels sont tes projets, maintenant que cette petite intrigante t'a bien rendu service — sans le vouloir — en te débarrassant du pénible fardeau de monsieur Sheffield ?

— Cela ne s'est pas passé ainsi, Draco, le reprisje fermement. (Sa hargne soudaine m'agaçait et je n'en comprenais pas les raisons.)

— Ah non ?

— Non, c'est seulement qu'Esmond et moi avons décidé que nous ne nous entendrions pas bien, en fin de compte.

A ces mots, mon cousin eut un petit rire, ses dents blanches brillant contre sa peau sombre.

— Pas à moi, ma petite ! railla-t-il, le respect qu'il m'avait précédemment marqué s'étant visiblement dissipé avec la fumée du cigare. Cela peut suffire pour le reste du village, mais je sais à quoi m'en tenir. Julianne a toujours eu l'avidité d'un vautour. Elle a découvert à sa grande consternation que la société n'avait rien de mieux à lui offrir qu'une rente mensuelle en l'échange de sa vertu — un mariage de la main droite, naturellement, puisqu'elle est irrémédiablement souillée par ses vulgaires origines. Alors elle s'est jetée à la tête de ce pauvre Esmond ! Il est ennuyeux mais fiable, et on pouvait compter qu'il oublie facilement la profession du père. Il ne se soucie guère de la haute société de Londres. Avant qu'Esmond ou toi n'ayez eu le temps de comprendre ses intentions, elle te l'a volé, l'a séduit en un tournemain, comme une araignée enveloppe une mouche. Evidemment Julianne ne se soucie guère d'Esmond. Mais la vie d'une épouse de baronnet doit paraître éminemment préférable à celle qu'elle connaîtrait chez nos estimables aristocrates de Londres. Je l'imagine passant d'un lit à l'autre...

— Comme tu es vulgaire, Draco, fis-je observer fraîchement, fâchée maintenant d'être venue aux Tempêtes.

Si mon cousin m'avait empêchée de me suicider, cela ne lui donnait pas le droit de se mêler de mes affaires.

— Je suis peut-être vulgaire, mais au moins je suis honnête, et tu ne peux en dire autant ! Allons, Maggie. Reconnais-le ! Esmond est un grand sot, tout de même ! Ne rien comprendre à la vraie nature de Julianne et à la raison qui se cache derrière ce soudain penchant ! Ne fais pas comme si tu ne voyais rien ! Je sais que tu le prends pour un nigaud qui n'a pas vu qu'il jetait un diamant pour un colifichet de verre. Et il s'en croit plus riche, l'imbécile !

Mais qu'il se taise, qu'il se taise ! me disais-je. Ses paroles avaient un accent de vérité que je ne voulais pas entendre. Bien sûr que j'avais tiré toutes ces conclusions ! Mais pas question de le reconnaître devant Draco... Esmond était certes une pauvre dupe, mais l'éblouissante beauté de Julianne et son charme calculé auraient trompé n'importe quel homme, surtout un être profondément sincère comme Esmond. Elle était seule à blâmer. Julianne n'était qu'une aventurière, comme sa mère et avait usé de ses artifices. J'espérais seulement qu'Esmond retrouverait ses esprits avant qu'il ne fût trop tard, car je l'aimais encore.

— Je ne vois absolument pas de quoi tu parles, Draco, mentis-je, me forçant à parler calmement afin que mon cousin ne devine pas mes pensées. Il n'y a rien à ajouter à ce que je t'ai dit : Esmond et moi ne nous convenions pas.

Draco éclata d'un rire grinçant.

— Par Dieu non, c'est sûr, déclara-t-il en tapant soudain du plat de la main sur la table. Et c'est bien la seule chose sincère que tu m'aies dite ! Esmond n'était pas assez viril pour toi, Maggie. Tu te serais ennuyée à mourir en quinze jours, et ta vie avec lui aurait été un enfer. Quoi que tu en dises, tu es bien débarrassée !

Ses paroles m'offensèrent, car la blessure de la trahison d'Esmond était trop fraîche pour que ma colère prenne le pas sur l'angoisse de la solitude. Je ne me sentais pas « débarrassée » d'Esmond car je me trouvais également dépossédée de mon foyer. Comment pourrais-je vivre au manoir entre Julianne et lui ? C'était impossible. Je devrais partir, mais où ? Je n'en avais pas la moindre idée.

— On dirait que tu tiens à te quereller avec moi, Draco, dis-je avec raideur, et sur un sujet douloureux, tu le sais très bien. Je n'espérais pas seulement épouser Esmond, mais aussi devenir la maîtresse du Château. Maintenant je n'ai plus aucune perspective, sauf peut-être de devenir gouvernante, car je ne puis rester au manoir.

— Gouvernante ! Eh bien, Maggie ! Quel sombre avenir tu te dépeins ! Esmond Sheffield n'est pas le seul poisson à nager dans la mer, et il y a d'autres domaines en Angleterre que le Château des

Abrupts. Tu n'as tout de même pas l'intention de ne jamais te marier ?

Le visage sombre de Draco était maintenant étrangement figé, et ses yeux voilés m'empêchaient de lire ses pensées.

— Mais si, répliquai-je. Qui pourrais-je épouser ?

Un instant, mon cousin ne répondit pas. Sa mâchoire se crispa et il faillit parler, puis changea d'avis. Finalement, il m'adressa un sourire moqueur.

— Tu es encore jeune, me lança-t-il en paraphrasant ce que je lui avais dit autrefois, tu changeras sans doute d'avis avec le temps.

Je ne pus répondre car à l'instant même, madame Pickering revint annoncer un visiteur.

— Monsieur Prescott, monsieur, dit-elle à Draco.

Welles fit irruption sur ses talons, son chapeau et sa redingote saupoudrés de neige.

— Welles ! m'écriai-je en sautant sur mes pieds pour l'accueillir. Welles !

Bien que mon demi-frère parût fort surpris de me voir, il se remit bientôt de sa stupeur et, ôtant son chapeau d'un geste large, me serra très fort contre lui et me baisa au front.

— Maggie ! Ma chère amie ! Quelle bonne surprise — et quel soulagement aussi, je dois dire. Franchement, je me suis beaucoup inquiété sur ton sort, avoua-t-il en m'ébouriffant tendrement les cheveux. Hugh m'a dit que tu avais quitté le Château au galop, l'air très agité — pour ne pas en dire davantage —, et m'a supplié de partir à ta suite. Nous pensions... enfin, je ne sais pas ce que nous pensions, mais nous aurions dû nous douter que tu ne ferais pas de bêtise, car Dieu merci, te voilà saine et sauve.

— Mais oui, bien sûr que je vais bien. Pourquoi

en irait-il autrement ? répliquai-je d'une voix égale, n'osant pas regarder Draco, le seul à partager mon secret.

— Pour rien, nous étions simplement inquiets, c'est tout, répondit gaiement mon demi-frère. (Puis il se tourna pour serrer la main de mon cousin.) Bonjour Draco, content de te voir.

— Quand es-tu rentré ? demandai-je à Welles après l'échange des politesses habituelles.

Nous nous assîmes autour de la table, tandis que madame Pickering allait en hâte chercher thé et galettes d'avoine.

Après avoir terminé ses études à Harrow, mon frère avait passé en mer toute l'année précédente, avec de sporadiques visites en Cornouailles. Il avait embarqué comme matelot sur un navire marchand. Comme il apprenait très vite et possédait un sens aigu de la mer, Welles avait été promu à la place laissée vacante par le lieutenant, tombé malade et laissé dans un port étranger.

— Ce matin seulement, me répondit-il en flattant Cerbère, le bâtard qui suivait Draco comme son ombre. Nous avons accosté à Plymouth il y a trois jours, mais nous n'avons achevé qu'hier toutes les formalités du déchargement, avec l'inspection, les droits de douane, les rapports et je ne sais quoi encore, bref toute la paperasserie. Une vraie corvée ! Il faudrait supprimer cela. Après tout, je ne pense pas que les contrebandiers auraient la bêtise d'amener leurs marchandises dans un port officiel, sinon ils ne seraient pas contrebandiers... Et puis pourquoi faudrait-il payer des droits sur un bon petit verre de cognac, je vous le demande ! Le Parlement devrait abolir les taxes, et voilà. Ce qui épargnerait bien des ennuis à tout le monde ! Mais évidemment personne ne fait rien.

» Quoi qu'il en soit, je suis allé directement à la Grange, évidemment. Sarah m'a raconté ce qui est arrivé entre Esmond et toi, Maggie. Je suis désolé. C'est une histoire louche et je dirai le fond de ma pensée à Julie quand je la verrai. En fait j'allais justement au Château quand Hugh m'a envoyé à ta suite. Mais Julianne ne perd rien pour attendre. Je t'ai cherchée quelque temps en vain. Comme j'avais froid et que les Tempêtes étaient toutes proches, j'ai décidé de m'arrêter pour profiter de l'hospitalité de Draco. Bonne idée, non ?

Je lus tant d'affection inquiète dans les yeux de Welles que je me sentis réconfortée à l'idée que je comptais tout de même pour quelqu'un. J'avais l'amour de tante Tibby, de Sarah et de Welles, au moins. Je n'étais pas totalement seule au monde. Je pourrais aller vivre à la Grange, songeai-je, me demandant pourquoi l'idée ne m'en était pas venue plus tôt. Sans doute avais-je été trop bouleversée pour y penser.

— Eh bien, Draco, mon ami, en voilà un palais, fit remarquer mon frère, changeant soudain de sujet.

Il prit un air pensif en examinant la cuisine, les yeux plissés et indéchiffrables, d'une manière qui lui était tout à fait inhabituelle.

— C'est presque en ruine, n'est-ce pas ? Tellement isolé et loin de tout ! Ce ne serait pas étonnant qu'y habitent des fantômes !

— Tiens, comme c'est drôle ! Justement l'autre soir, Renshaw a prétendu en avoir rencontré un, fit observer Draco en lançant un regard appuyé à Welles.

J'eus soudain la curieuse impression que les deux hommes se parlaient à demi-mot.

Mon cousin se mit à rire, haussa les épaules et je

crus avoir rêvé. Quelques instants plus tard pourtant, j'eus le même sentiment et cette fois je n'étais pas le jouet de mon imagination.

— Comme Renshaw est fou, je ne pense pas que quiconque ait ajouté foi à son histoire, poursuivit Draco. Mais les Tempêtes ont connu un passé étrange et violent, et cette maison peut être hantée, après tout. On dit qu'il y a eu un meurtre ici, autrefois, dit-il en baissant la voix, prenant un ton mystérieux qui me donna un brusque frisson de crainte. Et la jeune maîtresse des lieux s'est suicidée. On ne put l'enterrer en terre consacrée, naturellement. C'est pourquoi on chuchote qu'elle n'a pas trouvé le repos. A la nuit tombée, quand la brume pèse sur la lande, elle hante les falaises au bord de la mer, appelant son amant. C'est une des raisons pour lesquelles la maison est restée vide si longtemps avant que je l'achète.

— Eh bien, voilà qui ne me donne guère envie de venir ici la nuit, en tout cas, déclara Welles en frissonnant. Pas étonnant qu'au village, on te prenne pour une froide créature du Malin. Vraiment ! Le moins que tu puisses faire, c'est de suspendre une branche de gui pour égayer un peu l'endroit. A moins que tu ne célèbres pas Noël, aux Tempêtes ?

A ces mots, mon cousin se détendit, rougissant d'embarras. Puis il eut un sourire énigmatique qui rompit l'enchantement jeté par son histoire.

— Cela ne semble pas en valoir la peine, expliqua-t-il. Le manoir est dans un tel état qu'il serait ridicule de le décorer, et puis personne d'autre que moi ne serait là pour le voir.

— Et Maggie et moi ? Comptons-nous pour rien ? questionna Welles avec indignation.

— Mais si, bien sûr. Mais enfin, j'ai peu d'invités, vois-tu.

— Je me suis laissé dire que tu ne les encourages guère, du reste, énonça mon cousin avec lenteur, lui adressant un sourire entendu. Tu n'es pas très accueillant, mon vieux, n'est-ce pas ? Il paraît que tu lances ta bête aux trousses des visiteurs.

— Oui, et pourquoi pas ? se défendit Draco avec chaleur. Les vieux fouineurs et les commères du village ne méritent pas mieux, à mettre leur nez dans mes affaires !

— En effet, je découragerais certainement ces pratiques à ta place, déclara Welles qui ne souriait plus, une inflexion curieuse dans la voix.

Mais avant que je puisse approfondir cette impression, il se tourna vers moi et me dit :

— Maggie, nous devrions partir. Hugh était vraiment très inquiet à ton sujet. Si nous nous attardons ici plus longtemps, il enverra une escouade d'hommes à ta recherche.

Il avait raison, et nous prîmes congé de Draco pour retourner au Château.

Tard dans la nuit, comme le tumulte de mes pensées m'empêchait de dormir, je me rappelai l'étrange conversation de Welles et de Draco. Après réflexion, malgré l'explication raisonnable que Welles en avait donnée, sa présence aux Tempêtes me surprenait fort. Il avait toujours été ami avec le Gitan, mais je ne les croyais pas si intimes. Pourtant les deux hommes avaient paru curieusement tendus pendant leur discussion. Oui, j'en étais certaine maintenant, ils parlaient à mots couverts. Qu'avaient-ils donc à cacher ?

Mais j'avais beau me creuser la tête, je ne trouvais rien. Finalement j'en vins à me croire si troublée par la trahison d'Esmond et de Julianne que je soupçonnais tout le monde et imaginais des secrets là où il n'y en avait pas. Qu'est-ce que Welles et Draco pourraient avoir à me dissimuler ? Rien, sans doute. Tout s'était passé comme l'avait dit mon frère : il avait eu froid et avait simplement pensé se réchauffer au feu des Tempêtes.

Pourtant, un doute persistant continua à me hanter. J'aurais pu le chasser, s'il n'y avait pas eu autre chose : Cerbère, le monstre de Draco, n'avait ni aboyé ni grogné à l'entrée de Welles. Il l'avait accueilli comme un vieil ami et mon demi-frère l'avait caressé sans crainte. Or, Cerbère avait mis du temps à s'habituer à ma présence... Welles avait donc rendu de fréquentes visites aux Tempêtes dans le passé, et à l'insu de tous, sinon Sarah m'en aurait parlé.

Comment Welles et le Gitan étaient-ils devenus si proches ? Et pourquoi avaient-ils dissimulé leurs relations avec tant de précautions ?

16

Le printemps fut précoce cette année-là, s'affairant à nettoyer les branches de leur couche de poussière blanche et à balayer les feuilles mortes du sol. Des taches de tourbe noire et d'herbe verdoyante apparaissaient, boueuses et détrempées par la neige fondue. Le pâle ciel plombé virait davantage au bleu chaque jour. Des fleurs s'épanouissaient sur la lande, leurs fragiles pétales frémissant à chaque rafale. Le vent qui avait soufflé si froid sa morsure cruelle tout l'hiver s'était apaisé mais la brise était encore coupante. L'air empreint des senteurs piquantes de la mer portait le cri rauque des mouettes qui se nichaient dans les rocs de la côte.

Leurs cris sinistres semblaient répondre à mon cœur, car Esmond n'avait pas retrouvé ses esprits. Je l'avais perdu pour toujours, aussi sûrement que si nous n'avions jamais été fiancés. Il devait épouser Julianne quelques semaines plus tard, dès la publication des bans. Elle avait été trop rusée pour accepter de longues fiançailles dont il aurait pu se dégager à tout moment. Elle ne le laisserait pas échapper comme moi...

Que je souffrais ! Là où mon cœur logeait jadis dans ma poitrine, il ne demeurait plus qu'un grand vide palpitant. Je crus ne jamais voir la fin de cette souffrance. Pourtant, par miracle, j'endurais les jours, trop orgueilleuse pour qu'il en fût autrement. Mais la nuit... ah, la nuit, je pleurais en silence afin que personne ne m'entendît, et ma solitude était suffocante. Ma main me paraissait nue sans la bague de fiançailles que j'avais rendue à Esmond. C'était une preuve visible de mon abandon et donc de mon imperfection. Il me semblait que tous les yeux étaient fixés sur ma honte, comme si je portais au fer rouge sur le front la marque des criminels.

Pourtant, je ne laissais guère transparaître ma tristesse. A plusieurs reprises, quand les domestiques ne me savaient pas à portée de voix, je les entendis observer que je supportais plutôt bien mon lourd fardeau. Mais comment aurais-je pu en faire autrement ? Que m'auraient valu des gémissements ou des lamentations ? Rien d'autre que de la pitié. Non, on ne pouvait revenir sur le passé. Il fallait faire contre mauvaise fortune bon cœur, obliger mes émotions à céder devant le bon sens, quoi qu'il m'en coûtât. Et je persévérais, tâchant de me conduire comme d'habitude.

Seule Lady Chandler ne fut pas dupe de ma sérénité affectée.

— Tu hais Julianne et tu voudrais sans doute la voir morte, fit-elle remarquer un matin sur un ton léger.

Elle venait de me demander mon avis au sujet d'une étoffe destinée au trousseau de ma demi-sœur et n'avait reçu qu'une réponse neutre.

— Non, ne nie pas, Margaret. A ta place, je penserais la même chose.

Je ne répondis rien. Ma belle-mère ne parut pas s'en étonner et fit cet étrange demi-sourire qui lui était particulier. Puis elle alla fermer la porte du petit salon pour qu'on ne nous dérange pas. J'aurais pu la laisser là, fort impoliment, sans que personne en sache rien. Mais je me sentis soudain très curieuse et demeurai sur le sofa, les mains croisées sur les genoux, attendant qu'elle reprenne la parole. Elle s'assit près de moi, me fixant sans ciller de ses yeux bleu cristal tandis qu'elle rassemblait ses pensées.

— Peut-être me trouves-tu dure et froide, Margaret, dit-elle enfin, et peut-être as-tu raison. Autrement je crois que Welles, Julianne et moi serions morts de faim au décès du Capitaine Brodie. Oh oui (et son rire résonna amèrement devant l'expression de mon visage), je sais que mes petites folies y sont pour beaucoup. Mais as-tu déjà été obligée de compter le moindre penny ? de vivre dans la grisaille jour après jour ? Le Capitaine Brodie aimait la compagnie, et Welles tient de lui dans ce domaine. Mais c'était aussi un marchand, prospère mais économe. Il ne comprenait pas qu'on puisse dépenser de l'argent pour le simple plaisir. Pour lui, seul le profit comptait. Contrairement à moi, il n'avait aucune ambition sociale non plus, mais se satisfaisait de sa vie telle qu'elle était. Aussi, malgré l'amour que je lui portais, et je l'aimais vraiment, sais-tu, je fus comme un oiseau libéré de sa cage à sa mort.

» Comme tu as pu le deviner, je perdis mon sang-froid, avoua Lady Chandler, et avant que je m'aperçoive de quoi que ce soit, nous étions endettés jusqu'au cou. Si ton père n'était pas arrivé à ce moment-là, je tremble à l'idée de ce que nous serions devenus.

Elle s'interrompit un instant, méditant sur le sinistre avenir auquel elle avait échappé de peu. Puis elle reprit.

— Franchement je fus étonnée que Sir Nigel s'intéressât de si près à moi, qui n'étais que la veuve d'un marchand, confessa-t-elle, mais je ne savais pas alors combien il se soucie peu de l'opinion d'autrui. Et puis il n'y avait rien d'inavouable dans mes origines : mon père était un hobereau et ma mère la fille d'un chevalier. Ah, tu ne le savais pas, n'est-ce pas ? Eh bien, c'est la vérité. Ainsi, tu vois, Margaret, même si ma famille était de la campagne, nous n'étions pas si communs que tu croyais. Malheureusement, malgré notre sang bleu, nous étions comme tant d'autres dont les fortunes ont périclité, génération après génération, parce qu'elles étaient mal gérées et grevées par les dettes de jeu et les beuveries. Et comme tu l'as vu, les hommes qui sont à la fois riches et titrés choisissent rarement des femmes démunies.

» En d'autres circonstances, je n'aurais pas épousé le Capitaine Brodie, une relation d'affaires de mon père rencontrée par hasard. Toutefois, comme ma famille vivait sans éclat dans le Kent et que je ne pouvais aspirer à une saison à Londres faute de moyens, j'acceptai la demande en mariage de mon premier époux. Je me crus heureuse d'épouser un homme bon qui saurait pourvoir à mes besoins. Je ne savais pas alors que le Capitaine était avisé mais peu ambitieux. Quant à lui... il ne voyait pas pourquoi je n'étais pas satisfaite de mon sort. J'ai bien peur qu'il ne m'ait crue cupide et insatiable. C'était si dur pour moi d'aller habiter à Londres où flânaient les aristocrates, alors que sans un mauvais tour du destin, j'aurais pu être des leurs. Mais il ne l'a jamais compris.

» Tu vois, Margaret, comme l'a dit Thomas Gray, l'ignorance est vraiment la clef du bonheur. Si je n'avais jamais su ce dont j'étais privée, cela ne m'aurait pas manqué. Ce qui m'amène à ce que je voulais te dire. J'imagine que tu t'impatientes.

» Tu as peu de sympathie pour moi, Margaret, fit observer ma belle-mère. Pour toi, je ne suis qu'une intruse venue bouleverser ta petite vie au Château des Abrupts ; et ce n'est pas faux. Pourtant, je crois que tu as bénéficié de mon mariage avec ton père, comme mes propres enfants. Mais de même que tu te crois victime d'une injustice parce que je me suis imposée à toi, j'ai quelque peu lésé Julianne en l'amenant ici.

» Wellesley retombera toujours sur ses pieds, quelle que soit sa situation dans la vie, car c'est une tête brûlée. Mais ma fille est d'une autre étoffe. Elle ne se rappelle que trop bien la pauvreté où nous avons été précipitées à la mort du Capitaine, et elle s'est habituée à la vie que lui a offerte Sir Nigel. Sans ce mariage, elle n'aurait pas connu cette existence.

» Demander maintenant à Julianne de tout

abandonner aurait été d'une cruauté inimaginable, Margaret ! martela Lady Chandler.

Puis, devant l'expression glaciale de mon visage, elle soupira et poursuivit :

— J'avais espéré qu'elle trouverait un soupirant convenable à Londres. Mais hélas, elle n'a pas pu échapper à ses origines commerçantes. Bien sûr avec une belle dot, il n'y aurait pas eu de problème, ajouta ma belle-mère sur un ton cynique. Ce ne fut pas le cas. Et sa seule beauté n'a pas suffi. Quelle autre solution que se tourner vers Esmond, qui avait grandi avec elle et se souciait peu de son père ?

— Mais Esmond était à moi ! explosai-je, incapable de me contenir plus longtemps.

— C'est vrai, reconnut Lady Chandler calmement. Mais contrairement à ce que tu pourrais croire, Margaret, il n'est pas l'homme qu'il te faut. Tu as toujours été une enfant étrange, sauvage, farouche. Je crois que, malgré toute ta réserve, tu es devenue une femme aux passions durables et profondes. Or, Esmond ne possède rien de cette émotion fervente qui bat sans cesse dans ta poitrine. Malgré ses études de droit et de politique, il ne se présentera jamais au Parlement mais se contentera de rester à la campagne. Il remplira à merveille son rôle d'époux responsable et affectueux. Si la réalité envahit son univers de trop près, il pourra toujours se réfugier dans la bibliothèque, auprès de ses livres poussiéreux. Il ne t'aurait pas comblée, et d'une manière que tu n'aurais pas su comprendre, Margaret. Julianne se contentera de jouer la grande dame du manoir, trop occupée d'elle-même pour jamais vraiment remarquer Esmond, et encore moins pour analyser sa personnalité tant qu'il lui passera ses caprices. S'ils savent s'adapter tous les deux, ils connaîtront un certain bonheur.

— Celui que vous vivez avec mon père ? raillai-je, sans pourtant offenser ma belle-mère par ce sarcasme.

— Oui et non, car Sir Nigel et moi sommes très semblables et nous nous comprenons, Margaret. Or, c'est essentiel pour que deux individus forts et indépendants soient heureux ensemble. Tu le comprendras un jour.

— Comment pouvez-vous dire cela, demandai-je amèrement, maintenant qu'il n'y a plus d'espoir que je me marie ?

— Bien au contraire, Margaret, déclara Lady Chandler avec conviction. Il y a toutes les raisons de penser que tu finiras par te marier, que tu épouseras... un homme qui conviendra à ta nature passionnée. Ta vie ne sera pas des plus faciles mais je suis persuadée qu'en fin de compte, tu la trouveras bien plus enrichissante.

» Maintenant, je te fais un serment, Margaret. Si jamais tu as besoin de moi, tu me trouveras prête à t'aider. Si tu me détestes, moi, au contraire, j'ai fini par ressentir une certaine affection pour toi.

» Tu étais une enfant très dure avec moi, Margaret, mais j'ai toujours admiré ton tempérament. Tu me ressembles beaucoup, et à Sir Nigel également ; je me demande bien pourquoi il ne s'en rend pas compte. Cette détermination, cette fermeté te seront très utiles à l'avenir, je pense.

Puis, avant que je puisse méditer ces énigmatiques paroles, ma belle-mère se leva. Elle prit le rouleau de tissu dont il avait été question auparavant et l'examina d'un œil critique.

— Maintenant, dis-moi franchement, Margaret, que dis-tu de ce bleu ? me demanda-t-elle aussi sereinement que si elle ne m'avait jamais révélé ses réflexions, il est un peu trop foncé pour Julianne, n'est-ce pas ? Peut-être le tissu lavande pour elle, puisqu'elle déteste le rose, et le velours rouge pour toi, naturellement...

Les bans avaient paru, le mariage d'Esmond et de Julianne avait été célébré. Welles et Sarah leur tinrent lieu de témoins, ce dont je leur fus reconnaissante... Je n'aurais pas supporté que Julianne ait l'indélicatesse de me demander d'être sa demoiselle d'honneur.

Je parvins miraculeusement à afficher un sourire aussi indéchiffrable que ceux de Lady Chandler, à ce mariage qui aurait dû être le mien. Heureusement, nos invités ne lisaient pas dans mon cœur. Je pus tenir une brillante conversation à table, lors du fastueux souper servi au Château après la cérémonie religieuse qui avait à jamais brisé mes rêves. Sans savoir comment, je dansai et flirtai audacieusement avec mes cavaliers dans notre grande salle de bal, où les musiciens, assis dans la galerie des ménestrels, jouèrent jusqu'à ce que se retire le dernier invité. Et quel bonheur de capter une lueur de souffrance dans le regard d'Esmond ! En effet, j'avais permis à un beau jeune homme de me conduire sur la terrasse plongée dans la pénombre ! Inutile de préciser que ses déclarations passionnées, murmurées à mon oreille, m'avaient laissée de glace.

Mais dans la solitude de ma chambre, je pouvais enfin rejeter le masque de gaieté dur et fragile que j'avais porté toute la journée et laisser mes larmes couler librement.

J'avais renvoyé Linnet, car je n'avais pu supporter son regard sournois quand elle était venue m'aider à me déshabiller. Elle était comme un oiseau de proie, à l'affût du moindre signe de faiblesse qu'elle aurait pu commenter plus tard avec les autres domestiques pour se rendre intéressante. L'expression de ruse que portait son visage, mince mais vaguement séduisant, m'avait tellement rappelé Julianne, qu'un instant, je fus tentée de la congédier pour de bon. Mais Linnet n'était guère en cause dans mon malheur et de toute manière n'était pas responsable de cette indéfinissable ressemblance.

Enfin je quittai mon lit où j'avais pleuré longuement. Après avoir baigné mon visage marqué par les pleurs, je m'assis à ma coiffeuse et commençai lentement à ôter les épingles qui maintenaient ma longue chevelure noire.

En apercevant mon reflet, je fis la morne observation que j'avais l'air d'une sorcière. Le miroir me renvoyait sans complaisance les cernes mauves de mes yeux battus et mes joues creuses. J'avais perdu beaucoup de poids depuis la trahison d'Esmond. J'étais blême à côté de ma robe de velours rouge bordé d'or, à croire qu'elle avait absorbé toutes mes couleurs. Ma tête me faisait horriblement souffrir ; j'avais bu beaucoup trop de champagne ce soir-là, et la lassitude rendait mes pensées confuses.

Je passai sommairement mes mains dans mes cheveux, les rejetant en arrière. Soudain, je regardai dans la direction de la porte, croyant entendre les gémissements de plaisir de Julianne dans les bras d'Esmond. Ils ne partaient que le lendemain pour leur lune de miel.

Il l'emmenait en Italie se promener en gondole sur les canaux de Venise, marcher main dans la main par les rues encombrées de Florence, l'aimer sous la lune italienne comme j'avais jadis rêvé de le faire avec lui. J'enfouis ma tête dans mes mains à ces images qui surgissaient soudain, les épaules secouées de sanglots déchirants que je ne pouvais étouffer. Je voyais Esmond et Julianne s'unir, maintenant et à jamais, et cette scène insoutenable me harcelait sans relâche.

Ceux qui m'avaient tant abusée s'allongeaient-ils l'un contre l'autre dans la pénombre ? L'embrassait-il en cet instant, la caressait-il, faisant monter en elle le désir que j'avais autrefois connu pour lui ? Mon Dieu ! Je ne pouvais en supporter davantage. C'était au-dessus de mes forces.

Tout à coup les murs de ma chambre parurent se refermer sur moi. Je suffoquai. Mon visage et mes mains enfiévrés étaient humides de transpiration et ma robe de velours rouge se plaquait lourdement à mon corps, détrempée. Je ne pouvais plus respirer normalement. Ma tête tournait tant que ma chambre parut basculer autour de moi et j'agrippai le bord de ma coiffeuse pour garder l'équilibre.

Soudain je me languis terriblement de la lande infinie qui faisait tant partie de moi, de mon sang, de ma chair. Monta le désir irrésistible de sentir la fraîche brise nocturne portant le goût salé de la mer contre ma peau et mes cheveux.

Je crois que je savais à peine ce que je faisais. Je sautai soudain sur mes pieds, me ruai hors de ma chambre et dévalai les escaliers en chancelant, sans rien voir autour de moi. Je devais m'échapper de la maison où Esmond et Julianne partageaient le même lit, cruellement indifférents à mes souffrances. Poussée par quelque sombre démon, je filais le long de l'allée sans me soucier du gravier qui mordait mes pieds nus. Plus tôt, j'avais ôté mes escarpins et mes bas et, dans ma hâte de fuir, les avais laissés derrière moi. Je m'en moquais. Plus rien n'existait que cette étrange démence qui m'avait saisie dans son étreinte et m'entraînait maintenant sans réfléchir.

Une fois je trébuchai et tombai, car il n'y avait pas de lune et je n'avais que la faible lueur des étoiles les plus vives pour guider mon chemin.

Mais je me relevai et repris ma course, tâchant de retrouver mon souffle, aspirant à grandes gorgées l'air piquant. Les arbres se dressaient au-dessus de moi, formes noires incertaines, ombres dans la nuit. De pâles traînées de brume diaphane flottaient comme des fantômes parmi leurs branches torturées. Leurs feuilles frémissaient à chaque souffle de la douce brise, comme pour me parler et me railler.

Les grilles du Château étaient grandes ouvertes, comme toujours quand nous recevions des invités. Je passai le portail sans m'arrêter, traversai la route qui le bordait et pris la direction des falaises.

Je n'avais aucun projet de suicide, contrairement à une certaine fois. Pourtant quelque chose semblait m'attirer vers le promontoire déchiqueté, une force irrésistible que je ne pouvais nommer ni fuir.

Le vent était froid contre ma peau, l'herbe glaciale sous mes pas. Derrière moi traînaient mes jupes contre les bruyères humides de brouillard, si bien qu'elles furent rapidement trempées et se prirent aux épaisses touffes d'ajoncs. Je les décrochai furieusement et repris ma route, haletante, comme si j'allais courir sans jamais m'arrêter. Dans ma folie, il me semblait que si je me hâtais assez, le monde s'immobiliserait ; Esmond et Julianne se figeraient dans le temps, inanimés et donc impuissants à me faire encore souffrir.

La migraine battait à mes tempes, mon cœur était douloureux. Mes yeux étaient noyés de larmes nées de l'air vif et de ma propre tristesse, si bien que je ne voyais rien de la trompeuse étendue de lande que je traversais. Soudain je sursautai de terreur quand, sans prévenir, une forme mal définie se détacha soudain du brouillard comme un spectre menaçant. Ne pouvant arrêter ma course folle, je butai contre elle, rencontrant un être de chair, d'os et de muscle. Au moins ce n'était pas un fantôme mais...

J'eus un hoquet de frayeur et voulus me reculer, un cri montant dans ma gorge, quand des bras puissants me saisirent. Je retombai contre une large poitrine, sans pouvoir distinguer le visage de mon agresseur.

— Maggie, souffla une voix à mon oreille, Maggie, mon amie.

— Draco ! O Draco ! criai-je dans un rire nerveux, débordante de soulagement.

C'était mon cousin qui me tenait contre lui et non quelque brigand.

Je ne savais pas pourquoi il était venu là mais je n'en avais cure. Il était chaleureux et plein de vie, alors que je me sentais froide et morte. Lui aussi avait souffert dans la solitude, sans personne vers qui se tourner. Je me rappelai comment il était resté à l'écart lors de l'enterrement de son père, tout comme maintenant je me sentais isolée des habitants du Château. Il comprendrait le chagrin prêt à m'engouffrer cette nuit-là. Draco, lui, pouvait atténuer ma douleur. Parce que je l'avais autrefois réconforté quand son père gisait sans vie dans notre salon, je recherchai instinctivement son appui, m'accrochant à lui avec ferveur, savourant le contact de son corps dur et viril qui se serrait fort contre ma tendre chair de femme.

Il ne me posa aucune question, ce dont je lui fus

reconnaissante, mais caressa mes cheveux et me berça de paroles tziganes. Me rappelant la nuit où nous avions libéré Black Magic, je sus pourquoi le cheval ne s'était tourné que vers Draco, qui savait donner ce dont on avait faim. Je tremblai dans ses bras et enfouis mon visage contre sa poitrine. Il était fort et musclé et ses épaules carrées ne ployaient pas sous le lourd fardeau de mon angoisse. Petit à petit, comme je me consolais aux accents chantants de sa voix et aux caresses de ses mains, je m'aperçus qu'il n'était pas seulement mon cousin, mais aussi un homme.

Je sentais son haleine chaude, légèrement teintée de vin et de tabac, contre ma peau, sa poitrine qui se soulevait à chaque respiration. J'entendais le battement régulier et apaisant de son cœur sous le jabot de sa chemise blanche bien amidonnée, et il me rassurait comme un bébé dans les bras de sa mère. Mais je n'étais pas une enfant. J'étais une femme pleinement épanouie, vibrante de pulsions insatisfaites tandis que Draco était un homme fait, dont les émotions et les désirs coulaient aussi fort que les miens. A cette pensée, une étincelle surgit dans mon esprit. Mais avant qu'elle ne s'enflamme, les cuisses tendues de Draco effleurèrent les miennes et une étrange sensation fébrile s'accéléra en moi et se répandit dans tout mon corps ; même les extrémités de mes doigts me picotaient. Je retins mon souffle, frémis et laissai échapper un léger cri.

Je ne sais pas ce que pensa Draco, mais soudain il me repoussa, et ses doigts plongèrent sans douceur dans mes cheveux balayés par le vent. Il me força à le regarder, alors que je me détournais pour qu'il ne voie pas mes larmes. Ses yeux d'un noir intense cherchaient les miens. Comme la brume glissait, la pâle lueur des étoiles dansa sur son visage, l'illuminant comme la lumière des éclairs et des flambeaux, la nuit de son arrivée au manoir. Je fus traversée de la même impression qu'alors, frappée de la laideur brutale de son visage à l'apparence presque satanique, si différent des traits raffinés d'Esmond.

Ah, Esmond ! se lamenta mon cœur en silence. Cruel, infidèle Esmond, mon bien-aimé qui dort en ce moment avec Julianne et non avec moi.

A cette pensée, un sentiment de vide m'engloutit comme une vague, et je crus me noyer dans un océan de souffrance ; soudain je ne me souciai plus que Draco fût grossier et vulgaire. Je voulais sentir sa bouche sur la mienne, ses bras m'enlaçant fort contre lui. Je voulais m'allonger près de lui, reprendre un peu du bonheur que Julianne m'avait volé et blesser Esmond aussi profondément qu'il m'avait atteinte. Je voulais connaître ce dont ils m'avaient privée, ces deux qui m'avaient trahie — l'amour, le partage, l'appartenance l'un à l'autre. Je voulais aussi, d'une manière plus trouble et plus perverse que je ne souhaitais pas comprendre, me venger de mon père, qui m'avait également rejetée. Quelle meilleure arme que Draco, méprisé d'Esmond et de Sir Nigel ?

Je ne pensais pas au lendemain, seulement au moment présent, comme mes mains tendues glissèrent vers le visage de mon cousin. Spontanément, d'un geste lascif, je l'attirai à moi, sans songer aux conséquences de mon audace. Je venais d'effleurer mes lèvres des siennes quand il se reprit et saisit mes poignets avec brutalité. Il respirait irrégulièrement et me dévisagea d'un regard soudain avide, conscient de mon désir pour lui.

— Il ne faut pas me provoquer, Maggie, pas toi,

fit-il de sa voix basse et dure. Ou alors sois certaine, sois bien certaine que c'est ce que tu veux.

— Oui, oh oui. Prends-moi dans tes bras, Draco ! Aime-moi ! Je t'en prie, le suppliai-je. Je t'en prie, j'ai tant besoin de toi...

Je ne sais pas à quoi je m'attendais, mais certainement pas à la sauvagerie barbare que je débridai involontairement à ces mots. Il m'embrassa, et ce fut comme si quelque créature endormie en lui comme en moi s'éveillait pleinement pour bondir sur nous et nous dévorer tous deux.

Draco gémissait très bas tandis que ses lèvres plongeaient inlassablement sur les miennes, comme s'il ne pouvait se rassasier de moi. Sa bouche était dure et exigeante contre la mienne, sa langue, douce et insistante. Ses dents râpèrent la chair tendre de ma lèvre inférieure, et j'en goûtai une perle de sang qui lança en moi un frisson de plaisir et de douleur inconnus, éveillant mes sens surexcités, m'emplissant d'un désir violent.

— Ah ! Maggie, murmura-t-il contre ma bouche, Maggie, mon amie, ce fut toujours toi et moi, deux misérables étrangers à leur monde, deux malheureux. Quelle sotte tu as fait... Tu n'étais pas destinée à Esmond, mais à moi. Moi, Maggie ! O Dieu ! Comme je t'ai aimée, désirée, croyant ne jamais te faire mienne, persuadé de t'avoir perdue quand c'est l'un à l'autre que nous appartenons ! J'ai attendu si longtemps que tu le comprennes, trop longtemps !

J'entendais à peine ses paroles, prise par la folie de cet instant et les sensations qu'il faisait naître en moi. Etourdie, je ne saisis pas les implications de cette déclaration. Je m'aperçus seulement avec stupeur qu'il m'aimait passionnément, contrairement à Esmond, et que j'en avais désespérément besoin cette nuit entre toutes.

Ainsi, c'est Draco qui me désire, pensai-je, Draco dont j'ignorais jusqu'à l'existence avant de coller une oreille indiscrète à la porte de ma belle-mère. Draco, le Gitan, le bâtard qu'Esmond tient en tel mépris, et moi, le détective de la maisonnée, la femme qu'Esmond a dédaignée. Il y a là quelque ironie du sort...

Mais aussi vite qu'elle était venue, cette pensée fut chassée par l'homme qui me tenait dans ses bras comme s'il en avait tous les droits. Et peut-être les possédait-il en effet : n'étions-nous pas de la même race ? Nous appartenions l'un à l'autre. Je ne voyais qu'une chose : je le désirais et j'étais terriblement ignorante de ce qui arrive entre un homme et une femme. Je ne savais même pas ce qu'était un baiser, car Esmond ne m'avait jamais embrassée comme Draco venait de le faire, avec cette sauvagerie possessive qui suçait la vie et l'âme de mon corps.

Sa langue explorait ma bouche hardiment et cette nouvelle expérience, mi-terrifiante, mi-enivrante, me donna le vertige. Les genoux tremblants, je crois que je serais tombée s'il ne m'avait pas retenue. Je me sentais faible et alanguie comme si mes os avaient fondu en moi, tandis que de sa propre initiative mon corps se moulait contre le sien. Draco était d'une carrure massive et il était dur comme de l'acier contre moi. Je frémis à sa puissance, petite et faible contre l'assaut qu'il menait sur mes sens. Je me demandai fugitivement si, le moment venu, il me ferait très mal — car je savais bien que nous n'en resterions pas là.

Je tremblai légèrement d'appréhension. Draco, sentant mes craintes virginales, resserra son étreinte comme pour m'empêcher de changer d'avis Je ne lui opposai aucune résistance — à ce jour, je me demande encore quel tour aurait pris ma vie si je l'avais quitté à ce moment-là. Au contraire, pour ma honte éternelle, je le laissai étendre sa houppelande noire par terre et m'allonger contre les plis violets de sa doublure de soie, où je me donnai à lui — ma vengeance.

Le temps passa. J'en perdis la notion comme, abandonnée dans ses bras, je le laissais prendre ce qu'il souhaitait de moi. Plus rien n'existait hors les sensations qui m'enveloppaient comme il me touchait et me goûtait avec talent. Je compris d'instinct qu'il y avait eu d'autres femmes avant moi — beaucoup d'autres — et une flèche de jalousie me transperça. Je n'étais pas la première à connaître ses baisers et ses caresses. Son expérience contrastait douloureusement avec ma propre ignorance et l'inquiétude qui me rongeait de ne pas lui plaire. Mais alors que je voulais parler, il me fit taire et grogna :

— Crois-tu que je t'aurais préférée autrement, mon amour ?

Il était heureux qu'aucun autre homme n'ait laissé sa marque sur moi. J'oubliai mes craintes et me laissai guider comme il m'initiait aux rites de l'amour.

La douce herbe verte était froide et humide sous la cape douce ; le vent effleurait ma peau nue de ses doigts gelés. Mais j'étais devenue étrangère à la fraîcheur de la nuit printanière. Ne comptait plus que la chaleur du corps de Draco qui m'enflammait, m'imprégnant de désir pour lui. Je savourais son contact, la douceur ivoirine de sa peau à certains endroits et la dureté de vieilles cicatrices.

D'où venaient-elles ? Il ne voulut pas me le dire, se contentant de murmurer :

— Une bagarre quelconque, sans doute.

Puis il étouffa mes questions de ses lèvres. Je sentais sa chaude haleine contre ma bouche et ma peau. S'éveillaient en moi d'exquises émotions inconnues, que, même dans mes visions les plus folles, je n'avais jamais rêvées. Il chuchotait à mon oreille et ses déclarations me fouettaient le sang, faisant vibrer mon cœur.

— Tu es si belle, Maggie, murmura-t-il. Même quand tu n'étais qu'une enfant, je voyais la promesse de la femme que tu deviendrais. Je savais que tu ne serais pour aucun autre que moi, et j'attendais. Ce jour aux Hauts des Tempêtes, quand je t'ai revue pour la première fois, je t'ai désirée si fort que j'ai failli te prendre sur place. Toi, toi, sois maudite avec tes cheveux et tes yeux de sorcière, qui me hantaient, me torturaient. Sois maudite... Ah Maggie, mon amour, oui... oui...

Il m'enivrait. La toison noire de sa poitrine était comme de la soie sous mes paumes et les tendres pointes de mes seins. Il avait le goût de sel que donne la sueur terrienne et le vent et la mer. C'était comme s'il était les éléments eux-mêmes, impitoyables, inlassables, érodant mes défenses avec l'assurance sauvage des brisants qui s'écrasent contre la grève pour la modeler à leur volonté. Je le suivais, haletante, je le découvrais, je le touchais partout où mes mains pouvaient l'atteindre, cédant à lui comme s'ouvrent les fleurs des brandes aux pluies et au soleil. Le parfum des bruyères en fleur qui emplissait la lande à perte de vue, la saveur piquante de la mer plus loin pénétraient mes narines et me montaient à la tête en se mêlant à son odeur d'homme et à l'arôme épicé de santal qui collait à sa peau.

J'étais comme la glace et le feu, brûlant et fondant sous son poids, masse de sensations vibrantes et fébriles. Mes seins gonflés se tendaient de plaisir, cherchant ses lèvres et sa langue et ses mains ; mon corps palpitait en son intimité d'un vide insoutenable, et d'instinct je souhaitai qu'il me comble. Je m'agitai contre lui, poussée par un besoin aveugle et primitif ; et enfin il me prit.

J'eus un hoquet puis criai sous le choc, car malgré tous les récits que j'avais entendus, je n'avais pas vraiment su à quoi m'attendre, n'avais pas imaginé cette invasion totale et cet abandon, cette transformation du corps qui s'étend et se moule à l'autre. C'était comme si ma chair ne m'appartenait plus : nous faisions corps. Ses mains glissèrent sous mes hanches, me soulevant contre les siennes. A cet instant, le monde disparut dans un tourbillon comme je gémissais, tendue de toutes mes forces vers quelque chose d'inconnu qu'il fallait trouver ou mourir. Soudain, une sensation intense s'accéléra au cœur de mon être, explosant en vagues de chaleur et de plaisir qui parcoururent mon corps avec tant de violence qu'elles me coupèrent le souffle.

D'un lieu bien éloigné des brandes, me semblait-il, je sentis les doigts de Draco se resserrer sur moi et me faire mal, poussant encore plus loin la force de ce que nous partagions. Ses ongles s'imprimèrent dans ma chair comme il gémissait. Puis un tremblement frénétique le raidit tout entier avant qu'il ne s'immobilise finalement, son cœur martelant furieusement ma poitrine.

Après un instant, il m'embrassa et m'attira dans le berceau de ses bras pour me donner un peu de sa chaleur. Il s'écoula quelque temps avant que la froidure de la nuit ne s'insinue jusqu'à mes os, et je frissonnai, m'apercevant soudain que j'avais froid, que j'étais mouillée et qu'il pleuvait doucement depuis quelque temps déjà.

La sombre réalité me revint clairement dans toute sa cruauté et brutalement la portée de mes actes m'apparut, pour ma honte et mon dégoût. Je m'étais couchée près de mon cousin, le Gitan, m'étais donnée de plein gré à ce bâtard grossier et vulgaire. Je me repliai sur moi-même, révulsée de crainte, comme les conséquences me frappaient sans pitié. Qu'avais-je fait ? Aucun homme convenable ne voudrait plus de moi, maintenant. Esmond... Esmond serait horrifié s'il savait. Je me vis nue, étalée contre le sol, les membres de Draco emmêlés aux miens, mes vêtements déchirés, souillés, et jetés de côté à la hâte. Maintenant que mes pensées étaient plus claires, ce qui avait paru si librement passionné quelques instants auparavant n'était plus que vil, bas, dégradant. Je ne valais pas mieux que la plus commune des prostituées ! Esmond avait eu raison de me rejeter ; je n'étais pas digne de lui.

— O mon Dieu, gémis-je, sans m'apercevoir que je parlais à haute voix. Qu'ai-je fait ? Qu'ai-je fait ? Esmond. Esmond...

Je voulus m'arracher à Draco et me rasseoir ; mais il me plaqua brusquement au sol et se pressa contre moi, le visage si déformé par la douleur et la colère qu'il paraissait encore plus laid et brutal. Il me répugna. Comment avais-je pu le laisser m'embrasser et me caresser ? Et moi, je m'étais jetée à sa tête et l'avais imploré de me prendre ! Pourtant, perverse que j'étais, je ne pouvais nier son magnétisme animal. Il m'attirait encore, mais j'étais déterminée à le repousser.

— Esmond, ricana Draco avec amertume. Toujours Esmond ! Par Dieu, je le chasserai de ton cœur et de ton esprit, Maggie, même si je dois te tuer !

Il saisit soudain ma chevelure trempée et la tordit pour amener mon visage près du sien, écrasant sa bouche contre la mienne, meurtrissant mes lèvres. Il n'y avait aucune affection dans ce baiser-là, mais seulement de la rage et le désir de me rendre blessure pour blessure. Je me débattis de toutes mes forces, mais je n'étais pas son égale ; ainsi appris-je ce que signifie être prise de force, sans précaution ni tendresse ; et quand ce fut fait, je le détestai de toute mon âme.

Des larmes coulaient aux coins de mes yeux. Je tremblais sous le choc, de peur et de répulsion. Et soudain la lueur meurtrière s'évanouit dans le regard de Draco comme il reprenait enfin ses esprits et comprenait ce qu'il avait fait. Il connut un instant de remords et, malgré mes tremblements et mon mouvement de recul, essaya de me prendre à nouveau dans ses bras.

— Maggie, fit-il d'une voix brisée. Maggie...

Mais je ne voulais plus rien de lui.

— Ne me touche pas, crachai-je, en le repoussant violemment.

Il pleuvait très fort, maintenant. Un éclair fulgurant illumina soudain la lande, le tonnerre gronda, et il comprit comme moi que nous n'étions pas en sécurité, qu'on pouvait nous voir sur cette terre découverte. Aussi se détourna-t-il pour enfiler sa chemise et ses culottes.

Je claquais des dents. Prise de tremblements incoercibles, je luttai pour mettre mes propres vêtements détrempés, les sachant en lambeaux et me demandant comment je m'expliquerais si on me voyait retourner au Château dans un état pareil. Je ne pensais qu'à rentrer, effacer cette terrible nuit de mon esprit, à faire comme si rien ne s'était jamais passé. Peu m'importait maintenant que Julianne dorme dans les bras d'Esmond au manoir. Ce que j'avais fait dans mon chagrin et ma colère était bien pire que leur trahison. Ils étaient coupables, oui, mais seulement sur le plan affectif, tandis que moi... Moi, je m'étais laissé disgracier, déshonorer, car même si Draco avait déclaré qu'il m'aimait, il n'avait pas parlé de mariage.

Sincèrement, le simple fait d'envisager le mariage avec lui révélait l'étendue de folie et de désespoir où j'avais glissé. Si je l'avais épousé, je serais devenue une paria tout comme lui, méprisée pour cette mésalliance, une honte au nom des Chandler. Il ne faisait aucun doute que Sir Nigel ne permettrait rien de la sorte, même si je le souhaitais, ce qui n'était pas le cas.

Le vent menaçant me fouetta sans pitié quand je me levai en chancelant et tâchai d'attacher les crochets de ma robe. Je ne pus en venir à bout et pourtant me dégageai brusquement de Draco quand il voulut m'aider. Il jura vigoureusement et me saisit par les bras, les doigts crispés douloureusement contre ma peau.

— Maggie, écoute-moi ! s'écria-t-il durement par-dessus le rugissement de la pluie, du vent et des lames, son visage brun aussi féroce que celui d'un démon. Pour l'amour de Dieu, écoute-moi !

Mais je ne voulais pas entendre ce qu'il avait à me dire ; et avec une énergie née de ma peur et de ma honte, je me débattis aveuglément, jusqu'à nous faire perdre l'équilibre. Durant notre corps-à-corps sur la terre détrempée, je dégageai une main et le frappai à la tempe, l'étourdissant un instant. Alors m'accrochant à tâtons à l'herbe et aux fougères, je me hissai en avant, déterminée à lui échapper. Draco, retrouvant ses esprits, saisit le bas de ma jupe, mais je le lui arrachai. Puis je me remis debout et courus, ne me souciant plus d'être à demi nue. Durant notre altercation ma robe était tombée autour de ma taille. Sans réfléchir je serrai mon corsage contre ma poitrine, ne pensant qu'à m'échapper. Si seulement je pouvais atteindre les grilles du Château, je pourrais les refermer et les verrouiller, l'empêchant ainsi de me rattraper. J'étais en effet terrifiée à l'idée qu'il me force à l'accompagner aux Tempêtes et m'oblige à y passer la nuit, achevant ainsi de me perdre.

Mon imagination se débrida, me montrant tout ce qu'il pourrait faire. Il haïssait mon père — avec violence. Peut-être deviendrais-je l'outil de sa vengeance contre Sir Nigel. Peut-être me renverrait-il une fois qu'il serait parvenu à ses fins, pour ensuite se vanter en riant auprès de mon père de m'avoir dérobé ma virginité. Cette nouvelle tuerait Sir Nigel et j'en serais fautive. Pour le reste de ma vie, il me faudrait porter le fardeau de sa mort sur ma conscience, aussi sûrement qu'il avait le décès de ma mère sur la sienne.

J'entendais derrière moi Draco qui hurlait et jurait en me poursuivant, le vent prenant ses mots au vol et les soufflant vers moi. Hors d'haleine, je filais comme si le diable lui-même était à mes trousses. Miraculeusement, je le gagnai de vitesse, sans doute aidée par la nuit pluvieuse, et enfin me trouvai de l'autre côté des grilles. Sentant mon cousin sur mes talons, je ne m'arrêtai pas comme je l'avais projeté, mais me hâtai encore plus loin sans refermer les grilles, certaine de pouvoir atteindre le manoir à temps. Finalement je fus à l'intérieur, mon cœur battant à tout rompre.

Je m'appuyai contre la porte un instant pour reprendre souffle. Puis, n'osant pas m'attarder de peur d'être surprise, je courus à ma chambre. Alors seulement, en sécurité entre ses murs, je m'effondrai de soulagement et d'épuisement.

Je restai longtemps étendue sur le lit, l'esprit vide. Mais je me réveillai en sursaut. Je devais absolument me déshabiller et me laver afin que le regard acéré de Linnet ne trouve rien pour aiguiser sa curiosité, le matin venu.

Des braises rougeoyaient dans le foyer où la bonne avait fait un feu dans la soirée afin d'adoucir la nuit printanière. Je me levai, attisai les flammes et remis plus de bois, heureuse de trouver leur chaleur et leur vivacité. Puis je quittai mes vêtements et les étendis devant le feu pour les faire sécher. Versant un peu d'eau, je m'épongeai le corps avec un linge, tout en songeant que je ne serais plus jamais propre. Je fis la grimace en passant sur le point douloureux entre mes cuisses, à nouveau transpercée d'angoisse à ce souvenir. Mécaniquement, j'observai mon reflet dans le miroir devant moi et vis une étrangère me rendre mon regard. Mes cheveux dégoulinants étaient emmêlés là où Draco les avait pris au piège pour me tenir prisonnière ; ma lèvre inférieure était coupée et tuméfiée après qu'il m'avait embrassée si brutalement ; des ecchymoses violacées marbraient ma peau, traces de sa poigne d'acier qui m'avait pressée contre lui. Je devins écarlate de honte à ce souvenir, ne pouvant concevoir quel démon m'avait possédée. Je ne pouvais être qu'une fille perdue pour me comporter de la sorte.

Esmond a eu raison de me dédaigner, pensai-je encore.

De gros sanglots me secouèrent à cette amère réflexion. Il était bien naturel qu'il choisisse Julianne plutôt que moi, Julianne qui, malgré son désir désespéré d'assurer son avenir, n'était pas tombée si bas que moi.

J'enfilai ma chemise de nuit les mains tremblantes. Puis je m'accroupis près du feu pour examiner les dégâts de ma robe. A l'aide d'une brosse rigide et d'une étoffe, je frottai vigoureusement le velours rouge pour faire disparaître la boue et les taches d'herbe. Puis, avec une aiguille et du fil, je reprisai les déchirures au mieux afin que l'état du vêtement fût moins visible. Après quoi je rangeai tout, suspendant la robe derrière toutes les autres dans ma garde-robe et enfouissant mes sous-vêtements en bas de ma commode. Je supposai que Linnet, généralement assez paresseuse, ne chercherait pas ce que j'avais porté ce jour-là et serait contente que je lui épargne cette corvée.

Puis, épuisée tant physiquement que nerveusement, je me mis au lit, sachant que l'aube n'était plus qu'à quelques heures. Pourtant mon trouble chassait le repos et l'anxiété me rongeait sans relâche. Maintenant que j'avais retrouvé quelque bon sens, je ressentais les affres des criminels : je ne craignais plus tant l'énormité de mon acte que sa découverte et le châtiment qui s'ensuivrait. Si jamais on apprenait ce qui s'était produit cette nuit-là, je deviendrais un objet de scandale et les dames dignes de ce nom me tourneraient le dos. Aucun gentleman ne m'épouserait — même si naturellement il s'en trouverait pour me faire un autre genre de propositions. Pourquoi n'avais-je pas songé à tout cela auparavant ? Comme toutes celles qui se donnent à leur amant, une question me tenaillait : Draco garderait-il le silence ?

Je nierai tout s'il parle, songeai-je avec une hardiesse sans rapport avec la fragilité de ma situation. Il n'a pas de preuve ; ce sera sa parole contre la mienne. Mon père n'aura d'autre choix que de me croire — pour la simple raison qu'il ne voudra pas écouter Draco. Le Gitan le comprendra sûrement et ne dira rien...

Je me réconfortai à cette pensée, mais ce n'était qu'une piètre consolation. Je finis par glisser dans un demi-sommeil agité et rêvai de Draco, son visage satanique occultant les cieux tandis qu'il m'allongeait sur la lande par une nuit sans lune et me prenait sans relâche.

17

Je ne sus jamais pourquoi, mais à mon grand soulagement, Draco garda le secret de cette honteuse nuit et mes craintes d'être déshonorée se réduisirent à néant. Pourtant malgré son silence, je me savais perdue... J'avais songé à toutes les répercussions possibles sauf une : j'allais avoir un enfant.

Au début je n'y crus pas. Je n'avais jamais été très régulière et je conclus d'abord à un simple retard, faisant taire mes soupçons, refusant de regarder les faits en face. Il n'était pas exceptionnel de sauter un mois, surtout après un tel bouleversement. De plus, je ne présentais aucun autre symptôme, ni nausée matinale, ni fatigue, ni faiblesse.

Mais bientôt je ne pus me mentir plus longtemps : mon corps changeait pour accueillir l'enfant qui grandissait en moi, à mon grand désespoir.

Comme toujours quand j'étais troublée, j'allai réfléchir sur la lande. Mais elle ne m'apaisa en rien : comment trouver le calme dans les bruyères qui avaient vu ma chute ?

Alors, faisant pivoter Avalon, je me détournai de ce morceau de terre solitaire où je m'étais donnée au Gitan et chevauchai jusqu'au bord des falaises. Je descendis de cheval pour contempler la vaste mer agitée. Les brisants grignotaient le promontoire depuis des siècles, érodant la terre jusqu'à ce qu'elle s'éboule et se retire sous leurs assauts, ne laissant derrière eux que des rocs noirs et rabougris dressés hors de l'eau. Peut-être un jour la terre de Cornouailles sombrerait-elle comme la cité d'Ys, méditai-je. Cette pensée m'attristait. J'étais bien peu de chose... J'étais née ; je mourrais. Pourtant la mer continuerait à battre le promontoire jusqu'à ce que l'endroit même où je me tenais ne soit plus qu'un souvenir.

Ce jour-là, l'océan était si clair et si bleu, si calme et si lisse qu'on peinait à y voir une force inlassable et sans pitié. Pourtant je savais qu'un pas suffirait pour que je trouve la mort dans les trompeuses eaux vertes. Une fois, si Draco n'avait pas été là pour m'en empêcher, je l'aurais peut-être franchi. Mais plus maintenant, parce que je n'avais plus ma seule vie à considérer. Je n'avais pas encore senti mon enfant bouger ; il était trop tôt. Mais je savais de chaque fibre de mon être qu'il vivait et respirait en moi. Même si cette révélation m'emplissait de désarroi à l'idée du scandale, je connaissais également une joie étonnante et la volonté farouche de protéger ce nouveau petit être qui dépendait de moi pour sa survie.

Je frissonnai en songeant aux histoires que j'avais entendues sur des femmes se trouvant dans la même situation, si déterminées à se débarrasser de la preuve indiscutable de leur honte qu'elles avaient tout risqué, même la mort, pour expulser le fœtus non désiré. Tous les deux jours ou presque, les journaux rapportaient l'histoire de quelque pauvre créature désespérée, abandonnée par son amant, et trouvée morte dans un bas quartier de Londres, victime d'un boucher qui s'était fait passer pour un docteur ou une sage-femme.

La souffrance endurée par ces femmes avant de mourir n'était rien, à mes yeux, à côté de celle de leurs enfants, avant qu'eux aussi n'abandonnent leur petite étincelle de vie. Bouleversée, je me détournai de la mer, certaine que cette solution n'était ni pour moi ni pour les miens. Je ne nous détruirais pas tous deux, quelles que fussent les difficultés à surmonter. Je ne voulais pas avoir un meurtre sur ma conscience.

Je découvrais à peine son existence mais j'aimais déjà trop mon enfant. Même l'idée de le porter et de l'abandonner ensuite me déchirait le cœur. Je ne le pourrais pas. Le visage de mon bébé me hanterait à jamais. Je me demanderais sans cesse s'il était en bonne santé, en sécurité, heureux. Je me languirais de le voir, de le prendre, de lui communiquer tout mon amour. Un sanglot de tourment s'étrangla dans ma gorge. Quoi qu'il arrive, je ne me séparerais jamais de mon enfant. Jamais !

Reprenant les rênes d'Avalon, je remontai à cheval, m'arrêtant un instant, observant au loin les Hauts des Tempêtes. Je n'avais pas revu Draco depuis la nuit fatale. Et j'hésitais encore à lui rendre visite, bien que cela fût nécessaire, car il m'avait aimée et je l'avais rejeté.

Il avait été ma victime, comme moi celle d'Esmond, et nos blessures étaient sans doute aussi profondes. Une chose était claire : il avait eu raison de dire que nous étions fort semblables. Il était aussi fier que moi. Cet orgueil l'avait empêché de revenir de même que je m'étais éloignée d'Esmond après sa trahison. Si je voulais renouer avec mon cousin, ce serait à moi de m'humilier.

Dans des circonstances différentes, je ne l'aurais pas fait. Mais je devais penser à mon enfant, innocent, aussi peu responsable de sa conception que Draco et moi l'avions été de la nôtre. Cette pensée affermit ma résolution. Je ferais tout pour épargner à mon bébé les souffrances que nous avions connues pour les bébés de nos parents. Draco aurait sans doute le même point de vue. Même s'il me haïssait, j'espérais qu'il ne me rejetterait pas comme Esmond. Draco connaissait trop bien la bâtardise. Il ne pourrait pas souhaiter ce stigmate à son enfant et m'épouserait.

Je tremblais à l'idée de me marier avec Draco. Si seulement j'avais trouvé quelque autre moyen d'assurer l'avenir de mon bébé ! Mais il n'y en avait pas. Je ne connaissais pas d'homme qui voulût de moi, surtout maintenant. Faute d'argent, je ne pouvais pas non plus m'établir ailleurs et me faire passer pour veuve. Esmond et Julianne étaient toujours en Italie, et de toute manière, je n'aurais jamais demandé leur aide. Tante Tibby et Sarah ne possédaient rien de plus que ce que leur allouait mon père. Quant à Welles, il ne recevrait son modeste héritage que l'année suivante. Je n'envisageai même pas de me tourner vers Sir Nigel et Lady Chandler, sachant que ma faute les mettrait en rage. Ils me feraient accoucher en secret puis me voleraient l'enfant et le confieraient à un couvent ou à un orphelinat. Ils se moquaient bien de mes sentiments : jamais ils ne me permettraient de le garder. Si Draco refusait de m'aider, je devrais m'enfuir. Bien que seule et sans un penny, je devrais d'une manière ou d'une autre me débrouiller dans le monde, pour l'amour de mon bébé.

Mais nous n'en viendrons pas là, c'est impossible, me dis-je. Draco m'épousera sûrement.

Il y avait bien un autre choix, moins honorable, auquel il pourrait me forcer, mais je ne voulais même pas y penser. Pourtant je me savais suffisamment désespérée pour devenir la maîtresse de Draco s'il acceptait seulement d'entretenir mon enfant. Me redressant avec fermeté, je talonnai Avalon qui s'élança vers les Hauts des Tempêtes.

Je trouvai Draco aux champs, ensemençant les rangs qu'il avait labourés l'été passé. Que comptait-il faire pousser sous le climat rude et inhospitalier des Cornouailles du Nord ? On ne pratiquait que l'élevage des bêtes à cornes et des moutons, ici.

Il leva les yeux sans rien dire à mon approche. A son expression amère, je compris que je l'avais atteint bien plus profondément que je ne l'avais soupçonné. J'eus le cœur serré, ma résolution ébranlée. Il était inutile de venir. Je n'obtiendrais rien. Puis je me rappelai l'enfant que je portais, et me forçai à poursuivre même si le Gitan avait repris son travail. Il s'appliquait maintenant à m'ignorer, la mâchoire crispée avec tant d'arrogance que je devinais sans peine son ressentiment.

Il paraissait fatigué, comme s'il n'avait pas bien dormi durant maintes nuits. Cette pensée réveilla un léger espoir en moi. Peut-être avait-il gardé un tout petit peu d'affection pour moi ? En tout cas, il n'en trahit rien.

Je descendis lentement de cheval, et vins près de lui. Il ne me prêtait toujours aucune attention, et finalement je m'enhardis à poser ma main sur son bras, sachant qu'il n'y resterait pas indifférent. Il se raidit à mon contact et cessa de semer et de ratisser. Il se tourna vers moi, me jetant un regard brûlant de chagrin et de colère. Mais il ne disait toujours rien. Pourtant je ne faiblis pas, je ne m'inclinai pas devant sa fureur, ni ne m'abaissai aux excuses qu'il attendait manifestement.

Au lieu de quoi, je lui dis doucement, sans préambule :

— Je vais avoir un enfant, Draco.

Il inspira brutalement à mes paroles. Une lueur insondable palpita dans ses pupilles. Je ne lui étais donc pas aussi indifférente qu'il aurait voulu me le faire croire ! Il me jeta un regard intense. Puis rejetant brusquement de côté son sac de graines et son râteau, il m'empoigna si fort aux épaules que je grimaçai.

— Dieu te vienne en aide si tu mens, Maggie ! siffla-t-il en me secouant sans douceur.

— Je ne serais pas venue sinon, et tu le sais !

— Oui, je suppose, acquiesça-t-il.

Il détourna le regard. Sa mâchoire se crispait dans un mouvement spasmodique, et je compris qu'il songeait, comme je l'avais prévu, à ce qu'un bébé inattendu représenterait pour nous. Car il savait aussi bien que moi pourquoi j'étais venue. Il devait m'épouser. Il le fallait !

Ses mains agrippaient toujours douloureusement mes épaules. Je sentais ses doigts crispés sur ma peau, et je me rappelai comment il m'avait étreinte sous le ciel noir et pluvieux, comme nous étions nus et fébriles de désir. Malgré moi, une irrésistible vague d'émotion me balaya à ce souvenir. L'après-midi parut soudain très calme, le silence rompu seulement par le soupir de la mer au loin et les cris des mouettes sur la grève. Je vis soudain la chemise trempée de sueur de Draco et par ses pans déboutonnés la sombre toison qui recouvrait sa poitrine. Même en cet instant, je pouvais me rappeler la soyeuse sensation de ses boucles serrées contre mes seins, le poids de son corps sur le mien. Mon souffle s'étrangla dans ma gorge.

Il plongea alors ses yeux dans les miens et le monde disparut. Je ne pouvais détacher mon regard du sien. J'étais comme suspendue à ses yeux, fascinée par le désir que je voyais maintenant brûler au fond de lui. Je frissonnai. Mais quel soulagement, aussi ! En dépit de toutes les émotions qui pouvaient le parcourir à mon sujet, il me désirait toujours. Il ne me laisserait pas assumer seule mon destin. C'était suffisant, rien d'autre ne comptait. Je devais accomplir tout ce qui était nécessaire pour protéger mon enfant.

Lentement, les mains de mon cousin remontèrent encadrer mon visage ; de ses pouces il traçait des dessins sur mes joues. Je me tenais très droite, le cœur battant si fort que j'étais sûre qu'il devait l'entendre. Ses yeux et sa bouche me raillaient, me mettant au défi de m'échapper tant que je le pouvais encore. Mais je n'esquissai pas un geste, m'offrant silencieusement à lui. En toute honnêteté, ce n'était pas seulement à cause de l'enfant. Esmond restait le maître de mon cœur, mais un sombre instinct atavique me tirait vers Draco. Je ne pouvais plus le nier, quelle que soit ma honte.

Il m'embrassa brutalement, comme si je lui appartenais. Il voulait me faire comprendre ce qu'il voulait de moi, et ce n'était que trop clair. Pourtant je ne fis rien pour me dégager, et enfin, la respiration précipitée, il me libéra.

— Eh bien, Maggie. Tu veux bien être à moi, maintenant — pour l'enfant, naturellement, murmura-t-il, son regard me faisant rougir et détourner la tête.

— Oui, chuchotai-je, tremblante à l'idée de ce que je devrais endurer pour ma réponse.

Mais que pouvais-je dire d'autre ?

— Oui, repris-je.

— Et qu'est-ce qui te donne à penser que je voudrais de toi ? demanda-t-il avec cruauté, me faisant pâlir.

Je le regardai, stupéfaite, comme si le sol se dérobait sous mes pieds.

L'avais-je mal jugé ? Avait-il sincèrement l'intention de me dédaigner, de me rendre la monnaie de ma pièce alors que je portais son bébé ? Une peur panique m'envahit ; j'étais au bord du malaise. Je n'avais jamais cru en arriver là. Que ferais-je ? Où irais-je ? Je n'avais pas d'argent ; pourtant je ne pouvais rester au Château des Abrupts, où l'on m'enlèverait mon enfant de force.

Draco eut un rire âpre en lisant la crainte sur mon visage. Je ne le haïssais pas auparavant : j'étais tout aussi responsable que lui de cette fameuse nuit. Mais là, je le détestai. Je me jetai sur lui sans rien voir, mes mains crispées comme des griffes pour lui arracher ce masque ricanant. Mais il saisit mes bras levés sans difficulté et les ramena derrière mon dos, les tirant fort jusqu'à ce qu'essoufflée, les yeux étincelants, je cesse de me débattre contre lui. Puis, il me prit le menton d'une main et me força à le regarder.

— Il faut absolument que tu apprennes à maîtriser tes émotions, Maggie, fit-il avec lenteur, avant qu'elles ne causent ta perte.

Il me pinça la joue d'un geste léger, faisant monter ma colère et mon humiliation comme je prenais conscience de mon impuissance contre lui.

— Sois rassurée, petite fille, dit-il. Même si tu ne mérites que cela, je ne vais pas te jeter dehors. Mais comprends-moi bien, Maggie, continua-t-il, le regard dur maintenant, resserrant douloureusement son étreinte. Je ne vais pas me contenter de ce que tu jugeras suffisant de me donner. Je prendrai tout ; sinon effectivement, je te laisserai te débrouiller plutôt que de t'épouser. Je ne veux pas que même l'ombre d'Esmond Sheffield vienne se dresser entre moi et les miens ! Est-ce clair ?

Je ravalai difficilement les mots de colère qui montaient à ma gorge. Et même si je bouillais d'envie de lui renvoyer ses propositions grossières à la figure, Draco n'était pas un homme à mépriser deux fois. Il avait accepté de m'épouser et je n'étais pas en position de lui dicter mes termes. La gorge serrée, je hochai la tête.

— Oui, très clair, énonçai-je avec raideur, le détestant encore plus de m'avoir volontairement terrorisée quand il savait depuis le début qu'il m'épouserait.

Si seulement je n'avais pas été enceinte, avec quelles délices je lui aurais craché au visage ! Mais c'était impossible. Je ne pouvais que me soumettre à ses exigences.

Cela n'a pas d'importance, me dis-je encore. Esmond est perdu à jamais, de toute manière. A quoi me servirait-il de continuer à me languir ?

— Je ferai de mon mieux pour le chasser de mes pensées et de mon cœur, Draco, dis-je.

— Sois-en bien sûre, Maggie, insista Draco sur

un ton cassant. Si jamais je devais découvrir une preuve du contraire, tu le regretterais, je le jure. Pardieu, que j'aie au moins ta fidélité, sinon le reste !

Il s'arrêta un instant, puis m'enveloppa d'un regard suggestif.

— Mais naturellement, j'aurai droit à davantage, n'est-ce pas, Maggie ?

Mes joues s'enflammèrent de honte et de confusion à ces paroles. Je ne pouvais plus rencontrer son regard. Quand il m'attira à lui, je tremblai d'appréhension et voulus me dégager. Voulait-il me prendre ici, dans les champs, sachant quelle humiliation ce serait pour moi ? Pourtant si je me refusais, peut-être retirerait-il son offre de mariage, ou pire encore, se contenterait-il d'en rire et de me forcer à terre comme cette fameuse nuit sur la brande. Et puis quoi ? Ne venais-je pas de lui en donner tous les droits ? Déjà la première fois, je l'avais offensé. Je chassai ces pensées. Je ne pouvais pourtant lui reprocher de vouloir se venger de moi. Si j'en avais l'occasion, je rendrais aussi leurs coups à ceux qui m'avaient blessée. Telle avait bien été ma motivation pour me donner à Draco — atteindre Esmond et mon père également. Pourtant, même si je comprenais les motifs de Draco, mes instincts de rébellion contre lui ne s'apaisaient pas.

— Non, je t'en prie, non, fis-je d'une voix plaintive comme ses lèvres effleuraient les miennes et que je sentais son haleine chaude et provocante contre ma peau.

Il serra délibérément son corps contre le mien, ses cuisses caressant les miennes, pleines de promesses. D'une main, il empoigna ma chevelure pour m'empêcher de me détourner comme sa bouche passait de ma joue à mon oreille en un baiser brûlant.

— Non quoi ? demanda-t-il d'une voix basse et enrouée, me faisant vibrer comme une pouliche nerveuse.

Sa main glissa pour enfermer un sein malgré la mince étoffe de mon costume d'équitation.

— Te refuses-tu à moi, Maggie ?

— Oui... non !

Je me mordis les lèvres, refoulant les larmes que mon sentiment d'impuissance avait fait monter à mes yeux. Une fois de plus je voulus désespérément lui lancer des répliques cinglantes, et une fois de plus, je pensai à mon enfant et gardai le silence.

— Je... je ferai tout ce que tu voudras, consentis-je finalement avec réticence, me sentant plus bas que terre. Mais je t'en supplie, Draco, pas ici. On pourrait nous voir. Rentrons, au moins.

— Tu n'étais pas si difficile cette nuit-là ! fit-il observer.

Je devins écarlate. Mais satisfait de m'avoir arraché cet aveu, il haussa les épaules et me lâcha.

— Peu importe. Je peux attendre. Après tout, étant donné les circonstances, tu voudras te marier le plus vite possible, non ? Quand seras-tu prête à partir ?

— P... partir ? bégayai-je, en pleine confusion. Je... je ne comprends pas.

— Allons, Maggie ! Réfléchis ! Tu viens d'avoir... dix-neuf ans ? Tu ne peux te marier en Angleterre sans le consentement de Sir Nigel, et tu n'imagines tout de même pas qu'il va le donner. La fille d'un baronnet épouser un gitan, bâtard qui plus est ?

Draco eut un rire désagréable à cette pensée. Puis il reprit :

— Non, j'ai bien peur qu'il ne nous reste qu'une solution, ma petite : Gretna Green.

Je le fixai, saisie, car je n'y avais jamais pensé. Pourtant, je savais qu'il avait raison : j'étais mineure, et aucun prêtre anglais ne célébrerait la cérémonie sans la permission de mon père. Nous devions voyager jusqu'en Ecosse si nous voulions nous marier.

— Père se lancera à notre poursuite, murmurai-je.

— Eh bien qu'il le fasse, ricana Draco, comme s'il savourait cette perspective à l'avance. D'ici là il sera trop tard. Tu seras à moi.

Cette certitude me fit trembler intérieurement, mais je hochai la tête.

— Oui, murmurai-je dans un souffle. Je serai à toi, Draco.

Pour faire tout ce que tu voudras, ajoutai-je en mon for intérieur, frissonnant à nouveau. Puis, après un instant :

— Je dois réfléchir. Je dois songer au meilleur moyen de partir sans éveiller les soupçons...

Mon cousin haussa les épaules.

— Tu diras seulement que tu vas te promener à la Grange, proposa-t-il. Une fois qu'on aura découvert ta disparition, nous serons loin.

— Cela donnera lieu à un scandale épouvantable.

— Pas si Sir Nigel a l'intelligence de l'étouffer. S'il est mis devant le fait accompli, il serait bien sot de réagir autrement. Mon Dieu! explosa soudain Draco. J'ai hâte de voir sa tête quand il apprendra que nous sommes mariés!

A cette pensée, sa bouche se tordit en un sourire sardonique. Il avait raison : je serais effectivement l'instrument de sa vengeance contre mon père... Je me recroquevillai en imaginant la fureur de Sir Nigel quand il le comprendrait en apprenant mon mariage. Si je venais de trembler devant le Gitan, je me rapprochai maintenant de lui, recherchant instinctivement sa protection contre mon père, dont j'avais encore plus peur. En observant cela, l'attitude de Draco envers moi s'adoucit pour la première fois.

— Tu ne dois plus jamais avoir peur de lui, Maggie, déclara-t-il d'une voix radoucie. Contrairement à d'autres, je défends ce qui m'appartient. Crois-tu réellement que je laisserais quiconque te faire du mal, à toi ou à notre enfant à venir ?

— Je... je ne sais pas. Je crois que je n'oserai jamais te déplaire, de peur que tu ne m'abandonnes au bout du compte, comme tu m'as menacée de le faire...

— J'ai parlé sous l'influence de la colère. J'ai toujours voulu te posséder, Maggie, d'une manière ou d'une autre. Penses-tu vraiment que je te laisserais partir, surtout maintenant que tu portes mon enfant ? Mon Dieu ! Il y a beaucoup de choses en moi, ma petite, et pas toutes agréables, mais je ne suis pas aussi barbare ! (Sa bouche se tordit de colère.) Sir Nigel m'a peut-être fouetté à genoux par le passé, continua-t-il d'un air sombre, mais cela ne se reproduira pas, je te l'assure. Et je ne lui permettrai pas non plus de te maltraiter, Maggie. Si jamais il te touche, il m'en répondra, je te le promets !

Curieusement, les paroles de Draco me réconfortèrent. Pour la première fois, je me fis la réflexion que notre mariage ne serait peut-être pas aussi désastreux que je l'avais craint. Je répugnais à ce qu'il affronte mon père, mais lui étais reconnaissante de l'avoir proposé. Quelles que soient ses propres émotions envers moi, il me manifesterait aux yeux du monde tout le respect qui me revenait en tant qu'épouse. Jamais je n'aurais à craindre que mon mari ne me ridiculise publiquement comme tant d'autres hommes le faisaient avec leur femme.

— Je te remercie, dis-je rapidement. (Je me tus un instant.) Je... je ne sais pas très bien comment on procède à ce genre de choses. Que dois-je faire pour me préparer ? Me faudra-t-il des papiers... de l'argent ?

— Non. Je prendrai toutes les dispositions nécessaires. Ne t'occupe pas de cela. Il faut simplement que tu mettes dans un petit sac les quelques affaires dont tu ne pourras te passer pendant le voyage. Nous devons voyager rapidement et sans nous encombrer si nous voulons arriver à Gretna Green avant d'être rattrapés par ceux qui pourraient avoir la bêtise de nous poursuivre.

— Je... je comprends.

— Dans trois jours, alors, je viendrai te chercher. Tiens-toi prête et attends-moi à la première heure, sur la route au bord du bois.

— Dé... déjà ? demandai-je d'une voix hésitante. Je... je ne sais pas...

— Ce ne serait que reculer pour mieux sauter, Maggie, me rappela Draco, retrouvant sa dureté et sa froideur envers moi. Si tu as changé d'avis, dis-le. Tu sais qui je suis : je n'ai jamais déguisé ma personnalité. Si tu ne peux l'accepter, pourquoi es-tu venue ici ?

— Parce que je ne pouvais me tourner vers personne d'autre, expliquai-je avec sincérité.

Son visage pâlit sous l'affront et un instant, je crus qu'il allait me frapper.

— Mais naturellement, ricana-t-il. Pourquoi y

aurait-il une autre raison ? Alors tu es venue poussée par la peur et le désespoir, c'est bien cela ? Et sans aucun doute, une fois de retour chez toi, tu auras des scrupules. Eh bien, ne les écoute pas, Maggie : jusqu'à maintenant, j'ai gardé le silence sur ce qui s'est passé entre nous pour t'éviter le déshonneur, mais il n'en est plus question maintenant. Cet enfant est à moi, après tout, et naturellement, je serais forcé de le revendiquer si jamais tu accomplissais quelque folie. Ne t'imagine pas me duper de quelque manière. Sois bien certaine que je ne te laisserai pas en épouser un autre, et ne cherche pas non plus à t'enfuir. Une femme seule et sans un sou est facile à repérer. Sache bien que je te retrouverais et te ramènerais. Dans ces circonstances, je crois que même Sir Nigel ne s'interposerait pas. Il a beau me haïr, je ne pense pas qu'il voudrait voir sa fille unique ruinée.

— Non, sans doute, répliquai-je. Pour l'amour du bébé au moins, je ne tenterai pas de m'enfuir. Je ne suis pas si sotte.

— Sois-en sûre, ma fille, car une fois que nous serons mariés, nous ne pourrons pas revenir là-dessus.

Je me détournai alors et appelai Avalon, qui paissait paresseusement non loin de nous.

— Je me tiendrai prête et je t'attendrai dans trois jours, confirmai-je une fois en selle.

— Exactement, répliqua-t-il en saisissant les rênes fermement, m'empêchant de partir.

Puis, avec un sourire moqueur, il me dit lentement :

— Relève la tête, ma petite. Tu aurais pu faire pire, tu sais. Je suis peut-être bâtard, grossier et peu distingué, mais je suis intelligent et ambitieux, et je n'ai pas peur de me salir les mains quand il y a du travail. Nous ferons notre chemin dans le monde. Et avec toi à mes côtés pour la note aristocratique, qui sait ce que nous accomplirons ? J'ai toujours pensé que nous nous complétions très bien.

— Ah vraiment ? fis-je froidement. Je me demande bien pourquoi. En tout cas, cela ne m'a jamais frappée !

Sur quoi je talonnai Avalon qui bondit, arrachant les rênes des mains de mon cousin. Je ne regardai pas en arrière ; mais d'instinct, je sus que Draco ne me quitta pas du regard jusqu'à ce que je disparaisse.

18

Je me rappelle peu de chose de notre horrible voyage vers cette célèbre petite ville, juste de l'autre côté de la frontière écossaise. Ce fut un véritable cauchemar.

Draco s'était procuré un carrosse et deux chevaux vigoureux — je ne savais ni où ni comment — et accompagné de Renshaw et de deux inconnus à l'allure douteuse, il apparut le matin convenu pour m'emmener. Je fus soulagée malgré moi, comme si j'avais craint qu'il ne se dérobât. Pourtant je frissonnai quand la voiture s'immobilisa. Il descendit, les pans de sa houppelande noire tourbillonnant autour de lui comme un linceul sous le ciel qui s'éclaircissait peu à peu. Je claquais des dents et il jura tout bas en s'apercevant que j'étais glacée. Puis il me fit rougir jusqu'aux cheveux par une remarque osée et partit d'un rire rauque quand je lui sifflai de se taire.

— Je pensais te rendre meilleur moral, ma jolie, fit-il observer avec un amusement détaché. J'ai cru un instant enlever un cadavre ! Pour l'amour de Dieu, Maggie ! Pourquoi n'as-tu pas pris une cape plus épaisse ? Allez, monte. Tu te réchaufferas à l'intérieur ; j'ai pris une gourde de thé chaud. Attrape, Ned, dit Draco en lançant mon sac à son impressionnant comparse. Attache-le en haut. (Puis il se tourna vers Renshaw, qui se tenait maintenant à son côté.) Ramène le hongre de mademoiselle Chandler aux Tempêtes, énonça-t-il lentement, détachant chaque mot, et tiens-le caché jusqu'à ordre du contraire. Compris ?

Le bossu hocha la tête, avec les yeux d'une bête brute mais rusée. Sa folie ne transparaissait sans doute qu'à certains moments. J'observai les deux hommes depuis la voiture, sirotant le thé chaud et sucré de la gourde. Renshaw devait avoir des moments de lucidité et posséder quelques capacités de raisonnement et de compréhension. En tout cas, Draco en semblait persuadé.

— Alors répète mes instructions.

Il s'adressait au simplet comme à un enfant à qui il faut dire plusieurs fois les choses pour qu'il les saisisse.

— Oui, not' maître. Je dois emmener le cheval de la dame aux Tempêtes et personne ne doit le voir tant que vous ne dites pas le contraire.

— Voilà. Maintenant, te rappelles-tu ce que je t'ai également demandé ?

— Oui, not' maître. J'ai votre papier dans ma poche, ça oui. (Renshaw tapota fièrement sa veste sale et déchirée.)

— Bon, et que dois-tu en faire ?

— L'apporter à Sir Nigel, aux Abrupts, euh... vers le souper ce soir.

— Très bien, Renshaw, le complimenta Draco avec un bon sourire, le valet lui rendant le regard d'un chien fidèle.

— Va-t'en maintenant, dit Draco, accompagnant ses paroles d'un geste brusque. Et bouche cousue, sinon tu le regretteras, tu as compris ?

Conduisant Avalon et marmonnant des paroles incompréhensibles, Renshaw prit son chemin avec docilité. Après un dernier regard, Draco grimpa dans la voiture. Après s'être installé près de moi sur la confortable banquette tapissée, il se pencha en avant et tapa de sa canne contre le siège du cocher.

— Au galop, Will ! cria-t-il à l'adresse du cocher, un homme maigre et nerveux.

Sur ces mots, le fouet claqua, les chevaux bondirent en avant et avec un sursaut, le carrosse prit le départ, se balançant de tout son poids, les roues raclant le rocailleux chemin de terre. La boule de crainte nauséeuse tapie au fond de mon estomac grossit soudain. Ma dernière chance de fuir s'était envolée. Il n'y aurait plus moyen de revenir en arrière maintenant. Pour le meilleur ou pour le pire, j'étais liée à mon destin.

— Souris, Maggie, me demanda Draco, lui-même fort enjoué. On dirait que tu vas à un enterrement, pas à un mariage.

— Je n'ai aucune envie de sourire.

Sa bonne humeur disparut instantanément. Ses yeux noirs se plissèrent et sa bouche se crispa de colère.

— Alors je vais donner l'ordre de te ramener au Château sans délai, me lança-t-il, se levant à demi de la banquette. Je te l'ai déjà dit : je n'épouserai pas une femme qui ne se donne qu'à moitié.

— Non, non, attends ! De grâce... (Je me mordis les lèvres, posant une main sur son bras pour l'arrêter.) Je... je suis désolée. Ce n'est pas ce que je voulais dire. Je veux absolument que nous nous mariions. Mais je... j'ai si peur.

A mon grand soulagement, Draco reprit sa place auprès de moi, glissant familièrement un bras par-dessus mon épaule.

— De quoi, Maggie ? demanda-t-il plus doucement. De moi ? Ce n'est pas possible. Après tout, tu connais déjà tous mes défauts, n'est-ce pas ? Et si c'est Sir Nigel qui t'inquiète, rassure-toi. J'ai pris des mesures.

— Comment ? demandai-je. Le message dont il était question tout à l'heure ?

— Oui.

— Que disait-il, Draco ? Pourrais-je le savoir ? S'il te plaît...

Draco garda quelque temps le silence, le visage fermé. Enfin il haussa les épaules.

— Simplement que tu es entre mes mains et que s'il désire éviter le scandale, il ne fera rien tant qu'il n'aura pas reçu de mes nouvelles.

Tout d'abord je ne compris pas. Mais après avoir médité le message quelques instants, je saisis toute l'étendue des intentions de Draco et je suffoquai.

— Tu as insinué que tu m'avais enlevée ? m'écriai-je. Que tu me tiens à ta merci jusqu'à ce que tu décides de me relâcher ? O Draco ! Comment as-tu pu être aussi cruel ? Sais-tu ce qu'il va penser ?

— Mais oui, très exactement, ma mignonne, et j'espère bien qu'il en frémira de toute son âme, le vieux gredin ! Oh, j'imagine qu'au début, il n'y croira pas. Il ne voudra pas y croire. Mais à la nuit tombée, quand tu ne seras pas rentrée, il ira au lit en sachant que tu es dans mes bras et qu'il ne peut plus rien pour l'en empêcher. Par quelles affres il va passer ! Vais-je faire de toi une femme honnête ou t'abandonnerai-je avant de me vanter de t'avoir déshonorée ? Demain il sera déchiré entre la colère et la peur et le jour suivant le trouvera complètement fou. Il songera au scandale, qui n'est pas de son fait, pour une fois... Pas moyen de dédaigner la rumeur d'un haussement d'épaules aristocratique ! Et il fera tout pour éviter cette souillure, même s'il doit ravaler sa fierté et me laisser le fouetter jusqu'à ce qu'il tombe à genoux ; c'est ce qu'il m'a fait subir, tu te souviens ? Oh, oui ! Je sais ce qu'il va croire. Je compte bien là-dessus, ma belle !

— Le choc le tuera, murmurai-je. Et dire que je me suis volontairement donnée à toi, cette première fois...

— Ne perds pas ton temps à te faire des reproches, Maggie, car si tu n'étais pas venue à moi de ton propre gré, je t'aurais kidnappée tôt ou tard — enlevée et forcée, ne serait-ce que pour t'empêcher d'épouser Esmond Sheffield.

Les paroles de Draco possédaient un terrible accent de vérité. Je frissonnai, prise de vertige.

— Tu es un monstre, dis-je en essayant sans succès de me dégager de son étreinte.

— Un monstre qui t'adore, Maggie, murmura-t-il à mon oreille. Allons, ne peux-tu m'aimer juste un peu ?

— Comment le puis-je, quand tu seras la mort de mon père ?

— Que t'importe ? Il ne t'aime pas. Tu verras à notre retour en Cornouailles que seuls son orgueil et son nom comptent pour lui. Et puis, il est trop obstiné, trop rancunier pour mourir. Il sera furieux de voir que j'ai eu le dessus et voudra vivre pour prendre sa revanche.

— Il te tuera.

— Il pourra essayer, reprit Draco avec arrogance, mais ce sera peine perdue.

— Cela me serait bien égal.

— Vraiment ? me demanda-t-il d'une voix rauque, sa bouche tout près de la mienne.

— Vraiment.

Mon cousin émit un petit rire.

— Et si je te prouvais le contraire, Maggie ? Que cela ne te serait pas égal du tout ?

— Non ! Laisse-moi !

— Ah, Maggie, si seulement c'était en mon pouvoir... Mais tu agis comme une drogue sur moi : plus je te prends, plus je te désire.

Puis avant que je puisse protester, ses lèvres capturèrent les miennes, les tenant prisonnières. Je fus prise au dépourvu car je ne m'étais pas attendue à cela, pas si tôt... En fait je m'étais accrochée à l'espoir que Draco ne me toucherait plus jusqu'au mariage. Quelle idée ! Je savais quel genre d'homme il était ; il n'avait jamais tenté de le nier. Au contraire, il avait tout mis en œuvre pour me montrer sa nature démoniaque. Cet épisode ne faisait pas exception à la règle.

Il se contentera de m'embrasser, me dis-je.

Mais sa bouche, chaude et insistante contre la mienne, m'explorait sans précipitation. Pourquoi n'aurait-il pas pris son temps ? Je ne pouvais lui échapper. Même si je m'étais dégagée, je n'aurais pas commis la folie de sauter du carrosse à pareille vitesse et il le savait. Je tâchais d'éviter ses lèvres possessives, sa langue impérieuse, mais en vain. Il ne me laisserait pas glisser si facilement entre ses doigts.

Lentement, il dénoua les rubans qui maintenaient mon chapeau, ses mains s'emparèrent de mes cheveux. Une par une, il en tira les épingles, libérant les boucles. Ses doigts se mêlèrent au nuage sombre qui s'effondra, tissant les mèches de soie, se resserrant tant que je ne pouvais me détourner. Je me sentais légère, presque étourdie sous son étreinte. A croire que je n'avais plus de volonté propre. Je ne comprenais pas ce qui m'arrivait et pourquoi j'avais ces vertiges.

Draco parcourut les contours de ma bouche avec sa langue avant de forcer mes lèvres à s'ouvrir, me pénétrant, avalant mon souffle avec le sien. Des langues de feu me léchaient de leurs pointes incandescentes, fondant leurs flammes en moi. Un gémissement s'échappa de ma gorge. J'ouvris tout à coup les yeux, luttant contre les vagues de léthargie qui m'assaillaient. Je me débattais contre mon cousin mais mon esprit était paralysé par la confusion et mes membres gourds paraissaient de plomb.

Enfin je compris.

— Le thé, soufflai-je. Le thé était drogué.

— Une petite quantité de cognac et de laudanum... pour te calmer, reconnut Draco sans l'ombre d'un scrupule.

— Tu n'es pas un gentleman... Me traiter de la sorte...

A ma grande mortification, mon discours n'était qu'une bouillie informe.

J'entendis son rire moqueur.

— Me prenais-tu vraiment pour un gentleman ? Quel dommage de devoir te désabuser...

— Mais nous ne sommes pas encore mariés.

— Ce n'est plus qu'une question de jours. Du reste, cela t'importait peu, auparavant.

Je n'avais rien à répondre à cela. A ma grande honte, je ne pouvais m'en prendre qu'à moi.

Draco m'allongea sur la banquette du carrosse. Je voulus me redresser, mais il était trop fort pour moi. Je ne pouvais lui résister, j'étais parfaitement impuissante. Il dénoua les rubans de ma cape, puis ses mains glissèrent aux boutons de ma veste, qu'il défit adroitement. Je ne pus m'empêcher de lui faire remarquer :

— On dirait que tu as beaucoup d'entraînement.

Draco leva un sourcil amusé :

— Jalouse, mon amour ?

— Je ne suis pas ton amour.

— Oh, mais si et réjouis-t'en. Sinon je ne t'aurais pas épousée.

Sans que je sache comment, mon corsage se trouva ouvert. J'en pris faiblement conscience comme je fixais le toit du carrosse qui m'emportait de plus en plus loin. Maintenant que les brouillards matinaux s'étaient levés, le soleil printanier brillait dans des nuances de rose et de jaune contre le pâle bleu du ciel. De tendres rayons traversaient les fenêtres de la voiture pour caresser mes seins épanouis, que Draco avait dénudés pour les soumettre à son regard appréciateur. Gênée, je voulus me couvrir de mes bras, mais il les saisit sans peine et les ramena sous moi. Le dos cambré, je sentais mes seins se gonfler et lutter contre la dentelle du corset. Il s'agenouilla, me dominant de son corps, son visage comme une masse d'ombre auréolée d'un halo de soleil, ses puissantes cuisses enserrant mes jambes si bien que je ne pouvais bouger.

— Maggie, murmura-t-il. Ah, Maggie...

Ses mains se refermèrent sur mes seins et je poussai un cri de protestation, comme si je m'attendais à recevoir de l'assistance. Mais il n'y avait personne d'autre que les complices de mon cousin et, s'ils m'entendirent par-dessus le martèlement des sabots et le fracas des roues, ils firent la sourde oreille. La voiture poursuivit son chemin.

— Ils ne t'aideront pas, dit Draco, lisant mes pensées. Ils ont été grassement payés pour ne rien voir et ne rien entendre. Tu ne peux rien contre moi. Pourquoi te débattre ?

— Il... il le faut.

— Tu te conduis comme une sotte. J'ai déjà pris ta virginité. Il n'y a rien de toi que je ne connaisse déjà, ma mignonne, que je n'aie déjà revendiqué.

— Oh, mais si. Tu ne possèdes pas mon cœur, Draco.

— Cela viendra, Maggie, promit-il. Cela viendra.

— Non, jamais je ne t'aimerai.

— Tu m'aimes déjà ; sinon tu ne te serais pas donnée à moi. Allons, c'est la vérité et tu le sais bien ; tu ne veux pas le reconnaître, voilà tout. Tu m'as toujours aimé.

— Non ! Jamais !

— Nous verrons, ma belle. Nous verrons.

De ses paumes il souleva mes seins, glissant avec sensualité sur leurs sombres pointes qui se dressèrent et se tendirent comme effleurées par l'air vif du printemps. Je frissonnai — de répulsion, me dis-je. Mais au fond de moi, je savais à quoi m'en tenir. Même dans ces circonstances, contre mon gré, mon jeune corps me trahissait, s'éveillant aux baisers et aux caresses expertes. La bouche de Draco descendit sur un sein. Des étincelles de désir primitif et de bonheur intense explosaient en moi, irradiant tout mon corps ; comme une roue à feu, je tournoyais en me consumant. Les rayons de soleil, qui peu à peu se réchauffaient, coulaient sur nous en flots de rose profond et d'or vif, incendiant le carrosse à son tour.

Il ne se passe rien, pensai-je, ce n'est pas réel.

Je flottais dans un univers détaché du temps, où l'ombre, la lumière et la couleur se mêlaient en un kaléidoscope d'émotions et de sensations tourbillonnantes, aux motifs changeants, toujours plus intenses tandis que Draco me pliait à sa volonté. Un peu plus tôt, il avait jeté de côté son manteau et sa veste. Il desserra alors impatiemment sa cravate et déboutonna sa chemise jusqu'à la taille, dénudant sa poitrine brune. Puis avec lenteur, il dénoua ses culottes, révélant la preuve de son désir pour moi. Rougissant, je détournai rapidement le regard et il rit doucement en se penchant à nouveau vers moi.

— Bientôt, Maggie, mon amour, me promit-il d'une voix rauque, très bientôt, maintenant...

Mes jupes étaient de la soie sauvage contre ma peau comme il les remontait sans ménagements sur mes cuisses. Bien différentes furent ses mains dures comme corne, qui me touchaient là où aucun homme n'avait jamais osé m'atteindre. Je tremblai comme ses doigts habiles me caressaient, me pénétraient, aiguillonnant encore mon désir de le recevoir. Je ne savais pas qu'il était capable d'éveiller mes sens si voluptueusement, d'une manière qui défiait l'imagination.

— Non, Draco, articulai-je dans un sanglot brisé, soudain plus consciente. De grâce, non...

Il ne me prêta aucune attention. Ses lèvres et sa langue étaient impérieuses et douces à la fois quand il me goûta hardiment. Sa chaleur et mon suc se mêlèrent tandis que je vibrais et fondais sous l'indécent assaut qu'il menait sur mon corps. Je gémis sous le choc et l'humiliation de subir pareille chose. Pourtant j'en savourai chaque instant, perdant tout contrôle, me tordant sous lui pendant qu'il me tourmentait, étouffant des cris de désir dans mon attente frénétique. Sans rien voir, je me débattis, avide d'être pénétrée. Il se mit à genoux et souleva mes hanches, me dévorant de ses yeux noirs. Puis sa bouche s'entrouvrit.

— Maggie... fit-il doucement.

Et sans préambule il m'empala si soudainement que je crus me déchirer sous son élan. Mais peu m'importait. Consumée de passion, je le pris au fond de moi, guidée par mon seul désir, suffoquant de plaisir divin et de douleur. Je hurlai ma reddition alors qu'il se retirait, suspendant mon plaisir avant de revenir sauvagement sans jamais me quitter des yeux.

Lentement, joint à moi, il nous reposa sur la banquette du carrosse, son poids m'enfonçant au creux des coussins de velours. Je sentais son haleine chaude contre ma gorge ; il glissait sa bouche sur ma chair pour sucer avidement les pointes de mes seins et les baigner de sa langue. Je sursautai follement et me cambrai contre lui, balançant la tête d'un côté à l'autre comme il me parcourait d'un mouvement inexorable, m'ébranlant de son ardeur comme la voiture de ses cahots, chaque coup plus rude et plus profond que le précédent, jusqu'à ce que, haletante, je m'accroche lascivement à lui, plongeant mes ongles dans sa chair comme j'atteignais l'extase.

Une poussée irrésistible de jouissance déferla sur moi et m'engouffra. D'exquis sursauts de plaisir sensuel se gonflèrent en moi, bientôt unis en une vague puissante, insoutenable qui me balaya sans répit, me portant toujours plus haut. Je me hâtai à sa crête jusqu'à ce qu'elle culmine et s'effondre soudain, me laissant haletante, noyée dans les sombres profondeurs de son déluge. Les mains de Draco se crispèrent sur mes hanches comme je me raidissais et vibrais sous son corps, tandis que de plus en plus vite, il plongeait et revenait. Enfin il se répandit en moi puis s'effondra, le cœur battant contre le mien.

Après quelque temps, il se retira et me lança un regard de froid triomphe. La réalité pénétra faiblement mon esprit confus comme je tâchais de me reprendre et de lutter contre la stupeur qui m'enveloppait encore. Je ne souhaitais plus que fermer les yeux et rester allongée là. Peu m'importait le spectacle que je devais offrir, affalée à demi nue sur la banquette, mes jupes vulgairement troussées sur mes cuisses. Avec quelle facilité il avait conquis mes sens... Je me mis à pleurer de honte.

— Chut, Maggie, me dit Draco. Chut, mon amour. Ce n'était ni la première ni la dernière fois...

Mais ne me consolaient ni cette vérité ni mes perspectives d'avenir et je m'endormis dans mes larmes.

Je m'éveillai à la nuit et encore languide, me crus de retour à mon lit juste après un cauchemar. Progressivement consciente du balancement de la voiture et de la présence de Draco, je me rappelai que ce n'était pas un rêve : j'étais bel et bien en route vers Gretna Green pour épouser le Gitan. Je me souvenais maintenant des événements matinaux et à nouveau saisie d'horreur, j'étouffai un sanglot. Draco se tourna soudain vers moi :

— Ainsi, Maggie, te voici enfin réveillée, fit-il observer. Bien ! Je me demandais si tu avais l'intention de dormir jusqu'à Gretna Green. As-tu faim ? Nous arrivons à un relais — l'auberge de Saint-

George et du Dragon — où nous pouvons dîner si tu veux.

A ma grande surprise, je m'aperçus que j'étais affamée. Je me rassis et acceptai sa proposition. Draco baissa donc la vitre et se pencha pour donner à Will les instructions nécessaires. Je frissonnai à la brise nocturne, car maintenant que le soleil s'était couché, l'air printanier avait à nouveau fraîchi. Retrouvant ma cape dans la pénombre, je l'enfilai pour me réchauffer et entrepris de me rendre présentable. Je lissai mon ensemble de voyage sous les plis de la cape et m'assurai que tous les boutons, crochets et rubans étaient attachés. Puis je recherchai mes épingles à cheveux éparpillées sur la banquette et enroulai mes mèches libres en un catogan. Ensuite je mis mon chapeau et en nouai les rubans sous mon menton avant de dénicher mes gants et mon petit sac dans un coin de la voiture.

Je demandai à Draco quelle distance nous avions parcourue.

— Nous venons de quitter Highbridge, me renseigna-t-il.

J'en crus à peine mes oreilles : avions-nous donc presque couvert cent cinquante kilomètres ?

Nous avons dû nous arrêter plusieurs fois pour changer de chevaux, songeai-je. Pourtant sous l'effet du cognac et du laudanum, je ne m'étais pas éveillée. Tel devait être le dessein de Draco : au cas où j'aurais changé d'avis et décidé de ne pas l'épouser, j'aurais été incapable d'appeler à l'aide. Ensuite je me serais trouvée si loin de chez moi que toute tentative d'évasion eût été vouée à l'échec. C'était bien son style.

Enfin le carrosse quitta la grand-route et s'immobilisa devant l'auberge. En entendant notre arrivée, le valet d'écurie se hâta à notre rencontre et dételа les chevaux couverts d'écume tandis que Draco m'aidait à descendre. A la chaleureuse lueur des lampes de l'auberge, je vis que l'établissement, bien que petit, était propre et bien tenu.

L'aubergiste s'avança depuis son comptoir pour nous accueillir. Draco, exhibant une bourse bien ronde — mais comment avait-il acquis tant d'argent ? —, retint la salle privée et une seule chambre, ce qui me plongea momentanément dans le désarroi. Mais nous aurions éveillé les soupçons en en demandant deux.

— Je veux ce que vous avez de mieux, mon brave, insista mon cousin. Mon épouse est enceinte et je souhaite qu'elle se repose confortablement. La journée a été épuisante. La bonne a fait une chute et s'est foulé la cheville, si bien que nous avons dû la laisser derrière nous. Quant à ma femme, prise de malaises tout à l'heure, elle n'a rien avalé de la journée.

Les mensonges coulaient si facilement de sa langue que je les crus moi-même à moitié.

— C'est pourquoi j'aimerais que l'on nous serve à souper malgré l'heure tardive.

— Mais certainement, monsieur, déclara l'aubergiste qui, ayant évalué la tournure de Draco et la taille de sa bourse, se tenait tout prêt à nous satisfaire. La chambre est la plus grande de l'auberge et le lit possède un bon matelas de plumes. Pour le souper, je crois que vous ne trouverez pas de meilleure cuisinière que ma femme. Elle peut vous préparer quelque chose en un tournemain. Si vous voulez bien me suivre, monsieur...

Il nous fit traverser la grande salle illuminée où quelques voyageurs étaient affalés devant des chopes de bière. Installés dans la salle à manger privée, nous n'attendîmes guère avant de voir apparaître l'épouse de l'aubergiste. Elle portait un lourd plateau chargé d'un épais ragoût de mouton fumant aux petits pois précoces, de fruits, de fromage et de pain. L'aubergiste n'avait pas exagéré les talents de sa femme : ce fut un régal.

Puis nous nous retirâmes dans notre chambre où, malgré mes protestations, Draco me renversa sur la couette et me fit l'amour jusqu'à ce que je gémisse d'extase. Je le détestai de toutes mes forces, surtout parce que, au fond, il m'obligeait à reconnaître que je ne le haïssais pas tant que cela. Il fuma ensuite un cigare sans parler tandis que je pleurais doucement dans mon oreiller, désorientée par le conflit de mes émotions.

Ainsi s'établit le rythme de nos journées. Pour moi, elles gardèrent ce côté irréel d'un rêve ; il me semblait les vivre dans un perpétuel état de torpeur. J'étais certaine que Draco ne me droguait plus. Pourtant je ne pouvais me dégager de la faiblesse qui me paralysait. Ne sachant pas ce qui m'arrivait, j'en arrivai à craindre quelque mystérieuse maladie de langueur.

— C'est l'enfant, Maggie, m'expliqua Draco quand, trop inquiète, je m'ouvris à lui de mes inquiétudes. Ne sais-tu pas qu'il est épuisant d'attendre un bébé, nerveusement et physiquement ?

Naturellement, je m'étais attendue à de la fatigue, mais à rien de la sorte. Ce que j'avais entendu concernait essentiellement les nausées matinales, dont je ne souffrais pas. Rien ne m'avait jamais préparée à ce flou dans mes idées, à ces membres de plomb. J'étais une vraie chiffe molle et ne faisais que dormir et manger — dévorer plutôt, à ma grande honte ! Draco ne fit qu'en rire et se moqua gentiment de moi :

— J'espère être assez fort pour te faire passer le seuil de la maison en rentrant !

En tout cas mon état ne diminua en rien son désir. Il me prenait à son gré, ignorant tout de mes objections.

Curieusement, il se montrait bon avec moi. Attentif à mes besoins et à mon confort, il exigeait les meilleurs repas et les chambres les plus agréables. Je ne demandai pas à Draco où il avait trouvé l'argent qu'il distribuait si largement car il m'aurait menti. Pourtant cela m'intriguait. Fallait-il donc croire la rumeur ? Avait-il caché une rançon de roi sous son matelas ?

Maintenant que la plupart de mes craintes s'étaient dissipées, je vis qu'il avait acquis du goût et des manières durant ses trois années d'absence. Ses vêtements d'excellente qualité étaient impeccables et sa courtoisie aurait conquis n'importe quel salon. Ainsi, marchands comme laquais, tous s'affairaient à son service sans jamais deviner qu'ils multipliaient les courbettes devant un bâtard, gitan de surcroît. D'après sa moue dédaigneuse, je soupçonnais Draco de bien en rire. Il tirait un plaisir pervers de cette mascarade, tout comme il avait trompé mon père avec son insolent message.

J'avais le pressentiment d'une catastrophe imminente à chaque fois que je pensais à Sir Nigel. Même sans trace de poursuivant, j'étais persuadée qu'il nous talonnait de près malgré les avertissements de Draco. Mon cousin ne comptait pas davantage sur la docilité de mon père, car nous continuâmes notre voyage à un train d'enfer. Quand le carrosse traversa la frontière écossaise, nous avions parcouru environ six cents kilomètres en quatre jours.

J'étais alors si fatiguée que je ne me souviens

guère de notre mariage. Bien sûr, il n'eut aucun rapport avec mes rêves d'enfant ou mes projets de fiancée. La loi écossaise ne requérait ni la publication des bans ni une licence spéciale pour se marier. Aucun officier du culte ne se trouva présent à la cérémonie.

Draco et moi prononçâmes nos serments de fidélité dans la misérable salle à manger d'un forgeron. Ce dernier, tiré du lit à une heure indue, était de méchante humeur. Mais il avait manifestement l'habitude des couples en fuite désireux d'être mariés au plus vite. Will et Ned, les cochers, nous servirent de témoins.

Cette cérémonie bâclée me consterna. Je me sentis dégradée. Avions-nous voyagé si loin pour si peu de chose ?

Même après le mariage, j'eus du mal à me persuader que Draco et moi étions vraiment unis. Il n'y avait pas eu de messe et le forgeron endormi avait bafouillé des formules incompréhensibles. Seuls le lourd anneau d'or de mon mari à mon doigt et son audacieuse signature griffonnée sur le certificat de mariage possédaient quelque réalité à mes yeux. Draco Chandler, avait-il écrit comme s'il avait le droit d'utiliser notre nom. Sir Nigel serait fou furieux — mais n'y pourrait plus rien. J'étais légalement mariée au Gitan et même mon père ne saurait dénouer ce lien.

Devais-je en rire ou en pleurer ?

19

Presque quinze jours s'écoulèrent avant mon retour au Château des Abrupts. L'heure était tardive mais des lumières brillaient encore aux fenêtres du manoir, preuve que Sir Nigel et Lady Chandler ne s'étaient pas encore retirés. J'étais d'une lassitude extrême. Mais je compris le cœur serré que Draco ne m'épargnerait aucune épreuve. Il fallait leur faire face sans délai. Son visage était empreint d'une espèce de satisfaction sévère quand il m'aida à descendre ; lui au moins savourait à l'avance la perspective de cette confrontation.

Alors que je tremblais au seuil de la maison d'où j'avais osé m'enfuir, mon époux levait fièrement la tête. Il donna des coups de heurtoir si péremptoires qu'Iverleigh, gravement offensé, ouvrit brusquement la porte. Il avait visiblement l'intention de réprimander l'importun qui frappait si fort mais ses propos coléreux moururent sur ses lèvres.

— Mademoiselle Chandler ! s'exclama-t-il, les yeux écarquillés. Mon... monsieur Draco !

Rougissant d'appeler de la sorte un ancien garçon d'écurie, le majordome s'interrompit brusquement et mon époux eut une moue moqueuse.

— Sir Nigel est-il chez lui ? demanda-t-il sèchement.

— Dans la bibliothèque, mais...

— Parfait, énonça Draco avec un déplaisant sourire.

Puis, prenant mon bras, il força impérieusement son chemin, bousculant le majordome décomposé.

— Ne prenez pas la peine de nous annoncer ;

nous le ferons nous-mêmes. O Iverleigh, veillez à ce que nous ne soyons pas dérangés, voulez-vous, mon brave ?

Bien qu'il n'ait pas mis les pieds au manoir depuis la mort de son père, Draco n'avait pas oublié l'agencement de ses pièces. Me tirant à moitié, il traversa le hall à grands pas, descendit le couloir qui longeait le petit salon et la salle de billard avant d'arriver à la bibliothèque. Sans même frapper, il ouvrit brutalement la porte.

Mon père était assis dans sa chaise roulante près de la cheminée. Sur une table à sa portée étaient posés un flacon de whisky et un verre à demi vide. Il avait un livre ouvert sur les genoux, mais paraissait plutôt fixer les flammes. Je me figeai, choquée par cette vision.

Lors de ma courte absence, il semblait avoir vieilli de vingt ans. Ses cheveux blanchis s'étaient clairsemés. Ses yeux injectés de sang étaient cernés de mauve et ses bajoues tremblotaient. Sa mise était-elle déjà si négligée ? Non. Ce n'était pas l'homme de mon souvenir. Son col était ouvert, son jabot de travers et il avait renversé du whisky sur le devant de sa chemise de batiste. Sa veste le boudinait à la taille et un châle froissé drapait ses genoux. Je faillis m'apitoyer. Mais il n'aurait eu que mépris pour ma compassion.

Furieux de cette intrusion, Sir Nigel releva la tête d'un geste farouche. Mais à notre entrée, il fit lentement pivoter son fauteuil pour nous faire face et roula jusqu'au milieu de la pièce. Il s'immobilisa alors, ses yeux de glace et sa mâchoire crispée trahissant sa fureur. Il ne me jeta pas même un coup d'œil, à moi, son enfant unique. Mais son regard croisa froidement celui de Draco et le retint. Qui détournerait les yeux le premier ? Pendant un très long moment de tension, personne ne fit un geste et un silence de mort s'abattit sur la pièce. Ma gorge se dessécha : allaient-ils en venir aux mains ? Je savais bien que mon père en était physiquement incapable, mais je m'attendais presque à le voir bondir de son fauteuil pour se jeter à la gorge de Draco. Draco, quant à lui, n'attaquerait pas un homme impuissant à se défendre, mais je ne répondais pas de sa réaction si mon père le provoquait. Finalement, une bûche craqua dans le foyer et la bouche de Draco se plissa en une moue féroce.

— *Le Cid,* monsieur ? demanda-t-il sur un ton moqueur en remarquant le livre ouvert, rompant ainsi la lourde chape de silence. C'est intéressant. Pour ma part, je préfère *Les Liaisons dangereuses*. Voyons, quels sont les termes exacts de ce vers ? Ah oui. « La vengeance est un plat qui se mange froid. »

— Je te ferai pendre, grogna soudain Sir Nigel entre ses dents serrées, les mains crispées sur les roues métalliques de sa chaise roulante.

— Je ne crois pas, répliqua mon mari sobrement, un sourire insolent aux lèvres. Voyez-vous, monsieur, j'ai trouvé Maggie fort à mon goût et je l'ai épousée.

Mon père en perdit le souffle, le visage vidé de ses couleurs. Alors seulement, sans s'adoucir ni relâcher sa tension, il me scruta du regard. Je ne sus que trop bien ce qu'il vit car j'offrais un piteux spectacle.

Dans la voiture, Draco avait à nouveau décidé d'user de ses prérogatives conjugales. Ensuite il m'avait interdit de me rendre présentable. C'est pourquoi ma cape était simplement drapée sur mon bras et le désordre de ma tenue pleinement visible. Avec mes cheveux dénoués, ma veste ouverte, mon corsage déboutonné et mes jupes froissées, j'avais exactement l'apparence que Draco voulait me donner devant Sir Nigel : celle d'une femme à qui l'on vient de faire l'amour avec conscience et talent. Deux taches de couleur montèrent à mes joues comme mon père calculait l'étendue des dommages. Puis la bouche plissée d'un dégoût ostensible, il me renvoya d'un geste dédaigneux.

— Laisse-nous, Margaret, lança-t-il sur un ton glacial, son regard à nouveau fixé sur Draco.

— Mais... mais, père... l'implorai-je.

— Laisse-nous, dis-je ! Cette affaire ne te concerne plus et ne t'a d'ailleurs jamais concernée ! Tu n'as été qu'un pion que ce voyou a manipulé pour son profit !

— Non...

— Fais ce qu'il te dit, Maggie, intervint doucement Draco. Sir Nigel a raison. Ce qui va suivre est entre lui et moi. Va. Prends tout ce dont tu as besoin dans ta chambre et fais empaqueter le reste par ta camériste. Tu ne remettras plus les pieds dans cette maison.

Son regard était empreint de compréhension et de pitié pour moi. Je ne pus nier davantage ce que nous avions toujours su : mon père ne m'aimait pas, moi, sa fille, mais ne se préoccupait que de l'orgueil de son nom. J'en fus profondément meurtrie ; en fait, j'avais gardé espoir...

Car enfin, à sa connaissance, j'étais vierge ! Il avait toutes les raisons de penser que j'avais été brutalement enlevée et violée par le bâtard de la famille... Etait-ce là toute sa compassion ? Des larmes emplirent mes yeux mais j'étais trop fière pour les laisser couler. Je ne donnerais pas cette satisfaction à mon père. Me mordant les lèvres pour ne pas éclater en sanglots, je me détournai.

Le cœur lourd, je laissai les deux hommes seuls à eux-mêmes dans la bibliothèque, ne me souciant plus qu'ils s'entre-tuent. Je prenais pleinement conscience de ce que signifie être femme dans un monde d'hommes et dans mon amertume, je me sentis plus proche que jamais de ma belle-mère et de Julianne.

Je voyais ma vie dans une clarté cruelle : ayant eu le malheur de naître fille, j'avais d'abord été enchaînée à mon père avant de me trouver liée à mon mari. Je ne possédais aucun droit en propre. Rien ne m'appartenait, aussi dépendais-je de ce qu'un homme décidait de m'allouer. Je pouvais être marchandée par Sir Nigel contre l'honneur de son nom sans que personne y trouve à redire, car tel était le destin d'une femme : être vendue à l'homme qui apporterait le plus de pouvoir et de richesses à sa famille, ou lui épargnerait le scandale et la disgrâce. Draco pouvait me battre, m'enfermer, me violer mais personne ne lèverait le petit doigt pour me défendre. Une femme faisait simplement partie des biens de son mari au même titre que sa maison, sa voiture et sa veste de cérémonie. Durant les quelques minutes qui allaient suivre, le restant de ma vie serait déterminé dans la bibliothèque de mon père et on me refusait le simple droit d'être présente.

C'était insupportable. Pourtant, comme toutes les autres femmes, il fallait bien que je l'endure. Je devais me contenter d'avoir assuré mon avenir en me mariant à un homme capable de subvenir à mes besoins et qui, malgré sa froideur, ne me battrait sans doute pas, ne me ferait pas déclarer folle et n'installerait pas une maîtresse sous son toit comme tant d'autres. Mes satisfactions se limiteraient à mes joies domestiques et familiales. Je devrais être heureuse de recevoir les amis de mon mari, d'apparaître toujours élégante et sereine et de me tenir à sa disposition dans son lit. Si par hasard, j'en désirais davantage, eh bien... il faudrait étouffer ces tentations, que je serais impuissante à réaliser dans un monde où les femmes n'existaient que pour rendre la vie des hommes plus confortable.

J'étais madame Draco Chandler, celle par qui le scandale arrivait. Mais j'étais aussi l'épouse d'un homme intelligent, fort, ambitieux, même si aux yeux de certains, il ne serait jamais qu'un bâtard et un gitan. Je ne serais pas séparée de mon enfant, ni forcée de me tuer au travail ou de me vendre à un coin de rue. Si mon rôle de maîtresse du Haut des Tempêtes et de mère de famille ne me suffisait pas, eh bien tant pis pour moi, car tel était mon lot !

Ne faisant aucun cas des regards curieux d'Iverleigh et de madame Seyton qui s'étaient affairés dans le hall comme par hasard, je me traînai jusqu'à ma chambre. J'y fus accueillie par une boule de fourrure qui bondit dans mes bras.

— Grimalkin ! m'exclamai-je, enfouissant mon visage dans la robe noire et soyeuse du chat, Grimalkin ! Comment ai-je pu t'oublier ?

Il avait neuf ans déjà, mais il était toujours très joueur. Heureux de me voir, il me léchait le visage de sa langue râpeuse en ronronnant. Ce geste familier me serra la gorge d'émotion et les larmes que j'avais retenues dans la bibliothèque glissèrent le long de mes joues sur la fourrure de Grimalkin. Mais ne sachant combien de temps j'avais devant moi, je me forçai à reposer le chat dans son panier. Puis saisissant une valise, je commençai à empiler mes possessions les plus chères, trop bouleversée pour me demander pourquoi Linnet n'était pas venue m'aider.

Peu après je fus interrompue par un coup à ma porte. Avant que je puisse demander qui était là, Lady Chandler s'engouffra dans ma chambre. Je ne l'avais jamais vue dans un état pareil et je la dévisageai un instant, muette de stupeur. Une mèche blanche toute récente traçait une marque visible dans ses cheveux épars. C'était la première fois que je la voyais décoiffée... Ses yeux gonflés étaient rougis de larmes et elle était fort amaigrie. Elle paraissait si éperdue que je craignis pour sa raison. Elle s'avança vers moi, tordant un mouchoir de dentelle entre ses mains.

— Mon Dieu, Margaret ! explosa-t-elle, saisissant ma main dans la sienne. Vas-tu bien ? Non, quelle question stupide ! Comment pourrais-tu aller bien ? Oh ! Le méprisable monstre ! Ce diabolique bâtard, ce gitan ! Comment a-t-il osé ? Comment a-t-il pu ?

Sa voix se brisa en un sanglot. Tremblante, elle se détourna, pressant son mouchoir contre sa bouche comme elle tâchait de se reprendre. Après un instant, elle continua d'une voix hachée.

— Nigel me tient pour responsable de tout, tu sais, confessa-t-elle, révélant la cause de son agitation. Il a été si cruel avec moi — moi, sa propre femme ! — que j'ai cru mourir !

Elle eut un pathétique reniflement en songeant à l'injustice dont elle estimait avoir été victime.

— Je n'y suis pour rien ! Absolument pour rien... (Elle s'interrompit soudain. Puis arpentant la pièce, elle reprit :) Mon Dieu ! Je n'oublierai jamais le visage de Nigel quand il a reçu l'odieux message de Draco. Il s'est mis dans une telle rage, le visage tout marbré de rouge, que j'ai cru... j'ai cru qu'il avait une crise d'apoplexie, qu'il allait tomber mort sur-le-champ ! Oh, c'était horrible, Margaret ! Horrible ! Tu... tu n'en as pas idée... Il m'a lu le papier. Ses yeux... ses yeux étaient terribles. Il me foudroya d'un regard de braise, me dit que tout était entièrement de ma faute, que j'aurais dû être un meilleur chaperon pour toi ; et effectivement je... je suppose que j'aurais dû surveiller davantage tes allées et venues, ne pas te permettre de partir sans domestique lors de tes escapades. Mais j'étais si occupée par le mariage d'Esmond avec Julianne. Et puis qui l'eût cru ? Je veux dire... tu n'avais pas de soupirant, souligna-t-elle peu généreusement. Ce n'était pas comme si tu t'esquivais discrètement pour mener une liaison secrète ou quelque chose de ce genre. Alors qu'aurait-il pu t'arriver sur la lande, à toi, la fille du baronnet ? Sir Nigel aurait tué quiconque aurait osé porter la main sur toi ! Qui aurait pu imaginer que Draco aurait la barbarie de te faire disparaître comme par enchantement et... et...

— De grâce, belle-maman, murmurai-je sur un ton apaisant, la sentant au bord de la crise de nerfs. Je vous en prie, asseyez-vous et laissez-moi vous porter un verre d'eau. Vous êtes bien surmenée... Vous n'avez aucun souci à vous faire, pourtant. Draco et moi nous sommes mariés...

— Mariés ? Mariés ! Petite sotte ! gémit-elle, se retournant soudain contre moi. Incurable petite sotte ! Crois-tu que cela arrange tout ? Mais même si Draco trouvait faveur aux yeux de Nigel, se marier à un gitan bâtard ne peut être qu'une épouvantable mésalliance pour une fille de baronnet ! Il ne fait pas de doute que dans ces circonstances, Sir Nigel préférerait te voir morte plutôt que mariée à son neveu illégitime !

— Aucun doute, c'est certain, acquiesçai-je froidement, me rappelant comment mon père m'avait signifié mon congé comme si je n'existais plus pour lui. Pourtant c'est fait et on ne peut y revenir.

— Mais si, mais si ! s'écria Lady Chandler, les yeux illuminés d'espoir. Tu es mineure. Nous pouvons faire annuler le mariage, étouffer le scandale d'une manière ou d'une autre. Personne d'importance ne connaît le fin mot de l'histoire. A ta disparition, nous avons dit à tout le monde que tu t'étais trouvée malade à la Grange et y restais pour ta convalescence. Tiberia et Sarah ne diront pas le contraire — Nigel les jetterait à la rue, sinon — et nous pouvons nous débarrasser des quelques domestiques qui savent à quoi s'en tenir. Oh, quelle chance que Nigel ait dû s'aliter après avoir reçu le message de Draco et n'ait pu se lancer à votre poursuite ! Heureusement qu'il n'a envoyé personne d'autre... Il se savait seul de taille à affronter Draco et n'avait confiance en la discrétion de personne, de toute manière. Oui. Tu verras, Margaret, jacassait Lady Chandler de plus belle, les choses peuvent s'arranger, et alors peut-être Sir Nigel me pardonnera-t-il...

— Non, belle-maman, le mariage sera maintenu, je vous assure, dis-je. Je n'étais pas mineure à Gretna Green ; il n'y avait pas besoin du consentement de mon père. Et comme le mariage a déjà été... consommé, il n'y a pas d'autre motif d'annulation.

A ces mots, Lady Chandler s'effondra de saisissement sur une chaise.

— O Margaret, ma pauvre fille ! gémit-elle enfin, très pâle. Pourquoi t'es-tu prêtée à une telle chose ? Oh, pas... pas la consommation ! Je suis certaine que ce maudit gitan ne t'a pas donné le choix. Il est assez clair qu'il n'a rien d'un gentleman. Mais... le mariage et... Gretna Green! Durant un si long voyage, tout ce chemin jusqu'à la frontière écossaise... n'as-tu jamais eu l'occasion de t'échapper? Tu aurais sans doute trouvé de l'aide en racontant ton malheur. Et comment un homme de robe a-t-il pu célébrer un mariage que tu ne voulais pas subir? (Elle massa ses tempes d'un geste las.) J'ai bien peur de ne pas comprendre...

— Non, je sais, et peut-être est-ce mieux ainsi. Mais croyez-moi, belle-maman, j'avais de bonnes raisons d'agir comme je l'ai fait. Je n'ai pas cherché à m'échapper — je n'en avais pas le moindre désir — et du reste, Draco avait veillé à ce que ce fût impossible. De plus, comme je l'épousais volontairement, le forgeron — il n'y a pas besoin de prêtre en Ecosse — n'a eu aucune raison de refuser de s'exécuter.

— Je... vois, prononça-t-elle avec lenteur.

Je sentis que mes paroles l'avaient blessée et déconcertée à la fois, car elle cessa de pleurer et se redressa, retrouvant en grande partie son sang-froid.

— Eh bien, peut-être ne suis-je pas tant que cela à blâmer dans cette sournoise affaire, déclara-t-elle, réfléchissant visiblement au meilleur moyen de retourner la situation à son avantage. En toute franchise, Margaret, j'ai toujours soupçonné que Draco et toi ressentiez l'un pour l'autre bien plus que l'affection de deux cousins... Même quand tu étais promise à Esmond et que tu prétendais l'aimer! J'avais donc raison... Tu n'as pas perdu de temps pour te jeter dans les bras de Draco, dis-moi! Si toute la vérité devait voir le jour, on apprendrait que tu n'as été ni enlevée ni forcée... (Ses yeux se plissèrent soudain, lui donnant une expression de ruse.) Oui, c'est bien cela, n'est-ce pas ? murmura-t-elle dans un souffle triomphant. Draco et toi aviez tout organisé dans l'espoir que le choc et le scandale seraient la fin de Nigel. Oui, oui, je comprends maintenant ! Et tout cela à cause de ce diable de cheval — puisse-t-il pourrir en enfer, celui-là ! Vous haïssez Nigel depuis que le cheval a dû être abattu. Tu t'es toujours bien moquée que cette histoire le laisse paralysé et qu'il endure des souffrances atroces jour après jour !

— Ce n'est pas vrai, belle-maman.

— Ah non ?

Elle eut un rire dédaigneux. Elle avait retrouvé tous ses moyens maintenant qu'elle apercevait un moyen de se racheter auprès de mon père.

— Inutile de nier, Margaret, ton visage ne peut pas mentir. (Elle s'interrompit.) Eh bien, tu sauras que Sir Nigel est d'une autre étoffe, méchante fille ! Dire qu'il arrangeait ton mariage avec Lord Broughton, que tu as rencontré à Londres et que j'avais enfin persuadé de t'épouser ! Eh oui. Tu l'ignorais, n'est-ce pas ? Ce devait être une surprise, pour te consoler d'avoir dû laisser Esmond à Julianne. Te rends-tu compte de ce que tu as perdu par bêtise et par rancune ? Tu aurais pu devenir Lady Broughton, une riche et puissante comtesse ! Et moi... je t'aurais aidée à trouver ta place dans la société. Je t'aurais appris comment utiliser ta situation pour tenir le salon le plus en vue ! Tu avais les origines et le tempérament nécessaires ; il ne te manquait que le savoir-faire. Nigel ne vivra pas toujours, tu sais. Toutes les deux, nous aurions accompli de grandes choses. Nous aurions été des reines...

Sa voix s'éteignit peu à peu comme elle prenait conscience de qu'elle laissait transparaître.

L'envergure de son ambition et de ses intrigues m'abasourdit. Voilà pourquoi elle m'avait offert son aide et le simulacre de son affection ! Elle voulait utiliser mon rang et ma richesse pour attraper un troisième mari. Elle visait sans aucun doute un comte ou même un duc. Cette femme était incorrigible !

Pourtant je ne pouvais condamner ma belle-mère. Elle était victime des circonstances, prisonnière de son corps de femme tout autant que moi. A la mort de mon père, que lui resterait-il à faire, sinon trouver un nouvel époux ? Elle ne serait plus que la douairière Lady Chandler, soumise aux caprices de Julianne et à la bourse d'Esmond. Comment lui reprocher d'en vouloir davantage et d'utiliser tous les moyens dont elle disposait pour y parvenir ? Peut-être aurais-je fait la même chose à sa place.

Voyant que j'avais percé à jour le véritable motif de son amitié, elle haussa les épaules.

— Enfin... soupira-t-elle, il est trop tard, Margaret. Tu as préféré devenir un objet d'opprobre et de ridicule. Plus personne de convenable ne voudra te fréquenter. (Elle se leva soudain.) Je te souhaite beaucoup de bonheur avec ton bâtard, Margaret, dit-elle froidement. Plus le temps passe, mieux je vous trouve assortis !

Sur cette dernière pique, elle releva le menton et quitta la chambre d'un pas digne, visiblement pour tout répéter à mon père. J'aurais dû m'inquiéter mais ne pensais qu'à Lord Broughton. Je me souvenais de cet homme bien plus âgé que moi car son avidité rapace m'avait frappée : sa bouche fine et cruelle, ses mains de prédateur... Sir Nigel avait prévu de me marier à ce vieillard lubrique ! Les quelques bribes d'affection que je ressentais encore pour mon père disparurent tout à fait. Il ne m'aimait pas ? Eh bien tant pis ! Pour la première fois, j'étais heureuse de m'être donnée à Draco et de l'avoir épousé. Pourvu que mon père en étouffe de rage !

Je fourrai en hâte mes derniers effets dans le sac et saisis le panier de Grimalkin avant de jeter un dernier regard à la chambre de mon enfance. Draco avait raison ; je n'y reviendrais plus. Me redressant, je quittai la pièce sans me soucier de refermer la porte. Mais au bout du couloir, je compris que je ne m'échapperais pas si facilement. Sir Nigel, dont l'entrevue avec Draco était manifestement terminée, se tenait en haut des escaliers, me barrant le chemin.

Bascombe, la brute qu'il avait engagée à son service, l'avait monté à l'étage juste à temps pour que ma belle-mère les intercepte. Sa silhouette inquiétante se tenait silencieusement derrière la chaise de mon père, attendant les ordres. Tout près se dressait Lady Chandler, la tête victorieusement rejetée en arrière, son énigmatique demi-sourire sur les lèvres. Ainsi elle avait fait part de ses soupçons à Sir Nigel... Maintenant qu'elle pensait avoir gagné son pardon, elle se sentait à nouveau forte de son autorité et de sa situation.

Prenant une profonde inspiration, je poursuivis mon chemin, le cœur battant à tout rompre comme si j'étais encore une enfant convoquée à l'étude de mon père pour quelque bêtise. Je l'aurais dépassé sans m'arrêter ni lui parler s'il n'avait fait signe à Bascombe de m'immobiliser par la force. Qu'il ordonne à son valet de lever la main sur moi montrait toute l'étendue de son mépris. Pourtant je lui fis face sans fléchir, me dégageant brusquement de l'étreinte de Bascombe. Il voulut me reprendre le bras, mais Sir Nigel l'arrêta d'un geste.

— J'ai eu un entretien avec ta belle-mère, Margaret, dit-il avec une note de menace dans la voix, et sa version de cette triste affaire est tout à fait différente de ce que j'avais été amené à croire. Maintenant, j'aimerais entendre la vérité de ta bouche. Ce méprisable... rebut — il indiqua du doigt Draco, qui attendait au pied de l'escalier, appuyé contre le pilastre — t'a-t-il oui ou non enlevée sans ton consentement ?

Un instant, sous le poids de longues habitudes, je fus tentée de mentir pour me protéger. Mais je n'ai plus rien à craindre de cet homme, me dis-je. Que m'importe ce qu'il pense de moi ? Pourquoi devrais-je me défendre ? J'en ai assez de lutter pour gagner son approbation. C'est aujourd'hui la dernière fois qu'il me fait du mal !

— Non, répliquai-je sèchement, surprise d'entendre ma voix si calme. Et qui plus est, je suis heureuse, père, je suis heureuse, vous m'entendez ?

Je répétai les mots avec insistance, en savourant leur sonorité.

Sir Nigel pâlit d'incrédulité devant ma témérité ; il ne s'était visiblement pas attendu à cela. Puis il devint écarlate de rage, une vilaine veine bleue saillant sur son front. Ses yeux s'embrasèrent.

— Par Dieu ! tonna-t-il. Petite insolente ! Je vais effacer ton nom de la Bible familiale, même si ce doit être la dernière décision que je prends de mon vivant !

— Mais je vous en prie ! Je ne m'en soucie guère, vieux tyran ! Je vous déteste ! lui lançai-je, tremblante, bouleversée par la soudaine intensité de mes émotions. C'est ce que vous avez voulu faire à ma mère, n'est-ce pas ? Gommer son existence ?

Mais elle était bien là, et moi aussi. Quoi que vous disiez ou fassiez, cela n'y changera rien ! Mais vous ne sauriez l'accepter, n'est-ce pas ? Non. Il vous faut dominer tous ceux qui vous entourent — comme ma mère et même Black Magic. Mais vous n'avez pas pu les écraser, eux. Non, vous n'avez pu les plier à votre volonté parce qu'ils ont préféré mourir plutôt que de se soumettre. Despote ! Mais maintenant ils sont libres, et moi aussi !

— Libres ! explosa mon père en me raillant, furieux que j'aie osé lui parler de la sorte. Ils ne sont pas libres et toi non plus, misérable ! Ils sont morts et toi, tu es enchaînée à un bon à rien, un bâtard, un gitan qui se moque bien de toi — tu ne lui es bonne qu'à se venger de moi ! Dieu, que tu es sotte ! Ta mère te valait dix fois malgré tout ! Toi, tu n'es qu'une fille perdue !

— Comment osez-vous ? hurlai-je, le sang me montant à la tête. Taisez-vous ! Taisez-vous, ou vous le regretterez, je vous le promets !

— Pas de menaces, mademoiselle, ricana Sir Nigel, surtout sans le courage qu'il faut pour les mettre à exécution.

A ces mots, quelque chose se brisa en moi, une brume rouge voilant mes yeux. Prise de vertige, un grondement aux oreilles, je perdis tout contrôle de moi-même.

Je n'oublierai jamais la surprise et l'incrédulité qui se peignirent sur le visage de mon père quand je laissai tomber ma valise et le panier de Grimalkin et lui sautai à la gorge avec l'intention de le secouer jusqu'à ce qu'il retire ses méchancetés. Mais Sir Nigel ne se laissait pas facilement effrayer. De son poing, il me frappa si dur que je chancelai, suffoquée et à demi assommée. Ainsi j'avais osé lever la main sur lui ! Une expression meurtrière sur le visage, il propulsa la chaise sur moi, déterminé à m'écraser s'il le pouvait. Je pris faiblement conscience des cris terrifiés de Lady Chandler, des exclamations choquées de Draco, d'Iverleigh et de madame Seyton au rez-de-chaussée.

Bascombe plongea en avant pour tenter de me tirer hors d'atteinte. Comme dans un rêve, je me vis agripper une roue de métal dans une futile tentative d'arrêter sa rotation sinistre juste au moment où Bascombe m'arrachait du passage. Je lâchai prise et, par l'impact, la chaise se mit soudain à tournoyer, incontrôlable. La mâchoire pendant en un rictus ridicule, mon père s'accrocha aux bords du siège pour ne pas être renversé quand le déplacement mal maîtrisé de son poids fit vaciller la chaise. Elle oscilla sur une roue avant de s'écraser au sol et de faire voler en éclats la balustrade du palier. Sir Nigel se cramponna désespérément à la rampe pour bloquer la machine prête à culbuter, mais la chaise glissa, le projetant violemment contre le bois.

Soudain Draco se trouva là et, soulevant l'homme et la machine, les repoussa sur le palier tandis que je pleurais sous le choc, craignant que mon mari ne fût pas assez fort pour sauver mon père ; car malgré tout ce qu'il m'avait fait, je ne souhaitais pas sa mort.

— Chut, Maggie, chut, fit Draco doucement, me prenant dans ses bras comme Bascombe me lâchait. C'est fini, ma courageuse amie. C'est fini. Viens, mon amour, laisse-moi te ramener à la maison.

Retrouvant mon sac et le panier de Grimalkin, Draco me guida pour descendre les escaliers, un bras autour de ma taille. Maintenant que le terrible incident avait pris fin, j'étais saisie de faiblesse à la peur rétrospective de ce qui avait failli arriver. Seule la respiration haletante de mon père rompait le silence comme nous traversions le hall. Draco ouvrit la grande porte et s'arrêta un instant sur le seuil pour jeter un dernier regard à mon père.

— Vous êtes un imbécile, vieil homme, dit-il avec une curieuse note de pitié dans la voix. Un fieffé sot, car de tout ce que vous avez jamais possédé, nous étions le meilleur.

Après quoi nous sortîmes dans la nuit, laissant le Château des Abrupts derrière nous.

LIVRE TROIS

LA VÉRITÉ NUE D'UNE FEMME

1819-1820

20

Les Hauts des Tempêtes, Angleterre, 1819

Lorsqu'une porte se ferme, une autre s'ouvre : j'avais quitté le Château des Abrupts mais les Hauts des Tempêtes m'attendaient et j'en recherchai volontiers le refuge. Il me fallait un havre pour prendre le temps de faire le point sur ma vie.

Le voyage au manoir fut calme, Draco comprenant que j'étais toujours en état de choc à la suite de cette scène dramatique. Je n'arrivais pas à admettre que mon père avait voulu me blesser, peut-être même me tuer. S'il était tombé dans l'escalier, je me serais sentie responsable et j'aurais porté sa mort sur la conscience le reste de ma vie. De plus, alors que je ne voulais pas ressembler à mon père, ma propre explosion de fureur révélait que je tenais de lui bien davantage que nous ne l'avions soupçonné, lui comme moi. Je ne me savais pas capable de tant de violence.

Ce n'était pas une révélation très agréable mais il

fallait y faire face et l'assumer. Les Chandler avaient toujours eu le sang chaud et apparemment, je ne faisais pas exception. Peut-être Lady Chandler nous avait-elle exactement jugés, Draco et moi. Nous étions sans doute bien assortis.

Paupières mi-closes, je jetai un regard furtif à mon mari. Une fois déjà, il m'avait sauvé la vie et maintenant il m'emportait loin du père qui me haïssait. Ma dette envers Draco était sans doute trop grande pour que je puisse jamais la rembourser. Pourtant, en échange, il ne m'avait demandé que ma fidélité et ne m'avait rien pris que je ne lui aie déjà donné lors de cette fameuse nuit sur la lande. J'avais cru le connaître mais je m'apercevais que je le comprenais à peine. Quelle sorte d'homme avais-je donc épousé ? Peut-être ne le saurais-je jamais. Il était si renfermé... Pourtant, tout à coup, je désirais en savoir davantage sur son compte. Mais comment le lui dire, comment franchir les barrières de chagrin et d'émotions qui se dressaient entre nous ? Aussi fut-ce en silence que nous rejoignîmes les Tempêtes.

Jusque-là, je n'avais prêté que peu d'attention au domaine en ruine car il ne signifiait pas grand-chose pour moi. Mais cette fois, comme le carrosse passait en grondant les grilles ouvertes et dépassait la loge pour remonter les méandres de l'allée bordée de grands arbres torturés, je me penchai en avant pour observer cette bâtisse avec un intérêt tout nouveau.

Les Tempêtes étaient très anciennes. Le corps de la maison datait du treizième siècle et même si diverses améliorations avaient été apportées au fil des ans, notamment sous le règne des Tudor, ses origines de manoir fortifié restaient visibles sur sa structure archaïque : le corps de garde finement sculpté et charpenté, le mur d'enceinte crénelé et les deux grandes tours rondes à ses extrémités nord et sud. Il fallait attendre d'être passé sous le corps de garde lui-même et d'arriver dans la cour empierrée pour embrasser le manoir dans son ensemble.

A quelques décorations près, il était entièrement construit d'un granit qui luisait de manière surnaturelle dans les rayons de lune. La maison, édifiée sur trois étages et demi, se trouvait dominée par deux ormes de Cornouailles qui se dressaient comme deux sentinelles dans la cour. De hautes fenêtres en ogive ponctuaient la façade aux deux étages principaux. La lumière qui se réfléchissait sur les vitres opaques et losangées les faisait étinceler comme des milliers d'yeux dans la pénombre. Une arche encadrait la lourde porte de chêne où était fixé un heurtoir en forme de mouette.

Au second étage, de chaque côté de la rosace de vitrail sertie au-dessus de la porte, de lourdes poutres noires structuraient des décorations en stuc qui, au fil des années, avaient pris une pâle nuance gris argent. Sur les hautes crêtes du toit à chevrons d'ardoise noire s'ouvraient les œils-de-bœuf du grenier. Des cheminées carrées jaillissaient du toit lui-même et de chaque côté, des tours élancées comme des flèches surmontaient le manoir. Des siècles auparavant, elles avaient servi de tours de garde à ciel ouvert avant d'être recouvertes. Depuis leur chemin de ronde, on avait un magnifique point de vue sur la mer ou sur les terres, comme je le découvrirais les jours suivants. La tour nord, entièrement vitrée, avait servi de phare autrefois, m'expliqua Draco en me la montrant du doigt. Il espérait reprendre cette pratique une fois qu'il aurait terminé la restauration du domaine.

Il avait dû annoncer notre arrivée car les Tempêtes étaient illuminées et madame Pickering se tenait prête avec Renshaw pour nous souhaiter la bienvenue. Comme mon époux me prenait dans ses bras pour me faire franchir le seuil et me déposer dans le hall où attendaient les deux domestiques, Renshaw, tirant sur son toupet, m'offrit un petit bouquet de fleurs. Avec une maladroite courbette il marmonna qu'il était content que je devienne maîtresse des Tempêtes. Madame Pickering me fit une rapide révérence, ajoutant plus d'effusion à l'accueil de Renshaw. Puis grondant contre Draco et s'affairant autour de moi comme une mère poule, la gouvernante m'emmena, grommelant entre ses dents : le maître avait-il perdu tout son bon sens, à me ramener si tard à la maison ?

Bien que je fusse réellement fatiguée, je ne pus m'empêcher de tout observer avec curiosité car je n'avais jamais vu du manoir que le hall et la cuisine. Le grand hall, comme on l'avait appelé lors des siècles passés, était la plus vieille et la plus grande pièce de la maison. Son plafond en berceau montait en flèche jusqu'au toit, révélant ses solives et ses poutres noircies par la fumée. Le foyer ouvert, autrefois installé au centre de la pièce, avait été remplacé par une cheminée aménagée contre le mur ouest. L'âge et l'étendue de la pièce étaient d'autant plus apparents qu'elle était mal entretenue et quasiment vide. Ici et là des plaques de plâtre s'étaient fissurées et effondrées, montrant la pierre d'origine des murs.

La voix de madame Pickering, qui continuait à bavarder par-dessus son épaule, résonnait dans cet espace caverneux. Des escaliers de pierre aux balustrades de chêne plus récentes montaient le long des murs nord et sud vers les ailes. Comme je suivais la gouvernante sur une petite volée de marches qui menait au nord, je ne pus résister à l'envie de m'arrêter sur le premier palier pour scruter la pénombre par une porte ouverte, tâchant d'apercevoir la salle à manger. Je ne vis pas grand-chose, sinon qu'elle était également dénuée de toute décoration. Aussi continuai-je à gravir les marches interminables qui menaient au second étage, prise d'un léger vertige comme je jetais un regard par-dessus le garde-fou. Dans le hall tout en bas, Draco passait ses ordres à Renshaw et aux cochers.

Madame Pickering me fit longer un couloir ponctué de portes fermées, jusqu'à un portail de chêne encastré dans un mur circulaire qui devait appartenir à la tour nord.

— Nous y voilà, madame, annonça-t-elle en ouvrant la porte à la volée. C'est la chambre de monsieur Chandler et la vôtre aussi, je suppose, puisque aucune autre n'est meublée. Mais cela ne saurait tarder, maintenant que voilà notre maître marié. Voudrez-vous un bain avant de vous retirer, madame ?

A la vérité, j'étais épuisée et ne rêvais que d'un lit. Mais l'idée de gommer la poussière et la tension du voyage était bien tentante ; et puis j'avais faim.

— Oui, si ce n'est pas trop de dérangement, madame Pickering, répliquai-je. Et j'apprécierais un peu de thé et quelque chose à manger.

— Je vais vous apporter tout de suite une légère collation, madame et donner l'ordre à Renshaw de remplir la baignoire. Il comprend bien les choses, vous savez, pourvu qu'on les lui répète deux ou trois fois. Pauvre garçon. C'est un coup sur la tête qui lui a fait perdre ses esprits. Cela fait bien des années que c'est arrivé, maintenant. Enfin... (Elle soupira et secoua la tête.) Ned va monter vos bagages sous peu. Si vous avez besoin d'autre chose, madame, le cordon de la sonnette est juste là. (Elle me montra un étroit ruban de tapisserie garni de glands.) Elle fonctionne bien malgré les apparences. Tirez une fois pour moi. Renshaw vient rarement à la cuisine car il passe la majeure partie de son temps à la loge. Vous ne pourrez pas le joindre même si vous sonnez fort.

Je me souvins que madame Pickering était sourde, et je me demandais si elle m'entendrait elle-même. Mais je me contentai de hocher la tête et de la remercier, soulagée que les circonstances m'obligent à partager la chambre de mon mari. Je n'aurais pas aimé dormir seule dans cette grande demeure désolée, avec en tout et pour tout une femme sourde et un simple d'esprit pour me servir en cas de besoin.

Après le départ de madame Pickering, j'examinai les lieux. La chambre de Draco était plutôt spacieuse. Bien que le temps et le manque d'entretien eussent laissé leur marque ici comme ailleurs, je comprenais très bien pourquoi Draco avait décidé de s'y installer. Je voyais par les fenêtres la lune qui jouait sur les vagues juste de l'autre côté des à-pics et le parc abandonné qui s'étendait à l'infini, se confondant avec la lande. L'herbe haute ondulait dans la brise comme les vagues de vif-argent au loin ; au soleil levant, la vue serait superbe.

Bien que la chambre fût sobrement meublée, son contenu avait été choisi avec soin et je vis quelques pièces admirables, dont un lit de noyer sombre avec un baldaquin imposant, une tête de lit massive sculptée d'un motif de labyrinthe et les colonnes caractéristiques de la période Tudor. Au pied du lit était posée une chaise lambrissée aux côtés fermés et à sa tête une table de nuit imposante ; une armoire à linge très travaillée était placée à proximité. La cheminée de pierre était flanquée d'un meuble de toilette d'un côté et d'une baignoire de cuivre martelé de l'autre. Un escalier en colimaçon menait au phare au-dessus et à une chambre vide en bas.

Madame Pickering apparut avec la collation promise. Sur ses talons suivaient Ned avec mes bagages et Renshaw avec l'eau du bain. Curieuse de savoir ce qu'était devenu Draco, j'appris qu'il s'était retiré dans son bureau pour traiter quelques affaires urgentes. Je tâchai de l'attendre mais sous l'effet soporifique du repas, du bain et de ma lassitude, mes yeux se fermaient d'eux-mêmes. Je me glissai seule dans le grand lit en bâillant et bougeai à peine quand, vers l'aube, Draco vint enfin me rejoindre.

Le matin, à mon réveil, je sursautai en voyant Linnet qui préparait mes vêtements comme à l'ordinaire. Lors d'un instant d'exaltation, l'espoir gonfla ma poitrine et je crus avoir rêvé ma fuite à Gretna Green. Puis je vis les murs circulaires et les rayons de soleil qui coulaient à flots par les fenêtres sans rideaux... Non, j'étais véritablement mariée au Gitan et couchée dans son lit. Stupéfaite, je me levai et me frottai les yeux, croyant presque à une hallucination.

— Bonjour, madame, me salua-t-elle sur un ton enjoué, voilà une belle matinée. On dirait que le printemps est là pour de bon.

— Linnet, que fais-tu ici ?

— Eh bien, j'ai apporté le reste de vos affaires. C'est tout et je suis venue vous servir comme depuis toujours.

— Veux-tu dire... veux-tu dire que tu as l'intention de rester ? demandai-je, incrédule.

— Mais naturellement. Sir Nigel ne me reprendra sûrement plus maintenant ! Il m'a renvoyée sans références, ce sale ivrogne... Remarquez bien que cela n'avait aucune importance, car je lui avais déjà dit que je partais, que je ne voulais pas être ravalée au rang de bonniche rien que parce que vous vous étiez enfuie pour épouser monsieur Draco... euh... Chandler et qu'il n'y avait plus de place pour une camériste. Je sais tout, pour hier soir, comme tout le monde au Château. Faites excuse, madame, mais c'est bien dommage que ce vieux tyran ne se soit pas rompu le cou en tombant dans les escaliers ! Ce n'aurait été que justice. Enfin bref, j'ai compris quelles seraient les conséquences de votre mariage avec monsieur Draco. Je suis descendue discrètement demander à ses cochers de lui donner un message de ma part — c'est pourquoi je n'étais pas là pour vous aider la nuit dernière. Ce matin, monsieur Chandler m'a offert de m'embaucher si j'empaquetais le reste de vos effets. Ce n'était pas un mince exploit ! Imaginez que j'ai dû convaincre Tim, le valet de pied, de m'aider à tirer vos malles jusqu'à la grille... Enfin me voilà et c'est une bonne chose, je crois, car d'après ce que j'ai vu, personne n'est de trop pour mettre la main à la pâte !

C'est indéniable, me dis-je. Mais devais-je pour autant me réjouir de sa présence ? Elle m'avait toujours paru sournoise et rusée, très comparable à Julianne à cet égard et contrairement à la tradition, je ne l'avais jamais prise pour confidente.

D'un autre côté, je ne pourrais probablement pas trouver quelqu'un de respectable au village pour prendre sa place. Les domestiques de Draco formaient une étrange équipe et maintenant que je l'avais épousé dans des circonstances scabreuses, on m'éviterait autant que lui. Mais pourquoi Linnet voulait-elle entrer dans une maison si douteuse ? Je ne l'aurais pas crue si dévouée.

— Monsieur Draco me paie grassement, répondit-elle quand je la questionnai. Je ne gagnerais pas autant ailleurs et les gens comme moi ne se soucient guère des ragots. Je me moque bien de ce que pensent les villageois.

Je me rappelai alors que Linnet était issue des corons. Sir Nigel l'avait engagée quand son père était mort dans un accident à la mine. Maintenant qu'elle avait été renvoyée sans références, elle avait peu de chances de trouver une autre situation.

— Très bien, fis-je en hochant la tête. Nous continuerons comme avant. Mais attention Linnet, il faudra obéir aux instructions sans te plaindre. Je ne supporterai pas tes petites manières, ici. Comme tu peux voir, il y a beaucoup d'ouvrage et peu de bras disponibles. Il faudra accepter toutes sortes de corvées. De plus, je ne permettrai aucun bavardage sur les Tempêtes auprès des domestiques de mon père. (Je ne voulais pas donner à mon père ou à ma belle-mère la satisfaction d'apprendre les difficultés que je pourrais connaître auprès de Draco.) Et si j'entends répéter ailleurs un seul mot prononcé ici, dehors !

— Oui madame. Je comprends.

— Bien. Alors nous commencerons par faire le tour de la maison pour dresser la liste des priorités. Mais d'abord je dois m'habiller et avoir un entretien avec euh... monsieur Chandler. (Le nom que Draco s'était approprié passait difficilement mes lèvres.) As-tu idée de l'endroit où il se trouve ?

— Je crois qu'il est dans son bureau, madame.

Je découvris que le bureau se situait au rez-de-chaussée de l'aile sud, dans l'ancienne armurerie. Malgré le soleil qui brillait par les fenêtres étroites, l'étude plongée dans l'ombre et encombrée de gravats était sinistre. Draco était assis à un bureau massif, une pile de dossiers et de papiers devant lui.

— Ah, Maggie, je suis content de te voir, dit-il en me voyant. Nous avons quelques points à discuter. Assieds-toi, fit-il en indiquant une chaise. J'espère que tu t'es bien reposée.

— Oui, je me sens beaucoup mieux aujourd'hui.

— Tant mieux. Je me suis fait du souci pour toi, tu sais. Ces dernières semaines n'ont pas dû être faciles. Heureusement elles sont derrière nous et l'avenir nous appartient... (Il s'interrompit, rassemblant ses pensées, puis reprit :) Maggie, savais-tu que dans son testament, ta mère t'avait laissé une respectable somme d'argent qui devait t'être remise le jour de ton mariage ?

— Mais non, fis-je, prise au dépourvu.

— Eh bien, t'en voilà informée. C'est l'une des choses dont Sir Nigel et moi avons parlé la nuit dernière. Il doit te faire transférer le legs et je mettrai l'argent sur ton compte à la banque de Launceston. Je veux que tu comprennes bien qu'il est à toi, Maggie, et que tu peux en disposer à ta guise. Je n'en ai nul besoin et il ne sera pas dit que je t'ai épousée pour faire main basse sur ton héritage. Etant donné les circonstances, il y aura déjà assez de bavardages, fit-il observer sans plus de commentaires. Cependant, comme j'ai quelques compétences en affaires, je serai heureux de te conseiller si tu le désires. Je suppose que tu voudras reprendre certains des investissements où Sir Nigel avait placé l'argent. Même si je n'ai guère d'affection pour lui, je dois reconnaître qu'il a bien géré le capital. Il se monte maintenant à cinq mille livres.

— Cinq... cinq mille livres ! m'exclamai-je, abasourdie.

— Oui, une coquette somme — pas une fortune, loin de là, mais de quoi vivre confortablement quelque temps si c'était nécessaire. Toutefois, comme je suis en excellente santé et capable de subvenir à tes besoins et à ceux de notre enfant, je ne vois aucune raison que tu t'inquiètes de l'avenir.

— Mais tu m'as donné à croire que tu étais pauvre, Draco ! lui dis-je sur un ton accusateur.

Il eut un sourire amusé.

— Ma chère Maggie... Dire que tu m'as épousé tout de même... Vas-tu me détester très fort si je t'avoue que je t'ai un petit peu menti ?

— Mais... pourquoi ?

— Parce que, ma mignonne, répliqua-t-il sur un ton léger, je voulais être sûr que tu m'aimais pour moi-même.

Il souriait encore mais me regardait de telle manière, les yeux à demi voilés, que je le sentis sincère et ne sus que dire. Je ne pouvais pas nier mon désir pour lui : après ces nuits d'amour, nous savions tous les deux à quoi nous en tenir. Pourtant je ne voulais pas le reconnaître. Je détournai le regard en rougissant, le cœur battant soudain trop vite dans ma poitrine. Un silence étrange et plein de promesses tomba entre nous. Puis Draco se renversa paresseusement dans sa chaise grinçante et le charme fut rompu.

— Je ne suis pas riche mais j'ai effectivement de l'argent, admit-il, assez pour vous entretenir, toi et le bébé.

— Assez pour que je commence également à remettre cette maison en état ?

Il se mit à rire.

— Oui, même cela, ma jolie, acquiesça-t-il. Mais n'en profite pas pour me ruiner !

— Et pourquoi pas ? le taquinai-je en me relevant. Imagine comme ce serait drôle si soudain tu dépendais de moi, pour changer... Je serais impitoyable ! Et aussi peu charitable avec toi que tu l'as été avec moi...

— Allons donc, Maggie, gronda-t-il, se levant et faisant le tour du bureau pour me prendre la main. Avoue. T'ai-je traitée si mal ?

Comme je ne répliquais rien, il me prit le menton dans la main et leva mon visage vers le sien, me caressant la joue de son pouce.

— Eh bien ? demanda-t-il à voix basse.

— Non, chuchotai-je.

Alors il pencha la tête et ses lèvres effleurèrent les miennes en un long baiser qui me laissa tout alanguie entre ses bras.

— Je... je dois te laisser, Draco. La maison est sens dessus dessous et... j'ai du travail, bégayai-je troublée, essayant de m'écarter de lui.

— Ferme la porte, mon amour, dit-il tendrement avec le regard sombre et brillant que j'avais appris à connaître. Le matin est encore jeune et la maison ne va pas s'effondrer.

Et ainsi commença ma vie aux Tempêtes, bien différente de celle qu'un autre époux m'aurait offerte. Inutile de préciser que mon éducation ne m'y avait guère préparée... Notre couple paraissait sans doute bizarre à ceux qui nous fréquentaient et je ne les aurais pas contredits ! Mais Draco ne faisait qu'en rire. Il avait pleine confiance en lui et si sa propre épouse s'avérait aussi intelligente que lui, il ne se sentait pas menacé pour autant.

— J'en suis fier, Maggie, me dit-il. Je n'ai que faire des écervelées, têtes d'oiseau et autres demoiselles aux petites manières.

Ses paroles me firent grand plaisir. J'avais reçu si peu de compliments dans ma vie que j'étais comme la terre desséchée sous la pluie de son admiration. Là où les autres me condamnaient, j'obtenais son approbation ! J'avais peine à y croire... Il ne me montrait jamais la condescendance de Sir Nigel ou d'Esmond et m'encourageait à exprimer mes pensées et mes émotions, même choquantes. S'il n'était pas de mon avis, Draco m'opposait de vigoureux arguments, mais sans faire fi de mes opinions comme s'il les trouvait sans intérêt.

Il me donnait une généreuse quantité d'argent de poche et, contrairement à mon père, ne m'en demandait pas le compte jusqu'au dernier centime. Je le dépensais à mon gré tout comme mon héritage et quand le banquier de Launceston me traita sans égards, mon mari lui fit comprendre sans détour qu'il n'y trouverait pas son intérêt. Par la suite, j'eus du mal à ne pas pouffer en voyant le banquier multiplier les courbettes tandis qu'il se hâtait de satisfaire mes moindres besoins d'argent.

Je comprenais sans peine maintenant ce qu'avait dû ressentir Lady Chandler à la mort du Capitaine Brodie : j'étais moi-même comme un oiseau libéré de sa cage. Ainsi que ma belle-mère me l'avait dit autrefois, l'ignorance était bien la clef du bonheur ! Je me rendais enfin compte de la tyrannie que j'avais subie et de tout ce dont j'avais été privée. J'en aurais pleuré ! Je croyais que Draco serait mon geôlier alors qu'il m'avait libérée. Tel un oisillon déterminé, j'essayais mes ailes avec impatience et volais aussi haut que possible, rassurée à l'idée que mon époux serait là pour adoucir ma chute. A chaque nouvelle expérience, j'éprouvais davantage mes forces et mes faiblesses.

Comme l'avait déclaré Lady Chandler, j'étais une femme aux passions profondes et durables, sauvages et impétueuses. Mes actes étaient plus souvent dictés par mon cœur que par ma raison et je n'étais pas faite pour une vie tranquille. Je jouissais de bonheurs intenses comme je pouvais plonger dans des abîmes de désespoir.

En voyant tout ce que la vie avait à offrir, j'étais heureuse de ma situation. Si parfois une pensée fugace et troublante me ramenait à Esmond, je chassais les sentiments vagues mais désagréables qui se faufilaient au seuil de ma conscience. Esmond était un gentleman ; il n'était pas question de le comparer à Draco qui, charmant ou non, n'en restait pas moins un brigand.

Je dois confesser que mon époux ne me déplaisait pas. Je retrouvais beaucoup de mon père en cet homme à la volonté d'acier car il était aussi sagace et fier que Sir Nigel. Mais le caractère de Draco se tempérait de compréhension, de compassion et d'humour, qui manquaient à mon père. Draco avait dû faire ses preuves dans la solitude et la pauvreté. Aussi ne méprisait-il pas mon propre besoin d'aller plus loin, de repousser mes limites et de gouverner ma vie. Bien au contraire, il m'encourageait avec un enthousiasme détaché, applaudissait à mes victoires et compatissait à mes échecs.

Mes découvertes me fascinaient et m'effrayaient tout à la fois. Je découvris sans tarder que même la liberté avait un prix : endosser les responsabilités de ses choix. Mon mari me força à les assumer, gommant sans pitié ce qui me restait d'enfance. Ainsi devins-je femme et me trouvai-je moi-même.

Dans des circonstances différentes, j'aurais dû

me soumettre aux conformismes de la société qui venait de me rejeter. Mais à quelque chose malheur est bon : l'intégration sociale n'était qu'un autre moyen de forcer les femmes à se soumettre aux hommes. Préférant leur tyrannie au rejet, elles devenaient complices de leurs propres bourreaux. Déjà au ban de la société, je découvris qu'il n'y avait finalement pas grand-chose à redouter. Je ne souhaitais pas devenir une de ces poupées de porcelaine joliment peintes qui obéissent en tout point à leur propriétaire. Tant pis pour les femmes qui traversaient la rue dans un grand froissement de jupons pour m'éviter ! Leur bienheureuse ignorance me faisait pitié.

Même si je n'avais pas été marquée au sceau du scandale, j'aurais eu peu de temps à consacrer aux mondanités. Jamais jeune épouse ne travailla aussi dur que moi pendant ces premiers mois aux Tempêtes ! Naturellement je n'avais aucune expérience des travaux physiques et pour la première fois de ma vie, je compris l'épuisement chronique des classes laborieuses. Me réveillerais-je un jour sans courbatures ? Je finissais par en douter. Je poussais aussi les domestiques sans relâche, obéissant à l'impulsion de mettre ma maison en ordre avant la naissance de mon enfant. Même Draco, qui riait de mes « instincts de nidification », était prié de nous aider.

Nous commençâmes par les pierres descellées qui s'effritaient à la tour nord, les poutres pourries, les plâtres fissurés et les planches cassées. Il fallut combler les trous, repeindre, récurer, balayer et épousseter la tour jusqu'à ce qu'elle brille comme un sou neuf. La pièce qui se trouvait sous notre chambre devint un confortable boudoir. J'achetai des meubles, des tapis et du tissu pour les rideaux et le linge. Madame Pickering et Linnet cousaient chaque soir tandis que je brodais. Draco sculpta un beau berceau pour notre enfant et ne protesta pas quand je le plaçai dans notre chambre. Les murs des Tempêtes faisaient trente centimètres d'épaisseur et je n'entendrais jamais le bébé pleurer s'il dormait ailleurs !

Je ne voulais ni nursery ni nounou — en tout cas pas pour qu'elle se substitue à moi. Je me rappelais trop bien mon enfance au Château avec ma nourrice pour seul soutien. Mon bébé serait certain de mon amour et ne douterait jamais d'avoir été désiré. Je me réjouissais tant de sa venue !

Malgré les difficultés, je n'avais jamais été aussi heureuse de ma vie. Je n'étais plus seule ; mon enfant grandissait en moi et je lui parlais souvent, m'émerveillant de sa présence. Penser que Draco et moi avions créé un nouvel être me paraissait miraculeux. A quoi ressemblerait cette petite personne qui dépendait tant de moi pour sa survie ? Serait-ce un garçon ou une fille ? Ressemblerait-il à Draco ou à moi ? Serait-il exubérant ou réservé ? Je m'inquiétais aussi et priais chaque jour pour qu'il fût en bonne santé. Dans mon impatience et mon excitation, je commençai les préparatifs bien avant que cela ne fût nécessaire, ce qui divertit fort Draco.

Malgré la richesse de mon père, j'avais eu assez peu d'effets personnels et j'avais du mal à me restreindre maintenant pour le bébé. Il lui fallait le meilleur en tout : le matelas le plus doux, les linges les plus fins, une tasse et une cuillère d'argent... Quand je ne m'affairais pas dans la maison, je cousais inlassablement de petits vêtements et tricotai tant de bonnets et de chaussons que Draco me demanda si j'attendais une portée. Mais je savais que le bébé recevrait bien peu de cadeaux de baptême et je voulais qu'il ne manquât de rien.

A l'exception de Sarah et plus rarement de Welles, personne ne nous rendait visite aux Tempêtes et nous n'étions invités nulle part. Tante Tibby, intimidée par la colère de Sir Nigel, avait trop peur de nous fréquenter ouvertement. Paralysée de nervosité, elle s'alitait même à chaque fois que Sarah osait venir nous voir ! Welles, qui n'avait pourtant pas peur de mon père, allait et venait comme une ombre à des heures indues. La plupart du temps, il s'enfermait dans le bureau avec Draco, à moins qu'ils ne disparaissent tous les deux des heures durant. C'était le seul domaine où mon mari avait refusé de satisfaire ma curiosité, déclarant que je serais sage de me mêler de mes affaires. Je devins si curieuse de leurs activités que mon imagination s'enflammait à chaque fois que Welles faisait son apparition.

Plusieurs fois, il me passa par l'esprit qu'ils allaient voir des filles. Curieusement, l'idée que mon mari m'était peut-être infidèle me blessait profondément. Je n'en avais aucune preuve mais il me désirait moins, maintenant que je m'alourdissais de l'enfant à venir. Je dus me l'avouer : cette distance grandissante me chagrinait. Peut-être ne m'était-il pas aussi indifférent que j'avais cherché à nous le faire croire...

Malgré sa grossièreté, Draco possédait un étrange magnétisme. Je ne le trouvais plus laid. S'il n'avait pas les traits raffinés qui charment les demoiselles à marier et leurs mamans, il me séduisait d'une puissance charnelle et brute qui éveillait un instinct primitif en moi. Ses regards n'offensaient plus ma pudeur et j'admirais son corps musclé quand le matin, il traversait nu notre chambre dans les rayons dorés du soleil. Ils donnaient à sa peau la couleur du bronze et faisaient luire ses cheveux d'ébène humides de ses ablutions. Il est vrai que sa chair était marquée de cicatrices blanches et boursouflées. Mais je voyais maintenant dans ces balafres une beauté qui m'échappait auparavant : elles témoignaient de sa volonté de survivre.

Draco avait débuté sa vie dans les bas quartiers de Londres, injustement privé de son héritage par un accident de naissance. Mais il s'était hissé à bout de bras hors de la fange où la société aurait voulu l'enfoncer. Voilà qui forçait mon respect. Tout autre que lui se serait avoué vaincu depuis longtemps. Il travaillait dur, se levait à six heures et ne se retirait parfois que vers deux ou trois heures du matin. Quand il ne m'aidait pas à la maison, il s'affairait ailleurs ; aux champs, où il avait planté du blé, de l'avoine et de l'orge ; dans les prés, parcourus de troupeaux de vaches noires et de moutons blancs qui portaient sa marque ; dans son bureau, où il consignait inlassablement des informations dans ses registres. De ceux qui le servaient, il n'exigeait rien qu'il ne pût ou ne voulût accomplir lui-même. Et il n'attendait rien du reste du monde.

Il était ce que la société craint et hait par-dessus tout : un homme qui s'était fait tout seul. Il avait peut-être raison de croire que rien ne nous arrêterait... Au diable la société qui nous avait jetés dans l'opprobre ! Pour Draco, ceux qui nous avaient méprisés le regretteraient. Dans l'intervalle, il fallait résister aux circonstances qui nous séparaient des nôtres. Irrévocablement liés, nous devions lutter pour avancer, chacun étant le seul soutien de l'autre. Dans le passé, l'idée d'épouser cet homme m'avait terrifiée. Maintenant j'étais aussi décidée que lui à lutter de toutes mes forces contre le monde, quelle que soit la fragilité de notre alliance.

Certains matins, Draco m'éveillait et me taquinait, me chatouillant jusqu'à ce que je crie grâce. Je l'avertissais qu'il s'en repentirait une fois que je serais devenue aussi grosse qu'une vache, car alors je l'écraserais sans merci ! Il y avait des après-midi où il déclarait que je travaillais trop, m'arrachait mon tablier et m'emportait dans sa voiture pour un déjeuner impromptu sur la lande ou une fête à Launceston. La nuit, nous bavardions parfois ; il me révélait ses pensées, ses émotions et je le soupçonnais de ne s'être jamais autant confié.

Pourtant une partie de lui-même me restait inaccessible, ce qui me blessait. Quelque chose semblait manquer à notre relation, même si je n'aurais su dire quoi, et je ne me livrais pas non plus complètement. Il parlait parfois de son amour pour moi mais je ne pouvais le croire. Ce n'étaient que des mensonges ! J'avais vu avec quelle cruauté il m'avait utilisée pour se venger de mon père. D'ailleurs il murmurait sans doute ces mots d'amour à d'autres : moins il recherchait mon lit, plus j'étais sûre qu'il trouvait son plaisir dans d'autres bras que les miens.

Qu'il s'est vite lassé de moi ! me disais-je. Il me traite bien parce que je suis sa femme, mais il n'a aucune affection réelle pour moi.

Je me répétais alors que je ne l'aimais pas ! Malgré tout, l'indifférence de Draco à mon égard m'était plus douloureuse que celle de mon père ou d'Esmond. Parfois, me sentant laide et rejetée, je me mettais à pleurer à la moindre contrariété.

Pour ne rien arranger, je savais bien que le village entier jasait. Sarah m'avait expliqué que Sir

Nigel avait réparé les dégâts causés par notre mariage du mieux qu'il pouvait. Néanmoins, avec les bavardages des domestiques, presque tout le monde savait que Draco et moi nous étions enfuis à Gretna Green.

Ceux qui s'étaient apitoyés sur mon compte à la rupture des fiançailles étaient enclins à la générosité. Avec de longs soupirs romantiques, ils prétendaient que j'aimais Draco depuis des années et que nous avions dû nous enfuir parce que mon père ne consentait pas au mariage. Mais d'autres n'étaient pas si bienveillants et faisaient circuler de méchants bruits sur notre compte, prévoyant notamment une grossesse de sept mois. Pire encore, les récits de notre retour au Château étaient si échevelés, si déformés que même ceux qui compatissaient à notre sort ne nous soutenaient pas, redoutant les représailles de Sir Nigel. Personne n'ignorait qu'il avait rayé mon nom de la Bible familiale et qu'il m'avait renvoyée sans un sou, mis à part l'héritage de ma mère. Comme mon père était très puissant en Cornouailles, nul ne souhaitait l'offenser. Aussi chacun nous évitait-il autant que possible.

Pourtant je refusais de me laisser intimider par les ragots et tenais la tête haute à chaque fois que j'accompagnais madame Pickering au marché. Draco, craignant que cela n'affecte ma grossesse, m'avait interdit de monter à cheval. Il m'avait acheté une calèche et un poney afin que je puisse me déplacer à ma guise.

Mais même avec ces arrangements, j'avoue que je ne me rendais pas souvent au village. Il fallait traverser les corons, ce qui ne me plaisait guère. Maintenant que mon bébé grandissait en moi, je supportais encore moins la situation pathétique des pauvres enfants qui travaillaient aux mines de kaolin de Sir Nigel.

Une fois, je crus voir Linnet sortir de l'une des maisons délabrées du lotissement. Comme c'était sa journée de repos, je supposai qu'elle rendait visite à sa famille. Bien qu'elle n'en parlât que rarement, je savais que sa mère y habitait toujours avec les autres enfants. Ses frères et même ses beaux-frères étaient des mineurs. Elle devait se réjouir d'avoir échappé à leur destin. Elle ne me vit pas et, jugeant l'affaire sans intérêt, je n'y revins pas. Rétrospectivement, je me demande quelle tragédie nous aurions évitée si je lui avais parlé ce jour-là. Mais peu importe maintenant...

J'évoluais alors dans l'ignorance, jeune épouse toute préoccupée de mon enfant et des préparatifs de naissance. Cette année-là, en 1819, je vécus dans mes rêveries diaphanes, berçant le lit vide du bébé en chantonnant à voix basse ou en imaginant l'enfant qui y serait bientôt couché. Les Tempêtes étaient encore plus isolées que le Château. J'y vivais comme dans un cocon et le monde poursuivait sa course sans moi. Il aurait pu s'effondrer, pourvu que mon bébé soit en sécurité ! Il était devenu toute ma vie.

Une fois la tour nord restaurée, les domestiques, Draco et moi entreprîmes de réparer le hall.

Je m'imaginais assise près du feu avec mon mari par les soirées d'hiver, notre enfant dormant sur le tapis que je disposerais devant la cheminée. C'était une agréable songerie et je fus contrariée de la voir interrompue par un coup à la porte. Madame Pickering nous annonça alors des visiteurs.

— Monsieur et madame Sheffield, dit-elle, d'une voix qui résonna bruyamment dans la pièce soudain lourde de silence.

Un instant je restai stupide, pensant avoir mal compris. Je savais qu'Esmond et Julianne étaient revenus de leur lune de miel environ quinze jours auparavant. Mais comment imaginer qu'ils auraient l'arrogance de nous rendre visite alors qu'ils m'avaient froidement trahie et méprisaient Draco ? Pourtant c'étaient bien eux : Julianne affichait un sourire satisfait en regardant autour d'elle avec curiosité, dissimulant mal son dédain, tandis qu'Esmond, rouge de honte, ne savait quelle contenance prendre. Il avait visiblement cédé à un caprice de sa femme.

— Cerbère ! appela Draco sur un ton sec en claquant des doigts comme le chien grognait et se hérissait à l'approche des intrus.

Mes mains volèrent d'elles-mêmes à mes cheveux décoiffés pour tâcher de les arranger. Puis consternée par l'inutilité de mes efforts, j'abandonnai toute tentative, m'essuyant nerveusement les mains sur mon tablier, mortifiée de voir les traces de crasse qui s'y imprimaient. Mon visage était sans doute sale, lui aussi, et j'avais tant transpiré durant mes efforts que l'odeur devait en être attachée à mes vêtements. J'aurais voulu disparaître dans un trou de souris : être surprise dans un tel état par Esmond et Julianne entre tous !

— Bonjour Maggie, Draco, nous salua Julianne avec une bienveillante condescendance en s'avançant avec précaution sur le sol jonché de gravats. Mon Dieu ! Quel désordre ! (Son rire résonna gaiement.) Je vois que nous avons vraiment choisi un mauvais moment pour vous rendre visite, mais Esmond et moi ne nous doutions pas que vous étiez en pleine rénovation, quoique naturellement, étant donné l'état de ruine dans lequel se trouvent les Tempêtes, nous aurions pu le deviner... (Elle laissa sa phrase inachevée, me fixant avec une feinte innocence, les yeux élargis.) Ma chère Maggie. J'espère que tu vas bien. Je t'embrasserais volontiers pour te féliciter de ce mariage si... inattendu ; mais tu comprendras que je m'abstienne. Cette robe neuve vient de Paris, vois-tu, et je serais contrariée de la salir.

— C'est évident, répliquai-je froidement, retrouvant le contrôle de mes émotions et de mon trouble précisément grâce à ces provocations.

Je savais qu'elle mentait quand elle prétendait ne pas avoir appris que nous étions en travaux. Draco et moi avions passé suffisamment de commandes auprès de différents commerçants pour que notre entreprise ne constitue un secret pour personne. Non, Julianne savait exactement ce qu'elle faisait. Contrairement à tous les autres, elle n'avait aucune raison de redouter Sir Nigel ; son domaine était indivisible et il ne pouvait légalement déshériter Esmond. Forte de cette certitude, elle n'avait pu contenir sa curiosité quand elle avait appris mon mariage avec Draco. Elle n'était venue ici que par curiosité malsaine, pour pouvoir se réjouir de me voir tombée si bas. Elle avait même réussi à entraîner Esmond afin de me déconcerter davantage. Malgré mon apparence négligée et le bouleversement de ma maison, je me redressai fièrement. Je ne m'humilierais pas devant ma demi-sœur, qui m'avait pris mon fiancé et revenait remuer le fer dans la plaie !

Pourtant malgré moi, j'eus un instant de jalousie en sentant l'odeur entêtante du parfum français dont elle s'était généreusement aspergée. Je ne pus qu'admirer son coquin chapeau à plumes et sa robe de taffetas à la pointe de la mode — tous les deux couleur bordeaux, comme je le remarquai non sans amusement, me demandant quelle avait été la réaction de Lady Chandler devant cet ensemble si chic. Sir Nigel avait dû considérablement augmenter la pension d'Esmond !

Sur le continent, Julianne s'était laissée aller à toutes les gourmandises : les plus belles toilettes... et la bonne chère. Elle était revenue grasse comme une poularde ! Mais non. Elle n'avait pas grossi : elle attendait un enfant.

L'enfant d'Esmond, me dis-je, soudain au bord du malaise.

Il avait partagé son lit, il lui avait fait l'amour. Evidemment ! N'étaient-ils pas mariés ? Au fond, une partie de moi avait espéré qu'il ne la toucherait pas. Si seulement... Il m'aurait appartenu encore un peu.

Mes yeux se tournèrent alors vers lui, accusateurs, comme s'il m'avait à nouveau trahie. Emplie d'un triomphe mêlé d'amertume, je le vis incapable de rencontrer mon regard, fixant le sol, trop conscient de l'horrible faux pas qu'il avait commis en amenant ma demi-sœur. Pareille indélicatesse ne lui ressemblait guère. Comment Julianne l'avait-elle persuadé de l'accompagner ? Il a dû subir une des scènes explosives dont elle a le secret, me dis-je.

Avait-il finalement percé à jour la vraie nature de Julianne ? Il aurait alors compris avec quelle habileté elle l'avait dupé. Bien qu'ils eussent allongé leur lune de miel de plusieurs semaines, voyageant de France en Italie, Esmond n'avait pas l'air heureux. J'en ressentis une vive satisfaction. Pourvu que Julianne lui rende la vie impossible !

— Bonjour Esmond, énonçai-je tranquillement, soulagée de voir que ma voix était aussi calme que si je ne l'avais jamais aimé. J'espère que tu vas bien, mon cousin.

Ce dernier mot éclata cruellement : je voulais qu'il sache qu'il ne représentait plus rien d'autre pour moi. Pourtant je ne tirai aucun plaisir de cette pique car je lus un tel désespoir dans ses yeux suppliants que je compris toute l'étendue de son amertume. Il avait pris conscience de sa terrible erreur... Il savait maintenant qu'il n'aimait nulle autre que moi. Mon cœur aurait dû palpiter de joie à cette intuition. Mais il n'en fut rien. Au contraire, je fus soudain balayée par une vague de fureur et de chagrin à l'idée de ce que nous avions autrefois partagé et perdu.

Maudit sois-tu, Esmond! lui criait mon cœur gonflé de désespoir. Maudit sois-tu si tu m'aimes, car tu me le montres quand il est trop tard!

Mais comme j'avais vite pleuré sa trahison! Avec quelle hâte je m'étais laissé consoler par un autre, compris-je comme son regard anxieux et plein de reproche s'attardait sur mon ventre arrondi. Je n'avais pas joué le rôle de l'amante abandonnée qui se lamente au vu et au su de tous. Je n'avais pas été fidèle à son souvenir. Je m'étais donnée à Draco et l'avais épousé dans des circonstances qu'Esmond avait sans doute apprises. C'était à mon tour de baisser les yeux devant lui, la gorge serrée. Je détournai le regard, luttant pour dissimuler mes émotions.

Mais je ne pouvais cacher mes pensées à Draco. Je n'étais que trop consciente de son pas félin à côté du mien et de la possession amoureuse qu'il marqua en passant son bras autour de ma taille. Il adressa à Esmond un sourire sardonique qui ne monta pas tout à fait jusqu'à ses yeux. Les deux hommes échangèrent des amabilités crispées parcourues de lourds sous-entendus. L'atmosphère parut soudain crépiter d'électricité et je retins mon souffle comme Esmond et Draco continuaient à se mesurer. Julianne sentait la tension mais ne la comprenait pas. Déconcertée, elle s'était un peu écartée de nous.

Elle n'avait jamais réellement cerné le caractère de Draco, qui l'aurait horrifiée. Esmond, en revanche, l'avait deviné des années auparavant. Même si l'enfant d'alors n'en avait pas pleinement saisi la nature, il avait senti la menace que Draco représentait. Esmond s'était agacé de sa propre faiblesse et des années plus tard, se montrait impuissant contre le Gitan qui m'avait faite sienne...

Tremblante, je me mordis la lèvre, rougissant de honte à l'idée qu'Esmond pourrait soupçonner la nature passionnée de mes liens avec mon mari. Je voulus protester, expliquer, mais je ne pouvais rien dire. Saurait-il lire dans mon regard que c'était lui que j'aimais toujours ?

A cette idée, devinant combien je le trompais en pensée sinon avec mon corps, la pression du bras de Draco se resserra contre ma taille et un muscle tressauta sur sa joue, trahissant sa colère soudaine contre moi.

— Vous resterez bien pour le thé, demanda-t-il poliment à Julianne et à Esmond qui ne perçurent pas son dépit. Tout est sens dessus dessous mais je suis sûr que madame Pickering pourra nous préparer quelque chose. C'est une admirable gouvernante.

Les Sheffield s'excusèrent dans un murmure. Mais Draco, perfidement, ne voulut rien entendre. Il insista tant que nous nous retrouvâmes à la cuisine, partageant le thé et les scones, tous plus mal à l'aise les uns que les autres — sauf Draco. Même Julianne, dont les plumes du chapeau semblaient soudain s'affaisser, l'ourlet de sa belle robe noirci de saleté par les gravats, sentit qu'elle avait quelque peu échoué dans son entreprise et ne pensait plus qu'à prendre congé. Pourtant, elle restait à sa place, ressemblant tant à un papillon épinglé sur une planche que j'eus presque pitié d'elle.

— Eh bien, nous voilà revenus au bon vieux temps, on dirait ! s'exclama Draco à la cantonade après le départ de madame Pickering. Il ne nous manque que Sarah et Welles pour être au complet. Quel dommage qu'ils ne puissent se joindre à nous. Il me semble que nous ne les voyons guère ces jours-ci. Mais naturellement Welles est si peu souvent chez lui que Sarah et lui profitent du peu de temps dont ils disposent. Cela changera sans doute quand ils se seront mariés et installés.

— Je ne pense pas que cela se produira de sitôt, répliqua Esmond froidement. Depuis ma majorité, je suis devenu le tuteur de Sarah, à la suite de Sir Nigel, et elle doit obtenir ma permission pour se marier. Et même s'il est devenu mon frère par alliance, je ne considère pas Welles comme un parti convenable pour elle. C'est une tête brûlée et un panier percé, second sur un navire de second ordre... Je me demande s'il a seulement deux shillings en poche. Jamais je ne consentirai à ce qu'il épouse Sarah.

Draco leva un sourcil démoniaque.

— Comme c'est triste pour ta sœur, alors, déclara-t-il. Mais peut-être les poches de Welles ne sont-elles pas si vides qu'il ne puisse louer une voiture et un attelage de chevaux. Gretna Green n'est finalement pas si loin.

L'audace de mon époux me suffoqua. Julianne eut un gloussement nerveux et la bouche d'Esmond se crispa d'une sincère réprobation.

— Je comprends bien que tu t'abaisses à une telle remarque, Draco, souligna-t-il sur un ton austère, car tu n'es pas un gentleman et ne l'as jamais été. Mais comment peux-tu faire fi de l'amour-propre de Maggie à ce point ? Etant donné les circonstances, je ne crois pas qu'elle souhaite réveiller ces souvenirs.

— Etant donné quelles circonstances, Sheffield ? demanda Draco d'une voix soudain basse, onctueuse et empreinte de menace subtile. Tu n'as pas eu la bêtise d'écouter d'envieux ragots, j'imagine. Il est tout à fait exact que Maggie et moi nous sommes enfuis. Mais après tout, que nous restait-il d'autre à faire quand nous nous aimions et ne pouvions obtenir l'autorisation de nous marier ? N'est-ce pas, ma belle ? insista Draco en se tournant vers moi, me prenant la main et en baisant la paume.

J'aurais voulu la retirer mais il la tenait trop serrée. Je rencontrai son regard noir qui me défiait de le contredire. Il savait que je n'en ferais rien, quel que soit le chagrin que Draco voulait infliger à Esmond. J'espérais qu'Esmond comprendrait. Draco était mon époux, le père de mon enfant. Je devais vivre avec lui et m'en arranger car il ne me laisserait jamais partir : il surveillait ses biens de près. Ne me l'avait-il pas dit lui-même ? Même si Esmond parvenait par quelque subterfuge à se libérer de Julianne, Draco s'interposerait entre nous.

— Mais rien, Draco, répliquai-je doucement. Il ne nous restait rien d'autre à faire.

C'était la vérité. Mais je supportai difficilement

la souffrance et le reproche qui voilèrent le regard d'Esmond. Sa condamnation silencieuse me blessa et d'instinct je me rebellai : il était tout aussi coupable que moi ! S'il n'avait pas été si aveugle, si crédule et si pressé de me dédaigner pour Julianne, je ne me serais pas jetée dans les bras de Draco. Je relevai le menton. Je ne permettrais pas à Esmond d'alléger sa culpabilité à mes dépens comme mon père l'avait si souvent fait. J'endosserais le poids de mes propres erreurs mais jamais plus celles des autres.

Je lançai un regard accusateur et irrité à Esmond, soudain désireuse de quitter la cuisine. Le soleil coulait à flots par les hautes fenêtres étroites, allumant les poussières qui virevoltaient dans l'air comme une brume dorée. Les yeux noisette de mon cousin bien-aimé s'attardaient sur mon visage comme ceux d'un cerf à l'agonie. Draco, renversé sur sa chaise, tirait sur son cigare avec une nonchalance feinte que démentait son regard vigilant. Julianne était assise, immobile et muette comme une poupée de porcelaine oubliée sur une étagère, les yeux interrogateurs, une moue boudeuse aux lèvres : elle comprenait seulement qu'elle n'était pas le point de mire.

Je bus mon thé et me rassasiai de la mine d'Esmond, plus pâle, plus maigre qu'à son départ. Des cernes mauves marbraient sa peau comme des ecchymoses. Une mèche égarée bouclait sur son front comme autrefois. Aussi vite qu'elle était montée, ma colère se dissipa, mon cœur s'alourdit de chagrin et de désirs impossibles. Si seulement nous pouvions revenir à ces journées perdues de notre jeunesse ! Quel gâchis !

A nous quatre, nous avions tramé un motif bien maladroit avec l'écheveau de nos existences, un canevas de tissu fragile, déchiré de nos failles et cousu à gros points, commencé dès notre jeunesse et façonné par nos péchés. Nos aiguilles étaient émoussées et nos fils cassants : la vanité et la cupidité de Julianne, la bêtise et la déloyauté d'Esmond, mon orgueil et ma fureur, la passion de Draco et sa volonté de vengeance. Mais nous en étions là. Pour combien de temps encore ?

J'eus une brusque et folle envie de rire, de rire à pleurer de l'amère ironie de nos vies. Mais si je donnais libre cours à cet inexplicable accès d'hilarité, Esmond serait mortifié et Julianne offensée. Curieusement, seul Draco me comprendrait, comme toujours... Comme c'est étonnant, me dis-je, puisque c'est Esmond que j'aime.

Enfin les Sheffield prirent congé. Je fus soulagée de leur départ car la journée était devenue sombre et grise comme mes réflexions. Je souhaitais m'allonger et prendre un peu de repos, me sentant soudain fatiguée, vieille, plus vieille que mon âge.

Murmurant une excuse pour Draco, je me hâtai en haut de la tour nord. Les rideaux neufs de ma chambre étaient ouverts et des nuages d'orage s'amoncelaient sur l'horizon lointain d'un ciel de plomb. En dessous, les brandes ondulaient, penchées par chaque rafale du vent qui se levait ; de l'écume frisait la crête des vagues furieuses qui s'écrasaient sur la plage. Si je me tournais vers l'est, je verrais la voiture d'Esmond, la capote relevée contre la pluie qui s'annonçait, filant vers le Château où j'étais comme morte. Je n'eus pas un regard pour elle.

— Peut-être est-ce mieux ainsi, chuchotai-je à l'enfant. Tout bien considéré, je suis contente de ne pas t'élever sous le toit de mon père.

Pour la première fois, le bébé s'agita en réponse à

ma voix, léger frémissement, vif et léger comme l'aile d'un papillon. Retenant mon souffle, je me figeai, posant les mains sur mon ventre pour le sentir encore. J'eus un lent sourire de bonheur émerveillé pour ce petit être en moi, au chaud et en sécurité dans son monde, encore protégé de la dureté du mien.

Une nouvelle vie. Un nouveau début.

Il serait plus heureux que moi. J'en fis le serment.

21

Silencieux comme le brouillard qui roulait maintenant sur les terres, Draco se glissa dans notre chambre où je fixais toujours la lande, le sommeil m'échappant malgré ma lassitude. Je m'attendais à ce qu'il me rejoigne sans tarder. Pourtant, perdue dans mes rêveries, je ne l'entendis pas entrer et sursautai quand il posa ses mains sur mes épaules.

— Amusante petite saynette, n'est-ce pas ? demanda-t-il sur un ton moqueur. Le réveil a été rude pour ce pauvre Esmond. Tel un pirate, Julianne a enfin hissé ses vraies couleurs et Esmond ne peut plus lever ses filets d'abordage. Elle lui a bien accroché ses grappins. L'imbécile ! Il va couler sans avoir eu le temps de tirer un seul coup de canon pour sa défense ! (Draco s'interrompit un instant. Puis irrité de mon silence, il reprit plus brutalement, me secouant d'un geste bref et sans ménagements.) Nous avions conclu un marché, toi et moi, fit-il d'une voix grinçante.

— C'est exact.

— Tu le respecteras.

— Le contraire ne m'avait pas effleurée.

— Vraiment ?

— Non.

— Pourtant quand tu posais tes yeux sur Esmond, j'aurais juré y voir une tendresse que tu ne m'as jamais montrée.

— Si c'est le cas, dis-je en me tournant vers lui, elle a dû naître de mes souvenirs et rien de plus. Je ne me berce d'aucune illusion. Je te connais trop bien pour cela, Draco.

— Alors tu sais sans doute que je le tuerais, Maggie, si je pensais que tu me trompes avec lui.

Sa voix était calme mais possédait un tranchant qui me fit frissonner. L'image d'Esmond mort à mes pieds, se vidant de son sang, me fit frémir.

— Je sais.

— Alors tu serais avisée de ne rien faire d'inconsidéré, ma petite, quelle que puisse en être la tentation.

— Tu vois la paille dans mon œil, mais pas la poutre dans le tien, Draco, osai-je audacieusement.

Ses yeux se plissèrent.

— Pardon ?

— Ne fais pas l'innocent avec moi, énonçai-je, ma voix soudain véhémente d'émotion, effrayée de ma propre témérité. Je sais que tu as d'autres femmes — peut-être même une maîtresse ! Et pourtant, tu voudrais que je ferme les yeux là-dessus. Eh bien, il n'en est pas question, tu m'entends ? Dès que l'autre chambre sera prête, j'y ferai transporter mes affaires et je m'y enfermerai.

A ma grande surprise, car je pensais que mes paroles le mettraient en fureur, il eut un étrange sourire.

— Crois-tu vraiment que cela m'empêcherait d'entrer, mon amour ? demanda-t-il doucement, en me regardant de telle sorte que je rougis. Et qu'est-ce qui te fait croire que j'ai d'autres femmes... une maîtresse ?

— Je ne suis pas si sotte, répliquai-je avec raideur. Je sais que tu t'es lassé de moi et sans tarder, qui plus est ! Crois-tu que j'ai du mal à imaginer où tu disparais avec Welles des heures entières quand tu rentres en puant le tabac, la sueur et le cognac ? Et une fois, même, tu empestais le parfum français ! l'accusai-je avec passion. J'ai entendu parler de cette maison de Launceston, cet endroit... malfamé. Me crois-tu si naïve ? Je suis bien certaine que tu y as tes habitudes ! A vrai dire, je n'attendais rien de mieux de ta part, car c'est bien ton genre. Mais entraîner Welles... (Je m'interrompis, fronçant un sourcil réprobateur.) En tout cas, j'espère seulement que Sarah n'en saura jamais rien car cela lui briserait le cœur ; elle l'aime tant. Il me semble que tu pourrais penser à elle, sinon à moi.

Curieusement, le regard de Draco étincela à ces mots — de satisfaction, me sembla-t-il, ce qui me laissa perplexe.

— Mais alors, ma jolie, observa-t-il sur un ton léger, pourquoi cette tirade scandalisée ? Se pourrait-il que tu nourrisses quelque tendre sentiment à mon égard, finalement ? Se pourrait-il que tu sois... oserais-je le suggérer ? jalouse ?

— C'est ridicule ! répliquai-je plus vivement que je ne l'avais souhaité. (Rougissante, je me mordis les lèvres et détournai le regard.) C'est seulement que je n'ai aucune envie de voir notre mariage donner lieu à encore plus de commérages.

— Ah vraiment ? (Draco haussa un sourcil ironique.) Alors laisse-moi te tranquilliser, mon amour. Il n'y a pas d'autre femme. Je n'ai pas de maîtresse et n'en désire pas. Je croyais avoir montré sans ambiguïté que c'est toi que je veux et toi seule. C'est seulement à cause de l'enfant que j'ai été moins assidu ces derniers temps. Quant à Welles... disons que nous sommes engagés dans une petite entreprise commune que nous préférons garder secrète pour le moment. Il ne faudrait pas que Sir Nigel en ait vent et nous mette des bâtons dans les roues. Comme tu le sais, Maggie, ton père ne me porte pas dans son cœur, acheva-t-il lentement.

Mystérieusement, je fus emplie de joie à ces mots ; c'était inexplicable et plus fort que moi. Je n'y comprenais rien : n'avais-je pas, une heure auparavant, contemplé le doux visage d'Esmond en sachant que je l'aimais encore ? Pourquoi ne protestai-je pas quand Draco me souleva de terre et me porta à notre lit ? Pourquoi fus-je parcourue d'un soudain frisson d'impatience quand ses lèvres cherchèrent les miennes ? Je l'ignorais.

La tempête qui menaçait plus tôt éclata enfin comme nous nous aimions, la pluie crépitant contre les fenêtres avec tant de fureur que je crus qu'elles voleraient en éclats sous son assaut. Mais bien à l'abri, je me blottis dans les bras de Draco, au chaud et en sécurité comme le bébé dans mon ventre et tout aussi satisfaite que lui.

22

Un été lourd suivit immédiatement les averses printanières. Après les brumes et le crachin, le soleil brillait de tous ses feux, cognant sur le promontoire craquelé, laissant la lande desséchée du même ton d'or pâle que le foin. A de très rares occasions se levait une folle tourmente. Elle amenait une épaisse couche de brouillard et la pluie fouettait la terre en orage, brève et brutale comme tempête d'été. Alors le jour s'assombrissait et la mer en fureur rugissait le long de la côte aux cris sinistres des mouettes et des courlis.

Je travaillais moins dur à la restauration des Hauts car la chaleur et le poids grandissant du bébé m'oppressaient. Draco voulait maintenant que je me ménage. Madame Pickering s'étonnait d'ailleurs de ses attentions pour moi. Elle le croyait plus dur. Il est vrai que Draco se montrait sans doute plus tendre que la plupart des époux. Il veillait à mes moindres besoins comme si j'étais invalide, retapait les coussins pour s'assurer de mon confort, en jetant même un qu'il n'estimait pas assez moelleux, m'achetant des livres et s'adonnant à des jeux de société pour me divertir. Il se pliait à mes envies culinaires et ne protesta que la semaine où il mangea quatre fois du poulet — mais uniquement par crainte de tourner en volaille lui-même ! Il me massait le dos, qui me donnait des douleurs sourdes, et les pieds, parce que cela m'apaisait. Quelquefois, il ébouriffait mes cheveux et me chantait doucement des mélodies tziganes pour m'endormir. Où était l'homme qui m'avait droguée et violée et qui s'était servi de moi pour se venger de mon père ?

Ainsi je devenais consciente d'autres facettes de sa personnalité. Enfant, je les avais perçues. Mais une fois devenue femme, je les avais ignorées pour le mépriser plus facilement. Pourtant j'avais cessé de le haïr. Il savait être tendre et compatissant quand il le voulait et ces jours-là, disparaissait le

Draco glacial et dur qui ne m'inspirait que peur et dégoût.

J'eus pourtant rapidement l'occasion de me réjouir de son tempérament démoniaque. Les temps étaient durs et l'Angleterre entière s'agitait. Le duc de Wellington, revenu en héros après sa victoire sur Napoléon à la bataille de Waterloo, avait rejoint le Parlement. Il s'était opposé au libre échange, obtenant l'approbation générale des aristocrates, qui avaient de bonnes raisons de le soutenir. Les lois sur le grain furent maintenues et l'importation de céréales étrangères à bon marché resta interdite. L'aristocratie terrienne resta donc assurée des bénéfices de ses domaines et le prix du pain continua à monter. Cette situation mit les manufacturiers en rage parce qu'ils étaient harcelés par leurs ouvriers qui leur arrachaient la promesse de meilleurs salaires. Et s'ils ne pouvaient tenir parole, ils devenaient la cible de violents bains de sang.

Je frissonnai aux nouvelles car j'avais entendu parler des émeutes de la faim de 1795. Pendant une grande partie de mon enfance, une série de mauvaises récoltes avait exacerbé une situation déjà tendue. La classe ouvrière et les pauvres avaient tout simplement faim et quand le peuple avait faim, il se vengeait sans réfléchir de ceux qu'il croyait responsables.

Pour ne rien arranger, arrivaient dans les usines des machines faciles à manœuvrer pour des femmes et des enfants. Ceux-ci travaillaient pour des salaires plus faibles et prenaient les emplois des hommes qui, une fois au chômage, ne pouvaient plus entretenir leur famille. De plus en plus de réfugiés irlandais se massaient sur les côtes anglaises et constituaient une main-d'œuvre à bon marché. Pour ne pas mourir de faim, certains travaillaient pour quatre shillings par semaine.

Au chômage et bientôt sans foyer, des hommes ruinés s'entassaient dans les asiles pour pauvres des villes et battaient les routes de la campagne. Certains vivaient de rapines, détroussant les riches pistolet en main, d'autres devinrent contrebandiers, pourchassés par les douaniers. D'autres encore, la tête pleine du discours de liberté et d'égalité ramené de France par les soldats, fomentaient la rébellion, incitant les opprimés à s'élever contre leurs tyrans.

Sir Nigel devait se trouver en fâcheuse posture car il appartenait à l'aristocratie terrienne et ne plierait l'échine, qu'il avait raide et orgueilleuse, que devant le roi. Mais comme mon astucieux grand-père, Sir Simon, avait vu assez loin pour prévoir l'arrivée du progrès, mon père avait hérité des mines de kaolin. Elles représentaient une assurance pour le jour où les droits du petit peuple l'emporteraient sur ceux des classes privilégiées.

Bien qu'il n'eût que dégoût pour les mines, Sir Nigel avait malgré tout trop de l'homme d'affaires pour les vendre quand elles remplissaient les coffres des Chandler. Il en avait nommé responsable le sournois Heapes et avait armé son bras d'une brute épaisse, Mick Dyson, le chef contremaître. Mon père s'en était lavé les mains, leur permettant à tous deux d'agir à leur gré, pourvu que les mines rapportent.

A mon avis, Sir Nigel n'accorda pas une pensée au sort misérable des mineurs sous la férule impitoyable de Heapes et de Dyson. Pour lui, il aurait été inconcevable que les mineurs se révoltent contre ce traitement sans compromis. Après tout, ne leur donnait-il pas une journée de salaire contre une journée de travail ? Et si son idée d'une journée de salaire n'était pas la leur, eh bien ils étaient libres d'aller voir ailleurs. Je ne trouvai donc rien de surprenant à ce que le carrosse de mon père fût lapidé un soir comme il rentrait tard avec Lady Chandler. Ils ne furent pas blessés, mais le message d'avertissement qu'ils trouvèrent attaché sur la pierre qui avait fait voler leur vitre en éclats était clair : les conditions de vie des mineurs devaient s'améliorer, sinon il y aurait d'autres dégâts.

Je frissonnai en apprenant les menaces dirigées contre Sir Nigel car je savais qu'il n'y prêterait pas attention. Je craignais une montée de la violence dont il ne serait peut-être pas le seul Chandler à souffrir... Pourtant, bien que mon père ne bougeât pas, je dus reconnaître que Mick Dyson prit rapidement l'affaire en main et calma les esprits échauffés du mieux qu'il put.

— Oh, vous auriez dû l'entendre, madame, me rapporta Linnet tout excitée, en rentrant d'une visite à sa mère. Il les tenait suspendus à ses lèvres ! Il leur a expliqué qu'ils n'obtiendraient rien de bon en quittant le travail, qu'ils n'auraient aucune chance d'en trouver un autre, avec les autres travailleurs qualifiés au chômage... Il leur a dit de penser à leurs familles. Laisser leurs femmes et leurs enfants mourir de faim dans un fossé pendant qu'eux-mêmes se balanceraient au gibet ou seraient déportés en Australie ? C'était ça, ce qu'ils voulaient ? Mick leur a dit que Heapes et lui iraient discuter avec le baronnet pour tâcher de le raisonner. Pendant ce temps, les ouvriers devraient se tenir tranquilles, car les temps sont durs partout et ils ne trouveraient pas la vie plus facile ailleurs. Et puis ils ne rendraient pas service aux autres mineurs en mettant Sir Nigel en colère. C'est qu'il fermerait les mines tout à fait !

— Eh bien franchement, Linnet, je suis surprise d'apprendre que Mick Dyson recommande la prudence car à ma connaissance, c'est un voyou au sang chaud qui couperait la gorge de sa mère s'il y trouvait son intérêt.

— Vous êtes bien placée pour dire ça, madame, me lança-t-elle avec insolence, ses yeux verts étincelant soudain de colère. Pour quelqu'un qui a failli tuer son père en le jetant à bas des...

— Il suffit, Linnet ! interrompis-je d'une voix cassante, tremblant d'émotion à cette explosion, car jamais elle n'aurait osé me parler ainsi au Château. Ce qui s'est produit cette nuit-là n'était pas de mon fait, comme tu le sais pertinemment. Tu t'oublies, il me semble. Je devrais te renvoyer sur l'heure !

Puis, me rappelant que j'aurais fort peu de chances de trouver une autre cameriste, notamment qui accepte de participer aux réparations de la maison, je me forçai à prendre une grande inspiration et continuai sur un ton plus calme.

— Cependant, je passe l'éponge pour cette fois. Je t'ai manifestement offensée par mes commentaires sur Mick Dyson et je m'en excuse. Je ne savais pas que vous étiez si proches, tous les deux.

Curieusement, ma camériste pâlit à ces mots. Puis, se mordant la lèvre, elle devint écarlate et ne soutint plus mon regard.

— Oh, mais non... pas vraiment, répliqua-t-elle d'un ton hésitant. C'est seulement qu'il s'est montré si bon avec moi et avec ma famille après que... après que papa a été tué à la mine. Je croyais... je croyais que vous seriez contente qu'il ait pris la parole pour défendre Sir Nigel, car s'il y a des troubles, poursuivit-elle en me lançant maintenant un regard rusé, il y en aura aussi pour monsieur Sheffield, vous voyez... puisqu'il est l'héritier du baronnet et qu'il a repris certaines responsabilités de Sir Nigel, en tant que juge de paix, par exemple...

Je n'avais pas songé qu'Esmond serait visé. Mon cœur se serra. Je n'avais aucun moyen d'avertir mon cousin bien-aimé : personne dans la maisonnée ne lui porterait un message sans prévenir Draco. Même Linnet m'avait montré qu'elle pouvait être déloyale. Je l'en avais toujours soupçonnée et maintenant que j'en étais certaine, je la détestais encore plus qu'avant, songeant que sa ressemblance avec Julianne n'était pas seulement superficielle. Contrariée, je donnai congé à ma caméristе, regrettant de ne pouvoir me passer d'elle.

Elle avait menti au sujet de ses relations avec Mick Dyson et je me demandais pourquoi. Peut-être étaient-ils amants ? Je l'ignorais et à vrai dire ne m'en souciais guère. Mais plus tard, je regrettai ce manque d'intérêt.

Quelques jours après ma conversation avec Linnet, je découvris qu'Esmond n'était pas le seul pour qui je devais m'inquiéter — j'étais également du nombre. C'était le jour du marché. Madame Pickering se trouvant occupée, j'avais offert de me rendre moi-même au village. Assise près de Will sur le siège de la calèche, j'avais ouvert mon ombrelle pour me protéger du soleil matinal, perdue dans mes pensées.

J'aimais beaucoup madame Pickering mais ne regrettais pas son absence. Elle était bavarde et à cause de sa surdité, j'aurais dû parler à tue-tête. Je préférais de beaucoup une promenade tranquille, pendant laquelle je pouvais savourer la beauté du paysage et rêver tout à loisir. Comme Will était lui-même plutôt taciturne, il me convenait très bien — même si, par ailleurs, je le prenais pour un vaurien et me demandais quel genre de vie il avait mené avant d'arriver aux Tempêtes. Mais je préférais ne pas l'interroger. S'il décidait de satisfaire ma curiosité, ce dont je n'avais aucun espoir, ses réponses ne me rassureraient sans doute pas.

Le long de la route s'étendait la lande comme une mer infinie, la verdure printanière maintenant fondue en or pâle sous le soleil d'été. Vers le sud-est, les « tors » se dressaient au loin comme des obélisques contre l'horizon bleu. Je voyais Brown Willy, que Draco et moi avions parfois escaladé durant notre jeunesse, et je songeais au temps passé. De temps en temps, j'avais envie de revenir en arrière, nostalgique. Je n'étais plus la jeune fille d'antan, heureuse dans son innocence, mais une femme faite. J'avais ouvert les yeux sur la cruauté du monde.

La calèche continuait à marteler la route. Les quartiers des mineurs étaient maintenant en vue et comme toujours, je fus saisie par la détérioration et le manque d'entretien des maisons : c'étaient de grossières cabanes de deux pièces si mal construites que même à distance, j'apercevais les fissures et les brèches. Les murs extérieurs autrefois enduits à la chaux étaient maintenant d'un gris sordide, salis par la fumée des feux de tourbe. Les taudis étaient tellement serrés les uns contre les autres qu'il y avait à peine assez de place pour de minuscules jardins étouffés de mauvaises herbes, qui produisaient juste assez pour écarter la famine, sinon la faim.

Entre les emplacements étaient tendues des

cordes à linge où séchaient de misérables vêtements déchirés. Dans les petites cours rocailleuses, des femmes se penchaient sur des baquets fumants de lessive à la soude, brossaient les vêtements contre des planches puis transportaient de lourds paniers de linge jusqu'aux cordes. Même les visages les plus jeunes paraissaient vieux et usés. Quel que soit mon destin, il était bien plus doux que le leur.

Dans les ruelles étroites entre les lotissements, jouaient des enfants rachitiques. Ils n'avaient jamais plus de cinq ou six ans car les plus âgés travaillaient à la fosse. Leurs familles avaient besoin de ces revenus. Les enfants qui s'épuisaient dans les puits souffraient de malformations ou étaient estropiés, car le travail était bien trop pénible pour de jeunes corps qui n'avaient pas encore atteint leur maturité. Mais leurs souffrances ne pesaient guère quand il fallait nourrir des bouches affamées.

Je ne m'étonnai pas du silence, qui tombait toujours sur les habitants quand je traversais les corons. En revanche, un sentiment de malaise m'envahit quand je lus l'hostilité de leurs visages. J'eus un mauvais pressentiment. Ces mineurs pauvres et affamés étaient furieux contre mon père, cause de leur maigre pitance. J'eus soudain le cœur battant de crainte. Pour ces gens-là, un Chandler en valait bien un autre.

Soudain le fracas des roues me parut assourdissant. Je me forçai à fixer la route devant moi, ignorant les regards agressifs des femmes et des enfants postés devant leurs bicoques. Mais du coin de l'œil, je remarquai plusieurs hommes attroupés. Nous n'étions pourtant pas dimanche. Que faisaient-ils au village à cette heure ? Le travail à la mine débutait chaque matin à cinq heures et les absents étaient sanctionnés de retenues sur leurs salaires. Ces hommes avaient-ils donc quitté les puits ? Je l'ignorais et ne voulais pas le savoir.

Un peu de transpiration perla à ma lèvre supérieure et mes paumes moites collaient à mes gants. Près de moi sur le siège, Will, penché sur ses rênes, sifflait entre ses dents d'un air parfaitement insouciant. Mais je notai que rien n'échappait à son regard vigilant ; son fusil était à portée de main. Y jetant un coup d'œil, je me demandai s'il s'en servirait en cas de nécessité... Peut-être pas, me dis-je la gorge sèche.

Bien que Will m'eût servie comme cocher depuis des mois, je ne le connaissais guère. Je n'avais aucune confiance en lui, en tout cas. A mon avis, il était prêt à m'abandonner pour sauver sa peau. La perspective de devoir m'en remettre à lui si les choses tournaient mal n'était guère à mon goût. En outre, même s'il n'était pas lâche au point de me laisser seule, que pourrait-il faire à lui tout seul contre une foule enragée ?

Je ne m'aperçus que j'avais retenu ma respiration qu'une fois sortie du village sans incident. Je laissai échapper un soupir de soulagement. Will me jeta un regard indéchiffrable mais ne dit rien. Que pouvait-il bien penser ? Il était aussi réservé que son maître...

J'avais retrouvé un peu de calme quand nous arrivâmes au village. Mais secouée par la haine que j'avais ressentie au coron, je bâclai mes courses, concluant certains marchés à mon désavantage et me faisant voler de plusieurs shillings. Madame Pickering, qui se faisait un devoir de veiller sur moi à la place de ma défunte mère, me gronderait sévèrement !

Quand il fut l'heure de rentrer, je sautai la place

du marché à la recherche de Will, craignant qu'il ne m'eût quittée. Mais il était là et une fois mes emplettes chargées, il monta à mes côtés et nous démarrâmes. J'étais tendue et nerveuse. Will avait cherché courage dans la bière, me semblait-il. Mais peut-être étais-je injuste envers lui. Ses yeux clairs étaient toujours aussi vifs et ses mains ne tremblaient pas sur les rênes.

Il n'échangea pas deux paroles avec moi et ma nervosité ne fit que croître. Nous laisserait-on passer indemnes, cette fois ? Il était tard dans la matinée et beaucoup de choses avaient pu se produire. Peut-être les grévistes avaient-ils bu, comme Will, à cause de la chaleur... Le cœur me manqua. Quel effet leur ferait l'alcool ? Oublieraient-ils mon rang ? J'attendais un enfant mais, échauffés par la bière, ils n'en auraient cure. Allaient-ils se jeter sur moi ? Me violeraient-ils sans réfléchir au prix de leur crime ? Mon imagination se débridait, nourrissant mes craintes. Enfin je ne pus me contenir plus longtemps.

— Fais un détour, Will, lui ordonnai-je aussi calmement que possible pour qu'il ne devine pas mon agitation.

Il resta silencieux un instant, pesant mes paroles. Puis il secoua la tête avec réticence.

— Malgré tout le respect que je vous dois, madame, ce n'est pas une bonne idée, déclara-t-il fermement. Le maître nous attend et il sera mécontent si nous tardons en route. Et ce sera mauvais pour vous de changer de chemin. Si les mineurs croient qu'ils vous ont fait peur, ils seront après vous comme des chiens enragés. Vous ne serez plus en sécurité car ils vous pourchasseront juste pour le plaisir, imaginant se venger un peu de l'aristocratie. Il vaut mieux les affronter maintenant, madame. Je ne vous laisserai pas à leur merci, si c'est ce que vous pensez. Le maître m'écorcherait vif, de toute manière. D'ailleurs lui et vous, vous avez été bons pour moi. Ce n'est pas tout le monde qui m'aurait donné une seconde chance après ma sortie de prison. J'ai une dette envers vous.

Rien ne m'était épargné... Will était donc bien un repris de justice ! Je n'aurais jamais cru Draco capable d'engager un pareil individu !

Malgré tout, le petit discours du cocher m'emplit de honte. Il avait lu mes pensées peu charitables et s'en était offusqué... En tout cas, me dis-je, si Will a survécu à nos horribles prisons anglaises, une bande de ruffians ne peut pas l'intimider.

— Très bien, Will, dis-je, relevant le menton avec défi. Nous ferons comme vous dites. Que les mineurs aillent au diable !

Si le petit homme fut choqué de mon langage, il n'en laissa rien paraître. Après un signe de tête approbateur, il claqua de la langue et fouetta le poney pour avancer plus vite. Je sentis que je m'étais fait un allié de ce rude serviteur.

Quelques minutes plus tard, nous arrivâmes en vue du coron. J'aperçus des visages inconnus parmi les hommes. Malgré mes courageuses paroles de tout à l'heure, mon cœur se mit à battre plus vite. Ces étrangers devaient être des agitateurs qui voyageaient par le pays et délivraient des discours sur les syndicats, les grèves, les réformes, poussaient à la révolte et incitaient à l'émeute. Ils n'avaient plus rien à perdre. Peu leur importait la prison, la déportation ou même la corde. Une seule chose comptait pour eux : porter un coup supplémentaire à la tyrannie. C'étaient des hommes dangereux, capables de faire exploser une mine, de détruire les machines d'une usine ou d'incendier une filature. Je n'en avais pas encore vu dans la région et m'en serais volontiers passée. Mais il était maintenant trop tard pour tourner bride.

— Ils ne vous feront aucun mal, madame, j'y veillerai, jura Will, et devant son regard réconfortant, je carrai mes épaules et refoulai ma panique montante.

Le silence tomba sur le lotissement à notre approche mais cette fois, à la moitié du village, une insulte retentit. Je me raidis de colère et d'humiliation. Que Sir Nigel m'ait reniée ou non ne changeait rien pour eux. Au bout du compte, je demeurais la fille de mon père et s'ils ne pouvaient déchaîner leur colère sur lui, je ferais tout aussi bien l'affaire.

Bientôt suivirent d'autres cris et des rires salaces. Avant que j'aie eu le temps de m'en rendre compte, on nous jeta une pierre. Elle atteignit le poney qui sursauta et fit un écart. Seule la forte poigne de Will empêcha l'animal de s'emballer et peut-être de retourner la voiture et de nous tuer tous deux. Je pensai au bébé que je portais, qui allait mourir avant même d'avoir eu l'occasion de vivre... Soudain je ne craignis plus rien de cette populace. Avant que Will ne puisse m'en empêcher, je me levai dans la voiture en m'agrippant au bord du siège pour rester en équilibre et fis face à mes bourreaux.

— Honte à vous ! criai-je, embrasée de colère. Quels hommes êtes-vous donc pour attaquer une femme enceinte ?

Certains rougirent et baissèrent les yeux. Mais l'un d'eux, plus hardi que les autres, ne se laissa pas intimider et s'avança vers moi d'un pas nonchalant. C'était une brute épaisse, un Irlandais aux muscles gonflés par des années de dur labeur à la fosse. Ses longs cheveux négligés étaient d'un rouge flamboyant et ses yeux comme des éclats verts sur son visage. Il avait eu le nez si souvent cassé dans des bagarres qu'on n'en discernait plus la forme première. La bouche tordue en une grimace ricanante, il me toisa avec insolence, m'évaluant sans aucun respect comme s'il envisageait de me punir dans son lit. Cette idée me fit frissonner de dégoût. Si je ne l'avais jamais vu auparavant, j'aurais immédiatement deviné son identité : Mick Dyson, le chef contremaître de mon père.

Maintenant que je le voyais de près, je comprenais pourquoi les mineurs le craignaient et lui obéissaient. Il paraissait fort agressif et se servait sans doute de ses poings à la moindre provocation. C'est en se battant et en jouant des coudes qu'il avait accédé à son poste. Pourtant il n'était pas de ceux qui se souviennent de leurs origines et cherchent à adoucir le sort des plus infortunés. Il les haïssait de lui rappeler qu'il ne valait pas plus cher qu'eux et les méprisait de ne pas avoir la volonté de se hisser hors de la fange comme il y était lui-même parvenu.

Sir Nigel avait prédit qu'il jouerait sur les deux tableaux s'il y trouvait son profit. Cela me paraissait clair, maintenant. Dyson saisirait toutes les occasions qui serviraient son ambition, ne s'arrêtant à aucune vilenie. Je soupçonnais l'Irlandais de détester mon père et tout ce qu'il représentait. Mais il comprenait aussi que Sir Nigel fermerait les mines si les ouvriers lui causaient des ennuis. Comme Dyson avait peu de chances de retrouver un autre poste de chef contremaître, il n'avait aucun intérêt à se faire un ennemi de mon père en contestant les horaires de travail ou les maigres salaires payés à la mine.

Mais pourquoi l'Irlandais laissait-il les mineurs m'importuner ? S'imaginait-il que Sir Nigel accéderait à leurs demandes de cette manière ? Grave erreur de jugement... J'avais cessé d'exister pour mon père ! On ne ferait pas pression sur lui à travers moi. Dyson me croirait-il, à supposer que je le lui explique ? Je tremblai à son approche, incapable de deviner ses intentions.

Il vint se placer près de la voiture et saisit le harnais du poney, interdisant ainsi à la calèche de repartir.

— Bonne journée, me salua l'impudent, comme s'il était mon égal.

Mes genoux me trahissant soudain, je me laissai couler sur la banquette, agrippée au manche de mon ombrelle, les phalanges blanchies.

De tous les hommes que j'avais jamais connus, celui-ci me paraissait le plus inquiétant car rien d'autre ne comptait à ses yeux que lui-même.

Bien que né et éduqué en Irlande, Dyson avait quitté sa patrie des années auparavant, prenant la route de l'Angleterre avec d'autres immigrants. Ils espéraient trouver une vie meilleure que celle qu'ils laissaient derrière eux car l'Irlande était un pays rude, inhospitalier et perpétuellement déchiré. Personne n'avait jamais entendu Dyson évoquer sa jeunesse là-bas.

Il ne parlait pas de ses parents non plus. Sans doute étaient-ils morts. Il avait pourtant été marié, à une femme que j'avais vue des années auparavant lors de mon enfance. Elle ne devait pas être beaucoup plus âgée que moi maintenant, mais elle était frêle et pâle et son visage avait les traits tirés par la faim et la fatigue. Sa respiration était laborieuse et elle était secouée d'une toux harcelante. Elle était morte en couches et le petit bébé avec elle.

On disait que Dyson était devenu encore plus amer par la suite et qu'il s'était jeté dans le travail, abattant l'ouvrage de trois hommes. Mais que faisait-il de son salaire ? Mystère... Même s'il levait la chope avec les meilleurs travailleurs, il ne fréquentait pas les tavernes aussi souvent que les autres mineurs. Je supposai qu'il économisait pour s'élever dans la société. En fait, je n'avais qu'une très faible idée de son ambition et de sa détermination.

Je savais simplement qu'il ne fallait pas se mettre en travers de son chemin ; or c'était précisément ce que je venais de faire. Je tremblais maintenant de ma témérité, regrettant d'avoir provoqué ceux qui me tourmentaient au lieu de les ignorer et de poursuivre mon chemin. Mais comme toujours mon cœur avait gouverné ma tête...

— Vous bloquez la route, monsieur Dyson, dis-je, soulagée d'entendre que ma voix sonnait claire et calme.

— En effet, acquiesça-t-il, très naturel. C'est que j'ai en tête de vous donner un petit conseil, madame. Vous êtes un beau brin de fille, ma foi, et je n'ai rien contre vous. Cela m'ennuierait s'il vous arrivait quelque chose de... fâcheux. Alors vous donnerez un message à votre homme de ma part, d'accord ? Dites-lui qu'il ferait mieux de rester chez lui certaines nuits et de s'occuper de sa femme. Les temps sont risqués et la campagne est pleine de brigands.

Sûrement, me dis-je, et vous êtes du nombre.

Je hochai la tête, intimidée par la menace voilée qu'il m'adressait.

— Très bien, je délivrerai votre... message à mon mari. Voulez-vous vous écarter, maintenant ? Vous m'avez déjà retardée assez longtemps. Mon époux va s'inquiéter et je ne voudrais pas l'obliger à partir à ma recherche...

Je voulais lui faire comprendre que Draco me défendrait en toutes circonstances, quoi que Dyson en pense.

A mon grand soulagement, l'Irlandais lâcha le harnais et fit un pas en arrière. Sur quoi Will fouetta le poney qui démarra à un petit trot vif. Je ne jetai pas un regard en arrière mais comme nous laissions les lotissements derrière nous, je sentis que Dyson était resté près de la route et me fixait de ses yeux verts.

23

Draco s'était inquiété de mon retard car dès mon retour aux Tempêtes, il sortit dans la cour à grands pas, affichant une sombre colère pour mieux dissimuler son anxiété. Malgré son expression sévère, je fus heureuse de le voir. La crispation de sa mâchoire déterminée, ses larges épaules et ses bras musclés me paraissaient soudain réconfortants.

— Où étais-tu, Maggie ? me demanda-t-il sèchement en m'aidant à descendre.

— J'ai été retenue contre mon gré, dis-je en posant la main sur son bras. Allons à l'intérieur, Draco, j'ai beaucoup à te raconter.

Devinant mon trouble, il ne protesta pas et se contenta d'un signe de tête. Une fois à l'intérieur, je lui rapportai l'incident et répétai le message de Dyson mot pour mot. Draco eut un rictus peu engageant.

— Dyson se lance dans un jeu dangereux,

observa-t-il. Il ferait mieux d'être prudent s'il ne veut pas perdre sur son propre terrain.

Il s'interrompit, pianotant sur la table de la cuisine comme il réfléchissait à l'affaire. Enfin il reprit la parole :

— Je ne veux pas te faire peur, Maggie, mais je ne peux pas non plus t'affirmer que Dyson est inoffensif. Ce serait mentir. Je ne pense pas qu'il aurait l'inconscience de t'agresser mais il ne faut pas prendre de risques. A partir de maintenant, tu devras être très prudente. Ne sors plus dans la calèche. Utilise le carrosse si tu dois te déplacer et assure-toi de la présence armée de Ned et de Will. Dans l'intervalle, je rendrai une petite visite à Dyson, pour être certain qu'il sait à qui il a affaire. Nous verrons s'il est si fier en face de moi.

Je ne sus jamais ce que Draco expliqua à Dyson mais de ce jour, l'Irlandais ne m'importuna plus. Et je pris soin de ne pas me trouver sur son chemin, évitant les lotissements le plus possible. Quand je devais absolument traverser le coron, Ned mettait son fusil en évidence et Will lançait les chevaux au galop d'un coup de fouet, si bien que le carrosse filait à tombeau ouvert, menaçant d'écraser quiconque entraverait sa route. Quand ils voyaient ma voiture arriver, aucun des habitants du village ne s'approchait trop près et je n'eus plus à m'inquiéter de me faire attaquer. Mais cela n'apaisait pas mes craintes et je ne serais plus sortie du tout sans mon besoin de liberté.

J'avais offert une partie de l'héritage de ma mère à l'église du village pour que sa crypte soit particulièrement bien entretenue par le gardien du cimetière. Le bloc de granit ciselé qui scellait son dernier repos devait être nettoyé chaque semaine.

Tous les dimanches, je me rendais au cimetière pour le vérifier et poser une couronne sur sa tombe. D'autres jours, j'allais juste lui parler comme j'en avais coutume depuis l'enfance.

Je savais maintenant combien elle avait été malheureuse et négligée par mon père ; ainsi était-elle morte. Pourtant elle m'avait chèrement aimée, contrairement à Sir Nigel. Ma mère avait connu une vie de femme dans un univers réglé par les hommes, emprisonnée dans un mariage dont la seule issue était la mort. Il ne faisait aucun doute qu'elle m'avait laissé ce don pour mon propre mariage : en cas d'échec, la mort ne serait pas mon seul recours.

J'étais heureuse de cet héritage mais n'avais jamais songé à m'en servir pour quitter Draco. Comme je l'ai dit, je connaissais un étrange bonheur aux Tempêtes et si je n'avais aimé Esmond, j'aurais été satisfaite de mon sort.

Je n'avais pas revu ce dernier depuis le jour de sa visite mais je pensais parfois à lui et me demandais s'il allait bien. Pourtant je passais moins de temps à rêver de lui tout éveillée et mon chagrin n'était plus aussi vif. Je ne cherchais pas à savoir pourquoi. Sans doute n'étais-je pas prête à affronter certaines choses en moi...

Mais il y avait d'autres événements, fort insolites ceux-là, que je ne pouvais si facilement ignorer. Je connaissais comme tout le monde les étranges légendes qui couraient sur les Tempêtes et Draco lui-même m'en avait rapporté bon nombre. Je n'y avais d'abord prêté que peu d'attention. Mais depuis plusieurs mois, je finissais par penser que le manoir était vraiment hanté...

Au plus profond de la nuit quand la lune était voilée, si la brume poussée par le vent recouvrait la lande comme un linceul, je m'éveillais d'un sommeil profond, alertée par un bruit inconnu résonnant faiblement aux frontières de mon inconscient.

Je ne bougeais pas, les yeux lourds de sommeil, croyant avoir rêvé parce que je n'entendais plus rien. Alors je me rendormais et attribuais le phénomène à un craquement de la maison ou à une rafale. Mais une nuit, je sus que ce n'était rien de tout cela.

Je fus réveillée, comme d'habitude, par un bruit insolite mais secouai immédiatement ma somnolence, curieuse — et alarmée car l'agitation sociale n'était toujours pas calmée. J'aurais juré que c'était le cliquetis d'un mors qu'on avait vivement étouffé dans la cour. Je me retournai et tendis la main pour prévenir Draco. Mais il n'était plus là.

N'était-il pas venu se coucher ? Ou était-il déjà descendu mener l'enquête ? Il n'était sans doute pas sorti à une heure si tardive : quand je l'avais laissé à son bureau, il ne m'avait rien dit.

Je me levai discrètement et allumai une chandelle à tâtons. La flamme vacilla mystérieusement, jetant de longues ombres sur les murs de la tour nord. Je me déplaçai vers les fenêtres qui dominaient la pelouse et, tirant un bord du rideau, scrutai la cour par les vitres biseautées. La nuit sans lune était noire comme un four. Pourtant Draco n'avait pas allumé la tourbe que nous tenions toujours prête dans le foyer du phare ; aussi ne voyais-je pas grand-chose. J'allais me détourner quand j'aperçus la faible lueur d'une lampe qui filtrait par une fenêtre de la tour sud.

C'est impossible, me dis-je.

Draco avait en effet condamné la tour sud et interdit à quiconque de s'y rendre. Elle était en mauvais état et il craignait qu'elle ne s'effondre.

La lumière disparut si soudainement que je crus que mes yeux m'avaient trompée. Je fixai la tour sans ciller plusieurs minutes d'affilée, mais la lueur ne réapparut pas et je laissai enfin retomber le rideau. Enfilant une robe de chambre, je descendis dans le hall en toute hâte. Des lampes y brûlaient, signe que mon époux s'affairait encore.

— Draco, appelai-je doucement. Draco.

Quelques instants plus tard, j'eus le soulagement de le voir apparaître à la porte de son étude.

— Maggie ! Mais que fais-tu ici ? demanda-t-il.

— Je... j'ai entendu quelque chose. Est-ce que... tout va bien ?

— Mais naturellement, pourquoi ?

Je lui racontai le bruit de mots que j'avais entendu et la lumière dans la tour sud. Il m'écouta sans s'émouvoir, puis me fit un sourire amusé et secoua la tête.

— Retourne te coucher, ma chérie, dit-il calmement. Ne t'inquiète de rien. Ce n'étaient que les fantômes de la pauvre Aislinn Deverell et de son amant Joss, tu sais bien, ceux qui hantent la tour sud.

— Des... fantômes ? bégayai-je, stupéfaite.

— Mais oui. Il y a eu un meurtre ici, tu en as entendu parler ? (Je hochai la tête et il poursuivit :) A l'époque des Plantagenêt, Aislinn arriva toute jeune mariée aux Tempêtes. Mais elle y fut très malheureuse, ne trouvant pas le bonheur auprès de son mari qui abusait d'elle sans merci. Un soir, comme elle rentrait d'un bal, sa voiture fut attaquée par un bandit de grand chemin, Joss. Or, il la traita si galamment qu'elle s'éprit de lui. Comme elle était belle et gracieuse, Joss l'aima aussi. Ils commencèrent une liaison qui dura jusqu'à ce que le mari trompé les surprenne ensemble dans la chambre d'Aislinn, à la tour sud. Il fut transporté d'une telle fureur qu'il jeta les deux amants au cachot où il les maintint jusqu'à ce qu'un gibet fût prêt. Puis il força Aislinn à regarder pendre Joss et alors que Joss se tordait encore au bout de la corde, le mari d'Aislinn saisit sa grande épée et la décapita sous les yeux de l'agonisant.

» Maintenant, du moins le prétend-on, au plus profond des nuits d'été, à la nouvelle lune, si le brouillard roule depuis la mer, le fantôme d'Aislinn allume une chandelle à la fenêtre de sa chambre et attend que son amant, Joss le brigand, vienne la rejoindre dans la tour sud.

Je frissonnai au récit de Draco, qui ne me satisfit pourtant guère puisque je ne croyais pas aux fantômes. Mais pourquoi m'aurait-il menti ? Je ne protestai donc pas quand il me suggéra de retourner au lit, précisant qu'il me rejoindrait sans tarder.

Le matin suivant, je descendis à la cuisine pour découvrir Renshaw avachi sur un tabouret dans un coin. Il divaguait sur les fantômes de la tour sud devant une madame Pickering incrédule. La gouvernante se contenta de hausser les épaules et d'agiter sa cuillère de bois dans sa direction.

— Ah oui, et qu'en sais-tu, la vieille ? demanda Renshaw d'un ton finaud. Tu es sourde comme un pot ! Il faudrait plus d'un poney pour te réveiller. Les gens croient que je suis devenu idiot parce que je n'ai plus tout mon bon sens. Mais pas du tout ! Et je sais reconnaître le bruit d'un mors quand je l'entends. D'ailleurs, si ce n'était pas un cavalier fantôme, qu'est-ce que c'était ? Hein ? Dis-moi voir ! Tu voudrais bien le savoir, n'est-ce pas, et je pourrais te le dire, aussi, si j'en avais envie...

— Il suffit, Renshaw, l'interrompit Draco en entrant dans la cuisine, le foudroyant du regard.

Le gardien terrorisé se décomposa et marmonna une excuse incompréhensible.

— Madame Pickering a mieux à faire qu'écouter tes histoires de fantômes et de vampires.

— Oui, not' maître, acquiesça Renshaw, les yeux baissés, avant de glisser à bas de son tabouret et de détaler comme un cafard, claquant la porte de la cuisine dans sa hâte.

Je le suivis d'un regard pensif, curieuse de comprendre sa panique à l'arrivée de Draco. Qu'aurait-il donc révélé si mon mari ne l'avait pas fait taire ? Je m'aperçus que Draco m'observait avec attention derrière ses paupières mi-closes.

Peut-être avait-il eu des raisons de dissimuler la vérité... Le fantôme n'était-il donc pas seul, la nuit précédente ? Mais qui était là ? Et quel rapport avec Draco ? D'autre part, je me demandai une fois de plus si Renshaw était aussi fou qu'il en avait l'air...

J'étais en pleine incertitude, sauf sur un point troublant : mon époux m'avait menti.

24

Je questionnai le gardien dès que possible mais le simple d'esprit s'affola tant de mes questions que je n'en pus rien tirer. Plus que jamais persuadée que Draco me cachait quelque chose, je résolus de pénétrer dans la tour sud. J'avais un jeu des clefs de la maison si bien qu'au départ, l'entreprise paraissait sans difficulté. Mais après avoir retrouvé la châtelaine dans mon bureau, je constatai qu'aucune des clefs de l'anneau ne correspondait aux portes qui menaient à la tour. C'était en soi bien étrange et mes soupçons grandirent : ainsi mon époux avait pris soin de subtiliser mes clefs...

Pourtant, tel un limier sur une trace, je ne me déclarai pas vaincue si facilement. J'allai aux écuries et en revins munie d'un pied-de-biche avec lequel je tentai de forcer la porte du second étage. Mais l'épais battant ne bougea pas. La tour était donc en meilleur état que Draco ne le prétendait, sinon je n'aurais eu aucun mal à forcer la porte. Refusant toujours d'en rester là, je sortis et voulus scruter l'intérieur depuis les fenêtres. Mais elles étaient couvertes d'une telle poussière que je ne voyais rien. J'envisageai de briser une vitre. Mais si Draco apercevait les dommages, il saurait que j'avais fouillé dans ses affaires et serait furieux. Ainsi dus-je finalement abandonner mon projet.

Mais tout n'était pas perdu : près des escaliers de pierre qui s'enroulaient autour de la bâtisse et donnaient accès aux deux étages, je découvris une trace de sabot fraîche et profonde laissée par un poney qui n'avait pas été ferré chez nous. Quelqu'un était donc venu la veille, conclus-je triomphalement, et pas un fantôme... Ce n'était pas non plus Aislinn Deverell qui attendait à la fenêtre, mais Draco. Qui était le visiteur ? Welles ? Non, il était sans doute en mer.

J'avais beaucoup plus de questions que de réponses. Je décidai pourtant de ne pas affronter mon époux tant que je n'aurais pas accumulé suffisamment de preuves pour le confondre. Consumée de curiosité, je passai de longues nuits éveillée à feindre le sommeil et à guetter le cliquetis du mors dans la cour. Je ne réussis qu'à m'épuiser ! Heureusement, madame Pickering attribua ma fatigue et mes longues siestes à l'état avancé de ma grossesse.

Une ou deux fois, je surpris Draco à m'observer d'un œil songeur, ce qui me mit mal à l'aise. Me soupçonnait-il de l'espionner ? J'eus un pincement au cœur et me sentis coupable. Il était mon mari, après tout, et ne me donnait aucun sujet de rancune. Aussi, après plusieurs semaines de surveillance où rien d'anormal ne se produisit, me sentis-je un peu honteuse. Mon imagination avait dû s'emballer une fois de plus. Me sentant bien sotte, j'abandonnai mon rôle de détective du foyer en échange d'une bonne nuit de sommeil.

Malheureusement, le reste du pays ne connut pas le même calme. Le coût de la nourriture continua à monter régulièrement. Toute l'année s'étaient succédé des appels aux réformes. On croyait l'Angleterre au bord d'une révolution jacobine comme celle de 1789 en France. Tôt ou tard, il y aurait des troubles.

Le 16 août à Manchester, environ soixante mille personnes se rassemblèrent pour protester contre le parti tory. Ils exigeaient une réforme du Parlement et l'abolition des lois sur le grain. Aucun des insurgés n'était armé et le défilé fut pacifique. Pourtant les notables, alarmés par le nombre de manifestants, exigèrent que la maréchaussée arrête les orateurs qui appelaient à la sédition quelques minutes après le début de la réunion. Dans leur zèle à exécuter les ordres, les gardes nationaux inexpérimentés s'emparèrent non seulement des orateurs mais chargèrent la foule sabre au poing.

Naturellement, le meeting dégénéra dans la panique. Saisi de crainte, le président du banc des magistrats convoqua le 15e régiment de hussards et les Volontaires du Cheshire avec l'ordre de prêter main-forte aux Gardes nationaux. Cinq cents personnes furent blessées et onze tuées dans ce que l'on appela bientôt le massacre de Peterloo. Le gouvernement ne mena pourtant aucune action contre les magistrats ou les soldats. Au contraire, les conservateurs envisagèrent de draconiennes mesures au Parlement pour empêcher toute autre révolte du petit peuple, qui avait oublié sa place naturelle dans l'ordre des choses.

Les ondes de choc nées de l'événement se répercutèrent dans tout le pays et, dans bien des contrées comme la mienne, le résultat en fut tragique.

Comme je l'avais craint, Sir Nigel n'entendait pas se faire dicter sa conduite par les mineurs et il refusa d'accéder à leurs demandes. Il condescendit à recevoir Heapes et Dyson mais leur signifia qu'il ne voyait rien à redire sur les salaires des mineurs ou leurs conditions de travail. Il ajouta que s'ils persistaient à fomenter des troubles, il fermerait les mines purement et simplement. Heapes et Dyson rapportèrent la position de Sir Nigel aux travailleurs qui semblèrent accepter leur échec.

Pourtant l'atmosphère était tendue aux lotissements et quelques semaines plus tard, une explosion inexplicable se produisit à Wheal Penforth. Il n'y eut heureusement aucune victime. Les accidents n'étaient ni rares ni surprenants dans les mines mais dans ces circonstances, tout le monde soupçonna les mineurs d'avoir saboté l'installation.

Mon père devint furieux. Le puits devait être nettoyé des gravats et étayé de poutres neuves avant de rouvrir à l'exploitation. Une livraison de kaolin fut donc retardée et Sir Nigel dut présenter ses excuses au manufacturier. Mon père prévint à nouveau Heapes et Dyson qu'il ne tolérerait pas d'insurrection. Pour prouver qu'il ne prononçait pas de menaces en l'air, il ferma Wheal Penforth, jetant plusieurs hommes et enfants au chômage.

Heapes fut très contrarié et Dyson tempêta, mais aucun des deux n'y pouvait rien changer. Quand il lut aux mineurs la liste des licenciés, Dyson déclara aux infortunés qu'ils ne devaient se plaindre qu'à ceux qui avaient déclenché l'explosion.

Mais tous ne voyaient pas les choses ainsi. Le 13 octobre, par une sinistre soirée d'automne, au retour d'un rendez-vous d'affaires à Launceston, mon père fut attaqué dans son carrosse par un agresseur inconnu. Celui-ci ordonna aux deux valets, Phillip et Bascombe, de descendre du véhicule avant de les exécuter sommairement d'une balle dans la nuque. Ensuite il força la porte du carrosse et tira sur mon père : une balle en plein cœur, qui le tua sur le coup.

Il ne m'avait pas aimée ; pourtant je fus profondément bouleversée par le meurtre brutal de Sir Nigel. Je ne pouvais le croire véritablement parti. Il avait survécu à tant d'épreuves qui en auraient tué d'autres, que d'une certaine manière, je le croyais éternel. Même Draco fut secoué par la nouvelle. Tout en haïssant mon père, il l'avait respecté comme un adversaire digne de lui. Maintenant que Sir Nigel était mort, Draco était comme un joueur d'échecs privé de son meilleur partenaire.

Il m'accompagna gravement quand je me rendis au Château des Abrupts. Mais rendue à demi folle par le choc, le chagrin et l'angoisse de l'avenir, ma belle-mère interdit à Iverleigh de nous laisser entrer. En entendant ses imprécations, Esmond vint lui-même à la porte pour épargner mon amour-propre. Il avait le visage pâle, tiré et empli de pitié à mon égard. Il savait que malgré la conduite de mon père, je ne lui avais jamais souhaité que du bien. J'étais venue lui pardonner et faire la paix avec lui dans la mesure du possible.

Le regard d'Esmond s'attarda sur moi, se rassasiant comme un affamé. Son amour et sa gêne à me refuser de veiller le corps de mon père se lisaient clairement sur son visage. Il suggéra gentiment qu'il serait peut-être préférable de ne pas déranger Lady Chandler pour le moment, puisqu'elle était visiblement bouleversée.

Je vis alors le véritable Esmond pour la première fois, sans l'aura de mon affection pour édulcorer son image. C'était un homme encore très proche de l'adolescence, pâle et mince, avec des mèches châtaines qui bouclaient paisiblement sur le front et de beaux yeux noisette voilés d'émotion ; un aristocrate tranquille, vêtu d'un élégant costume de soie noire avec un bouillonnement de dentelle neigeuse à la gorge ; un intellectuel aux mains blanches qui, de sa vie, n'avait jamais connu une journée de labeur.

Il n'y avait aucune force en lui ! Esmond suivait les voies du moindre effort, celles qui serpentaient parmi les fleuves placides et les mares étales de l'existence. Jamais il n'aurait l'audace de choisir une route rocailleuse ! Les défis, loin de le provoquer, le mettaient mal à l'aise. Ce n'était pas un battant, mais un rêveur.

Son amour pour moi tenait du conte de fées. En fait, il était heureux de m'adorer à distance. Mais je n'étais pas une déesse. J'étais femme, de chair et de sang, de désirs et de manques palpitants à combler. Soudain j'eus envie de le saisir, de le secouer pour qu'il me regarde vraiment ! Mais quelle horreur serait la sienne...

Il me trouverait trop passionnée, trop têtue, trop

impétueuse, soumise à mon cœur au lieu de suivre la raison. J'étais tout ce qu'il n'était pas et souhaitait secrètement devenir, même à son corps défendant. Il connaissait sa faiblesse et elle pesait plus lourd que son amour pour moi. Il en avait toujours été ainsi.

A cette prise de conscience, mon cœur commença lentement mais sûrement à se durcir contre lui et mon respect à diminuer. J'avais besoin une dernière fois de comprendre et d'accepter l'implacable haine que Sir Nigel m'avait portée. De son côté ma belle-mère voulait la perpétuer pour l'amour de son défunt époux. Mais à la mort de mon père, Esmond était devenu le maître au Château et pouvait inviter qui lui semblait bon. Pourtant, malgré son amour pour moi, il préférait s'incliner devant Lady Chandler — et ainsi éviter d'avoir à s'expliquer auprès de Julianne, sa femme.

Julianne, encore Julianne.

Je levai fièrement le menton. Quand Draco, la mâchoire crispée de colère, voulut pénétrer de force dans le manoir, j'interrompis son élan d'un geste.

— Non, Draco, dis-je, en lançant un regard froid à Esmond, nous ne nous imposerons pas là où nous sommes des intrus.

Sur quoi je me détournai sans regarder en arrière, même quand Esmond me rappela d'une voix douce et brisée.

Comme parfois en Cornouailles, l'automne fut chassé d'un jour à l'autre par un hiver précoce. Le matin de l'enterrement était froid et gris, rendu encore plus sinistre par un vent mordant qui avait amené un crachin glacé. Un voile de brume glissait sur nous depuis la mer houleuse, étouffant les brandes où les fougères avaient noirci, détrempées comme les marais par le mauvais temps.

Mon père se serait réjoui de ce temps maussade et aurait ri de voir peiner le cortège sous le fouet du vent et les rafales de pluie. Bah ! Que méritions-nous de mieux, alors que son meurtrier était sans doute dans nos rangs ?

Que je l'ai peu connu, pensai-je, engourdie par le froid, frissonnante. Il m'a toujours maintenue à distance...

De toute ma vie, je ne me souviens que d'un seul geste d'affection de sa part, lorsqu'il m'avait offert Grimalkin. Pourtant je pleurais Sir Nigel, songeant à tout ce que nous aurions partagé sans sa haine, le cœur lourd de ce qui m'avait échappé.

Je ne décrirai pas l'enterrement, fort semblable à celui de mon oncle Quentin à quelques détails près : il était si tard dans l'année que des chrysanthèmes et non des roses et des lis avaient été disposés sur le cercueil et cette fois-ci, Draco ne se tenait pas seul, mais à mes côtés.

Je pesais au bras de mon époux car la naissance de mon enfant approchait et j'avais du mal à rester debout. Mes jambes et mes pieds gonflaient tant que si je n'enfilais pas bas et chaussures dès mon lever, je ne pouvais pas les mettre plus tard. Je me penchais à grand-peine et, une fois assise, ne pouvais me relever sans aide. En fait, j'étais impuissante comme une baleine échouée.

Sans les constantes attentions de Draco pour moi, j'aurais pleuré d'énervement car même les tâches les plus simples me résistaient. Mais d'une manière ou d'une autre, il parvenait toujours à me faire rire de mes futiles tentatives. Quand je me sentais grosse et laide, il me réconfortait et m'assurait que j'étais plus belle qu'avant. En effet mes cheveux brillaient comme jamais et je resplendissais.

A l'enterrement de Sir Nigel se trouvait son notaire, monsieur Oldstead, venu de Londres pour gérer sa succession. J'eus la surprise de le voir s'arrêter en revenant du cimetière pour me demander, ainsi qu'à Draco, d'être présente à la lecture du testament.

— J'ai bien peur... de ne pas comprendre, monsieur Oldstead, dis-je, déconcertée. A ma connaissance, mon père m'a déshéritée à mon mariage et il n'a jamais été en très bons termes avec Draco.

— Eh bien c'est possible, madame Chandler, acquiesça le notaire. Mais en fait, Sir Nigel, pour des raisons qui me sont parfaitement inconnues, me fit ajouter un codicille à son testament. Comme il vous concerne et votre mari également, je vous attendrai aux Abrupts à trois heures.

— Voilà qui est fort bien, monsieur Oldstead, intervint Draco. Mais peut-être ignorez-vous que madame Chandler et moi-même n'y sommes pas les bienvenus ?

— Ne craignez rien, monsieur. J'ai eu un entretien avec Lady Chandler. Naturellement, elle est très... curieuse d'apprendre ce que Sir Nigel a prévu pour elle, déclara le notaire sans plus de commentaires, et elle m'a assuré qu'elle ne formulerait aucune objection à votre présence.

Sur quoi, malgré notre curiosité, monsieur Oldstead se refusa à nous éclairer davantage et poursuivit sa route en hâte, le chapeau enfoncé sur les yeux et le col remonté contre le vent et la pluie. Draco me fit monter dans notre carrosse. Comme Will faisait claquer le fouet au-dessus des chevaux, je me demandai tout haut ce que pouvait bien contenir le codicille. Draco haussa les épaules et émit quelque réponse neutre en drapant sur moi une couverture de laine. Mais tout comme moi, il brûlait de savoir pourquoi nous étions nommés dans le testament de mon père.

Quand nous arrivâmes au Château à l'heure dite, nous fûmes en effet introduits sans encombre. Une fois tous les bénéficiaires réunis dans la bibliothèque, monsieur Oldstead commença sa lecture à haute voix. Naturellement, la majeure partie du domaine revenait à Esmond en indivision comme le stipulait un épais document séparé. Mais des capitaux devaient être placés pour Lady Chandler et tante Tibby, qui recevraient une rente suffisante sinon luxueuse. Sir Nigel avait prévu de petits legs pour Sarah et différents serviteurs. A leur grande fureur, Welles et Julianne ne reçurent rien car des dispositions convenables avaient été prises par leur père. D'autre part, Sir Nigel estimait avoir généreusement pourvu à leur entretien de son vivant et se trouvait ainsi déchargé de toute obligation envers eux. C'est ce que le notaire expliqua en tournant les pages du testament.

Monsieur Oldstead observa finalement une pause et, ôtant ses besicles d'argent, en nettoya lentement les verres avec son mouchoir. Puis il les replaça avec soin sur l'arête de son nez et s'éclaircit la gorge.

— Originellement, déclara-t-il, ainsi se terminait le testament de Sir Nigel. Cependant, il m'ordonna récemment d'ajouter un codicille au testament précité. Il fut dûment signé par mes soins devant deux témoins. Voici son contenu :

« A mon neveu illégitime, Draco, fils de mon frère Quentin, et à la fille née de mon premier mariage, Margaret Amélie Chandler, je lègue par la présente les mines de kaolin connues sous le nom de Wheal

Anant et Wheal Penforth, qui ne sont pas incluses dans l'indivision. Ce legs s'effectuera sans conditions sauf une : les mines précitées ne seront pas vendues mais devront demeurer la propriété de Draco et de Margaret Chandler pour le reste de leur vie. En cas de décès, elles seront transmises à leur héritier légal. Au cas où Draco et Margaret se trouveraient dans l'incapacité de souscrire à cette clause, lesdites mines reviendraient immédiatement et irrévocablement à mon domaine. Dans cette hypothèse, je donne par la présente instruction à mon notaire, monsieur Roger Oldstead, d'établir les documents légaux nécessaires pour intégrer lesdites mines à l'indivision précitée. " A vaincre sans péril, on triomphe sans gloire. " »

Quand monsieur Oldstead eut terminé, je restai abasourdie. Ainsi mon père nous avait laissé les mines de kaolin... Il devait compter sur la volonté de Draco et son obstination à préserver ses possessions. Sir Nigel était certain que Draco ne laisserait pas les mines revenir au domaine et à Esmond. En nous interdisant de les vendre, il nous avait jeté le gant et défiés de les rentabiliser.

Il avait sans doute compris qu'Esmond serait incapable de manipuler Heapes, Dyson et les mineurs. Mais Draco était un battant. Il n'accepterait pas qu'on floue son autorité et mettrait tout en œuvre pour tirer un bon profit des mines, qui deviendraient l'instrument de ses ambitions sociales.

« A vaincre sans péril, on triomphe sans gloire », écrivait mon père : il connaissait Draco bien mieux que je ne l'avais imaginé.

Mon mari avait été privé de son dû par un accident de naissance mais il le reprendrait. Comme Mick Dyson, il était avide de progresser dans le monde. L'acquisition des Hauts des Tempêtes n'avait fait qu'aiguiser son appétit pour ce qui aurait dû lui appartenir de droit. Son ambition était non seulement d'égaler le Château des Abrupts mais encore de le surpasser. Curieusement Sir Nigel lui en fournissait le moyen, pour peu que Draco acceptât les risques de l'entreprise.

Mais pourquoi ?

Soudain je revis Draco déclarer à mon père que de tout ce qu'il avait jamais possédé, nous étions le meilleur. Sir Nigel aurait-il fini par le comprendre ?

25

Une enquête fut naturellement menée sur le meurtre de Sir Nigel. Mais les dragons n'en apprirent pas davantage qu'Esmond, devenu le juge de la région. D'après les indices retrouvés sur les lieux, le carrosse était tombé dans un guet-apens tendu par un seul criminel. Celui-ci, selon toute vraisemblance, avait pris les valets au dépourvu, les avait forcés à descendre de la voiture sous la menace de son arme puis les avait tués tous les deux. Ensuite, l'agresseur inconnu avait ouvert la porte du carrosse et exécuté Sir Nigel de sang-froid. Mon père, paralysé, n'avait eu aucun moyen de fuir.

Mais il ne fut pas aussi facile de pister le coupable ni de cerner le mobile du crime. Toutefois on estimait de l'avis général que mon père avait été attaqué par un chômeur de Wheal Penforth. Aussi personne n'enviait-il l'héritage qui nous revenait à Draco et à moi. Beaucoup prophétisaient au contraire que mon époux serait la prochaine victime si les salaires et les conditions de travail aux mines ne s'amélioraient pas.

Draco s'y intéressa sans doute bien davantage que Sir Nigel. Alors que précédemment, mon époux se levait à six heures, il partait maintenant des Tempêtes à quatre heures et demie afin d'être aux puits à cinq heures pour le début de la journée de travail. Il convoqua Heapes dès le premier jour pour examiner les dossiers et les comptes. Ce qu'il apprit des pratiques du directeur et de sa gestion louche l'indigna tant qu'il renvoya Heapes sur-le-champ et gagna ainsi l'approbation mitigée des mineurs.

Puis, à la grande irritation de Mick Dyson, il inspecta les mines lui-même. Bien qu'il ne sût que relativement peu de chose de ce type d'exploitation, Draco fut horrifié. Il entreprit alors de s'instruire sur l'extraction du kaolin et de mettre en place sans tarder de nombreux changements. Il montrait ainsi que s'il était dur, il était également juste et serait équitable avec les ouvriers prêts à le suivre.

Quant aux hommes qui s'opposaient encore à lui, ils furent immédiatement congédiés. Draco était visiblement d'une autre race de patron que Sir Nigel. Les murmures des mineurs cessèrent et ils décidèrent de donner au nouveau propriétaire une chance de tenir ses promesses.

Ce répit me procura un grand soulagement. La menace qui pesait sur la vie de Draco était insupportable, surtout après ma rencontre avec Mick Dyson. Notre vive altercation et son attitude hostile me faisaient trembler de crainte pour mon avenir et celui de mon enfant si jamais je devais survivre seule.

Un mois après le meurtre de Sir Nigel, par une froide journée de novembre toute maussade d'une tempête en préparation, le travail de l'accouchement commença.

Tout d'abord, je ne compris pas ce qui se produisait. Mais voyant mes sous-vêtements trempés, je réalisai que j'avais perdu les eaux. Pourtant je ne ressentais aucune des douleurs qui, m'avait-on dit, accompagnent le début du labeur.

Toutefois je me mis en quête de madame Pickering pour lui demander d'envoyer chercher Draco et le docteur Ashford. Quelques minutes plus tard, Will et Ned sortaient des écuries au galop et madame Pickering me poussait sans ménagements dans ma chambre en appelant Linnet. Ma gouvernante et ma camériste me déshabillèrent et me mirent ma chemise de nuit avant d'insister pour que je me couche. Mais je n'en avais guère envie. Curieusement partagée entre l'appréhension et l'euphorie, j'aurais voulu courir, danser et rire tout haut et en même temps disparaître et ne plus bouger, de peur que la naissance ne tourne mal. Et si le bébé allait mourir ? Quoi ? Je repoussai en hâte cette effrayante pensée et tâchai de me rassurer : après tout, il n'y avait aucune raison de supposer le pire. Pourtant je savais que je ne serais tranquille qu'à l'arrivée de Draco et du docteur.

Tandis que j'affirmais mon autorité en dédaignant obstinément ma couche et que j'arpentais la chambre comme une lionne inquiète, madame Pickering s'affairait à attiser le feu où bouillait une marmite d'eau. Elle accompagnait ces préparatifs d'un déluge de paroles qui m'irrita car je devais parler à tue-tête quand j'aurais préféré me concentrer sur ce qui se produisait en moi. Je ne comprenais pas alors qu'elle ne cherchait qu'à me soulager en faisant diversion. Les premiers pincements de douleur m'angoissèrent en effet terriblement : n'était-ce là que le début ?

Contrairement à madame Pickering, Linnet fut bien plus qu'inutile : sans se soucier de mon désarroi, elle se percha sur une chaise, le regard assombri de noirs pressentiments, et me rapporta à plaisir les épouvantables détails des naissances de ses frères et sœurs.

Linnet était sans cœur et s'était durcie encore aux lotissements. Elle n'avait sans doute pas mauvais fond mais gardait rancune contre ceux qui coulaient une vie plus facile. Elle tirait une petite satisfaction médiocre des malheurs de ses voisins, contente de voir que le sort d'autrui n'était guère meilleur que le sien.

Aussi ne pus-je déguiser mon soulagement quand un peu plus tard, Draco apparut dans l'encadrement de la porte et, surprenant les horribles propos de Linnet, lui ordonna sèchement de sortir de la chambre.

— Draco ! m'écriai-je, me jetant dans ses bras. Draco !

— Allons, allons, mon amour, murmura-t-il à mon oreille, caressant mes cheveux d'un geste apaisant. (Je chancelai contre lui, hoquetant à une nouvelle contraction.) Pas d'affolement. Tu n'as rien à craindre. Linnet n'est qu'une commère malveillante. J'aurais dû m'en apercevoir plus tôt et la congédier. Je la renvoie sur-le-champ si tu le souhaites. Allons, je suis là maintenant, Maggie. Je ne permettrai pas qu'il t'arrive quoi que ce soit. Je le jure.

Je ne pouvais m'empêcher de le croire. Il y avait quelque chose de si réconfortant dans ses larges épaules et dans sa chaleureuse étreinte. Il m'avait toujours défendue et il en serait de même ce jour-là. Avec son assistance, je m'allongeai sur le lit. Mais lorsqu'il voulut me quitter pour guetter le docteur, je le retins farouchement et le suppliai de rester à mes côtés.

— Ne sors pas de la chambre s'ils te le demandent, Draco, l'implorai-je en lui agrippant la main, encore hantée par les récits de Linnet. Je veux que tu restes auprès de moi ou du bébé si... si quoi que ce soit devait... se produire.

— Tout ira bien, mon amour. Mais je ne te laisserai pas, n'aie crainte.

De fait, quand mes douleurs empirèrent comme autant de coups de poignard, il était là et plus tard, ce fut avec un ménagement infini qu'il m'annonça la mauvaise nouvelle : le docteur Ashford ne pourrait pas venir, retenu dans une ferme éloignée. Draco et madame Pickering, qui avait quelque expérience de sage-femme, allaient eux-mêmes donner naissance à mon bébé.

Je lus une profonde inquiétude dans les yeux noirs de mon mari quand il se pencha vers moi — et une étincelle de peur. Ma vie et celle de notre enfant reposaient entre ses mains... Pourtant, Draco n'était pas homme à fuir la difficulté, surtout en de pareilles circonstances. Il me fit un sourire complice avant d'ôter sa veste et son gilet d'un coup d'épaule. Puis il me prit la main et me regarda droit dans les yeux.

— Nous allons vivre cet événement ensemble, mon amour, toi et moi. Garde foi, Maggie. Je ne t'abandonnerai pas, ni le bébé, je le jure.

Je hochai la tête en tremblant, m'efforçant de ne pas montrer ma crainte.

— Tu es très courageuse, dit-il. Je savais que je pourrais compter sur toi.

Et ainsi, pour ne pas lui manquer de parole, je refoulai ma panique montante et, comme tant de femmes avant moi, me préparai à donner le jour à mon enfant.

Le travail fut long et pénible. Je n'avais jamais connu de telles douleurs et même si j'étouffais mes cris, sur la fin je ne pus réprimer mes hurlements. Je crus mourir avec mon bébé.

Le soir était tombé et la tempête qui menaçait déchaîna sa fureur. Le vent sifflait comme une sorcière, pleurant par les fissures et les recoins du manoir, faisant vaciller les flammes des lampes qui lançaient des ombres fantastiques sur les murs. La pluie martelait les fenêtres sans relâche, arrachant les volets et crépitant en rafales. Plusieurs carreaux du phare furent brisés.

Draco, en bras de chemise, transpirait abondamment dans la chaleur d'étuve qui régnait dans la chambre surchauffée. La sueur coulait sur ses bras musclés et à une ou deux reprises, il essuya son visage du dos de la main.

— Pousse, Maggie, pousse ! ordonnait-il sans concession par-dessus le grondement du vent et de la pluie.

Aussi forçais-je et forçais-je encore et au moment où je sus que je n'en supporterais pas davantage, mon fils Christopher vint au monde, hurlant de rage plus fort que la tempête. Je laissai couler mes larmes comme Draco le levait d'un geste triomphal afin que je puisse le voir, si grand, si fort, si beau, avec ses cheveux de jais, ses petits poings qui s'agitaient furieusement d'impuissance à ne pouvoir retourner à son nid douillet.

— Est-il en bonne santé ? Est-il en bonne santé ?

demandai-je faiblement, mon cœur près d'éclater de joie à ses cris vigoureux.

— Oui, déclara fièrement Draco, comme il lovait l'enfant dans le creux de ses bras et le plongeait avec précaution dans le bassin d'eau chaude que madame Pickering avait préparé. Oui.

— Tu en es sûr ? Compte ses doigts et ses orteils ! ajoutai-je, voulant en être bien certaine.

Draco, comme tous les hommes, ne pouvait pas comprendre l'importance de ce genre de choses !

— C'est déjà fait, répliqua affectueusement mon époux. Dix de chaque. C'est un beau bébé, Maggie, le plus bel enfant du monde.

Puis, comme madame Pickering achevait de couper le cordon ombilical et langeait l'enfant, Draco m'embrassa tendrement.

— A vous deux, vous faites de moi l'homme le plus heureux du monde, dit-il.

Il posa notre fils entre mes bras. Quelle merveille ! J'admirai ses cheveux délicats et duveteux, ses orteils minuscules, la fermeté avec laquelle sa paume s'agrippait à mon doigt. Il recherchait le sein d'instinct. Maladroitement — j'étais aussi inexpérimentée que lui ! — je l'aidai à le trouver mais il le perdit immédiatement. Son visage devint écarlate de fureur et il hurla de rage jusqu'à ce que je guide encore sa bouche. Il commença alors à téter.

— Nous apprendrons ensemble, mon bébé, toi et moi, chuchotai-je en appuyant ma joue contre sa tête soyeuse, le cœur gonflé d'une indescriptible émotion à le voir au sein.

Mon enfant, me dis-je. C'est mon enfant, un miracle. Merci, mon Dieu. Merci de nous offrir ce merveilleux petit être.

Je jetai un coup d'œil vers Draco qui, installé sur

un coude, s'était allongé près de nous sur le lit, les yeux brillants de larmes qu'il ne cherchait pas à dissimuler. Je ne m'étais jamais sentie aussi proche de lui. Je pris sa main et la serrai très fort, la gorge nouée d'une émotion soudaine.

A l'instant terrible où j'avais appris que le docteur ne viendrait pas et cru mourir avec mon enfant, Draco avait tenu nos vies entre ses mains et nous avions traversé l'épreuve sains et saufs, comme il l'avait promis. Jusque dans mes souvenirs les plus reculés, Draco avait toujours été là pour me soutenir, me protéger, m'aimer, me donner tout ce qu'il avait sans demander grand-chose.

Comment avais-je pu m'aveugler si longtemps ? A cause d'Esmond ? Dieu, que j'avais été sotte... Balayant tout en moi, monta la certitude que j'aimais Draco.

26

Cher lecteur, je ne puis vous décrire la richesse des jours qui suivirent la naissance de mon fils : emplis de joie, d'élan, de difficultés, de déceptions, et surtout d'amour. Lorsque l'enfant paraît, tout est bouleversé. Autrefois maîtres de notre destin, nous voilà esclaves d'un bébé qui ne connaît que ses désirs et réclame sans pitié !

Ainsi, au moment où j'avais grand besoin de méditer ma découverte, de savourer mon amour pour Draco, cela me fut interdit. Christopher m'absorbait totalement. J'étais si ignorante... Je craignais de l'aimer trop, ou pas assez, de le gâter ou de le négliger, de le nourrir quand il aurait fallu le changer ou vice versa — bref de commettre une erreur irréparable.

Quand je songeais à Draco, c'était pour me reprocher de l'oublier si souvent. Il restait beaucoup de choses à mettre au point entre nous, mais trop occupée de Christopher, je n'avouai pas à mon mari que je l'aimais. Je lui avais si longtemps refusé mon cœur que je ne savais plus comment le lui abandonner, comment prononcer tout simplement : « Je t'aime. » L'idée était trop neuve, trop récente pour que les mots me viennent aussi facilement que chez des amants de longue date. Je n'osais pas non plus aborder le sujet d'Esmond. Il ne représentait plus rien pour moi, mais comment l'expliquer à Draco après mon comportement passé ? Comment lui faire comprendre qu'Esmond n'avait été que le prince charmant de mon enfance et que j'étais éprise d'une chimère de mon imagination ?

Je ne dis donc rien, furieuse contre moi-même, qui ne savais tenir ma langue quand je devais me taire et me trouvais soudain muette quand il fallait parler !

Pourtant, même si nous n'avions que fort peu de moments à nous, Draco et moi étions plus proches qu'avant, liés par le petit bout d'existence qu'était Christopher. « C'est le plus bel enfant du monde », répétions-nous en nous penchant sur son berceau, certains d'avoir raison. Dans le passé, je croyais que tous les bébés se ressemblaient et leur prêtais peu d'attention, me forçant le cas échéant à leur pincer la joue avec un sourire de circonstance. S'ils ne parlaient ni ne marchaient, ils ne m'intéressaient pas. Mais Christopher me détrompa, car il se montra exceptionnel dès sa naissance. J'avais pitié des autres femmes qui devaient se contenter d'enfants plutôt ordinaires — même si après son deuxième anniversaire, Christopher se transforma en petit démon fermé à la signification du mot « non » !

Draco et moi ne nous lassions pas de choyer notre fils. Durant les premières semaines, nous dormions à peine, surveillant sa respiration, yeux grands ouverts dans la pénombre. Et s'il allait mourir subitement comme d'autres nourrissons de son âge ? Quand nous n'entendions plus rien, nous sautions du lit pour l'éclairer de la lampe qui brûlait toute la nuit sur la table et cherchions à le faire bouger. Il fallait également le nourrir quand il hurlait de faim, même en pleine nuit. Les premières semaines, je poussai l'inexpérience jusqu'à le tirer moi-même du sommeil pour le changer ! Heureusement, la bonne madame Pickering, navrée de tant d'ignorance, m'apprit à rembourrer sa couche pour qu'il soit tranquille jusqu'au matin.

Evidemment, Draco et moi fûmes épuisés après quinze jours. A bout de ressources, nous finîmes par prendre Christopher dans notre lit pour ne pas rester sur le qui-vive. Cet arrangement nous convint à merveille : lorsque Christopher s'agitait et cherchait le sein, j'anticipais ses cris et je le faisais boire sans attendre. Souvent nous nous rendormions ensemble, sans éveiller Draco. Christopher, confortablement installé au chaud entre nous deux, fut si content qu'à l'exception d'une tétée, il dormit désormais ses nuits complètes.

Madame Pickering fut scandalisée de ce comportement qu'elle taxa de populaire.

— Vous ne faites pas mieux que les mineurs, madame ! s'exclama-t-elle sur un ton sans réplique. Tout le monde dans le même lit parce qu'il n'y en a qu'un !

Sa remarque m'amusa. Draco n'était pas le seul occupant des Tempêtes à vouloir progresser dans le monde... Il s'était entouré de domestiques qui se comparaient à Iverleigh et à madame Seyton, au Château des Abrupts.

— C'est une honte, voilà ce que c'est ! poursuivit la gouvernante. Les Tempêtes ne sont pas une masure, tout de même. Et il y a tellement de chambres ! Pourquoi ne pas installer une nursery ? Est-ce qu'en grandissant, monsieur Christopher mangera avec ses doigts et s'essuiera le nez sur sa manche ? Dire que vous êtes la fille du défunt baronnet... Avec l'éducation que vous avez reçue !

Elle insista pour que Christopher ait une vraie nourrice et je lui permis finalement d'engager une jeune fille des corons pour pouvoir me consacrer davantage à Draco. Mon époux en fut heureux. Il marquait ainsi un point auprès des ouvriers en embauchant l'une des leurs. Celle-ci, qui s'appelait Annie, était propre, travailleuse et armée d'un solide bon sens. Laissant Christopher en de bonnes mains, je pus sortir en toute sérénité pour la première fois depuis longtemps.

Le mois de décembre était maintenant bien entamé. La côte sauvage des Cornouailles s'embrasait de furie : le vent fouettait les brandes enneigées et les galets gelés de la plage tandis qu'au-delà des falaises rageait la mer. Je plaignais les navires que j'apercevais au loin depuis le phare, les voiles battues par les rafales, ballottés sur les vagues. Chaque nuit, si Draco n'était pas rentré pour le faire lui-même, j'allumais maintenant le feu de tourbe qui brûlerait à ciel ouvert dans le circulaire foyer de pierre. J'espérais que les flammes empêcheraient les vaisseaux de s'écraser sur les rochers.

Après la tempête qui sévit lors de la naissance de

Christopher, nous avions remplacé les vitres cassées, pour les retrouver brisées quelques semaines plus tard, victimes des coups de vent. Mais nous les fîmes réparer : curieusement, Draco insistait pour que le phare continue son œuvre et le feu mourrait sans la protection des panneaux contre le souffle.

Par ailleurs, les fêtes furent un moment de repos pour nous. Nous passions de douces soirées à la lueur chaleureuse des bûches, Christopher paisiblement endormi sur le tapis disposé devant le foyer. Il suçait légèrement son pouce entre ses lèvres entrouvertes comme un bouton de rose, entouré des nombreux cadeaux que Draco et moi avions ouverts et admirés pour lui.

Peu après le Nouvel An, je chevauchai Avalon jusqu'à la Grange par la lande enneigée pour rendre visite à tante Tibby et à Sarah. Je les trouvai en bonne santé mais attristées. En effet, alors que Welles atteignait sa majorité à la fin du mois et devait entrer en possession de son héritage, Esmond s'opposait toujours à son mariage avec Sarah. Celle-ci était en plein désarroi et tante Tibby, qui ne voulait pas prendre parti, était déchirée entre les deux. Pourtant ma tante et ma cousine furent ravies de ma visite et me soumirent à un feu roulant de questions sur Christopher, qu'elles n'avaient pas vu depuis son baptême. Je me répandis volontiers quelque temps sur les joies de la maternité. Puis, craignant de ressembler à ces fâcheuses qui ne savent parler que de leur merveilleuse progéniture, je fis tourner la conversation sur des sujets qui me rendaient moins bavarde.

Tante Tibby et Sarah m'avaient appris que le Château des Abrupts était un vrai tombeau depuis la mort de Sir Nigel et que Julianne se plaignait de sa grossesse. Je partis donc au Château plus tard dans la semaine, comprenant les sentiments de ma demi-sœur et songeant à enterrer nos griefs. Après tout, elle avait obtenu ce qu'elle voulait et, à ma grande surprise, moi aussi. Quel besoin de perpétuer cette rancune ? Elle ne serait seulement jamais née si j'avais compris plus tôt que j'aimais Draco et non Esmond ! D'autre part, Julianne était devenue ma cousine par alliance et nous étions destinées à vivre sur les mêmes landes sauvages : il aurait été ridicule de ne pas s'adresser la parole.

J'avais à demi craint de me voir à nouveau refuser l'accès de la maison de mon enfance. Pourtant Julianne fut heureuse de me voir, et m'invita à prendre le thé au petit salon.

— Mais assieds-toi, Maggie, offrit-elle avec insistance en m'indiquant la place près d'elle sur le sofa, car je vais périr d'ennui dans cette sinistre vieille bâtisse. Après tout, on ne pourra pas me critiquer si je te reçois puisque tu fais partie de la famille.

J'eus un sursaut coupable, car la coutume était d'observer un deuil de six mois pour la perte d'un parent. Linnet, finalement demeurée à mon service, avait préparé des vêtements adaptés ce matin-là, mais je les avais complètement ignorés, de même que je ne pensais plus à mon père depuis la naissance de Christopher. J'avais fait ma paix avec lui du mieux possible au cimetière, comme lui dans son testament. Amonceler les crêpes et les rubans noirs n'aurait rien changé au fait que je ne le pleurais plus. Je regrettais seulement que le coupable de ce terrible meurtre n'ait jamais été arrêté.

Julianne, elle, devait obéir aux conventions, car Lady Chandler y veillait. D'après son apparence, ma sœur n'avait ni l'énergie ni la volonté nécessaires pour détrôner sa mère de son poste d'autorité. Julianne devait peser plus de soixante-dix kilos et n'était pas de celles qui, comme moi, s'épanouissent dans leur grossesse. Elle avait le visage bouffi, les yeux assombris de cernes mauves et ses doigts boudinés refusaient toutes ses bagues, qu'elle avait dû enfermer dans la boîte à bijoux. Elle paraissait fatiguée et sans doute même souffrante.

— Comment vas-tu, Julianne ? demandai-je en ôtant mes gants.

— Comment me trouves-tu ? Oh non, ne me réponds pas, Maggie, je sais bien que je suis affreuse. Que je regrette d'avoir conçu cet horrible bébé ! J'avais pourtant dit à Esmond que je ne voulais pas gâter ma taille, mais les hommes sont des brutes ! Ils ne pensent qu'à eux. Les porcs ! Les égoïstes ! Ils ne se marient que pour obtenir de petites répliques d'eux-mêmes, comme si nous voulions davantage de mâles, nous ! Les filles ne comptent pour rien, quelle que soit leur intelligence ou leur beauté. Dieu du Ciel ! Pourvu que ce soit un garçon afin que je n'aie pas à en repasser par là ! Je hais les bébés ! s'exclama soudain ma demi-sœur, au bord des larmes, et bien que j'eusse pitié d'elle, ses paroles me choquèrent.

Je pensai aux joies que me procurait Christopher, imaginant son haleine laiteuse et le parfum frais et poudreux de sa peau. Je revis ses yeux brillants de curiosité, crus entendre ses petits cris. L'idée qu'on puisse le détester me terrifia.

— Tu n'es pas sincère, Julianne.

— Oh mais si, mais si ! s'écria-t-elle passionnément. Les bébés sont épouvantables. Ils vous forcent à manger pour quatre et à grossir, ils vous déforment le corps et vous font gonfler comme un crapaud ! Mais cela ne leur suffit pas ! Ils vous déchirent presque en deux pour naître, s'ils ne vous tuent pas par la même occasion et la moitié du temps, sont mort-nés, ou décèdent peu après. Et ce n'est que le commencement ! S'ils survivent malgré tout, une fois qu'ils arrivent au monde, ils ne savent que hurler comme chats de gouttière. C'est à s'arracher les cheveux ! Ensuite ils bavent, ils crachent, ils gâtent tous les vêtements qui puent le lait caillé, ils se souillent et attendent de se faire nettoyer... Seigneur ! Je me demande vraiment pourquoi les femmes veulent des enfants !

Il me parut évident qu'elle était surmenée, aussi n'exprimai-je ni désaccord ni réprobation. Mais je fus soulagée de voir entrer Iverleigh avec le plateau du thé, suivi de près par ma belle-mère.

— Bonjour, Margaret, me salua-t-elle courtoisement, comme si nous n'avions pas connu de différend. La maternité vous sied à ravir. Je ne vous ai jamais trouvé aussi bonne mine. Et comment va le petit... Christopher, je crois ? J'ai été si tendue ces jours-ci que j'ai peur que ma mémoire ne me joue des tours ! Avec la... mort de Nigel, l'enterrement, la grossesse de Julianne... Tout cela nous dépasse.

— Oui je comprends, belle-maman, dis-je. Christopher se porte très bien, c'est un enfant délicieux.

— J'en suis contente. Il faudra me l'amener, Margaret, car je suis sa seule grand-mère, vous savez, et je m'intéresse de près à son bonheur.

— Naturellement, repris-je comme si cela allait de soi.

Mais je dois avouer que sa conduite me surprenait fort. Elle avait assisté au baptême de Christopher avec Esmond et Julianne, car il avait eu lieu pendant la messe, le dimanche suivant sa naissance. Ils avaient envoyé un cadeau de circonstance, ce qui m'avait étonnée : un hochet d'argent.

Mais je n'attendais rien de plus. Comment imaginer que Lady Chandler se tournerait vers mon fils ? Pourquoi se montrait-elle si empressée tout à coup ? Elle m'avait pourtant fait comprendre sans détour que depuis mon mariage avec Draco, je ne pouvais lui être d'aucune utilité. Mais elle ne voulait pas rompre avec d'éventuels alliés. Draco possédait les mines maintenant et s'employait visiblement à les faire fructifier. Peut-être y aurait-il quelque chose à tirer de nous, finalement. Du reste, il s'en trouvait encore pour croire que Draco cachait un magot sous son lit.

Pour la première fois, je me demandai comment Esmond gérait le domaine depuis qu'il était le maître aux Abrupts. S'il n'était pas à la hauteur de ses responsabilités, Lady Chandler risquait de beaucoup y perdre. Ses rentes ne suffiraient pas à son train de vie et elle dépendrait d'Esmond et de Julianne pour ses revenus supplémentaires. Soudain, je revis Draco se vanter qu'il dirigerait mieux le domaine qu'Esmond et je souris intérieurement en comprenant les plans de Lady Chandler. Vraiment ! Croyait-elle que Draco se sentirait obligé de régler ses dettes si Esmond ne pouvait plus faire face, simplement parce qu'elle était ma belle-mère ? Sans doute n'était-elle pas au-dessus de cela...

Malgré tout, je n'avais pas le cœur de la mépriser. J'avais plutôt pitié d'elle, comme de Julianne : elles ne feraient jamais partie de la haute société comme elles le convoitaient tandis que moi, qui aurais pu m'y intégrer, l'avais rejetée et m'en félicitais. Je soupirai, me demandant pourquoi Dieu n'organisait pas mieux son monde qui en avait pourtant bien besoin.

Après le thé, je pris congé des deux femmes,

soulagée d'échapper à cette atmosphère oppressante et de retrouver la lumineuse douceur des Tempêtes. Je passai le reste de l'après-midi à jouer avec Christopher, songeant que mon foyer, malgré son délabrement, était bien plus heureux que les Abrupts ne l'avaient jamais été.

27

Après la naissance de notre fils, Draco travailla plus dur que jamais, passant de longues journées aux mines et au manoir. Il avait rouvert Wheal Penforth, embauchant des ouvriers qui y travaillaient auparavant tandis qu'un nouveau directeur, Franklin Vaughan, remplaçait Heapes. Il était honnête et industrieux, s'exprimait avec aisance et n'était pas homme à se laisser intimider ou influencer. A eux deux, ils honorèrent par miracle les dates de livraison de kaolin aux divers porcelainiers avec qui Sir Nigel avait négocié des contrats avant sa mort. Draco en tira un joli profit et fut très satisfait.

Avec cet argent, il engagea des maçons et des menuisiers pour continuer les réparations au manoir. Sur mon insistance, la salle à manger fut achevée en priorité et je pus enfin servir des repas dignes de ce nom aux Tempêtes. De son côté, madame Pickering reçut l'aide de deux jeunes filles des corons pour le ménage et la cuisine. Ces domestiques supplémentaires me déchargèrent si bien que je pus consacrer la majorité de mon temps à mon mari et à mon fils.

Chaque fois que possible, Draco et moi passions

de tranquilles soirées ensemble, souvent avec Christopher.

Nous jouions aux échecs et au piquet et il m'arrivait de lire tandis que mon époux chantait doucement à Christopher en tzigane. Je ne savais pas quoi en penser, curieusement. Je les aimais tous les deux ; pourtant j'étais un peu jalouse de voir mon fils attraper la main de Draco aussi facilement que la mienne. N'étais-je pas sa mère ? En même temps, j'étais heureuse que mon mari et mon fils ne vivent pas en étrangers sous le même toit, comme moi chez Sir Nigel. Bien des femmes m'auraient envié l'intérêt que Draco manifestait à son fils. Il lui était si attaché ! Sans doute avait-il été trop mal aimé durant son enfance.

Deux mal-aimés, voilà ce que nous étions, Draco et moi. Pas question que Christopher se sente abandonné ou exclu comme nous l'avions été ! Nous étions décidément de la même race... Mais je ne lui avouai pas mon amour, même en ces moments-là. Malgré la proximité grandissante que Christopher avait tissée entre nous, nous étions par d'autres côtés plus éloignés que jamais. Nous n'avions pas fait l'amour depuis la naissance de notre fils et toute notre intimité complice avait disparu. Je rougissais de me déshabiller devant mon mari et tremblais s'il me touchait ou m'embrassait. Etais-je redevenue l'ignorante jeune fille d'antan ? Me trouvait-il repoussante depuis que j'avais eu un enfant ? Je m'interrogeais, étudiant d'un œil critique mon reflet dans les miroirs.

J'avais les traits tirés mais ne trouvais rien d'autre à dire sur mon apparence. J'avais perdu mon excédent de poids et les courbes alanguies de mon corps élancé me semblaient encore plus troublantes.

Cependant Draco ne recherchait pas mon lit. Il ne me désirait donc plus. Au désespoir d'avoir compris trop tard mon amour pour lui, je me tus.

A la fin du mois de janvier de cette année-là — nous étions en 1820 — Welles eut vingt et un ans. Avec l'héritage reçu de son défunt père et l'investissement d'un partenaire anonyme (que je soupçonnai être Draco), il acheta un schooner très rapide qu'il baptisa le « Sea Gipsy ». Mais aux yeux d'Esmond, la visible progression de Welles dans le monde n'était pas suffisante pour lui gagner la main de Sarah. Il était pourtant passé du poste de second à celui de capitaine de son propre navire. Julianne aurait pu faire plier son mari si elle l'avait voulu. Mais comme elle connaissait pour Sarah le même ressentiment qu'Esmond pour Welles, elle refusa obstinément d'intercéder en faveur de son frère.

Deux semaines auparavant, elle avait donné le jour à une fille, baptisée Elizabeth. Une vraie miniature de sa maman ! Julianne, qui avait espéré un fils pour ne plus avoir à se soucier de reproduction, n'était pas d'humeur à écouter les cajoleries ou les menaces de Welles. Il n'avait personne vers qui se tourner sinon sa mère. Or, bien qu'elle n'eût rien à reprocher aux origines ou à l'éducation de Sarah, qui était fille de l'honorable Worthing Sheffield et petite-fille de Sir Simon Chandler le baronnet, Lady Chandler désapprouvait la modeste dot de Sarah. Comment aurait-elle pu encourager Welles dans ces conditions ?

— Ne sois pas si abattu, recommanda Draco à Welles, venu nous rendre visite alors qu'il séjournait encore aux Abrupts, pour régler les formalités de son héritage et de l'achat du navire. Il reste Gretna Green.

— C'était bon pour Maggie et toi, mon vieux, marmonna Welles sur un ton lugubre, mais le problème... c'est que l'on jaserait, vois-tu, et même si nous nous moquons bien tous les trois des ragots de vieilles commères, il n'en va pas de même pour Sarah. Elle est très sensible et prend ce genre de chose trop à cœur.

— Tu as sans doute raison, concédai-je.

Alors que Draco et moi commencions à nous faire accepter au village, il s'en trouvait encore pour nous ignorer et ricaner quand nous prétendions que Christopher était prématuré — car nous avions préféré le mensonge au scandale, pour le bien de notre fils. Même si je m'étais habituée à ces camouflets, j'étais parfois blessée par d'odieuses rumeurs. Sarah, à la nature douce, joyeuse et si vulnérable, serait profondément atteinte si elle devait s'exposer à tant de méchanceté.

La situation paraissait sans issue pour les deux amants. Quand Welles prit congé, il semblait si désespéré que, craignant quelque folie, Draco lui en fit la remarque en l'accompagnant dans la cour et l'avertit d'un ton sec de prêter attention à ses actes.

— Ne t'inquiète pas pour moi, mon vieux, lui lança mon demi-frère en sautant à cheval. Je suis majeur, maintenant !

Il était sur le point d'ajouter quelque chose. Mais me jetant un coup d'œil comme je le regardais, soucieuse, depuis la porte, il se ravisa et ravala ses paroles, avant d'éperonner le hongre et de partir au galop dans un tourbillon de brume neigeuse.

Un peu plus tard dans la même semaine, une fois de plus au cœur de la nuit, j'entendis un cliquetis dans la cour. J'avais guetté en vain ce bruit depuis des mois et dans le doute, l'avais finalement attribué aux fantômes d'Aislinn Deverell et de son amant Joss, le bandit de grand chemin. Mais cette fois-ci, j'en aurais le cœur net. Je m'éveillai en sursaut et me levai sans attendre. J'examinai la chambre à la lueur des flammes qui crépitaient dans l'âtre et comme précédemment, Draco fut introuvable. Après avoir enfilé ma robe de chambre et arrangé les oreillers sur le lit afin que Christopher, paisiblement endormi, ne roule pas à terre, je me hâtai à la fenêtre et tirai le rideau.

Le feu ne brûlait pas au phare. Pourtant Draco y tenait d'habitude si fort qu'il avait ordonné à Renshaw de l'entretenir plusieurs fois par nuit. A la faible clarté de la lune et des étoiles voilées, le peu que je vis me fit battre le cœur : un signal luisait à la tour sud et sous mes yeux, la basse porte qui s'ouvrait sur l'escalier extérieur pivota lentement sur des gonds bien huilés. Quelques instants plus tard, Draco paraissait au palier, levant bien haut la lampe pour guider les silhouettes sombres qui pataugeaient dans la neige. Welles menait la marche, ses cheveux blonds brillant comme un fanal dans la nuit.

Les hommes en file indienne se dirigeaient furtivement vers la tour. Ils ne faisaient aucun bruit, ayant noué des chiffons sur les brides et les sabots des poneys lourdement chargés qu'ils tiraient. Quelques hommes tenaient des lanternes mais à leur lumière, le groupe paraissait plus fantomatique encore. Ce n'étaient pas des bandits, comme je m'y attendais, mais des hommes du peuple. Je vis de simples fermiers, des bergers, des pêcheurs et des mineurs, des cordonniers et des tailleurs, le genre de travailleurs durs à la tâche qui doivent se battre pour joindre les deux bouts. Quel moyen avaient-ils ? Celui auquel les pauvres et les ambitieux, les audacieux et les désespérés ont toujours eu recours en Cornouailles. Car je n'eus pas l'ombre d'un doute sur leurs activités comme, sans mot dire, ils déchargeaient les marchandises. En hâte, je m'écartai de la fenêtre, de peur d'être vue.

Mon Dieu, me dis-je, Draco et Welles sont des contrebandiers !

J'étais un peu inquiète pour eux car l'entreprise était dangereuse, parfois même mortelle — mais pas choquée le moins du monde. D'ailleurs, j'avais soupçonné les deux hommes de tremper dans ce genre d'affaire. Pourquoi auraient-ils été si cachottiers ? La contrebande existait en Cornouailles depuis des siècles ; sans être honorable, elle était bien acceptée et personne n'y voyait un crime bien terrible. Sa victime essentielle était le gouvernement qui méritait bien de voir moins d'argent dans ses coffres quand il refusait d'abolir les lois sur le grain et empêchait l'honnête homme de gagner un honnête salaire. Si la contrebande emplissait les assiettes et habillait les enfants en cette dure période, eh bien tant mieux ! Même Sir Nigel, juge de paix avant son assassinat, avait fermé les yeux sur les allées et venues des contrebandiers car il aimait son cognac et ses cigares comme tout un chacun et détestait de même la lourde taxe qu'il fallait acquitter.

Resserrant ma robe de chambre contre moi, je m'affaissai sur une chaise, plongée dans d'intenses réflexions. Je décidai de ne surtout rien dire de ce que j'avais découvert. Si Draco avait souhaité que je fusse au courant, il m'en aurait parlé lui-même et serait très mécontent que j'aie trouvé le pot aux roses. Mon époux me savait très curieuse de nature et se persuaderait que je l'avais espionné. Il fallait procéder avec prudence, garder le secret et ainsi éviter sa colère.

Mais je n'eus pas le temps de poursuivre mes réflexions car Christopher commença à s'agiter, ne poussant encore que de petits miaulements. S'il ne recevait pas de lait, ses cris ameuteraient la maison entière et les contrebandiers seraient surpris par d'autres yeux que les miens !

Je sautai sur mes pieds, jetai ma robe de chambre de côté et dénouai les rubans de ma chemise de nuit. Puis, tout en le berçant de douces paroles, j'écartai les coussins et m'allongeai près de lui, pour le mettre au sein. Contrairement à Julianne, j'avais refusé d'abandonner mon fils à une nourrice pour l'allaiter. Je savourais trop ces moments privilégiés et me moquais bien qu'on me trouve vulgaire. Doucement, comme il tétait, je caressai ses cheveux d'ange et lui murmurai la comptine que ma nounou me chantonnait :

Il était une Dame Tartine
Dans un palais de beurre frais.
La muraille était de praline,
Et le parquet de croquet.

Ces paroles me rappelèrent les ballots que l'on transportait dans la cour. Comme mon esprit vagabondait sur le spectacle dont j'avais été témoin, j'entendis des pas dans le couloir menant à la tour nord. Quelques instants plus tard, Draco ouvrait la porte de notre chambre.

— Maggie ! s'exclama-t-il, surpris. Pourquoi t'es-tu levée à une heure pareille ?

Ses yeux se plissèrent et il nous enveloppa, Christopher et moi, d'un regard pensif. Il se demandait si j'avais entendu Welles et les autres venir cacher leur butin dans la tour sud.

— Je dormirais si Christopher n'avait pas réclamé, répliquai-je à voix basse pour ne pas éveiller le bébé qui, rassasié, avait à nouveau glissé dans le sommeil, inconscient de la périlleuse intrigue qui avait secoué les Tempêtes.

Cette pensée me noua la gorge. Si les douaniers ou les Dragons du roi soupçonnaient Draco et Welles et les prenaient sur le fait, les deux hommes seraient jetés en prison, ou déportés, ou même pendus. Christopher, fils de criminel, serait à jamais marqué du sceau de l'infamie. Avalant ma salive à grand-peine, je serrai mon bébé contre moi, appuyant ma joue contre sa tête soyeuse pour dissimuler l'expression de mon visage.

— Tu as travaillé tard, ce soir, fis-je observer aussi calmement que possible.

Je connaissais l'existence d'une certaine porte de son bureau qui menait à la tour sud et avait dû servir plus d'une fois quand je le croyais penché sur ses registres et ses livres de compte.

— Tu dois être fatigué. Viens au lit, Draco.

— Est-ce une invitation, mon amour ? demanda-t-il doucement en levant un sourcil interrogateur.

Devant ma surprise, il ajouta :

— J'ai attendu patiemment, ma chérie, que tu te remettes de la naissance de Christopher mais j'avoue que cela n'a pas été facile. Donne-moi notre fils, Maggie. Il est fort et vigoureux comme son père et assez grand maintenant pour ne pas avoir besoin d'une tétée pendant la nuit. Il sera très bien dans son berceau désormais, n'est-ce pas ?

Soudain nerveuse comme une jeune mariée, j'inclinai lentement la tête et lui tendis timidement Christopher. Après l'avoir posé dans son couffin avec précaution, Draco se déshabilla, souffla la lampe et me rejoignit dans le lit. Le tendre matelas de plumes s'incurva sous le poids de son corps musclé, me faisant glisser dans le creux et frissonner au contact de sa peau.

— Ah, Maggie, murmura-t-il dans un souffle en me prenant contre sa puissante poitrine, couvrant mes jambes de sa cuisse. Cela fait si longtemps que je ne t'ai pas tenue ainsi. Trop longtemps... Tu m'as manqué, mon amour.

Mon cœur bondit de joie. Il m'aimait, alors! Tremblante comme une vierge, osant à peine croire qu'il me désirait encore, j'entrouvris les lèvres pour recevoir son baiser. Son haleine chaude effleura ma joue avant que sa bouche ne se referme sur la mienne, me dévorant avec une avidité rapace dont j'avais presque oublié la sauvage jouissance.

Soudain le souvenir de nos nuits d'amour m'emporta, se mélangeant à la réalité au point qu'un instant, je ne savais plus si c'étaient vraiment ses lèvres qui baisaient les miennes ou si je rêvais. Etait-ce bien son corps qui pesait sur le mien, ses doigts qui ébouriffaient mes longs cheveux noirs comme il levait mon visage vers lui ?

Sa bouche vint reprendre la mienne sans se rassasier. Il me mordit la lèvre inférieure et le goût du sang m'envahit, salé et doux-amer. En moi explosèrent plaisir et douleur comme il faisait disparaître d'un baiser la perle de rosée. De sa langue il suivit le contour frémissant de mes lèvres qui s'offrirent, gourmandes et vulnérables, aspirant son haleine. Mille sensations exquises éveillaient mon corps en sommeil, impatient d'être libéré. Sa langue plongea dans ma bouche, telle une flamme de miel chaud, me faisant fondre de plaisir, et nos deux nectars se mêlèrent, coulant sur ma gorge et les pointes dressées de mes seins.

C'est le paradis, songeai-je confusément. Le jardin d'Eden... Car j'étais Eve, et Draco, non Adam, mais le serpent, sombre et fascinant, qui me tentait, déchirant d'un geste impatient la vertueuse modestie de ma chemise de nuit pour me voir nue et savourer les fruits interdits à tous sauf à lui. Je l'étreignis, lascive, jouissant en pécheresse de sa bouche et de sa langue qui exploraient les monts et les vallées de mon corps. Je caressais sa peau au gré de mon plaisir, le faisant suffoquer et frémir, et me serrer très fort pour que je sache bien qui de nous deux était le maître, malgré mon pouvoir sur ses sens.

— Enchanteresse, murmura-t-il d'une voix rauque contre ma gorge. Tu m'enchaînerais si tu pouvais. Mais c'est moi qui vais te soumettre. Tu m'appartiens tout entière.

Et il me le prouva, appuyant sa bouche contre la plante de mes pieds sans me quitter de ses yeux noirs de passion, tandis que je vibrais, hypnotisée par leur profondeur veloutée. Ses lèvres remontèrent ma jambe en un baiser brûlant. Ses mains, légères comme des plumes, trouvèrent mes cuisses, effleurant mon intimité de caresses expertes, puis se refermèrent sur mes seins, glissant vers leurs pointes sombres et gonflées. Il lécha lentement la sueur qui y perlait avant de taquiner tour à tour les mamelons jumeaux.

Sa peau halée imprégnée de santal m'étourdit quand il posa la tête entre mes seins. Je parcourus ses cheveux et l'étreignis avec passion, émue de le sentir si proche, m'arquant contre lui de désir. Les muscles puissants de son dos roulaient sous mes paumes comme je l'aiguillonnais de mes ongles plantés dans sa chair. La fièvre chassant toute retenue, je couvris son corps entier de mes baisers ardents.

Le temps perdit toute signification pour nous et le monde plongea dans le néant. Nous fûmes arrachés du royaume terrestre pour aboutir à la pénombre originelle, où tout commence et s'achève. J'étais devenue la chose de Draco, qu'il était libre de briser et de prendre à son gré, et lui aussi m'appartenait, ensorcelé par mes caresses provocantes. Notre désir porté à une cime insoutenable, il se jeta en grondant sur mon corps et me pénétra si brusquement que j'en perdis le souffle. Savourant ma faiblesse, je criai ma reddition comme il m'envahissait sauvagement dans sa conquête triomphante.

Plus tard nous reposâmes, moites à la lueur des braises rougeoyantes, nos cœurs battant à l'unisson. Draco m'attira dans le creux de ses bras sans rien dire. Ma tête se nicha sur son épaule et je caressai la poitrine soyeuse qui se soulevait plus lentement sous ma main.

— Je t'aime, murmurai-je d'une voix à la fois incertaine et pressante, craignant qu'il ne se moque de moi.

Je n'aurais pu le supporter. Pourtant, je ne pouvais plus contenir mon cœur et, retenant ma respiration, j'attendis sa réponse. Mais rien ne vint et, me mordant les lèvres pour contenir mon fou rire — et mes larmes — devant l'ironie de la situation, je compris que j'aurais pu m'adresser à un mur : mon époux dormait profondément, indifférent à mes déclarations.

28

A mon réveil, Draco était parti et j'aurais cru avoir rêvé sans une légère chaleur entre les cuisses et l'alanguissement de tout mon être. Je bâillai et m'étirai comme un chat, avec le sourire d'un enfant qui possède un secret. Linnet eut beau me jeter plus d'un coup d'œil inquisiteur en préparant mes vêtements et mon bain, je choisis de l'ignorer, peu désireuse de laisser son insatiable curiosité me gâcher la journée.

Je me levai et nourris Christopher, puis le laissai à Annie de bon cœur, pour une fois. Ma toilette achevée, je descendis en toute hâte : comme nous étions samedi, Draco ne serait pas aux mines. Si les ouvriers travaillaient six jours par semaine et consacraient le septième à l'entretien et aux réparations des machines, mon époux, lui, se trouvait à son bureau le samedi et se reposait le dimanche, comme le Seigneur et les maîtres.

Une fois dans le hall, je faillis dégringoler la petite volée de marches qui menait à l'étude de Draco. La joie et l'excitation nerveuse me faisaient trembler si fort que je dus serrer les poings pour me maîtriser. Une fois devant l'étude de mon mari, je fis une pause, prenant une grande inspiration et lissant mes cheveux et ma robe d'un dernier geste inquiet. Grâce au miroir de ma coiffeuse, je me savais pourtant irréprochable ; en fait, je rayonnais du bonheur inégalé d'une femme éprise et comblée. J'allais frapper à sa porte quand un bruit de voix me parvint de l'intérieur. Déconcertée, je suspendis mon geste.

— Faut prend' garde, not' maître. C'est un péché d'êt' naufrageur.

Je reconnus Renshaw. Un instant étourdie sous le choc, je crus — j'espérai — que mes oreilles m'avaient joué un mauvais tour. Mais le dément reprit en marmonnant entre ses dents :

— Naufrageur, naufrageur, entonna-t-il comme une comptine, bientôt tu prêcheras au gibet, sans personne pour te pleurer ! Hein, not' maître ? fit-il en ricanant d'un air entendu.

Des bêtises, un délire sans queue ni tête, me dis-je, quelque illusion insensée née de l'esprit d'un fou. Soudain glacée, je me figeai d'horreur comme Draco lui répliquait sur un ton préoccupé :

— Certes, mais qu'importe ? Trop de meurtres ont déjà été commis. Tout ce sang ne se lavera jamais ! Tu as raison, Renshaw, il faut faire attention. Les douaniers et les Dragons ont des soupçons et se tiennent en alerte. Préviens les hommes de redoubler de prudence, sinon le filet va tomber avant que je puisse m'innocenter et nous nous balancerons tous au bout d'une corde...

Je ne voulus pas en entendre davantage. Frappée en plein cœur, tout mon bonheur réduit à néant, je me détournai et remontai l'escalier du hall en courant sans rien voir autour de moi, au bord de la nausée.

Naufrageur ! Naufrageur ! Ces mots résonnaient à mon esprit comme le glas de notre amour, le martelaient si douloureusement que le souffle me manqua. Les murs des Tempêtes se refermaient sur moi et je crus suffoquer. Acculée par la panique, je m'enfuis dehors à toutes jambes comme par le passé, claquant la porte dans ma hâte. Que m'importait d'être sans cape et chaussée de délicates mules sur le givre durci et la neige craquante ? Je jetai un coup d'œil affolé dans la cour puis me précipitai par les portails ouverts de la loge dans la direction des brandes et de la mer, l'air vif et hivernal me brûlant les poumons à chaque inspiration.

Enfin je ne pus continuer, hors d'haleine, paralysée d'angoisse. Seigneur ! me lamentai-je, dites-moi que c'est impossible ! Draco, un meurtrier ? Aimerais-je un assassin ?

Je dois me tromper ! Je dois me tromper ! hurlais-je inlassablement. C'était insoutenable... Mais j'avais entendu la terrible conversation de mes propres oreilles et vu de mes propres yeux ses activités de contrebande. J'étais née, j'avais passé ma vie entière en Cornouailles — je savais qui étaient les naufrageurs. Pas une âme ne l'ignorait ici, car ils commettaient les crimes les plus odieux : simples et pourtant ignobles.

Par les nuits sans lune où la brume hante terre et mer, de vils individus sortent en barque sur l'océan pour étouffer le tintement des balises qui signalent les rochers. De retour sur la côte, ils amènent un cheval sur la plage, suspendent une lanterne à son cou et lui entravent une patte de devant : lorsque l'animal bouge, la lampe oscille comme le fanal d'un navire et trompe les vaisseaux au loin. Quand le gibier ainsi piégé comprend son erreur en traversant la brume, il est trop tard. Le navire est déjà ballotté entre les creux violents du ressac et dérive sans retour vers les rocs qui jaillissent comme dents de requins dans l'écume ; les voiles se déchirent, les mâts se brisent net, la coque se fissure et le bateau désagrégé roule et plonge, fendu de toutes parts et sombre à sa tombe liquide en grondant de souffrance. Si certains échappent aux tourbillons qui se forment entre les pitons rocheux, ces sinistres assassins, les naufrageurs, entrent dans l'océan munis de leurs gourdins pour achever les victimes dans leur ultime tentative d'atteindre la grève. Puis ce rebut de l'humanité s'empare de son butin et détrousse les cadavres flottants.

Horrible ! Horrible !

J'enfouis mon visage entre mes mains, secouée de sanglots : j'imaginais Draco parmi les naufrageurs, la mer en furie lui fouettant la taille tandis que de ses bras puissants, il maniait une lourde massue sur les crânes d'hommes, de femmes et d'enfants suppliants. Je le voyais briser leurs membres pour que se noient ceux qui sauraient nager ou tenteraient seulement de tenir la tête hors de l'eau.

Non ! Non ! Mon mari ne pouvait être de ceux-là ! De grâce ! Je songeai à ces mains qui apaisaient Black Magic, caressaient mon corps, berçaient Christopher. Avaient-elles assassiné ? Je me penchai soudain pour vomir violemment. Puis essuyant ma bouche du dos de la main, je glissai à genoux dans la neige, les bras croisés, me balançant d'avant en arrière comme un enfant, en état de choc.

Comment accepter l'évidence ? Je n'y croyais pas. Draco, un tueur impitoyable ? Je savais de quels actes diaboliques il était capable. « Gibier de potence ! » l'avait autrefois appelé mon père et au village on prédisait d'un air sombre qu'il avait une tête à orner le gibet de Tyburn. Non ! C'était faux ! Jamais Draco ne serait si vil, si abominable et Welles non plus... Non, pas Welles. Je frémis d'horreur à l'idée que mon demi-frère fût également meurtrier ; je connaissais pourtant sa nature de tête brûlée...

Après quelque temps, sans bien savoir comment, je me forçai à rentrer au manoir malgré la terreur et la répulsion que m'inspirait Draco. Ce fut la plus longue journée de toute ma vie. Où pouvait aller une femme sans famille ni amis ? Chez Esmond, qui était trop faible pour me défendre ? Chez Julianne, Lady Chandler ou Sarah, qui refuseraient de me croire pour l'amour de Welles même si j'avançais des preuves ? Chez tante Tibby, qui avait peur de son ombre ? Chez le pasteur, qui m'écouterait benoîtement et me conseillerait de garder la foi ? Non, à l'heure la plus sombre de ma vie, je n'avais personne vers qui me tourner, nul refuge hors d'atteinte de Draco. Comme toutes les femmes mariées à des criminels, je devais porter seule et sans bruit le poids de ce secret — et prier pour rester saine et sauve.

29

Je n'avais pas encore tout à fait vingt ans mais cette minute passée devant le bureau de Draco me fit vieillir d'un seul coup. J'avais maintenant les yeux cernés de bistre et les joues creusées par l'insomnie. Toutes les nuits, je guettais le claquement net des sabots de Black Legacy sur les pavés de la cour pour savoir si Draco sortait. Quand il revenait, sa houppelande imprégnée des senteurs de brume et du printemps en bourgeons, je feignais le sommeil pour qu'il ne me touche pas de ses mains d'assassin. Je me reculais le plus loin possible quand il me rejoignait au lit afin de ne pas l'effleurer, même par accident durant la nuit. Quand inévitablement il voulait assouvir son désir pour moi, je me figeais, froide comme le marbre, hantée par les noyés.

Draco ne comprenait pas mon indifférence. Comment l'aurait-il pu ? Je n'osais souffler mot ; j'étais à la torture. Parfois, quand il voyait qu'il avait perdu son pouvoir sur mes sens, il se mettait en colère et m'accusait d'avoir une liaison avec Esmond. Puis il me poussait brutalement sur le lit pour prendre son plaisir avec un talent calculé pour briser mes défenses. Finalement mon corps cédait à ses exigences, tandis que dans ma honte, je pleurais et souhaitais mourir.

Puis je pensais à Christopher laissé à la merci de Draco. Il fallait vivre ! Alors je ravalais ma fierté et ma peur et supportais mon époux du mieux possible. A d'autres moments, sentant qu'il me faisait horreur, il me rejetait avec dégoût.

Il me terrifiait, il me répugnait. Je l'évitais autant que possible. Il ne se passait pas de jour sans que je médite des projets d'évasion. Il me suffirait d'aller à Launceston retirer mes cinq cent mille livres avant de m'enfuir. Seule l'effrayante conviction que mon mari me retrouverait et se vengerait impitoyablement de moi m'empêchait de fuir avec mon enfant.

Quand de temps à autre, par une nuit sans lune, j'entendais le cliquetis étouffé d'un mors dans la cour, je tirais les couvertures sur ma tête sans regarder par la fenêtre.

Mais le cœur ne connaît ni rime ni raison : parfois je ne pouvais m'empêcher de regretter les jours et les nuits où, dans l'ignorance de ses crimes, j'avais aimé Draco. Alors j'allais pleurer en cachette sur ce bonheur perdu.

Ainsi passa le temps, semblable de jour en jour, vide, à l'exception de Christopher. Il représentait tout mon bonheur maintenant et je m'accrochais à lui comme les galets à la grève. Lui au moins m'appartenait, s'il n'y avait rien d'autre.

Le printemps était arrivé et la terre assoupie s'éveillait doucement, encore craintive. Le ciel de plomb palissait et les pluies lavaient la terre de son odeur de mort, tandis que montaient les sucs des jeunes pousses. Lentement les brandes noires reverdirent et les bruyères s'épanouirent en un manteau de pourpre et d'or ondulant à chaque souffle. Au loin, les « tors » se dressaient comme d'anciennes divinités surveillant leur domaine et les mégalithes jaillissaient, splendides, pour fendre l'horizon lointain d'un glaive déchiqueté. La mer changeante venait lécher la grève et les minces doigts de roche caressaient les vagues clapotantes. Dans les falaises qui tombaient sur la plage, nichaient les mouettes qui chantaient leurs mélodies perçantes. Leurs cris mélancoliques résonnaient à mon cœur comme je parcourais les brandes, solitaire, navrée, perdue dans la perspective des longues années d'isolement qui m'attendaient.

Si je n'avais jamais connu l'amour, je les supporterais sinon avec joie, du moins avec stoïcisme, me disais-je. Je croirais que le lot des femmes est d'endurer un univers hostile.

Mais j'étais déchirée entre mon cœur et ma raison : j'avais appris que vivre peut signifier bien plus qu'exister...

Comme ce serait terrible, me disais-je, si je devais oublier ce que je sais de Draco, si je gommais de ma mémoire la vision des navires brisés et des visages anonymes qui me hantent ! Y perdrais-je mon âme ? Serais-je aussi coupable que mon mari, même si mon seul péché est de l'aimer ? Cœur de femme est bien fragile...

Je comprenais ces filles audacieuses qui choisissaient de mourir sur le gibet, d'accompagner leur homme jusqu'au bout, fût-il pirate ou bandit. Leur amour était plus fort que tout.

Serais-je de ces femmes ?

Une nuit de mars, Draco rentra fort tard, pâle comme la mort, perdant tout son sang. Renshaw vint me chercher et me tira de mon sommeil avec un flot de paroles insensées.

— Le maître est mal parti, m'dame, m'est avis qu'il va passer l'arme à gauche, finis-je par saisir.

Draco avait besoin de moi et me suppliait de venir sans tarder. Ma raison me commandait de rester dans ma chambre. Il n'avait que ce qu'il méritait ! Mon cœur, étrangement ému, refusa de l'écouter.

Draco avait rejoint son bureau par miracle. Allongé sur un sofa les yeux fermés, il était blême. Sa poitrine se gonflait et se creusait si profondément qu'un instant je crus qu'il ne respirait plus. Les pans ouverts de sa houppelande révélaient le sang qui suintait de sa blessure, tachant d'écarlate sa veste et la dentelle neigeuse de sa chemise de batiste. A la vue de tout ce sang, la tête me tourna et je manquai défaillir.

— Renshaw, va réveiller Will, ordonnai-je, me hâtant au côté de Draco. Qu'il aille chercher le docteur Ashford.

— Non... gronda Draco, me faisant sursauter.

Sa voix était rauque et il ouvrit péniblement les yeux. Serrant les dents contre la douleur, il se força à parler.

— Pas... de... docteur, Maggie !

— Mais c'est insensé ! Tu vas mourir ! m'exclamai-je sur un ton plus vif que je ne l'avais souhaité. Es-tu donc si pressé de me rendre veuve ?

— Ne t'in... quiète pas, mon amour, fit-il avec un faible sourire. Il faudra... plus d'une... d'une balle... pour m'achever. Fais ce que... ce qu'il y a à faire, ma chérie, mais pas... de docteur, acheva-t-il dans un hoquet.

Comprenant que je ne ferais que perdre du temps à discuter, je me forçai à rassembler mes esprits. J'avais peu d'expérience en médecine et absolument aucune en matière de blessures par balle.

Je remontai pourtant mes manches et, prenant une paire de ciseaux, commençai à découper ses vêtements pour juger l'étendue des dégâts. La sueur perlait à son front et je m'interrompis plus d'une fois tant mes mains tremblaient. Je devais le faire considérablement souffrir ; pourtant il n'émit aucune plainte. Enfin je retirai lentement sa chemise trempée de sang pour observer la blessure. Ma gorge se serra : quelques centimètres plus bas, la balle l'aurait atteint au cœur.

— Draco, qui t'a fait cela ? demandai-je, car il était clair que ce n'était pas un accident mais une tentative de meurtre.

Qu'il ne le puisse ou ne le veuille, il ne répondit rien. Je fronçai le sourcil, persuadée que cette agression était liée à ses activités de contrebande... ou pire. Je préférai ne pas y songer. S'il devait m'avouer qu'il était effectivement naufrageur, j'en mourrais d'horreur. Il y avait encore quelque chose en moi qui ne voulait pas le croire, qui espérait que j'avais mal compris et priait pour cela. Je respirai profondément et me tournai vers Renshaw.

— Va chercher une cuvette d'eau chaude, des linges propres et des bandages — sans bruit, pour ne pas éveiller la maisonnée, lui ordonnai-je comme à un enfant. Me comprends-tu, Renshaw ?

— Oui, maîtresse, fit-il avec un signe de tête avant de s'éloigner de son pas traînant.

Je n'en étais pourtant pas persuadée mais il revint enfin avec les produits que je lui avais demandés. Je commençai à nettoyer le sang caillé sur la peau de Draco afin de pouvoir examiner la blessure de plus près. Heureusement la balle avait tout traversé, ce qui m'évitait d'extraire un morceau de plomb de son corps...

Il me resta donc peu de chose à faire sinon baigner les chairs et étancher le sang. Je saisis une bouteille de cognac rangée dans une armoire proche et, ne sachant pas exactement quelle quantité prévoir, en versai presque la moitié sur la poitrine transpercée. Puis, après avoir replié les bandages en plusieurs compresses épaisses, je le bandai.

Je croyais que Draco avait perdu conscience à ce stade. Mais j'eus la surprise de le voir ouvrir à nouveau les yeux et, avec les gestes incertains d'un aveugle, saisir ma main et la serrer faiblement. J'en frémis plus que tout, car je savais quelle était normalement la puissance de sa poigne.

— Je savais que... tu ne... m'abandonnerais pas, courageuse amie, murmura-t-il, l'air si fier de moi soudain que je fus saisie de honte : n'avais-je pas été tentée de le laisser mourir seul ?

— Draco, qui t'a fait cela ? demandai-je encore.

— Je ne sais pas, répliqua-t-il en baissant les paupières, si bien que je sus qu'il mentait. Il faisait... trop sombre... pour voir. Aide-moi... à monter au lit... Maggie.

— Pas question ! rétorquai-je, comprenant qu'il serait parfaitement inutile d'insister et que je n'obtiendrais pas les réponses aux nombreuses questions qui me harcelaient.

— Oh mais si... Parce que sinon... j'essaierai de monter tout... seul, et il ne f... fait aucun doute que je... tomberai dans les escaliers en ameutant les domestiques. Cela ne... te plairait pas, n'est-ce pas, mon amour ?

Il termina sur un sourire coquin qui me fit battre le cœur. Non ! Cet homme-là n'était pas un assassin !

En tout cas je le trouvais buté comme un âne, comme ma grimace dut le lui faire comprendre... Je l'aidai à se lever et, Renshaw d'un côté et moi de l'autre, nous parvînmes à le hisser à l'étage. Il avait perdu tant de sang qu'il faillit perdre conscience et s'effondra sur le lit. Voyant son visage livide, humide de sueur et creusé par la douleur, je lui versai rapidement un verre de vin. Il but avec reconnaissance puis, après avoir marmonné quelque chose, glissa finalement dans le sommeil.

Quant à moi... je veillai un long moment, examinant mon cœur et ma conscience, déchirée entre les deux, me demandant si Dieu comprendrait que je pose ma joue contre la main de mon mari une seule fois, sans penser aux navires en perdition et aux cadavres sur les vagues.

Malgré sa blessure, mes remontrances et le simple bon sens, Draco voulut à toute force se rendre aux mines le lendemain matin. J'essayai de l'en dissuader en vain. Il se mit debout en chancelant, tituba jusqu'à la garde-robe et tenta obstinément d'enfiler ses vêtements. Finalement, comprenant la futilité de mes protestations, je cédai et l'aidai à s'habiller. Heureusement il ne portait pas les vestes étroites et cintrées qu'affectionnaient alors les dandys et que même les valets les plus ingénieux avaient du mal à ajuster.

— Tu te conduis sottement, le gourmandai-je

pourtant, fronçant le sourcil. Si tu persistes dans cette folie, ta blessure va se rouvrir et tout le monde saura que tu es blessé. Je suppose que tu n'y tiens pas puisque tu ne voulais pas que j'envoie chercher le docteur. Ni Esmond, du reste. Il est juge de paix, que tu l'aimes ou non, et devrait être informé de cette ignoble agression pour que le coupable soit déniché et puni comme il le mérite. Allez, retourne au lit, Draco ! S'il te plaît... Tu tiens à peine debout. Les mines ne vont pas disparaître si tu n'es pas là pour les surveiller. Monsieur Vaughan est un excellent directeur, tu me l'as dit assez souvent. Quant à Mick Dyson, tu dois lui faire confiance puisque tu l'as gardé à ton service après la mort de mon père.

— En effet, répliqua sobrement mon mari. Dyson est habile et sait garder son sang-froid, il faut le lui reconnaître. N'importe qui n'aurait pas pu survivre comme il l'a fait.

— Oui... C'est un battant, comme toi.

— Non, Maggie, pas comme moi. Jamais comme moi, répliqua-t-il sur un ton sinistre, les yeux étincelants.

Son visage fut parcouru d'une expression étrange et terrifiante et soudain, j'eus peur, très peur.

30

La nuit précédant mon vingtième anniversaire, Esmond vint arrêter Draco.

Une sinistre nuit de printemps, parcourue d'un vent glacé, de brume et de pluie ; une nuit sans lune durant laquelle je n'aurais pas été surprise d'entendre le cliquetis étouffé d'un mors dans la cour, car

Draco, à peine remis de sa blessure à la poitrine, était sorti en m'avertissant de ne pas l'attendre ; une nuit fatale, propre à changer pour toujours le cours de ma vie... Mais je ne m'en doutais pas quand on cogna à la porte.

— Sir Esmond, madame, annonça madame Pickering en faisant entrer le visiteur dans le hall.

Surprise, je levai les yeux de mon livre. Il était en effet presque dix heures du soir et Esmond n'avait aucune raison de nous rendre visite, surtout à une heure pareille. Mon cœur manqua un battement et je levai les mains à ma gorge, comprenant que quelque chose avait dû mal tourner.

Un accident, pensai-je, il s'est produit un accident, ou pire encore... Je revis sa blessure et les flots de sang qui emportaient sa vie. Draco est mort !

Un sentiment de vide me saisit... Egarée, je compris enfin que mon amour était plus fort que ma peur. Tant pis si le monde entier devait périr pourvu que Draco survive ! Je posai mon livre d'un geste lent et me levai.

— De quoi s'agit-il, Esmond ? demandai-je, étonnée que ma voix sonne si calme comme je traversais la pièce pour l'accueillir. Qu'est-il arrivé ? Rien de grave, j'espère, cousin.

Puis je vis que Hugh et d'autres hommes des Abrupts l'accompagnaient en armes. Mon cœur bondit d'espoir. Draco était en vie ! Sinon Esmond n'aurait pas eu besoin de cette troupe. Son beau visage portait une expression que je ne lui avais jamais vue. Il avait l'air vigilant, impatient et triomphal du chasseur qui accule un renard.

Il a toujours haï Draco et désiré m'épouser, me dis-je, même s'il m'a dédaignée quand j'étais sienne. Maintenant que Draco a été dénoncé, il est venu l'arrêter dans l'espoir de me reprendre.

Autrefois, Esmond m'aurait comblée de joie. Mais ce soir-là, je ne ressentais que mépris pour lui, venu comme un voleur dans la nuit, armé jusqu'aux dents pour accomplir sa sale besogne. Mais je ne trahis rien de mes pensées. Si Esmond était là pour causer du tort aux miens, je l'entendrais de sa bouche.

— Ce n'est pas ton cousin qui se trouve ici, Maggie, mais le magistrat, déclara-t-il froidement, confirmant ainsi mes soupçons.

Puis il fit un signe de tête à ses hommes qui entreprirent de passer la maison au peigne fin.

— Où se trouve Draco ?

Maintenant sûre de mon amour pour lui et bien décidée à l'aider, je tâchai de gagner du temps.

— Que signifie tout ceci, Esmond ? demandai-je avec indignation, la voix coupante. Tu me dois quelques explications, il me semble ! Envahir mon foyer à une heure pareille, et avec des hommes armés qui fouinent dans tous les coins ! Mais que crois-tu donc trouver ?

— Ma très chère Maggie, commença-t-il en me prenant les mains entre les siennes avant de me conduire à une chaise. Assieds-toi. Ce que j'ai à te dire sera un grand choc pour toi même si, en fin de compte, tu ne pourrais que te réjouir d'être débarrassée de ce monstre.

— J'ai bien peur de ne pas te comprendre, fis-je observer avec une feinte confusion, mon cœur martelant ma poitrine à tout rompre. Que veux-tu donc dire, Esmond ?

— Cousine adorée, je ne sais comment atténuer cette révélation. Il va sans dire que tu ne peux rien connaître de ces horreurs.

Il passa une main incertaine dans ses cheveux, trahissant à coup sûr son agitation. Il n'était donc pas si maître de lui qu'il aurait voulu le faire croire. Il avait également très peur de Draco et sa victoire avait un goût acide... J'en ressentis quelque satisfaction.

— As-tu entendu parler des naufrageurs, Maggie ? demanda-t-il soudain, la voix grave et légèrement dégoûtée.

— Mais sans doute, répliquai-je. Qui, ici, en Cornouailles, ne les connaîtrait pas ? Quel rapport avec Draco ? (Je m'interrompis comme pour réfléchir, puis écarquillai les yeux.) Esmond ! murmurai-je, me félicitant de parler sur un ton approprié — hagard, affaibli. Est-ce que... voudrais-tu me dire qu'il... qu'il serait l'un de ces êtres... ignobles ?

Il hocha la tête, le visage empreint de répulsion et de haine.

— Oui, malheureusement j'en ai bien peur, reconnut-il.

Puis, les mots se précipitant sur ses lèvres, il s'écria :

— Très chère Maggie, être obligé de t'apprendre une chose pareille ! C'est épouvantable... Je le soupçonne depuis quelque temps et le surveille dans l'espoir de le prendre sur le fait. Mais il se montre très prudent et très habile à ces crimes abominables. Je n'ai pas appris grand-chose... Mais il y a quelques jours, ta cameriste, Linnet, est venue me voir dans le plus grand désarroi. Elle avait vu Draco et ses complices sur la plage une nuit et s'était trouvée témoin du naufrage du navire et des meurtres des passagers — de leurs propres mains ! Elle était absolument terrifiée et qui aurait pu l'en blâmer ? Mais elle put rassembler son courage et garder son sang-froid. Elle suivit les naufrageurs aux Tempêtes où elle découvrit que Draco utilisait sa tour sud pour cacher le butin en attendant de l'écouler.

Petite sournoise ! me dis-je, furieuse. Serpent venimeux ! Dire que mon mari t'a accueillie chez lui quand mon père t'a renvoyée sans références ! Mordre la main tendue ! Honte ! Honte à toi !

Sa trahison fut comme un coup de poignard. Pourtant je ne faiblis pas et ne reculai pas dans mon projet de sauver l'homme que j'aimais. Oui, que j'aimais ! Cher lecteur, je vous l'avoue volontiers, avec joie, de tout mon cœur. Dussé-je brûler en enfer toute l'éternité, je savais maintenant que je partagerais le destin de Draco, qu'il fût ou non un meurtrier !

— Mais à quelle affaire courait donc Linnet, demandai-je, pour se soucier si peu de sa vertu, sinon même de sa vie ? Ainsi elle flânait sur la côte après la nuit tombée... Et non seulement elle a découvert cette scène effrayante, mais en plus elle s'est exposée encore davantage au danger en se faufilant derrière les naufrageurs ? Voilà qui est bien téméraire, si c'est vrai.

— En effet. On ne peut qu'admirer son courage. Quant aux raisons qui l'ont conduite là... (Esmond haussa les épaules)... elle ne l'a pas dit explicitement mais je suppose qu'elle a un galant. Maggie, il faut surveiller de plus près les allées et venues de tes domestiques !

Je me raidis à sa critique.

— Les jeunes filles comme il faut ne vont pas à des rendez-vous secrets avec leurs soupirants, Esmond. Je n'avais aucune raison de supposer que Linnet n'était pas chaste. Mais elle sera renvoyée sans tarder. Il serait intolérable qu'Annie et les soubrettes, qui sont de bonnes filles, sortent du droit chemin à cause de cette petite grue, déclarai-je, oubliant fort commodément mes propres folies d'autrefois.

Il ne répliqua rien, interrompu par ses hommes, Hugh en tête. Celui-ci s'avança respectueusement vers Esmond et me lança un regard compatissant. Il avait toujours eu de l'affection pour Draco et doutait visiblement de sa culpabilité.

— Nous avons terminé nos recherches, monsieur, dit-il à Esmond, excepté la tour sud, dont madame Pickering dit qu'elle n'a pas la clef. Monsieur Draco n'est nulle part. J'ai posté des sentinelles autour de la maison, comme vous l'avez ordonné. Il ne pourra pas les éviter s'il veut rentrer ce soir.

— Bien joué, Hugh. Nous allons donc prendre congé. Toi et les hommes qui ne sont pas de garde, vous m'accompagnez sur la côte. Apparemment mademoiselle Tyrrell avait raison. Elle a surpris une conversation entre monsieur Draco et monsieur Prescott qui projetaient une autre opération cette nuit ! Eh oui, Maggie (il remarqua que je sursautais), Welles est également impliqué dans cette mauvaise affaire. Ne l'ai-je pas toujours dit ? C'est un gibier de potence ! Il est indigne de Sarah !

Esmond s'exprimait d'une voix hautaine et je le méprisai comme jamais encore. Il était faible et lâche et tenait encore rancune à mon demi-frère de cette bagarre à la fête de Launceston...

— Mais Draco et Welles ne s'en tireront pas cette fois-ci car nous serons là. Nous patrouillerons la côte et nous les prendrons sur le fait !

Il se leva.

— Je te souhaite une bonne nuit, chère cousine, déclara-t-il, et te présente mes excuses pour ces mauvaises nouvelles. Elles te répugnent autant qu'à moi, je le sais. Réjouis-toi pourtant d'être ainsi délivrée de ton devoir d'épouse... reprit-il avec un regard empli de désir nu. Je sais que tu ne l'as jamais aimé. Quand tu seras libre... Mais il est trop tôt, c'est vrai. Je dois tenir ma langue et patienter encore un peu. Néanmoins sois assurée, ma très chère Maggie, que tu as toujours été la maîtresse de mon cœur, avoua-t-il tendrement.

Je fus saisie par ces paroles. Je le croyais résigné à son mariage avec Julianne. Mais pas du tout ! Il avait reconstruit tout seul l'histoire de notre grand amour malheureux, rendu impossible par l'ignoble Draco. Esmond était arrivé Dieu sait comment à la conclusion qu'il suffisait d'écarter mon mari pour que je tombe dans ses bras !

Rappelant ses hommes, mon cousin tourna les talons et s'en alla, me laissant mi-étourdie, mi-épouvantée, comme il l'avait prévu — à ceci près que ce n'étaient pas les crimes de Draco qui m'inquiétaient, mais les objectifs d'Esmond. Je ne voulais plus de lui !

Je restai longtemps assise dans le hall à ressasser ce qu'il m'avait appris. Que faire ? Je me consumai de désespoir devant mon impuissance à sauver mon mari. Il fallait l'avertir que Welles et lui tomberaient dans un piège qu'Esmond refermerait sur eux par pure vengeance. Mon cousin m'avait clairement prouvé qu'il savourait son travail de ce soir bien davantage que son rôle de juge de paix ne l'exigeait. Il jubilait à l'idée de faire pendre Draco et de me libérer des liens du mariage.

Mais à quoi pouvait penser Esmond ? Avait-il l'intention de divorcer de Julianne pour moi, en dépit du scandale ? Ou espérait-il que je deviendrais sa maîtresse sans scrupule puisque, après tout, j'avais été la femme d'un meurtrier ? Oui, sans doute... Son amour pour moi n'empêcherait pas qu'il veuille garder sa réputation intacte !

Il devait y avoir un moyen de tromper les gardes... Mais lequel ? Je me levai, poussée par la sourde intuition que je trouverais quelque chose dans le bureau de Draco pour me venir en aide. Un pistolet, peut-être, avec lequel je forcerais le barrage des sentinelles. En vérité, j'étais très ignorante des armes à feu. Saurais-je seulement viser, voire tirer en cas de besoin ? En tout cas, j'étais déterminée à m'échapper du manoir. Tous les moyens seraient bons pour que je puisse trouver Draco et le prévenir du danger.

Prenant une lampe du hall pour éclairer mon chemin, je descendis en hâte la volée de marches qui menait au bureau de mon mari, remerciant Dieu qu'Esmond crût toujours que je l'aimais. Persuadé que je serais horrifiée par ses révélations, il n'avait pas jugé utile d'affecter un de ses hommes à ma surveillance. En fait, maintenant que j'avais décidé de me tenir aux côtés de Draco quel qu'en fût le coût, mes pensées étaient plus claires que depuis de longues semaines. Je posai la lampe et entrepris de fouiller méthodiquement le bureau et les placards de mon époux.

Enfin, fourré dans le mince tiroir d'un guéridon, je découvris ce que je cherchais : un petit pistolet à manche de nacre qui pouvait tirer deux coups. L'arme me parut lourde et froide. Etait-elle chargée, au moins ? Quelle apparente innocence, pour un jouet mortel... Un instant, je fus même tentée d'appuyer sur la détente pour voir ce qui se produirait. Je glissai plutôt le pistolet dans la poche de ma jupe.

Soudain je me figeai, retenant ma respiration : la porte donnant sur la tour sud pivotait sur ses gonds bien huilés. Je soufflai la lampe d'instinct, le cœur battant. Qui paraîtrait à mes yeux ?

— Je l'avais dit, au maître, que c'était une sale besogne de naufrager les navires, entendis-je Renshaw marmonner comme il arrivait dans le bureau, lanterne en main. Il va être temps de danser la gigue, ma foi. Hé, hé ! Il y en a qui vont se balancer au bout d'une corde à Tyburn, ça oui... Mais une minute ! Ne dit-on pas que la potence de Tyburn a été arrachée ? Maudit que je suis, je ne me rappelle pas... Eh bien tant pis, il y aura ceux qui paieront pour les autres et on verra ce qu'ils diront !

— Renshaw ! sifflai-je, causant une frayeur épouvantable au pauvre fou.

— Quoi ? Qui est là ? s'écria-t-il d'une voix perçante. Oh, c'est vous, maîtresse, hein ? (Ses yeux rusés se plissèrent soudain de suspicion comme il m'examinait.) Que faites-vous là ? Ne voyez-vous pas que le maître est absent ? Cela ne va pas être à son goût, que vous veniez fourrer votre nez dans ce qui ne vous regarde pas, m'dame. Qu'avez-vous vu ? Hein ? Rien. Rien, car il n'y a rien que des fantômes dans la tour sud. Des fantômes, maîtresse, c'est tout, qui hantent la tour par les nuits sans lune. (Il tendit la main vers moi d'un geste furtif et m'agrippa le bras.) Ne dites jamais au maître que j'ai raconté le contraire, n'est-ce pas, maîtresse ? Je ne voulais rien faire de mal, je le jure ! Je les aurais attendus, ceux qui amènent la cargaison, juste comme le maître l'a ordonné. Mais il y a des hommes dehors, maîtresse, qui seraient capables de pendre un pauvre hère, parce qu'ils ne savent rien — ils ne savent pas ce que je pourrais leur dire si je voulais. Mais je ne veux pas, parce qu'ils ne m'écouteraient pas, de toute manière, moi qui ne suis qu'un simplet obéissant aux ordres de son maître. Ma foi oui, c'est ce que j'ai pensé, et ce que je me suis dit : Renshaw, si tu retournes à la loge, ils ne sauront rien de ton rôle là-dedans, et ainsi, tu seras en sécurité. C'est ce que je me suis dit. Seigneur Dieu, maîtresse ! Vous n'allez pas leur dire que vous m'avez vu, n'est-ce pas ? (Il pleurnichait, la respiration sifflante, les yeux élargis de crainte comme il tirait sur ma manche d'un geste pathétique.) Vous ne leur direz rien à mon sujet, n'est-ce pas, maîtresse ?

— Non, Renshaw, non, dis-je, déconcertée par la plus grande partie de son délire, mais comprenant sa terreur. Je ne dirai rien. Mais écoute-moi bien, car c'est la vie du maître qui en dépend ! Ces hommes, ceux que tu as vus dehors, ils veulent faire du mal au maître. Tu me comprends, Renshaw ? Si le maître rentre ce soir, ces hommes le feront prisonnier et le tueront !

— Oui maîtresse, fit-il en hochant sagement la tête, marmonnant entre ses dents. Il avait peur qu'on dresse le gibet avant qu'il puisse rectifier les choses...

— Je dois le trouver, Renshaw et l'avertir, avant qu'il ne soit trop tard ! Il me faut un moyen de sortir de cette maison et d'aller aux écuries sans être vue ! martelai-je bien fort, même si c'était sans espoir.

Mais à ma stupéfaction, Renshaw déclara :

— Ah bien alors, si c'est pour sauver le maître, je suppose que je peux vous confier un secret. Mais attention : il ne faudra le répéter à personne, parce que mademoiselle Linnet... Il ne faut pas lui faire confiance, ah, ça non, le maître dit qu'il ne faut pas.

Puis, enfin convaincu que je ne trahirais à personne ce qu'il allait me montrer, il me conduisit à la tour sud où il tira une trappe sur les dalles : je vis un escalier de pierre, étroit et raide, qui disparaissait dans un gouffre de pénombre.

— On s'en servait autrefois pour aller aux écuries quand il pleuvait ou qu'il neigeait, expliqua-t-il. Suivez le tunnel, madame. Cela vous mènera là où vous voulez aller — je vous le jure sur ma tête.

Puis, sans prévenir, finalement vaincu par la peur, le simplet me fourra la lanterne dans la main et détala avant que je puisse l'arrêter. Me mordant nerveusement les lèvres, soudain indécise, je le suivis des yeux, contrariée de sa défection. Au moins, j'avais eu quelqu'un à qui parler. Mais pouvais-je lui faire confiance ? Il n'avait plus tous ses esprits... Peut-être m'avait-il menti, même. Comment savoir ? Consciente de perdre du temps et n'apercevant aucune autre solution que de suivre les indications de Renshaw, je me tournai vers le trou béant. Le cœur battant, je commençai à descendre les marches avec lenteur.

Le tunnel était sombre et sentait le moisi. De ses parois couvertes de poussière gluante montaient des relents de pourriture. Je m'avançai non sans appréhension, de petites pierres tombées des murs effrités crissant et roulant sous mes pas tandis que des rats couinaient de colère avant de détaler. Des toiles d'araignée effleuraient mon visage et mes bras comme des fantômes, me donnant la chair de poule. Au-dessus de ma tête, j'entendais la pluie clapoter sur le sol. C'était ce que les morts percevaient depuis leur tombe... Cette idée m'affola et craignant soudain de suffoquer dans l'étroit boyau, j'oubliai toute prudence, hâtant le pas et courant même pratiquement dans le sombre passage, la lanterne se balançant comme folle au bout de mon bras tandis que je la levais pour éclairer mon chemin.

A mon grand soulagement, j'atteignis la fin du tunnel quelques instants plus tard. Après avoir gravi quatre à quatre l'escalier, je repoussai une trappe et me hissai à l'extérieur, cherchant à aspirer l'air frais comme un froid vent coulis me fouettait. Incrédule, je vis que j'étais bien aux écuries, comme Renshaw l'avait promis. Finalement il savait ce qu'il disait.

Adressant une silencieuse action de grâces à Dieu, je posai la lanterne. Claquant la langue pour rassurer les chevaux, je pris un mors et m'approchai de mon beau poney gallois, Patch. Il tirait habituellement la calèche mais attirerait moins l'attention qu'Avalon. Et puis il était vigoureux et avait le pied sûr. Puis, après avoir vérifié que personne ne m'épiait, je le fis sortir sans bruit et quittai la cour en sécurité. Alors je montai à cru et partis au trot rapide par les brandes.

Contrairement aux Abrupts, les Tempêtes n'étaient pas entièrement ceintes d'un mur de pierre, si bien que je pus me diriger vers les falaises sans passer par la loge. Une fois au promontoire déchiqueté, je lançai Patch au galop, filant comme le vent le long des à-pic. Les sabots du poney martelaient lourdement le sol humide et spongieux, faisant voler les mottes. Mais on ne l'entendrait pas par-dessus le rugissement de l'océan ; j'étais sans crainte. Au contraire je fus parcourue d'une sensation de sauvage liberté : la froide brise humide de mer et de bruine fouettait mes cheveux tandis que l'écume des brisants caressait mon visage, douce comme le baiser d'un amant. Je pensai à Draco, à ses lèvres sur les miennes et j'éperonnai le poney comme si le diable était à mes trousses.

Cours, cours, cours, reprenait mon esprit en une

incantation. Subitement me parvint le vers de Tourneur qui suivait : « Oui, cours au diable... » Ces paroles m'avaient aiguillonnée vers ma vengeance et ma chute, par cette nuit sans lune où je m'étais donnée à Draco. Je ne lui avais pas seulement offert ma virginité, mais également mon âme... Sinon je ne me serais pas jetée dans cette course folle contre Esmond.

Un instant, une étincelle de bon sens jaillit dans mon esprit et je faillis rebrousser chemin. Mais mon cœur était pareil au faucon qui vole dans le ciel, crie et monte encore plus haut. Poussant Patch, je poursuivis ma percée dans le brouillard et la pluie.

Je pris au nord d'instinct, sachant que si je me trompais, il me faudrait revenir en arrière au risque d'arriver trop tard. Mais au nord, la côte était sauvage, rocailleuse et isolée. Aucun village ne la bordait et il ne se trouvait pas de regards indiscrets pour espionner les naufrageurs. Personne d'autre que moi — et Esmond, accompagné de ses hommes — ne scruterait la pénombre brumeuse, ne guetterait la lueur traîtresse d'une lanterne se balançant comme le fanal d'un navire. Aussi filai-je encore plus loin. Toutes épingles envolées, mes cheveux tourmentés par le vent et la pluie me fouettèrent sauvagement le visage. La froide atmosphère nocturne me piquait les yeux et les emplissait de larmes, brouillant ma vue. Soudain, le cœur battant et la gorge serrée, j'aperçus une flamme clignotant faiblement au loin. C'était elle ! Il le fallait !

Alors, comme folle, le tic-tac du temps me martelant l'esprit, je pressai Patch encore et encore si bien qu'il trébucha et faillit tomber. Il se rattrapa et plongea en avant de plus belle, haletant, l'écume blanchissant sa robe trempée. Je ne suis pas cruelle mais cette nuit-là, j'aurais pu tuer le brave petit poney à la tâche.

La lanterne lançait son faux signal et à travers la brume, j'apercevais les voiles blanches et les mâts élancés d'un grand bateau qui, attiré par la lueur mortelle, s'approchait lentement de la côte, inconscient du danger tapi.

Non ! Fais voile arrière ! hurlai-je en pensée, mais le schooner poursuivait sa course, ballotté sur les vagues houleuses.

Beaucoup plus bas, de sombres silhouettes aux formes indécises émergèrent de leurs cachettes parmi les rochers, un homme grand et massif à la tête. Ce doit être Draco, me dis-je, comme je tâchais de discerner ses traits dans la nuit, l'estomac soudain noué d'une pénible sensation.

Au fond de moi, je m'étais désespérément accrochée au fragile espoir qu'il n'était pas coupable. Pourtant, même à cet instant, en le voyant debout sur la grève, le visage dissimulé dans la nuit, je ne pus me résoudre à l'abandonner.

Je ne me souciais plus de moi, ne pensant plus qu'à l'homme que j'aimerais jusqu'à mon dernier souffle, à tort ou à raison. Galopant vers une pointe qui dominait la plage en à-pic, je trouvai un étroit chemin qui descendait jusqu'à la grève. Pour la première fois, Patch se cabra. Mais j'étais venue de trop loin pour que la victoire m'échappe et de toutes mes forces, je le forçai à emprunter la piste sinueuse rendue glissante par la pluie, mes mains engourdies sur les rênes. Le poney dérapa et je nous crus précipités dans le ravin. Nous allions nous écraser sur les rochers en contrebas. Mais le bon Patch retrouva son équilibre et d'un bond, nous fûmes sur les fermes galets qui tapissaient la plage.

Ses sabots crépitant sur la pierre, nous filâmes vers les naufrageurs.

Le vaisseau condamné se levait et retombait sur les vagues qui le portaient de plus en plus près des rocs périlleux. Ses voiles battaient au vent ; son élégante proue fendait les flots. Malade de crainte, je savais que quelques instants plus tard, il serait pris dans les brisants et se fracasserait contre les mortels récifs. Les naufrageurs se rassemblaient comme des requins qui sentent le sang, poussant des hurlements de joie, attendant de fondre sur leur proie et de la déchirer.

— Non ! sanglotai-je, ma voix montant en un cri. Non ! Draco, non, c'est un piège ! Mon Dieu...

Soudain je roulai sur les durs galets, happée de ma monture par une puissante silhouette noire qui se dressa comme une chauve-souris géante surgie de nulle part. L'impact de ce coup brutal fut épouvantable. Comme Patch, hennissant de frayeur, poursuivait sa course aveugle, je fus immobilisée sous mon agresseur inconnu, l'angle d'un galet déchiqueté pointant cruellement contre ma joue.

— Ne bouge pas, bon Dieu ! résonna une voix d'homme à mes oreilles, féroce et menaçante, comme une main se plaquait sur ma bouche. Et si tu veux vivre, pas un bruit !

Pétrifiée, certaine que c'était la mort qui me tenait ainsi aux cheveux, poussant ma tête contre le sable et la pierre, j'obéis. Mon cœur battait de terreur comme le navire plongeait dans l'écume tourbillonnante pour enfin trouer le brouillard.

C'est la fin, me dis-je, désespérée, un sanglot montant dans ma gorge comme le schooner se précipitait sur les rocs. Ce n'est plus qu'une question de secondes.

Mais à la dernière minute, j'eus la stupeur de voir

le vaisseau gîter à bâbord par miracle, en une époustouflante manœuvre qui lui évita d'être pris dans le creux de la vague. Ensuite l'enfer lui-même sembla déchaîner ses créatures : c'étaient les Dragons qui chargeaient depuis les crevasses et les renfoncements du promontoire pour encercler les naufrageurs. Le chaos le plus complet régnait. Des cris et des coups de feu résonnaient dans la nuit, tandis que des hommes grimpaient sur les rochers humides et luttaient corps à corps sur la plage. Je n'y comprenais rien. Soudain j'aperçus Esmond et les hommes des Abrupts débarquant en pleine confusion sur la scène des opérations. Et sur le pont du navire, les pieds fermement plantés, un fusil à la main, Welles, reconnaissable à son blond panache, se dressait sans crainte.

Soudain l'homme qui me retenait sauta sur ses pieds, me mit debout sans ménagements et me poussa violemment derrière un rocher. Puis, il gronda — et je n'en crus pas mes oreilles :

— Reste ici, petite bécasse, car je te réserve une fameuse fessée à mon retour !

Et quand je levai les yeux, sous le choc, incrédule, je rencontrai le regard audacieux et brillant de mon mari.

— Draco ! murmurai-je dans un souffle, avant de m'écrier : Draco !

Mais il dévalait déjà la côte pour rejoindre la mêlée, sa houppelande claquant follement dans le vent.

ÉPILOGUE

LES MAL-AIMÉS

1820

31

Les côtes de Cornouailles, 1820

Et maintenant, cher lecteur, voici enfin la conclusion de mon histoire.

Draco n'était pas le chef des naufrageurs : c'était Mick Dyson, comme je l'appris quand les Dragons finirent par encercler tous les hommes. Draco et Welles étaient de simples contrebandiers, un crime qui me parut bien insignifiant à côté de ce que j'avais craint. L'assassin de mon père et celui qui avait tiré sur Draco ne faisaient qu'une seule et même personne : Dyson.

Cet ignoble personnage avait utilisé divers puits abandonnés aux mines de kaolin pour entreposer son butin. Comment mon père avait appris ses activités, je ne le saurai jamais. Peut-être l'un des mineurs, furieux du faible soutien que l'Irlandais apportait à leur cause, avait-il par inadvertance découvert le pot aux roses et dénoncé Dyson à Sir

Nigel dans l'espoir d'une récompense. Mais ce ne sont que conjectures. Dyson, qui soupçonnait mon père de vouloir l'arrêter, l'avait assassiné. Draco, qui s'était intéressé aux mines de bien plus près que Sir Nigel, avait naturellement fini par se demander pourquoi l'Irlandais interdisait l'accès à certaines fosses. Après quoi, Draco n'avait eu aucune difficulté à tout mettre au jour.

Par l'intermédiaire de sa maîtresse Linnet, qui lui obéissait aveuglément, Dyson avait été averti des activités de contrebande de Draco. Craignant que Draco ne soit sur sa piste avec l'intention de le faire prendre, l'Irlandais avait tenté de mettre Draco en garde par les menaces qu'il m'avait adressées au coron. Mais il n'avait pas obtenu le résultat escompté. Dyson, comme tous ceux qui ne résistent pas à la tentation de vanter leur propre ruse, avait alors lâché des sous-entendus ici et là. Draco avait vite compris que Dyson voulait renverser le jeu et le faire passer pour le chef des naufrageurs. Mon époux devait se disculper sans perdre de temps... C'étaient les réflexions de Renshaw à ce sujet que j'avais surprises à la porte du bureau et si mal interprétées.

Voyant que Draco ne se laissait pas intimider, Dyson avait alors voulu le tuer. Après ce nouvel échec, il avait tenté une dernière chance pour incriminer Draco à sa place en tant que chef des naufrageurs. Connaissant comme tout le monde au village la haine d'Esmond pour Draco et Welles, Dyson avait eu l'effronterie d'envoyer Linnet au Château des Abrupts pour qu'elle y débite son faux témoignage.

Pendant ce temps, Draco et Welles avaient de leur côté accumulé suffisamment de preuves pour convaincre les Dragons de Launceston de la culpabilité de Dyson. Ils avaient mis au point un plan destiné à confondre l'Irlandais. Quinze jours d'affilée, tandis que Draco et les Dragons attendaient sur la plage, Welles avait remonté la côte avec le « Sea Gipsy », guettant le traître signal de Dyson. Le repérant enfin, Welles avait indiqué à Draco où se cachaient les naufrageurs et mon mari avait alerté les Dragons qui avaient tendu leur piège.

Linnet avait écouté aux portes et surpris Draco et Welles en train d'étudier leur stratégie. Mais par une amère ironie du sort, elle n'avait entendu que « à la pleine lune » et « guette mon signal ». Elle en avait conclu que les deux hommes prévoyaient un nouveau passage de marchandises en contrebande pour le mois suivant. Elle l'avait fidèlement répété à Esmond qui s'était rendu aux Tempêtes pour prendre Draco sur le fait. Entre-temps Dyson s'était imaginé que mon mari et le magistrat auraient d'autres chats à fouetter cette nuit-là. Il avait donc saisi ce qu'il croyait être une excellente occasion de naufrager un bateau de plus sans grand risque.

Welles, qui connaissait la côte nord des Cornouailles comme sa poche, n'avait pas été pris au dépourvu par les naufrageurs et avait sauvé son « Sea Gipsy » des récifs.

Les Dragons ignoraient tout des activités de contrebande de Draco et de Welles et en seraient sans doute informés par Dyson et Linnet. Mais il n'y avait aucune preuve pour confondre mon époux et mon demi-frère : la tour sud était vide. Si elle ne l'avait pas toujours été, les Dragons, contents de leur coup de filet, n'iraient pas fouiller plus loin.

J'appris tout cela de la bouche de Draco, assise sur un rocher et enveloppée de sa houppelande, regardant distraitement les Dragons qui passaient les menottes aux derniers prisonniers.

— Dyson et ses hommes seront pendus, je le sais, mais qu'arrivera-t-il à Linnet, Draco ? demandai-je doucement, émue d'une étrange pitié pour elle.

Après tout moi aussi, j'avais choisi de suivre mon époux quoi qu'il arrive...

— Je pense qu'en ce moment des hommes du Capitaine Latham sont en route pour l'arrêter, expliqua mon époux. Elle se prétendra enceinte, évidemment, et si par hasard elle l'est effectivement, elle échappera au gibet, au moins pour un temps. Peut-être finiront-ils par la déporter.

Je hochai la tête, la gorge nouée, songeant aux difficultés qu'elle affronterait si on lui épargnait la corde pour l'envoyer en Australie.

Nous nous tûmes alors car Esmond s'approchait de nous, la mine piteuse. Ses yeux étaient pleins de regret en me regardant, mais j'y lus également une résignation douce-amère : il avait compris que l'amour que nous avions pu partager des années auparavant était irrévocablement perdu, de même qu'étaient parties à jamais les douces années de notre enfance.

J'avais pris Esmond pour un faible et un lâche. Mais quand il tendit une main hésitante à Draco, je compris que je l'avais mal jugé. Il n'était qu'humain, et donc faillible, comme nous tous. Il avait commis des erreurs, et nous aussi... Embarrassé, il s'éclaircit la gorge.

— Je... crois que je vous dois des excuses... mon cousin, s'adressa-t-il à mon époux.

Il parlait calmement, avec dignité. Reconnaissant enfin sa parenté avec Draco, il en exprimait davantage que les mots n'en auraient jamais dit.

Un instant, je crus que Draco ne répondrait rien, mais il leva lentement la main et serra celle d'Esmond.

— Eh bien... nous sommes enfin quittes, n'est-ce pas... mon cousin ? répliqua mon époux. C'est mieux ainsi, je crois. Il a coulé tant d'eau sous les ponts.

— Oui, en effet. (Esmond garda le silence un instant. Puis, avalant sa salive, il se tourna vers moi.) Maggie...

Sa voix s'éteignit. Il fixa le sol, puis revint à moi. Enfin, de sa main tendue, il lissa en arrière les cheveux qui s'étaient égarés sur mon visage, retrouvant ce petit geste affectueux de notre enfance.

— Sois heureuse, murmura-t-il, la gorge serrée, avant de s'éloigner.

Les larmes aux yeux, je le regardai partir. Il s'arrêta également pour serrer la main de Welles et je prédis intérieurement que Sarah et Welles se marieraient avant longtemps.

Le ciel d'ébène pâlissait, se teintant petit à petit de gris avec l'arrivée de l'aube. La pluie avait cessé. Les Dragons et les autres étaient partis. Il ne restait plus que Draco et moi, les mal-aimés, perchés sur les rocs tachés du sang indélébile de milliers d'infortunés. La brume se levait ; le vent soufflait doucement et l'herbe haute ondulait avec la bruyère sur la lande. On n'entendait que les brisants qui s'écrasaient sur les galets de la plage et les falaises rugueuses, et depuis le ciel, le cri de douleur solitaire d'une mouette qui planait lentement.

— Pourquoi es-tu venue, Maggie ? demanda Draco dans le silence. Tu me prenais pour un meurtrier, alors pourquoi es-tu venue me prévenir au risque de ta vie ?

Je me figeai un instant. L'écume brisait mes lèvres, salée comme des larmes.

— Parce que je t'aime, murmurai-je dans un

souffle. Je t'ai toujours aimé. Je le sais maintenant. (Je regardai les galets à mes pieds, puis relevai la tête, le cœur brisé de tout ce temps perdu.) O Draco, ai-je attendu trop longtemps ?

Il fut un long moment sans répliquer et je connus mille morts, tremblant dans l'aube froide du printemps — et dans l'hiver qui gelait mon cœur. Mais un léger sentiment d'espoir souleva ma poitrine.

— Peut-être pas, Maggie, reconnut-il.

Puis il me décocha son sourire coquin, son cher sourire que je connaissais si bien.

— Nous pourrions nous donner encore une chance... Qu'en penses-tu, ma belle ?

— Oui, oh oui. Cela me rendrait si heureuse...

Et les premiers rayons rose d'or balayèrent l'horizon comme nous rentrions chez nous.

normandie
roto
impression
s.a.

61250 Lonrai

Achevé d'imprimer en octobre 1994
N° ES 94143 / N° d'impression I4-1837
Dépôt légal : novembre 1994
Imprimé en France

ISBN 2-73-82-0750-2
33-12-5750-01-6